太极柔力球与小球运动

主　　编：李恩荆　曹东平　王大平
副 主 编：覃凤珍　齐家玉　刘瑞峰
主　　审：喻祝仙
插图制作：张　明

华中师范大学出版社
2007年·武汉

内 容 提 要

《太极柔力球与小球运动》一书依据国家体育总局关于小球运动发展与建设的相关内容，由华中师范大学专家、教授精心编写而成。本书主要内容分为三大篇，第一篇全面地介绍太极柔力球这一具有鲜明民族特色的新兴体育运动项目，包括起源、发展、最新理论研究、运动技术与战术、规则等内容；第二篇将列入国家体育总局小球运动管理中心的12个小球项目全部编入本书，并简要地介绍各种小球运动的发展状况以及技术、战术、规则等内容；第三篇从专业角度详细介绍太极柔力球与小球运动的健身作用与价值。

本书集知识性、实用性和普及性于一体，理论性和实践性较强，本书的编写力求为我国大中专院校太极柔力球与小球运动项目的全面展开提供理论与技术支持。同时也为体育工作者、社会体育指导员和广大的小球运动爱好者提供科学、翔实的理论指导。

新出图证(鄂)字10号

图书在版编目(CIP)数据

太极柔力球与小球运动/李恩荆　曹东平　王大平　主编.
—武汉：华中师范大学出版社，2007.4
ISBN 978-7-5622-3083-0
Ⅰ.太…　Ⅱ.①李…　②曹…　③王…　Ⅲ.球类运动　Ⅳ.G849.9
中国版本图书馆CIP数据核字(2007)第041024号

太极柔力球与小球运动

主　　编：李恩荆　曹东平　王大平©
责任编辑：陈　勇　　**责任校对**：王　炜　　**封面设计**：罗明波
编 辑 室：第二编辑室　　**电　　话**：027－67867362
出版发行：华中师范大学出版社　　**社　　址**：武汉市武昌珞喻路152号
电　　话：027－67863040(发行部)　027－67861321(邮购)
传　　真：027－67863291　　**网　　址**：http://www.ccnup.com.cn
电子信箱：hscbs@public.wh.hb.cn　　**经　　销**：新华书店湖北发行所
印　　刷：湖北鄂东印务有限公司　　**督　　印**：章光琼
字　　数：400千字
开　　本：787mm×1092mm　1/16　　**印　　张**：16.25
版　　次：2007年4月第1版　　**印　　次**：2007年4月第1次印刷
印　　数：1—3 100　　**定　　价**：24.80元

欢迎上网查询、购书

序一

太极柔力球运动在有关领导的关注下，在广大参与者的共同努力下，取得了长足的发展，目前国内已有近百万太极柔力球运动爱好者，并已发展到了世界二十多个国家和地区，正在成为一种大众喜闻乐见，独具民族特色，时尚经典的体育运动。这一成绩的取得是来之不易的，历经十六年风雨飘摇、谷底浪尖的奋斗，在这十六年中最让我感到安慰，给予我信心和勇气，使我在艰难的条件下坚持奋斗的就是那些一直支持我的朋友们。

沧海桑田，物是人非，这些朋友也因为种种原因换了一批又一批，但其中从开始就一直坚持下来的就有本书的主编李恩荆老师，在他身上见证了这项运动发展的全过程。他是我国培养的第一批太极柔力球运动员，他刻苦地学习、训练，勇于创新，勤于思考，使太极柔力球技战术有了更大的提高和突破，并在该项目的首次全国比赛及第三届全国工人运动会上获得多项金牌。他本人在武汉体育学院攻读研究生期间进行了专业理论研究，发表多篇有价值的文章。毕业之后进入高校任教，在繁重的教学工作之余，又坚持在全国各省市、企事业单位、学校开展太极柔力球运动的推广和普及，多次帮助我完成了全国教练员、裁判员学习班的培训任务，为我国培养了大批合格的教练员和裁判员，并与我一道多次出国教学，他以自己精湛的球艺、富有成效的教学赢得了大家的好评，为太极柔力球运动的发展作出了巨大的贡献。

李恩荆老师用自己的汗水和十几年亲身的感受完成的太极柔力球的编著及担任全书的主编，我想一定会受到大家的欢迎。更可喜的是这次有华中师范大学体育学院多位专家、教授共同参加编著，将太极柔力球、小球运动向纵深宽阔的方向发展，提出了更为科学的锻炼方法和教学手段，翔实准确地给大家提供了多项成型的学习内容，使大家更好地认识理解了这些运动项目，方便了大家在学校和其他基层组织的教学、训练工作，相信大家一定能从这本书中对太极柔力球、小球运动获得更多的感受。

感谢李恩荆老师和华中师范大学的老师们对太极柔力球运动的支持。衷心祝贺《太极柔力球与小球运动》的出版。

白榕

2007年1月15日

序二

被视为球类中“东方奇葩”的太极柔力球，是一项新兴的民族体育项目。民族的也是世界的，太极柔力球以完全不同于西方现代球类运动的特性吸引了众多国人参与，目前正风靡全球，迅速传播到了世界各地。

太极柔力球的迎引抛、绕翻转、切线入、切线出的各种动作，集中了武术、羽毛球、网球等运动的精粹，把传统的太极拳的拳理、拳技与现代网球、羽毛球、武术等运动的技术相结合，以“先引后发、引进合出、以柔克刚、借力打力”为基本运动思想，具有深厚的文化内涵和哲理。

作为小球运动，当今社会的人们已经逐渐接受了网球、保龄球、高尔夫球等，很多人更是热衷于这些运动并称其为休闲时尚运动。垒球——专属于女子的小球运动；藤球——脚踢的排球运动；地掷球——掷地无声的小球运动；手球——快节奏的小球运动；壁球——调节情绪的运动；毽球——灵巧的运动等等。

太极柔力球和小球，都具有观赏性、竞技性、娱乐性三大特点，能够锻炼身体的大小肌肉群，活动颈、肩、腰、腿、手指等各关节，提高内脏器官功能，调节脑、眼、神经系统的配合与协调能力于一体，是一种全身性多方位的有益于健康的运动。

华中师范大学是全国率先开展太极柔力球教学活动的高校，千名学生参加太极柔力球表演，800名教职工参加太极柔力球比赛，中央电视台进行了有关报道。华中师范大学体育学院又拥有多名球类运动专家、教授，国家级裁判以及太极柔力球全国比赛冠军，他们积累了丰富的教学、训练和群体工作的经验。基于诸多有利因素，我有幸倡议《太极柔力球与小球运动》一书的编写，我深信在几位作者辛勤笔耕下，《太极柔力球与小球运动》一书将会给每一位体育工作者、大众健身者带来有益的指导，为太极柔力球和小球运动的发展作出应有的贡献！

喻祝仙

2007年1月18日于光谷太阳城

目　　录

第一篇　太极柔力球运动

第二篇 小球运动

第三篇 太极柔力球与小球运动的健身作用

第一篇　太极柔力球运动

第一章　太极柔力球运动概述

第一节　太极柔力球运动的起源

山西省是中华民族的最早发祥地之一。广阔的黄土高原就像一位无私的母亲，她那深厚肥沃、壁立不倒的土质为人类提供了耕作的良田和栖身的窑洞，因此，早在遥远的旧石器时代，华夏先民已经在这片土地上生息繁衍。从战国起，历代王朝都在山西修筑长城，至今尚存城墙遗迹 1500 多公里；隋唐时期经济繁荣；明朝时，山西商人的足迹就已遍布黄河流域和长江流域；清朝时更出现了中国历史上著名的山西票号，并一度控制了全国的金融财政，曾有人将山西人誉为“中国人中的犹太人”。绵长而丰富的历史使山西成为中国现存古迹最多的省份之一，地灵自然人杰，从这片广袤的大地上曾经走出了飘逸潇洒的诗人，满腹经纶的学者，叱咤风云的将军，当然还有多才多艺的体育人才。

太极柔力球运动正是在这片人杰地灵的土地上诞生的，其创编人白榕先生 1964 年出生，1984 年毕业于山西大学体育系。20 世纪 90 年代初，白榕先生在体育教学之余从事拳击运动的教练工作，为提高拳手的实战能力，避免较多的击打伤害，想出了将排球的球胆充气、充水放入拳击手套中，来代替以往拳击手套中的鬃毛填充物。学员戴这样的充气充水手套，起到了很好的保护作用，同时也大大提高了训练效率，其所带的业余选手在有专业运动员参加的比赛中也获得了好成绩。在制作这种安全拳击手套的过程中，白榕先生觉得这个水囊不跑也不跳，好接又好抛，开始用洗脸盆抛接着玩，然后用单把的炒菜锅，最后仿照炒菜锅用铁皮做出了第一把弧面球拍，在抛接熟练以后，发现球到了反手位用铁制球拍的凸面无法迎球，所以才想到把球拍中间部分做成一个软面，使球拍的两面都能形成凹面接球，这就是太极柔力球运动的雏形。

在随后的一段时间里，白榕先生反复思索，在查阅了大量武术书籍，特别是有关太极理论著作的基础上，根据太极拳先引后发、借力打力的原理，经过多次实验改进，于 1991 年正式发明了“太极娱乐球”和“球拍”两项器械，并向国家专利局申请了专利权(专利号:91225647.8、92103426.1)。太极娱乐球刚面世时，因其宣传力度不够，加之打法单调，虽有一定特点，但知道和练习的人很少。1992 年，白榕先生抱着对事业强烈的责任心，屡次奔波于山西省内各大专院校，终于与山西经济管理学院教师李健康、张璐、陈民及山西师范大学教师李小斌、刑怀忠等成立了太极柔力球项目创编组，对这项运动进行了全面的研究。在以前理论研究工作的基础上，又认真研究了武术、羽毛球、网球、乒乓球等项目的竞赛规则和竞技特点，极大丰富和完善了太极柔力球运动的理论和技战术打法，为这项运动的迅速发展打下了坚实的基础。

第二节　太极柔力球运动的发展概况

经过太极柔力球项目创编组的艰苦努力，1992 年正式向社会推出了此项目，并最终将其定名为“太极柔力球”。这项运动推出以来，全国总工会宣传部体育处给予了充分肯定与大力支持，并具体参与指导了创编组的全面工作。几年来，在大家的共同努力下，规范了技术动作，设计了多种娱乐方式和正式竞技比赛法，完成了《竞赛规则》，太极柔力球教材和教学录像带的编写、制作工作。

太极柔力球问世后，先后参加了全国民、特、优、新体育产品展，1992 年北京国际体育用品博览会，1993 年邯郸第二届国际太极拳联谊会，1993 年全国农民体协干部培训班等多项汇报和表演，受到了有关领导和广大群众的好评。

在 1992 年中华全国总工会职工大众体育创编项目征集活动中，太极柔力球运动得到了充分的肯定。在 1993 年全国职工大众体育创编项目展示中，太极柔力球运动被评为“优秀创编项目”。1995 年，太极柔力球运动又通过了国家教委全国中小学体育教学改革指导小组和全国高等学校体育教育指导委员会的评定，认为该项运动适合在大、中、小学开展，是一项很好的选修教学内容。特别是在 1996 年 9 月，第三届全国工人运动会将其列为正式比赛项目，在此届工人运动会上，共有来自全国 18 个产业部委和 19 个省市区的 37 支代表队的 281 名运动员参加了太极柔力球比赛。截至 1996 年，全国职工太极柔力球培训班共举办过六次(表 1-1)。

表 1-1　全国职工太极柔力球培训班

时　间	地　点	名　称	主　办	承　办
1994 年 5 月	山西太原	首届全国太极柔力球培训班	全国总工会	山西省总工会
1994 年 11 月	湖北孝感	首届全国职工太极柔力球立项展示赛	全国总工会 国家体委	湖北省总工会、体委 孝感市工会
1995 年 4 月	四川峨眉山	第二届全国太极柔力球培训班	全国总工会	四川省总工会
1995 年 10 月	四川成都	全国太极柔力球培训班暨教学公开赛	全国总工会	四川省总工会 成都市工会
1996 年 3 月	湖北武汉	第三届全国工运会太极柔力球裁判员培训班	全国总工会宣传部体育处 国家体委群体司	湖北省总工会宣体处 湖北省体委群体处
1996 年 7 月	辽宁鞍山	第三届全国工运会太极柔力球裁判员、运动员培训班	全国总工会	辽宁省、市总工会 鞍钢体委

经过五年的不断研究和完善，太极柔力球运动已初步形成了一个完整的运动项目体系，并不断发展，截至 1996 年底，该项目已传到我国台湾、日本、澳大利亚等国家和地区。1996 年澳大利亚基金联合会访问团还与我国武汉市江汉大学进行了技术交流。

但就在 1996 年全国比赛之后，由于种种原因，太极柔力球运动一度走入低谷，各类企事业单位不再举办太极柔力球赛事，一大批运动员也因此无球可打而放下了手中的球拍，太极柔力球运动陷入困境。仅湖北省在1999年第10届省运会上将其列为正式比赛项目，但参加的队伍屈指可数。

人们对文体活动实用性和多样性的追求，已成为当今社会生活的热点与时尚。一个新兴体育项目的推出、推广及发展前景如何，取决于它的大众价值取向。太极柔力球面世之初，之所以很快被社会有关方面关注认可，被先行接触的单位及群众喜爱接受，除它自身具备的特殊魅力外，亦和它符合我国国情、具有民族特色、适应基层活动状况、贴近群众健身实际的主要特性密切相关。太极柔力球无论是内容、形式、技术要领还是运动器材，都具有浓厚地道的中国传统文化色彩。它的产生不仅体现了白榕先生自身的修养、聪明才智和他对我国传统文化的正确理解、运用，也代表了中华民族的文明、理智、意志、感情、欣赏习惯、行为准则、思维模式和审美情趣，它不仅为推动全民健身活动的广泛实施提供了有效的手段，而且从强身、健体、祛病逐步上升到怡情、修身、养性，使人的精神得到升华，这是它顽强的生命力所在。因此，2000年3月全国老年体协体育工作会议郑重做出了要在全国大力普及和推广太极柔力球运动的决定。同年，中央电视台《夕阳红》栏目正式成立了太极柔力球运动指导委员会，北京市也正式成立了太极柔力球运动委员会。同年8月，中国老年体协和中央电视台联合在北京举办了全国太极柔力球裁判员培训班，2001年中国老年体协成立了太极柔力球推广办公室，推广办公室开展了大量的工作，建立了项目服务体系，邀请各方面的专家组成太极柔力球教学科研小组，对这项运动进行了改编，重新编写了太极柔力球教学教材，并拍摄了大型教学片《太极柔力球教与学》，通过中央电视台向全国播放，修订了中老年竞技比赛规则和表演赛规则，使之更适应中老年人的生理和心理特点。仅2002年就先后在北京、江西、陕西等地举办了五次全国太极柔力球教练员和裁判员培训班，2002年11月举办了全国首届中老年太极柔力球比赛。2003年在全国掀起了参与太极柔力球运动的热潮，又分别在上海、湖南、云南、甘肃、福建等省市举办了培训班，使太极柔力球的普及范围迅速扩大，技术水平有了长足的发展。近几年里，在中国老年体协、北京市老年体协和中央电视台《夕阳红》栏目的共同努力下，太极柔力球运动如久旱逢雨的禾苗，呈现勃勃生机。

该运动从2000年被老年群体认可后，在短短6年时间里得到了极大的发展。从2002年开始，在中国老年体协的组织下，每年均举办一届全国中老年太极柔力球比赛，而且全国比赛的规模逐年扩大，参与的省份也在不断增加。截至2006年，全国中老年太极柔力球比赛共举办过五届(表1-2)。

表1-2　全国中老年太极柔力球比赛

时　间	地　点	赛　　事	参赛人数	备　注
2002年11月	北京	首届全国中老年太极柔力球比赛	500人	
2003年12月	上海	第二届全国中老年太极柔力球比赛	900人	
2004年9月	新疆库尔勒	第三届全国老年柔力球比赛	700人	
2005年10月	云南玉溪	第四届全国中老年柔力球比赛	1500人	香港、澳门参赛 日本派队表演
2006年10月	河北廊坊	第五届全国中老年柔力球比赛	1000人	日本参赛　出现选拔制

特别是在2006年5月22日，国务院总理温家宝在北京菖蒲河公园向正在中国进行正式访问的德国总理默克尔介绍太极柔力球的玩法，用这一典型的“中国式的运动”来推进两国友

好关系的发展，同时，也为太极柔力球运动的发展提供了一个极好的契机。

太极柔力球运动虽经过波折，但到今天更加蓬勃发展起来，也正好说明该项运动顽强的生命力。同时，该项目包含的内容也在不断扩大，由过去的仅有竞技比赛，而逐渐演变为“以套路为基础，以竞技为核心”的发展趋势。目前，全国已有 26 个省市自治区开展了太极柔力球运动的推广和普及，估计全国有 100 万人从事这项运动。在北京，这个项目被放到很多大型体育比赛的开幕式上表演，如国际自行车比赛、国际马拉松比赛、北京市各区的文化节开幕式等。2006 年，在湖北省体育局的大力支持下，在武汉成立了菲思德柔力球文化公司，成为全国第一家专业从事太极柔力球推广的公司。

经过十几年的不断研究和完善，太极柔力球运动已初步形成为一个完整的运动项目。该项目于 2002 年传入台湾，2003 年进入日本，2004 年进入澳门，2005 年进入香港等地，目前已有澳大利亚、德国、匈牙利、墨西哥、新加坡、俄罗斯、荷兰、意大利等 20 多个国家的多个社会团体和组织开展这项运动，其中日本、匈牙利、德国等已经成立太极柔力球协会。特别是日本开展这项运动的规模较大，在 2006 年 9 月举办了日本首届全国大赛，德国等欧洲六国的爱好者在青岛建立了一个培训点，每年接受一次培训，2006 年 10 月在德国举办了首届欧洲太极柔力球锦标赛。

太极柔力球运动在社会各界如火如荼地开展之际，作为教育主管部门也积极参与进来，1995 年太极柔力球运动通过了国家教委全国中小学体育教学改革指导小组、全国高等学校体育教育指导委员会的评定，认为该项运动“符合学生的身心发展特点”，“建议在大、中、小学校课外体育活动中开展此项运动，有条件的学校，可作为九年义务教育中民族传统体育部分的选用教材使用，待条件成熟后也可逐渐列为一项学校体育比赛项目”。

2003 年北京市 21 世纪体育教材编委会将太极柔力球项目列入中小学体育课选修教材。为向各区县介绍这一新型民族传统体育项目，北京市教科院基础教育中心、北京市中小学体协教学部、北京教育学会体育研究会和东城区教委，在太极柔力球运动特色校——东城区交道口中学，专门举行了太极柔力球项目介绍会。

到目前为止，全国已有北京体育大学、浙江工业大学、内蒙古师范大学、武汉理工大学、武汉科技大学、厦门大学、沈阳体育学院、湛江师范学院、江苏淮阴师范学院等高校开展此项运动。而华中师范大学作为全国高校中率先开展此项目的单位之一，得到了在校大学生和教师的普遍认可，该校每学期均有 3～5 个班同时开课，自 2003 年作为公共体育课授课以来，已有 2000 余名学生通过各种形式参加了该项运动。与此同时也引起了社会各界的广泛关注，2004 年底中央电视台专程到该校拍摄太极柔力球的教学情况，并在中央电视台少儿频道、教育频道播出。2005 年在该校运动会上还进行了 1050 人参加的全国最大规模的柔力球团体表演，2006 年又举办了 800 名教职工参加的团体比赛。

第二章　太极柔力球基本理论

第一节　太极柔力球运动产生的历史文化背景

中国是一个历史悠久的文化大国，在一代又一代人所创造的优秀灿烂的传统文化遗产中，也包含精彩纷呈、无比丰富的体育文化，而太极运动就是其中最典型的中国传统体育项目。“太极”思想在我国最古老的典籍《老子》中就已见端倪，“太极”或类似于“太极”的词汇则在《周易》中最早出现。“太极”思想对中华民族的思维方式、行为规范、军事谋略、语言风范甚至书法运笔，都起到了重要和直接的影响作用。“太极”的中心思想，就是教人们不要轻视反面质态的价值，事物总是“正”“反”两方面矛盾运动的结果。而现实中人们的习惯思维方式和行为模式又都过分地强调了“正”的价值，却轻视了“反”的意义。因此，中国的哲学经典著作如《周易》、《老子》等都告诉我们用“反”常常是取得成功的关键。“太极”思想在军事文献《孙子兵法》里讲得最突出，使用得也最彻底。但是，“太极”思想到了宋代才真正得到人们的研究和开发。“太极图”的问世标志着“太极”研究已臻极高水平。

一、太极阴阳学说

《周易》是中国传统文化的重要组成部分，而《周易》的太极阴阳学说，又是中国传统哲学的根本。《周易》的哲学思想内涵丰富，其核心思想是“阴阳”理论和太极学说，它利用统一的、进化的、互补协调的观点对待万事万物，认为阴阳是化生万物的基础。所谓“太极者，圆加阴阳也，道之别谓也，天地之根，变化枢纽也。大至无穷、小至无内、天地宇宙、自然万物，无不遵守其理”。可想而知，茫茫宇宙浩瀚无际，渺渺物质永无穷尽，“其大无外、其小无内”。现代科技成果射电望远镜观测浩瀚宇宙千万亿光年，航天器探测太阳系灿烂之群星，生物学观测各类细胞，微观物理分割元素至夸克，有形与无形无不由太极组成。太极分阴阳，万物均有阴阳两重性；太极为一圆，阴阳圆中生，方为合太极，太极就是万物的本源。太极为变化之道，观天体运行，四季转换，昼夜交替，往返无端；纵观历史，社会变更，滚滚向前，无有始终；横观人生，七情六欲，生老病死，变化无常。宇宙为一大太极，人体为一小太极，天地人三才，日月星三耀，无不遵循太极阴阳变化的总规律。《周易·系辞上》有句很有哲学抽象意义的话，就是“一阴一阳谓之道”，明确地指出太极为万事万物变化之大道，拳道即命，太极之理即为拳道之理。太极拳就是以这种阴阳理念来安排它的形态结构的，根据《周易》的阴阳互体、阴阳互根、阴阳对称、阴阳转化、阴阳平衡等观点来构思太极拳动作中刚柔相济、开合相寓、虚实互根、快慢相间、内外兼练等一系列理论，故而太极拳理论中的“一阴一阳谓之道”，将“道”字改“拳”字，称为一阴一阳之拳，“阴阳者道之用，虚实者拳之用，阴阳之虚实，拳道之用也”，体现了阴阳互用“阴不离阳、阳不离阴”，所谓阳中有阴，阴中有阳，此即太极之本的阐发。有借此以达到调节人体一系列对称的脏腑之间的平衡关系，以及通过稳定重心而增强人体劲力的随遇平衡的功能。

太极阴阳学说不仅与太极柔力球理论及锻炼密切相关，就是在太极柔力球技术中，也无不内含阴阳学说。太极柔力球为运动之道，健身之方，术为取人之法，胜人之妙。妙和术就在阴阳的互相变化之间。欲求艺术之途，必循阴阳之路，乃是妙诀的新生之源。

二、"天人合一"的思想

"天人合一"的思想，强调的是人和自然的统一，人的行为与自然的协调，道德理性与自然理性的一致，人的精神、行为与外在自然的一致，自我身心的平衡，从而实现"宇宙即吾心，吾心即宇宙"的完善和谐的精神追求。这种思想深深地影响着中国传统体育，如武术、养生以及一些民间体育项目。应该说"太极柔力球"是社会文明的产物，是精神与行为相和谐，身心相统一的运动。身体处于松柔自然的状态，技法上注重顺随，与"道法自然"一致，在运动中要求心静神凝、集中精力，它不同于其他项目的思维习惯和行为方式，如本能的、正面的、直接的、快速的，而是非本能、反面、多角度、间接的表现方式。活动中具有多关节性、大小肌肉的协调配合性，达到身心的高度统一。思维的内容和运动节奏与直接隐含在器官中的不同等级的精神活动的内容和节奏相互协调，思维的指向和身体的趋向、思维的内容与活动的内容完全一致，可以达到一种身心两忘的陶醉状态。这时已经感觉不到躯体的移动，简直就是自身智慧的飘溢、情感的流淌以及自由意志的显现。在心理上不是处于"意识"的操作，在酣畅的运动中，感觉不到意志的有意支配，而是肢体的自然展现。身体的运动节奏与精神的运动节奏完全协调。心之所向就是身之所往，身之所往也就是心之所向。运动者完全处于一种身心合一、交融无碍、怡然自得、其乐融融的幸福境界状态，这正是太极柔力球运动的精华所在，使之成为东方体育文化中的又一朵奇葩之所在。

三、"合和"思想

"合和"思想是中国文化基本精神之一，它在凝聚民族精神、激励民族发展、整合外来文化上起到了重要作用。这一精神在太极柔力球运动中表现得尤为突出。宋初，道教学者陈抟的《太极图》中有："其外一圈者，太极也，中分黑白者，阴阳也，黑中含一点白者，阴中有阳，白中含一点黑者，阳中有阴。阴阳交互，动静相倚，周详活泼，妙趣自然。"平时所看到的只是立体太极图的一横断面，若在太极图中画通过圆心的一直线，假设为太极柔力球场地的横网，那么这个图正是太极柔力球运动中球的往返路线的真实写照。若球在近似水平面上运动，我们俯视看到的则是太极图的外圆圈。若在额状面和矢状面上运动，正符合太极图的完整图形。立体的太极图模型是由大球面内的无数个小圆组成的，或者说圆内的弧形是动态的，无论从哪个角度切开，都是一个完整的"太极图"图形。"合和"思想有调和、和谐、和平等含义，在此项目中不单指同方队员之间的密切配合、顾全大局，尤其强调对立双方之间的相互协调与渗透，单独存在哪一方都不能形成完整的圆，不能达到相互统一。而其他项目，无论羽毛球、网球都是单线的重复往来，本能地用拙力击打来球，形成精神、气势、情感的对立，太极柔力球运动与它们截然不同，这是它不同于众多其他体育项目的独特之处，是自身发展的根本源泉。

"反者道之动，弱者道之用。"这是老子哲学中辩证法思想的著名命题，是说对立的事物向着反面转化是运动的规律，《道德经》中讲"弱之胜强，柔之胜刚，天下莫不知，莫能行"，认为最柔的事物，总是最能控制坚强的事物。太极柔力球运动是这一思想的具体运用，反对以刚克刚、拙力回击，用反关节、多角度、间接的方式迎送、化解来球，从而克服急躁激进的心理，改变过去运动意识中的发泄、猛攻猛打、一锤定音、立竿见影的功利追求。任何事物都由正、反两方面因素组成，在方法论上，现实人们习惯的思维方式和行为格式都在于过多地看中了"正"的价值，而轻视了"反"的意义。

在太极柔力球的实践运动中，很多初学者在触球时，总是用拍迎球击打，表现出本能的、自然的思维习惯和行为方式。反向的思维在生活中偶尔提起，如"居安思危"，"饱带干粮暖穿衣"等。经常参与太极柔力球活动，将潜意识地影响、强化我们的思维方式，促使我们多角度地考虑问题，使社会朝着更文明的方向发展。

随着"东学西渐"浪潮的兴起，西方人将更多地了解甚至学习东方文化。《孙子兵法》、《周易》、"儒学"已被西方一些企业家们吸纳。国际奥委会前主席萨马兰奇曾说过："国际奥委会主导思想应建立在沟通东西方文化的基础上。"如果说武术是东方文化典型代表项目，并有望进入奥运会，那么，太极柔力球是东西方文化交融的结晶，是现代文明的产物，也应普及国内，推向世界，为人类文明作出贡献。

第二节　太极柔力球运动的原理

太极柔力球是太极化的新兴球类体育项目，在运动理念和运动形式上无不体现太极思想和太极运动的内涵，所以"太极"是这项运动的根本和生命。太极运动的核心思想"以柔克刚、以退为进、顺敌之势、化敌之力、引进合出、借力打力"和太极运动完整连贯、圆润柔和、自然流畅、连绵不断的动作特点，恰恰在太极柔力球运动中充分体现出来。现有的持拍类体育项目如羽毛球、网球、乒乓球等，是利用身体力量带动球拍，与来球的方向相对运动，并在瞬间将球直接击打出去，其运动轨迹是直线，技术特点是直接、快速、有力、较为粗放，在心理上体现的是一种宣泄和释放。而太极柔力球是球拍在身体的带动下，与来球方向相向运动，运动轨迹是弧线。通过弧形引化，将来球之力和身体旋转之力结合，形成一个更大的浑圆完整之力，将球高质量、巧妙精确地送出，在太极运动中称为"借力打力、后发制人"。它的技术特色是柔缓含蓄、顺遂婉转、刚柔相济、细腻圆润。

太极柔力球在心理上提倡内敛，主张动静和收放的平衡。作为持拍类运动项目，共同之处是以身体带动球拍，改变球的运动轨迹，只是采用的方法、手段不同。因为太极柔力球球拍控制球有一个较长时间的过程，在这个过程中，可以有目的地在划弧的不同阶段选择向不同方向和角度出球，真假虚实、声东击西，使对方难以判断，划弧的时间也给了运动员充分发挥技巧、运用智慧、创造美的空间。东方民族的含蓄、婉转、灵巧、细腻的民族特点在这项运动中得到充分的体现。

太极柔力球运动是应时代而生的球类体育项目，在竞技类比赛中，它保留着太极思想和太极运动具有的神韵，同时又融入了如羽毛球、网球、乒乓球等体育项目的竞赛形式，使太极柔力球比赛优雅美观、紧张激烈、赏心悦目、精彩纷呈，更加突出了体育运动的竞技性、观赏性和趣味性。同时它还能进行表演赛，在表演比赛中，将本民族传统的武术、舞蹈、杂技与现代的艺术体操、花样滑冰、现代舞等项目有机结合，兼容并蓄、取其所长。使表演和比赛动作圆润柔和、连绵不断，形成了一种独具太极特色、人球和谐、神形共舞的艺术表演和比赛形式。

一、引化过程三要素

(一) 迎

当球飞来时手持球拍，对着来球的方向主动伸拍迎球，如图 2-1 中，点 a 到点 b 之间的连线为迎球过程，球拍与来球相对运动，这样获得了充分的缓冲距离和入球时间，也为引球过程做好了准备。

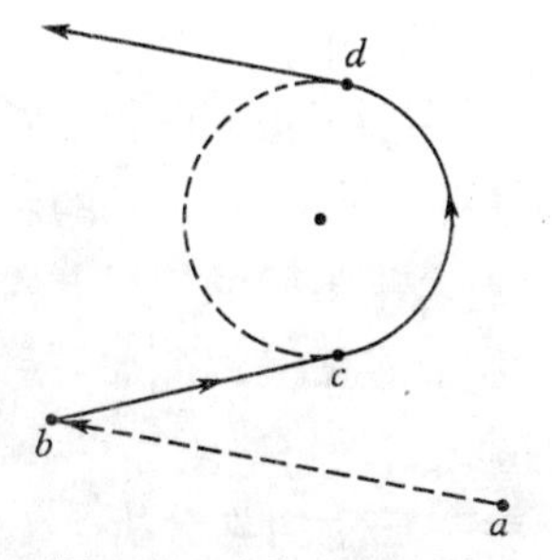

图 2-1　引化过程图

(二) 引

在球快入球拍时，球拍顺球的运动方向和轨迹相向运动，点 b 到点 c 之间的连线为引球过程，当球拍与来球的速度接近时，使球从球拍的边框处柔和地切入球拍，并在"引"的过程中，通过流畅的弧线运动，尽可能多地将来球的力量引入抛球圆弧，使抛球过程获得更多的初速度，为抛球过程的开始奠定良好的基础。

（三）抛

抛球过程是身体带动持拍臂和球拍进行一个同半径、同转轴、同平面的匀变速圆弧运动。如图 2-1 所示，c 点到 d 点之间的连线为抛球过程，它是将身体的运动力与"引"球过程导入的来球之力合为一体，并将这个力在抛球过程的最初阶段作用于球拍和球，使它们沿抛球圆弧旋转，在离心力和向心力的作用下，球与球拍合为一体。当球拍挥旋停止和减速时，在旋转惯性的作用下（物理上称为惯性离心力），球从球拍引化方向的边缘沿着引化圆弧的切线方向飞出。

迎、引、抛作为弧形引化过程的三个阶段，既要准确反映各个环节的不同特点，又要在整体动作中融会贯通，浑然一体。在抛球过程中，球拍的横截面应始终处于抛球圆弧的切线上，球保持在球拍的内侧。抛球过程的用力是在抛球的初始阶段，球拍与球在抛球弧线中做匀加速或匀减速运动，在抛球过程开始后，不得再出现第二次突然用力和改变原有弧线轨迹。在球出球拍的瞬间，出球点的拍框外缘应与出球方向保持一致。

二、发力原理

从太极柔力球的运行轨迹和动作要求可以看出，它是在一个圆弧上完成的匀变速运动，太极柔力球的用力方法与田径运动中的"链球"用力方法相似，从自身发力来讲，它的出球力量来自身体旋转产生的惯性，惯性的大小主要来自身体带球拍旋转的速度，在物理上称为"角速度"，其公式为：

$$\omega=\omega_0+at$$（ω 为角速度，ω_0 为角初速度，a 为角加速度，t 为时间）

从以上公式可以得出结论：角速度 ω 与角初速度 ω_0、角加速度 a 和时间 t 成正比关系，如图 2-2 所示。

ω_0 产生于对方来球速度，能否有效地利用来球的速度，是提高 ω_0 值的关键（这个过程在太极运动中被称为"借力打力"）。因此应当顺来球之势，利用合理顺畅的弧线，最大限度地减少来球速度和力量的损耗，将更多的来球势能引入抛球过程，才能获得最大的角初速度 ω_0。

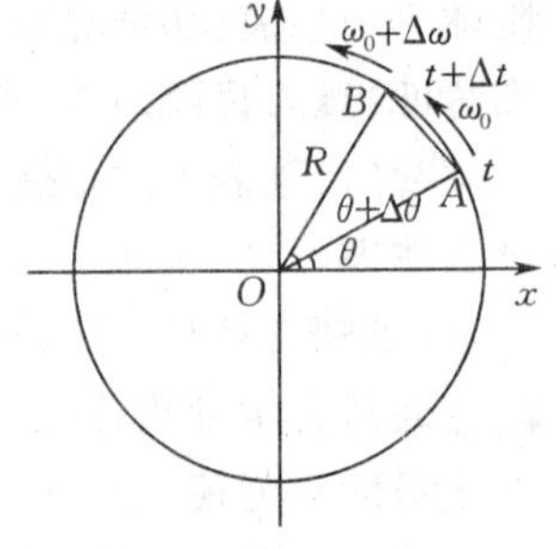

图 2-2　发力原理图

角加速度 a 是运动员做功发力的结果，运动员身体素质好，动作合理规范，做功效率高，是提高角加速度的关键因素。另外，合理利用身体的弹性势能，也是提高角加速度的要点，在入球以前拧转身体，尽量加大主动肌的初长度，为入球后的加速蓄积能量，这样就能获得更大的角加速度，最终使角速度 ω 也得到提高，从而使抛出的球速度快、力量大、攻击性强。要想获得好的角加速度，就应该加强身体各项素质训练，仔细研究和掌握规范、合理的技术动作。

从角速度公式来看，另一个增加 ω 的因素是时间 t，时间越多，做功的弧距就会越长，弧距长就意味着有更长的做功和加速距离，从而获得更理想的角速度 ω。而在圆弧的每一点上，都有若干不同的切线方向，弧线越长，切线的变化方向越多，球就有更多的进攻角度和变化空间。同时在弧线距离加长后就有更长的控球时间，使得持拍者能更从容、更精确地控制球的方向和落点。

三、力学分析

通过对太极柔力球的发力原理进行分析，我们知道了线速度和角速度的关系。太极柔力球运动就是一种简单的物理现象，我们可以通过力学分析来研究现象背后的本质。

太极柔力球运动全是在划圆的过程中完成的运动，其"弧形引化过程"是太极柔力球运动的核心技术所在，而以某一特定的圆点为圆心所做的左右摆动，正好等效于力学中的单摆运动。

如图 2-3 所示，O 为圆心，A、B、C、D、E 组成一个弧形。现假设小球在拍上由 A 向 E 运动，球在两端点，即最高点 A、E 时速度为零；在中点 C，即最低点时速度达到最大。

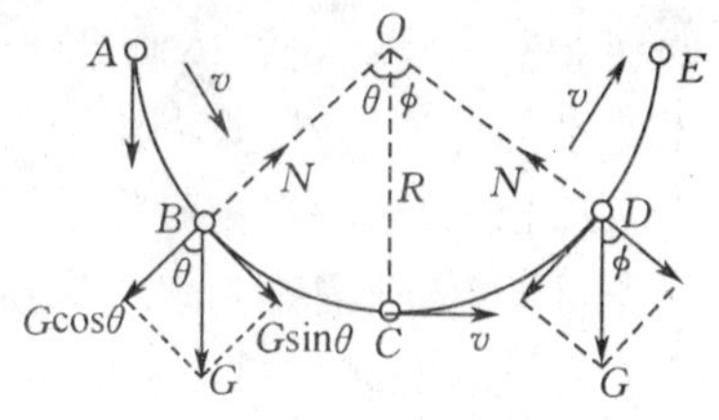

图 2-3　力学分析图

球在端点 A 时，线速度为零，角速度也为零，而此时小球的势能最大，为 mgR。此时，小球只受重力，在重力作用下，开始做加速运动。

当小球运动到 B 点（B 是圆轨道上 A、C 间任意一点），小球受到自身重力和球拍指向轨道圆心的支持力 N，如图 2-3 所示，将重力 G 沿切线方向和半径方向十字正交分解，可得 $F_{向}=N-G\cos\theta$，提供向心力，方向为半径方向。$F_{加}=G\sin\theta$，提供加速力，方向为切线方向，也就是线速度的方向，由于 $0°<\theta<90°$，所以 $F_{加}$ 恒大于零，即由 A 到 C 的过程是一个恒加速过程，小球的线速度始终变大。

当小球运动到点 C 时，向心力 $F_{向}=N-G$，且此时 $F_{加}=0$，说明当小球运动到点 C 时，线速度不再变大，此时线速度 v 达到最大值。根据机械能守恒定律，此时重力势能全部转化为动能，即 $\frac{1}{2}mv_{max}^2=mgR$，所以 $v_{max}=\sqrt{2gR}$，$w_{max}=v_{max}/R=\sqrt{2g/R}$。

当小球在位于 C、E 间任意一点 D 时，与点 B 类似，$F_{向}=N-G\cos\phi$，$F_{加}=G\sin\phi$，唯一与在点 B 不同的是，此时 $F_{加}$ 方向与线速度方向相反，说明小球在从 C 到 E 的过程中线速度始终减小，直至运动到点 E 时，小球的角速度、线速度均减为零，此时小球的动能全部转化为重力势能，重力势能达到最大值，动能为零。此时，小球的状态与在点 A 时的状态完全相同。而后，小球便进入下一个循环，加速运动到点 C，再减速运动回到 A……如此循环往复。

当然，这仅仅是一个简单的力学分析，因为在小球运动中，还有球拍的摩擦力及空气阻力等，但这些力本身不对我们研究和分析柔力球运动产生影响，所以可以忽略不计。

通过力学分析，我们就可以更好地理解"弧形引化过程"的物理学含义，并能更好地分析技术本身的对与错。

四、太极柔力球运动中的拍弧对应关系

在"引化现象"表现为"大小都是弧、大小都是圆"的设定条件下，应特别注重拍、弧之间的对应关系。在弧形引化过程中，拍面中心点应始终处于圆弧切点位置，且应与弧形引化轨迹中的任意一点相吻合。如图 2-4 所示，在引化方向拍框边缘的正中点为引化先导点，在与其相对应的处于引化方向后侧的拍框边缘的正中点为对应点，通过拍面中心点 C 将上述两点连接后形成的连线 AB，与弧内圆心 O 和拍面中心点 C 的连线 OC 相垂直。球拍触球面在弧形引化轨迹中，应始终对准弧内圆心方向。最后出球阶段，球拍应沿着引化圆弧切线方向运行，最后出球的瞬间，引化方向的拍框边缘应对准抛出方向。

鉴于上述拍弧对应关系，在弧形引化过程中的任意一点上，当球拍面与引化圆弧产生较大角度并致使引化技术动作出现推、压、煽、抖、挑、扣等现象时，均应视为错误接抛球。

太极柔力球的运动方法和竞赛规则都是围绕上述技术原理、三大要素、受力分析及其拍弧对应关系而设立的，这都是太极柔力球运动的根本法则和基本理论，它大部分的动作都是以

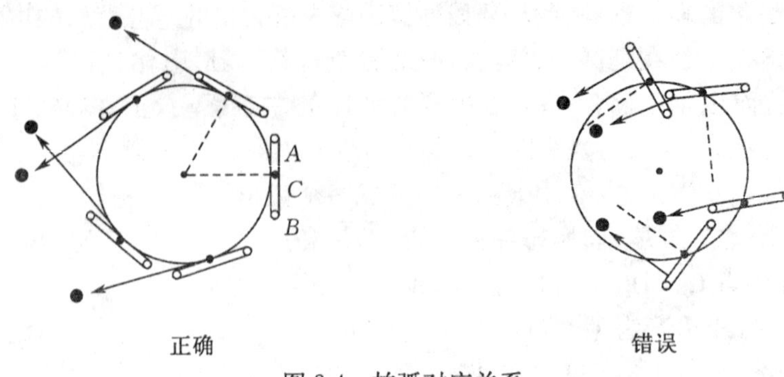

图 2-4 拍弧对应关系

身体的冠状轴、垂直轴、矢状轴为轴心进行的旋转运动，还有一部分是有支撑点无实体轴或复合轴的运动。从理论上讲，在抛球过程中，圆心和半径不能突然改变，球拍与弧的对应关系不能发生错误。从视觉角度来讲，在上述要求发生错误时，动作是非常明显的，也是容易判断的。但人体是在动态中完成动作的，要想使动作绝对化也是不可能的。人毕竟不是机器，不可机械地理解太极柔力球的理论内容，要从实际、直观和可操作的角度认识它，并在训练、比赛和裁判工作中尽最大努力使动作规范及符合这项运动的基本理论。

第三节 太极柔力球运动的特点与价值

太极柔力球运动是一项具有深厚文化内涵和哲理，融传统（太极）运动方式与现代竞技双重特征于一体，集健身性、娱乐性、趣味性、竞技性、表演性、适应性和活动方式多样性为一身，易于推广和普及，具有发展前途的优秀民族体育项目。该项目摒弃传统硬性击球方式，以“弧形引化过程”触接球并顺势将球抛出为主要技术特征，借鉴和汲取太极拳运动和武术运动中“刚柔相济，以柔克刚”的拳理拳技，以祖国博大精深的优秀历史文化遗产为底蕴，奠定其“先引后发、引进合出、借力打力”的基本运动思想。“弧形引化过程”是太极柔力球运动的核心技术所在，这也是该项目与羽毛球、网球、乒乓球等隔网对抗、持拍对打的球类运动项目的主要区别之一。

一、太极柔力球运动的特点

众所周知，太极拳是一种圆润连贯、上下相随、柔中寓刚、以意导动转的拳术，太极柔力球吸取其精髓，采用特制的球拍和球，以主动迎球、顺势引球、悄无声息做弧形引化，并利用惯性离心力将球顺势抛出这种反常规运动方式，使得“太极”活动得以球类化，所以也有人称它为器械化的太极拳。它不仅保留了太极拳富含哲理的动力的思想文化内涵和有效的自身价值，也弥补了太极拳活泼性、趣味性不足的缺点。自编创推广以来，太极柔力球以它舒展和矫健优雅的特点吸引了无数的爱好者。太极柔力球运动保留和发掘了传统文化中有用、合理的精华，并给古老的中国传统文化注入了一股“现代”的活力。

太极柔力球运动是一种强调反面，最后高质量地达到目的的一种特殊运动，从根本上改变了传统的硬性击球方法。它要求首先顺来球的方向和路线做出弧形引化，并连贯完成“迎”、“引”、“抛”三个技术环节。要求在击球时球与球拍间不得出现撞击、折向、持球引化和二次发力等行为。它调动的是人的智慧和运动潜力，充分展示了含蓄婉转、以柔克刚的巨大魅力。它一反现代运动以本能的、正面、直接、快速有力的行为方式取胜，而是以非本能的、反面、间接、缓中多变战胜对手。在整个运动过程中，处处体现着中国哲学的“辩证”思想。

太极柔力球的技术特点是：从入球到击球的整个过程连贯、自然、顺畅，如行云流水，连绵不断。在太极柔力球运动中，练习者在掌握了基本技术的前提下，还需根据来球的具体情况和自己的意图随机应变。因此，必须具备机动灵活、随机组合动作的能力，才能得心应手地运用动作技能来实现战术意图。这样，就会出现很多“创造性”的动作和意想不到的“趣味性”动作，能提高人的机智、灵敏、速度、耐力等素质，以及在复杂情况下辨清势态，创意性地做出选择的能力，达到锻炼身体、愉悦身心的效果。

此外，太极柔力球运动还有很强的适应性：

（一）不受场地、天气等自然条件的影响。太极柔力球相对羽毛球、乒乓球最大的优点在于，因其球体较重，约 60 g 左右，加之球体是塑料、橡胶制品，不怕雨水的侵蚀，在室外运动时，遇到刮风或小雨等天气依旧可以进行练习。

（二）锻炼形式多样。太极柔力球既有套路表演也有竞技对抗。套路表演又分为单人自选、双人花样、三人及多人自选、集体规定套路等，竞技对抗又分为单人、双人、团体对抗以及同组游戏等形式，且各种形式均有全国统一的竞赛规则。练习者既可以单人或多人随着音乐手持球拍翩翩起舞，也可以三五成群自由娱乐，而且运动量完全由自己掌握，所以能极大满足人们对练习方法的选择。

（三）能够适应不同类型、不同体质的练习者有针对性地选择练习方法。学习过音乐、舞蹈、武术等的人，可以通过柔力球的练习，随意发挥自己的想象，创造性编排柔力球套路动作，促进思维的多向发展；身体灵巧性较差的学生进行太极柔力球练习，可以提高身体的协调性和灵敏性，加强身体协调能力的发展；体质较差的人练习太极柔力球，使用特制的柔力球拍可引入手部穴位的按摩和磁疗，在打球的同时起到保健的作用，对促进身体健康有独到的功效。太极柔力球独特的击球方法对培养逆向思维能力和神经中枢（或系统）对肌肉的控制能力有着良好的作用。

二、太极柔力球运动中的“柔”、“圆”、“退”、“整”的关系

（一）“柔”是灵魂

柔能化力为刚，御敌制胜，柔也是这项运动最大的特色和魅力所在。“柔”是“刚”经过了千锤百炼之后升华发展的结果。俗话说“狂风吹不断柳丝”，“齿落而舌存”，老子曰“克刚易、克柔难”，“天下莫柔弱于水，而攻坚强者莫之能胜”，这些都生动地说明了“柔”的价值和意义。太极柔力球运动正是柔的精髓之体现。

（二）“圆”是核心

圆是化解力量和聚集力量的最佳选择，它可以在最短时间内获得最长的距离和最大的速度，它是力量的源泉，是这项运动特有的形态标志。太极柔力球所有的技术动作都是以圆为核心，人体在打球时是动态的，要想使划出的圆绝对“圆”是不可能的，但在训练和比赛中我们要最大可能地使球拍控球的弧线过程保持在“一个圆心”、“一个半径”、“一个平面”的圆弧上，这样才能使动作有力度、有美感。

（三）“退”是前提

太极柔力球每一个动作的完成都是以退为前提，只有退的时机、方向、力量恰到好处，才可能顺利完成技术动作，有了合理的后退才能蓄积更大的力量，才能获得更全面的观察视角，更加理性、巧妙、准确地向前推进。它是以退为进战略思想的开端和基础，是太极柔力球技术的重要环节。

(四)"整"是根本

太极柔力球最根本的还是要体现完整运力的特点。太极柔力球从入球到出球是由迎、引、抛三个引化阶段组成的,它们始终是在一条连贯完整、自然流畅的弧形曲线上,是不可分割的"一条弧线"。球入球拍后,以两脚为支撑,双腿同时发力,使力集中于腰部,由腰来带动躯干、手臂及手握的球拍和拍内的球进行匀加速或匀减速的圆弧运动。出球的快慢和力量大小都来自于腿和腰带动的全身合力。在此过程中,手臂的肌肉和关节并不单独发力,主要起到控制出球方向的作用。在训练中要特别强调"一个整力",这是正确完成动作的关键。在完成每一个动作时都要周身协调、上下相随、浑圆一体、一气呵成,贯彻太极运动"一动全身皆动"的主导思想,打出太极柔力球特有的风格和韵味。

三、太极柔力球的健身作用和意义

太极柔力球运动是将中国和谐、自然的养生之道与西方优雅、竞争的体育观相结合,取长补短,有机结合,精心设计的全新运动形式,它刚柔并重、缓急有致、形神兼备,有显著的健身效果。古人曰:精神不运则愚,气血不运则病。个人锻炼一定要找到那种让自己身心得到愉悦和享受的运动,能让自己陶醉、快乐的运动才会对自己的身心健康产生良好的作用,才能既修身又养性。据资料统计,在各种职业中平均生存年龄最高的是指挥家,正是因为他的职业要求他将自我融入优美的音乐之中,无拘无束,尽情地舞动身躯宣泄自己的情感,使精神和身体得到双重的修炼,所以才能健康长寿。太极柔力球最大的特点就是自然,给人以舒畅顺达之美,既悦人又悦己。演练时自由自在,随心所欲,完全是即兴的发挥和创造,踏着音乐的节拍,领悟着音乐的意境和情感,尽情地徜徉在音乐的海洋之中,享受音乐,享受运动带来的快乐。如果我们每个人都成为自己生命乐章的"指挥家",一定能健康快乐到永远。

太极柔力球运动是一种全身性的运动,它可以使颈、肩、腰、腿得到均衡全面的发展。在体育运动中往往双手得不到均衡锻炼,特别是左手得不到应有的活动,而太极柔力球则可以双手持拍打球。大家知道指挥左手活动的是人体的右脑,医学研究表明右脑在处理节奏、旋律、音乐、图像、幻想等创造性思维方面起主要作用,太极柔力球的双手并用再加上圆形动作的变化比较复杂,随机多样,对训练中枢神经系统机能具有良好的作用。青少年是祖国的未来,他们的身体和智力健康发展是社会的宝贵财富,他们正处于生长发育阶段,身体各组织器官系统都未发育成熟,在形态结构、心理和生理机能上都尚未定型,有很强的可塑性,如果能运用太极柔力球科学有效的锻炼,对增强智力、强壮体魄有着重要的意义。

最新资料表明:决定少年儿童未来成功的因素中,智商只占20%,而80%决定于情商。所谓情商就是心理承受能力和心理调节能力。大脑是人体的司令部,人体的一切活动都是在神经系统的指挥下进行的,经常锻炼可使大脑皮层的兴奋性增强、抑制加深,兴奋与抑制更加灵活协调,对来自身体内外的刺激反应更加迅速、准确,提高对外界的适应能力和思维想象能力。太极柔力球灵活多样的技术动作,全身参与的整体运动形式,使青少年的身心得到了全面均衡的发展。任意想象、自由发挥、随机创造的运动特点,以退为先、以静制动的反意识活动,大大促进了青少年的多向思维、反向思维和创造性意识的发展,不仅锻炼了身体也开发了智力,提高了学习能力。

当今科技飞速发展,要求人的接受能力、反应速度、思维过程不断提高,生活节奏也不断加快,学习竞争和生存竞争日趋激烈,这样就带来了精神和心理上的高度紧张,巨大的升学压力和就业压力,使得在校的大中小学生普遍感到精神压抑,心理负担过重,表现为情绪烦躁、容易激动、没有耐心、性格孤僻、自私、不善于与人交流等心理障碍。太极柔力球这项运动处处圆灵舒展,平和自然,时刻追求一种人与人、人与球、人与自然的和谐,当球飞来时就像一个个困难和考验的来临，并不是简单的对立或逃避，而是要认识矛盾、化解矛盾，变被动为主动。通过每一个接球过程，千百次的退忍、避让，并巧妙婉转地获取成功。这样在运动中就慢慢地培养了含蓄包容的性格，积极向上、永不言败的精神，不畏艰险的意志品质和谦虚好学、与人为善的处事之道，使青少年更快地成熟、理智起来，让学校和社会充满更多的欢声笑语，而不是打架、自杀、吸毒等不和谐的声音。

在人的一生中，大部分时间都是在向前走、向上行，更多地注重正面，但却忽视了反面作用，忽视了退后效应，忽视了整体的平衡。太极柔力球就是典型的反向运动，而且每一个动作都是以退为进，以守为攻，后发制人。进行这样的反向运动和逆向思维，对现代人来说是很好的身心放松和休息，让人们体会到劳逸结合、张弛有度，合理的后退会获得更好的工作效率，同时也是保持身体结构平衡和心理平衡的重要方式。

人体活动受到中枢神经系统的控制，所以兴奋和抑制的互动，各种内分泌腺体的分泌活动都处于平衡状态，这种平衡一旦被破坏就会产生疾病，这也正是中国传统医学认为的，人体阴阳的任何一方只要出现不平衡——“偏盛”、“偏衰”，均会导致人体生理功能紊乱而引发疾病。由于太极柔力球是一种轻灵柔和的运动，练习时尽管肢体在运动，但又高度放松，放松的肌肉在肢体的带动下更像是在按摩，这样使周身气血流通，舒筋活络，畅其积郁，人体的五脏六腑，全身各关节和肌肉得到了整体的协调和锻炼，从而使人体的阴阳获得了平衡。我们在练习时拍内随时要控制一个小球，所以意识集中在控球上，运动器官活跃兴奋，摆脱了病态心理，使大脑皮层的部分区域都处于保护性的抑制状态，因此得到积极的休息和调整，腺体的分泌也慢慢恢复正常，使不平衡的部分逐渐内部调整至平衡，从而使人体得到新的生理平衡，这也是许多慢性疾病在忘我愉悦的运动中，不知不觉减轻病痛，甚至彻底治愈的主要原因。现代医学证明，积极的情绪能调动人体的内在潜力，有利于激发人体各器官功能的自我调节和控制能力。

进行太极柔力球运动时，要求全身自然放松，整体用力，不去突出地使用局部肌肉发力，所以运动起来对身体的肌肉和关节有着柔和而有效的锻炼意义。人体中除了水分，80%是肌肉，在血液循环过程中，有90%的工作是由肌肉辅助完成的。人体中循环系统的功能是通过心脏和血管持续不断地灌注于全身各器官组织，以保证它们的氧气和营养物质的供应，以及排除其新陈代谢过程中产生的废物，以维持身体正常的功能，它是我们身体中工作量最大、最艰巨，当然也是最容易出问题的系统。据最新公布调查结果，我国民众男性40岁、女性35岁以后就开始出现不同程度的动脉血管硬化或高血压，而肺活量开始降低，循环系统开始退化。尤其是高血压、冠心病、脑血栓、糖尿病、脂肪肝等过去的老年疾病逐渐向低龄化发展，这些疾患总的致病机理是运动少、营养过剩、脂肪积存过量，代谢失衡，心脏、血管、肾脏、肝脏长期高负荷运转而造成的。由于身体运动减少，肌肉萎缩，肌肉不能帮助心肺完成重要的循环工作，再加上脂肪大量蓄积在心脏和血管内外，使得人体的循环系统不堪重负。经常参加太极柔力球运动的人一定体会得到，在运动时出汗很快、很顺畅，长时间运动不会感到疲劳，并且运动后身体恢复很快。因为太极柔力球几乎所有的动作都是在转圈、划弧、旋转中完成的，圆形运动产生的离心力加快了血液的流动和排汗过程，这与洗衣机的工作原理是一样的。很多人将去打太极柔力球称为去“桑拿浴”，一天不打浑身难受，这是因为身体在进行全身参与和放松柔和的运动时，肌肉内开放的微血管的数量增加了许多倍，并且血管沟通的横截面扩大了，感觉好像身体中的血管扩大和通畅了，使人感到轻松舒适，这些现象的产生，就是由于开放的微细血管数目增减。微细血管的开放、畅通，大大改善了人体各器官系统的微循环能力，增强了各器官系统的自我保护、自我修复和工作效能。通过太极柔力球的练习，能够使血压降低到正常值，防止血管硬化和栓塞等疾病的产生。人体在运动时出汗是血液循环和代谢加快的良性产物，良好的新陈代谢使体内的废物得到及时清除，多余的能量被充分消耗，使得人体保持了健康的生理平衡。通过锻炼感到神清气爽，大大增强了身体的免疫力和总体健康水平。

由于太极柔力球运动是一项全身参与的有氧运动，动作轻松自然，柔和缓慢，趣味性强，不易疲劳，长时间持续运动出汗而不气喘。因此从青少年到耄耋老人都可练太极柔力球，特别是从事知识性劳动的现代人，认真参加太极柔力球运动，对启迪人们认识生命、认识人生，皆不无裨益。

中国古代思想家认为："天地之大，一诚所为。"太极柔力球的练习过程要求在松静自然中完成。以"自得"的精神去练习，最终可以达到一种真诚的、理想的虚静境界，求得人本身、人与人、人与自然的和谐发展。

第四节　练习太极柔力球的注意事项

一、对心理的要求

中国人对生命的认识有自己独到的见解，讲究生命的整体和谐观，注重人与环境、人与自然、人与社会以及人自身内外的整体和谐观念。因为人的健康也是一种整体和谐，松静柔和的循环，如行云流水的太极运动，正符合人的健康机理。由"天人合一"而展开形成的人们对生命和健康的主旨，首先是形神统一，在形和神的统一过程中追求一个最佳的平衡点，只要拥有这种平衡，人的生命便可以保证它原有的天年，所以追求"形神合一"的太极柔力球自然能够起到延年益寿的作用。要求人在进行太极柔力球运动锻炼中保持自身内外的统一、形神的统一，具体体现为上下相合、周身一致、内外合一、形神兼备等具体的整体和谐观的要求。由太极思想演变出的太极柔力球运动不外乎是内与外的锻炼。所谓内是指意念、意识。意识和意念的锻炼准则，是保持一种心平气和的心态，也就是平常心。从外形动作上讲，太极柔力球运动的动作讲究上下协调、内外合一，要求用意不用力。整个动作缓慢柔和，非常和谐。这种和谐运动，是太极运动的重要之处，也是太极柔力球运动健体强身的关键。

二、对动作的要求

学习太极柔力球应该循序渐进，从最基本的手形、步法开始，过渡到学习最基本的动作，然后再学习套路、竞技。要通过学习太极柔力球动作的外形，逐渐提高对太极柔力球内涵的认识体会。在不断的学习过程中，逐渐加深对太极柔力球的理解。学习太极柔力球，切不可急功近利，要循序渐进，遵循柔中愈刚、刚中愈柔、刚柔相济的特点。在刚柔相济的运动中，达到心平气和，在大脑安静、思想意念高度集中的状态下来完成每一个动作，从迎球到抛球，是一个匀速的过程，不能忽快忽慢、时断时续。动作时也要均匀，身体不能忽高忽低，步子不能时大时小，进退、伸屈、变转都要匀速。在人们的思维定势中，体育项目更多的是以力量和速度取胜，但要学好太极柔力球，动作就一定要柔软，使僵硬劲化作柔软劲，并养成这种柔软的习惯。要求在动作中尽力求柔，在不用蛮力的原则下慢慢地做各种技术动作，这时不用力就容易使人发现动作中的缺点，并在慢柔中改正存在的问题，能形成正确的动力定型。总之，一定要注意动作的圆柔性和完整性，每一个动作都要完整连贯，一气呵成。

三、对本质的学习

太极柔力球运动的本质是各种不同方向的圆或弧的运动，出球的好坏取决于球能否在球拍上粘贴不动，且球拍在身体的带动下进行圆周运动而划出一个有速度的规矩完整的圆，有了速度自然就有了力量，但是我们在平时的训练中往往忽视了这两个问题，舍本逐末，总想着在运动过程中突然压肘、抖腕，加速加力，以获得好的进攻力量，但这恰恰破坏了这个圆的完整，破坏了圆周运动整体的美观和协调，当然也破坏了整体力量的蓄积过程，使动作僵硬，并造成二次加力犯规。所以不论在竞技比赛的入球到出球阶段，还是在各种套路演练中，都要带球拉出力量，时刻从手上感觉出球对拍体的压力，恰到好处地将球拍置于最佳的包球位置，使球拍和球贴得更紧，更不易出现失误掉球，这样才能形成力不断、圆不缺，球和拍沾连粘随，动作环环相扣、势势相连、绵绵不断的太极柔力球特色。

四、强调身体中正

太极柔力球运动强调动作的平衡和身体的中正，每一个技术动作都有一个相对的轴和中心，如果过刚过柔、过强过弱、过远过近、过高过低、用力过大过小，都会造成旋转偏离主轴，失去平衡，不能高质量地完成动作。这就需要在平时的训练中加强辅助训练，使每一个方向和不同步法及腾空都能有一个平稳的轴，高质量、精彩漂亮地完成每一个动作。所以在训练中，找准动作的中心和支撑点，找准动作的旋转轴，是提高动作质量的关键。练习太极拳时要求立身中正，不偏不倚，并以立身中正为第一要义，而且身法端正，才能不受制于人。练习太极柔力球也是如此，移动靠步伐滑动，保持身体中正，也就保持了平衡，有了平衡就可以顺利地旋转，随意自如地变化动作，打出巧妙和有力度的球。因为太极柔力球的力起于双腿，由腰主宰而发出上下一体的合力，要求周身协调，一动全身皆动，如果我们接球时不积极移动脚步，身体左歪右斜、前俯后仰，就会使动作上下脱节，无法使全身的力量集中，无法完成太极柔力球特有的技术要求，对正确的掌握动作形成了障碍，在比赛场上就会变得很被动，所以在训练时一定要养成良好的习惯，加强步伐的移动速度，切忌各种弯腰、探身的动作。身体重心要平稳，上体要保持正直，周身之力上下要相随、连绵不断。

五、用力方法和时机

太极柔力球运动看起来绵软柔和、不紧不慢，但它同样能打出势大力沉的进攻球，柔则微波不兴，刚则雷霆万钧，柔中愈刚、刚中愈柔、刚柔相济，这是太极类运动的攻略要诀。但由于初学者对太极柔力球的用力方法缺乏正确的认识，往往一发力就破坏了动作的连贯性，出现技术违例，这就要求我们对如何发力有一个正确的概念。首先要明确的是太极柔力球是以柔为主体，以柔化力、以柔克刚，它的力量是均匀、连贯、完整的浑圆之力，那种我们习惯的间接式和停顿后再爆发式的用力都是违反规则的。太极柔力球的力度和抛球方向是在入球的瞬间决定的，太极柔力球规则中规定，球在球拍中必须在一个弧形曲线中完成出球。规则中还规定球的运动要完整连贯，不得出现间断和二次加力，这也说明不能让球在球拍运行过程中突然加力，而只能是一个完整连贯的匀加力或匀减力过程。所以力要用在抛球圆弧的开始部分，要想使出球速度快，就要加快身体的旋转速度，要求我们在入球以前做好充分准备，根据来球方向使身体反旋，拧起劲力使身体的对抗肌尽量放松，主动肌最大限度地增加初长度，加大身体的弹性势能。球入球拍后获得好的旋转初速度，在具备了速度以后，做功距离越长就会产生越大的力量。要想使做功距离加长，就要加大身体幅度，在固定圆心、保持身体平衡的前提下，最大限度地增长转动半径，有效地增加做功距离，使整个动作舒展大方，美观自然，同时使动作的变化空间和进攻角度大大扩展。在动作距离和速度具备以后，身体的做功效能增大，球也随之获得强大的出球惯性。除了发掘自身潜力外，还要学会借对方的来球之力，太极拳中叫借力打力，通过圆的旋转化解对方来球之力，通过圆引导这个力与自身的力会合相加，形成一个更大的力反击对方，动作看似柔缓但力量惊人，这就是太极柔力球也是其他太极运动用力发劲的精妙之处。这些都需要在训练中细心体会，掌握蓄力和发力的时机和方法，打出太极柔力球特有的韵律和风格。

第三章　太极柔力球初级技术

第一节　握拍法与基本站位

一、握拍方法

握拍方法是最基础和最简单的基本技术，也是最容易被忽略的基本技术，正确的握拍法，对于准确、全面、迅速地掌握基本技术意义重大。正确的持拍，有助于练习者随心所欲地把球打到对方场区的任何落点上。但如果握拍的方法错误，往往会影响对球的控制能力，会严重制约技术和战术的发挥，降低回球的效果和准确性，且容易产生错误的技术动作。因此，必须引起初学者注意。

握拍方法有正握和反握两种(基本技术介绍均以右手握拍为例)。

(一) 正手握拍法

正手握拍之前，先用左手拿住球拍，使球拍竖直，与地面垂直。再张开右手，用拇指和食指第一指节的指腹部位，相对捏住拍把与拍面平行的两个宽面处，大拇指贴靠在拍柄上，并与其成一直线，其余手指自然弯曲依次扣握，拍把的尾部靠在手掌的小鱼际处，掌心要空出，以便球拍在手中运转自如。握拍的时候，不要过于用力，手、臂部肌肉要放松。

此握拍法，较多用于右侧位及旋转时接抛球，便于初学者掌握(图 3-1)。

图 3-1　正手握拍法

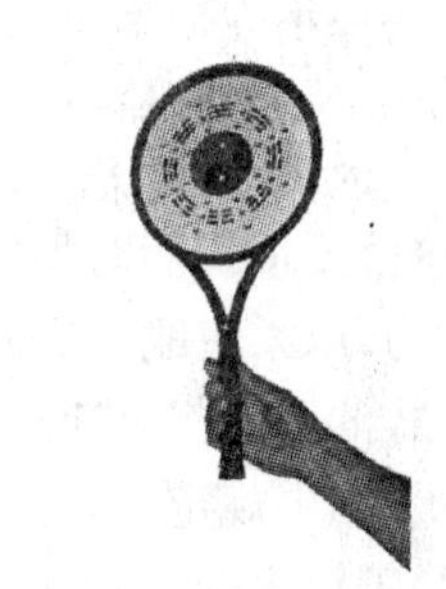

图 3-2　反手握拍法

(二) 反手握拍法

反手握拍时，拇指和食指第一指节的指腹部位，相对捏握在拍把与拍面垂直的两个窄面处。中指、无名指、小指依次扣握，要求食指离三个指头稍稍分开，掌心空出，使球拍能灵活方便地应对各种复杂技术动作的要求。

此握拍法，较多用于左侧位接抛球，以及套路练习中(图 3-2)。

(三) 常见错误

1. 虎口紧贴拍把，手指僵硬，握拍过紧，导致持拍臂肌肉紧张。
2. 握拍位置过前，致使拍把尾部露出过多，在运动时严重制约球拍的灵活性。
3. 五指大把攥握球拍，掌心没有空出。
4. 食指向拍头方向伸出，形成食指独立状，造成手腕僵直。

(四) 纠正方法

1. 先要知道错在何处,以及此错误握拍法对掌握技术的不利影响,进而再体会正确握法。

2. 采用正确握拍法进行技术和战术练习,随时检查和注意自己的握拍是否正确,在练习中不断提高。

3. 在掌握正确握拍方法的同时,还要引导握拍技术与个人的特点相结合,在合理的范围内对规范的握拍法有所改进,以便握拍更有利于个人技术特长和风格的发挥。

二、基本站位

(一) 正手基本站位

正手基本站位是指运动员正手握拍,接抛身体右侧来球的站位方法。要求面向对方,左脚在前,右脚在后,两脚自然开立,略宽于肩,两膝弯曲略内扣,重心在两脚之间,脚跟略微提起,以脚前掌着地,髋关节放松,含胸收腹,上体略向前,平视前方,右手持拍,自然置于身体右前上方(图 3-3)或右侧头上方(图 3-4)。

图 3-3　正手基本站位 1

图 3-4　正手基本站位 2

(二) 反手基本站位

反手基本站位是指运动员反手握拍,接抛身体左侧来球的方法。要求面向对方,右脚在前,左脚在后,两脚自然开立,略宽于肩,两膝弯曲略内扣,重心在两脚之间,含胸收腹,注视前方,右手持拍,自然置于体前左上方(图 3-5)或左侧头上方(图 3-6)。

图 3-5　反手基本站位 1

图 3-6　反手基本站位 2

(三) 常见错误

1. 两脚呈八字外张,重心在全脚掌上。

2. 两腿直立,膝关节不弯曲,并且腰部弯曲,上体严重前倾。

3. 全身肌肉紧张,捏拍过紧。

(四) 纠正方法

1. 多进行各种脚步移动练习,体会重心放在前脚掌移动的感觉。

2. 在基本站位时,强调膝关节弯曲,重心下沉。

3. 多做放松练习，要求持拍臂自然下垂。

第二节 发球和接发球技术

一、发球

发球是一场比赛中每一分的开始，它是太极柔力球比赛中唯一不受对方制约和限制的技术，可以最大限度地施展自己的战术意图，因此具有极大的自主性。

在发球时，应该充分利用自己的技术风格和特长，破坏对方的站位或战术，限制对方技术特长的发挥，同时也尽可能地为发球抢攻创造条件，赢取更多的直接得分机会。

（一）对发球的要求

1. 发球动作必须符合规则要求。要求发球时，支撑脚不得移位和脱离地面，发球动作必须保持一个完整的弧形引化过程。

2. 真假结合。为了某一种发球能最大限度地发挥作用，可以用虚假的动作做配合。如发网前球可以用发高远球的动作完成。

3. 速度和落点相结合。在发球追求速度的同时，一定要考虑落点的巧妙和准确。做到既有突发性，又有精准的落点。

发出的球以其在空中的滑行分为高远球、高压球、平快球和网前球四种。

（二）发球方法

1. 发高远球

发出的球，运行轨迹高而远，落点在对方场区底线附近的球，叫高远球。

发球时双脚前后站立，左手拿球，右手持拍，左手将球由身体的前方向后上方抛出，使球在空中有明显的飞行轨迹，在抛球的同时右手持拍向前迎球，球入拍后，做完整的弧形引化动作，利用腿和腰的蹬转合力，重心由后向前移动，右脚蹬伸后可以顺势前移，并运用手臂继续挥摆的力量，将球向前上方抛出，上体也同时向左拧转，使球沿着球拍边框飞出。

2. 发高压球

发球时两脚前后站立，重心靠前，抛球后，持拍顺势后引，重心下沉并后移，同时单脚支撑，利用身体正旋转或反旋转，引化至球拍最高点时，发出的旋转加力球。此类球速度快，攻击性强，具有极强的杀伤力。球的落点往往是后场两侧或对方所站位置。

3. 发平快球

弧形较低，速度较快，具有一定攻击力的发球。

此类发球与发高远球动作相似，但出球时的挥摆动作要以向前用力为主，发出的平快球，从接近网口的高度直奔对方后场。发球时用力一定要完整连贯，不能用肘或手腕在发球的后程突然加速加力。

4. 发网前球

面对球网，两脚前后站立，自然分开，重心在两脚之间，发球时，手臂用力柔和准确，重心的起伏和前后移动较小，发出的球，最好贴近球网而过，使球在过网之后，立即坠落，球的落点应在对方比赛场地允许落球的近网处和边角处。

（三）常见错误

1. 挥拍动作不以肩为轴，而仅以手腕或小臂的挥动来发球，无完整的弧形引化或引化动作不明显，硬性将球击出。

2. 球未明显抛起，或利用身体遮挡发球。

3. 为达到增加发球威胁的目的，横向挥拍，将球推出球拍。

4. 为追求发球的高远，最后出球时利用手腕勾、挑球拍。

5. 发球时，球拍出球边框未与出球方向保持一致，造成明显的推、煽、压等错误。

6. 发球时，两腿直立，重心没有变化。

（四）训练方法

1. 加强专项辅助练习，严格规范每一个发球技术动作。

2. 多做空拍练习，注意在练习中重心下沉和前后变化。

3. 自抛自接练习，强化球入球拍时的角度和全身整体用力抛球出拍的过程，体会每个球出球拍时拍框与出球方向的正确位置。

4. 对墙或对网发球，进一步体会全身完整用力，杜绝肘、腕的单独发力。

5. 利用场地固定物体，反复练习定位发球，培养发球的方向性、准确性和攻击性。

二、接发球

接发球是比赛中攻守转化的开始，是一项在被动中求主动的技术。它不仅要求身体的灵活性，动作的规范性，判断的准确性，而且必须贯彻积极主动的指导思想。

运用合理的接发球可以破坏对方的发球抢攻，限制对方特长技术的发挥，为自己寻找反击创造条件。接发球技术不好，不仅会直接失分，或给对方以更多的抢攻机会，造成自己战术上的被动，还会因此引起心理上的恐惧。

（一）对接发球的要求

1. 提高对各种发球的预判能力，是接好发球的基础。接发球本身是一个被动的过程，可是接好发球却又可以使被动变主动。

2. 树立积极主动的接发球意识，克服单纯求稳的思想。竞技比赛贵在求变，变速度、变角度、变动作等，打乱对方战术，以我为主，创造得分机会。

（二）接发球方法

1. 接高远球

利用正手基本站位或反手基本站位姿势，眼睛注意观察对方发球的动作，当发出高远球时，应积极主动地利用后撤步向后场底线退步，同时手臂主动伸拍迎球，以腰为中心向有球方转体，重心下沉并后移到后侧支撑腿，球上拍后应顺势化弧，利用腿的蹬伸和腰的转体力量将球向指定位置抛出。

2. 接高压球

此类来球利用旋转从高点发出，势大力沉，因此应适当站在靠近后场处迎球，要求接球时屈膝，并尽量降低重心，上体保持一定程度的前倾，球拍放在腰腹部前侧，根据不同的来球高度，用提前平弧、身后、正翻身、反翻身等动作接抛。

3. 接平快球

此类来球一般沿着球网高度飞来，攻击性很强，因此应注意接球时脚步的快速移动，特别是追身球时，更要先主动侧身动脚，再伸拍迎球，给持拍臂一个自由活动的空间。根据不同的来球方向，可以用水平转体，正、反手接抛高球等动作。

4. 接网前球

网前球因为发球动作小，具有一定的隐蔽性和误导性，因此要求接球时尽可能利用垫步加弓箭步的脚步动作上前，充分利用腿部后蹬力量，重心前移，上体积极下压，上步的同时再伸拍迎球，在保证动作正确性的前提下合理完成接抛球动作。

（三）常见错误

1. 站位靠前或靠后，容易让对方找到空档。
2. 接球时，两腿直立，只靠转腰或弯腰来接球。
3. 接球时，不是主动伸拍迎球，而是等球落在球拍上，造成硬性撞击或连击等。
4. 接远离自己的球时，先伸手再动脚。
5. 接球的技术动作不合理。

（四）训练方法

1. 站位应靠近中线附近，并随发球变化随时调整。
2. 多做持拍空球练习，多体会场地上的空间感觉。
3. 进行各种脚步移动的练习，加强脚步的灵活性。
4. 两人一组，一抛一接反复练习。

第三节　专项辅助训练方法

一、徒手辅助练习

（一）双臂绕环

两脚自然开立，与肩同宽，上体保持中正，屈膝降低重心，两臂微屈，体前平举成抱圆状，使手臂和肩带的肌肉都处于自然放松状态，两臂之间就像抱着一个大气球一样，既不能太紧，也不能过松。练习时，双臂以肩为轴，做向前或向后的连续绕环。要求绕环时双臂始终自然抱圆，肘关节和腕关节保持不动。

（二）太极云手

按照太极拳套路的云手要求和动作规格练习。练习时一定要注意动作的完整连贯性，上下动作要协调一致，要以腰带动手臂，动作要轻缓柔和，划出的圆要对称饱满。

（三）抱圆挥转

两脚自然开立，双臂体前抱圆，以肩关节为轴，向前或向后挥旋，切记在挥旋时，手臂的抱圆不要打开，一定要保持手臂的自然屈度。

（四）单臂抱圆挥旋

用正手基本站位，右臂抱圆，以右肩关节为轴，进行向前和向后的挥转，挥转时要求手心对向身体的横轴，分别以大拇指外侧和小拇指外侧为先导点，向前和向后挥旋，动作协调流畅。

（五）双手上抱圆蹬转

两脚自然开立，双臂侧上举向上抱圆，两手心对向身体的纵轴，并围绕身体的纵轴，在左右脚的蹬转和腿腰的整体带动下，使身体向左和向右做 180°的旋转，要求身体蹬转时保持正直，不要偏离身体的纵轴，不要将手臂伸直。

（六）双手下抱圆蹬转

双臂向下，围绕身体的纵轴抱圆，以身体的纵轴为中心做 180°的蹬转，在做动作时，同样要注意身体保持中正，手臂微屈抱圆。

（七）上抱圆原地水平左右 360°旋转

两脚自然开立，双臂侧上举向上抱圆，两手心对向身体的纵轴，旋转时，以右脚为支撑，身体先向左拧转，然后左脚蹬地，腰部发力，以脚前掌为轴，使身体向右水平旋转 360°回位；左旋时，身体先向右拧转，以左脚支撑，右脚蹬地，使身体向左水平旋转 360°回位。要求练习时双臂打开，保持旋转时身体平衡。旋转时应屈膝降重心。

（八）手臂八字绕环

两脚自然开立，两臂自然打开，右手先向右下方划圆挥摆，再向左上方挥摆，再经过左下回到右上方起始点，使体前出现一个“8”字形运动轨迹。在练习时，首先要注意划“8”字形的两个圆是在身体的两侧完成的。在正手高球线路和反手高球线路划“8”字形挥旋时，正手侧时手心对向身体的横轴，以小拇指的外侧为先导划圆，反手侧时要转换为手背对向身体的横轴，以小拇指的外侧为先导划圆。正手低球和反手低球线路连续划“8”字形时，是以大拇指的外侧为先导，在身体的两侧划圆，正手侧同样是手心对向横轴方向，反手侧是手背对向横轴方向。划“8”字形时全身要上下协调、以腰带臂、连贯流畅。

二、带球辅助练习

（一）左右弧形摆动

两脚平行开立，略宽于肩，两膝弯曲，重心在两脚之间，髋关节放松，上体中正，注意力集中，两眼随球而动，右手正握拍，将球放入球拍，然后向左做弧形摆动，摆动到左侧与肩同高时，再反过来向右做弧形摆动至身体右侧与肩同高的位置。摆动要均匀连贯，另一只手要随着动作自然摆动。弧形摆动到两侧时，拍头应朝前，拍面与地面垂直，摆动的弧线要对称饱满，动作要放松柔和。

（二）左右小抛

在进行左右摆动的基础上，当球拍摆到左侧时，将球沿球拍的左侧边框向上抛出，然后顺势以左侧拍框向上迎球，将球由切线角度柔和地引入球拍，然后继续摆动到右侧时，做同样的抛接迎引，要求主动伸拍迎球并缓冲引化来球的力量，使球沿着切线出拍和切线入拍，并尽量减少球与拍面的撞击。

（三）迎引球练习

左手持球，右手持拍，左手将球向上抛起，右手持拍，主动伸拍向上迎球，使球拍的边框对向来球，根据球的下落速度顺势引拍，并使球柔和地切入球拍，然后带球在体前划弧，连续反复地进行，在练习中反复体会球入球拍时的技术要领。

（四）迎、引、抛练习

练习时，身体自然站立，左手持球，右手持拍，左手将球由身体的左侧向身体的右上方抛出，右手持拍，在体前向右侧上方伸拍迎球，根据球的下落速度迅速引拍，使球柔和地切入球拍，然后带球经体前向左划弧，在弧线划至左侧上方时将球沿弧线的切线方向抛出，左手将抛出的球接住，如此循环进行，反复练习体会球出球拍时的技术要领。

（五）正、反握迎引抛练习

身体自然站立，右手持拍，在体前弧形摆动抛球和接球，主要练习正握拍和反握拍的转换，右手正握球拍带球经体前下方向左侧弧形摆动，在摆至左侧上方时将球抛出，球出球拍后，迅速碾转手中的球拍成反握拍，然后迅速迎球入拍经体前向右弧形摆动，在摆至右侧上方时将球抛出，手中的球拍再迅速碾转为正手握拍迎球，反复练习，对正确合理地使用正反手握拍有很好的效果。

（六）反手接抛球

1. 体前正握反手接抛球

右手正握拍，由左上经左下、右下、右上在身体正前方按逆时针方向做弧形引化，到身体的右前方后顺势将球向左上方抛出，然后用手将球接住，再重复进行，要求动作连贯完整。

2. 体前反握反手接抛球

右手反握拍，由左上经左下、右下、右上在身体正前方按逆时针方向做弧形引化，到身体的右前方后顺势将球向左上方抛出，然后用手将球接住，再重复进行，要求动作连贯流畅、上下配合、协同用力。

（七）带球左右水平旋转

左手拿球，右手持拍，左手将球向右抛入右手的球拍，然后以右脚为支撑，顺势带球向右水平旋转 360°后回位。向左旋时，左手由内向左抛球，右手持拍向左上方迎球入拍，以左脚为支撑，右脚蹬地，使身体向左水平旋转 360°后回位。练习时，一定要保持球在球拍上的离心力，旋转时要固定转动轴，保持动作的沉稳和平衡。

（八）带球左右侧旋练习

1. 右侧旋练习

首先持空拍，身体正手基本站位，重心降低，右手正握球拍，将球拍置于右侧前下方 45°，球拍侧框斜对前方。左臂向持拍臂的对侧打开，左脚蹬地，以右脚支撑使身体向右后旋转，持拍臂和球拍由右侧下 45°向后旋转至身体左侧上方 45°，再经体前旋转回右侧下方 45°起点处。要求整个圆完整连贯，圆心和半径固定，球拍划出的圆在一个平面上，球拍经过旋转后平稳地回到起点处。持拍练习熟练后就可带球完成此练习。

2. 左侧旋练习

首先持空拍，身体反手基本站位，重心降低，右手正握球拍，将球拍置于左侧前下方 45°，球拍侧框斜对前方。左臂向持拍臂的对侧打开，右脚蹬地，以左脚支撑使身体向左后旋转，持拍臂和球拍由左侧下 45°向后旋转至身体右侧上方 45°，再经体前旋转回左侧下方 45°起点处。要求整个圆完整连贯，圆心和半径固定，划出的圆在一个平面上，球拍经过旋转后平稳地回到起点处。在空拍练习熟练后就可带球完成此练习。

第四章　太极柔力球基本技术

第一节　正手接抛球技术

正手接抛球是使用最多的基本技术，也是一项较难掌握的动作。它要求在整个迎、引、抛过程中，身体重心平稳，持拍臂舒展，所划圆弧饱满连续。

一、正手接抛高球

1. 特点和作用：正手接抛高球主要在接对方高远球时使用。其特点是动作幅度大，速度不快，攻击性不强，有一定的隐蔽性。

2. 动作要领：

(1) 接抛球时，根据来球的方向、速度及时调整站位，将接球点置于身体右侧前上方，持拍臂以肩为轴，向右前方主动伸出迎球，身体重心落在左腿上，当球触及球拍后，持拍臂迅速顺势向后经右后上方、右后方、向右后下方做弧形引化，重心也相应作出变化，从身体的右前下方将球抛出。

(2) 在球入球拍时应从球拍的侧框切入，并从入球点对面的侧框出拍，在球出球拍的瞬间，出球点的球拍侧框应与出球方向保持一致，不要让拍头对向出球方向，注意身体重心要稳，双腿主动蹬伸发力，腰要拧转(图 4-1)。

图 4-1　正手接抛高球

二、正手接抛低球

1. 特点和作用：正手接抛低球是变化较多的动作之一。如果动作幅度大且慢，就是一个防攻球的动作；动作快且加力，就是一个正手进攻动作，并且其攻击点准确。因此，此动作可根据需要灵活变化，具有很强的可变性。

2. 动作要领：

(1) 正手接抛低球是指接球队员以正手握拍，接抛身体右侧前下方来球的方法。接球队员正手握拍，接抛球时，根据来球的方向、速度及时调整站位，将接球点置于身体右侧前下方，持拍臂以肩为轴，向右前下方伸出迎球，此时拍面应向外略偏。

(2) 当球触及球拍后，迅速顺势向右侧后约 45°方向做弧形引化，经右前头上方将球抛出。在弧形引化过程中动作要连贯，入球时全身协调拉上力量，双腿要主动蹬伸发力，腰要拧转，特别是在加速加力时，更要腰腿发力。在球出球拍的瞬间，球拍的侧框正对出球方向(图 4-2)。

三、正手接抛球常见错误

(1) 挥拍时不以肩关节为轴，而以肘关节为轴，导致弧形引化过程中拍头位置太低，容易

图 4-2　正手接抛低球

使球滚落。

(2) 接球时没有提前伸拍迎球，而是等球飞行到右后方才接球，因此没有办法做引化动作或引化动作太小，造成球与球拍间的“硬性碰撞”。

(3) 接抛球过程中，没有弧形引化或弧形引化不明显，出现折向发力的动作；或前半段的弧形引化做得还可以，但到了后半段就变成了用拍面来引导，形成弧形引化中断或折向发力的动作。

(4) 接球时，引球不及时，使球失控滑落。

(5) 球入球拍后，向后的引化幅度太大，方向不正确，抛球过程不能保持在一个同半径的圆弧上，使得球拍无法沿圆弧切线出球，而用手腕将球推抖出拍，造成二次发力犯规。

(6) 在出球的后半段为使抛出的球有力，手臂紧张加力，使引化圆弧的半径改变，从而改变了弧线方向，使球折向出拍，造成犯规。

(7) 在完成动作时手握球拍太紧，没有根据弧线位置推碾手中的球拍，致使出球时出球点的拍框没有对向出球方向，违反了拍弧对应关系，造成犯规。

(8) 入球和出球都在球拍上部的拍头部，造成球在拍内折反，在球出球拍时也容易造成折向发力犯规。

四、纠正方法

1. 加强徒手和持空拍的辅助训练，特别要注意球拍入球角和出球角的控制，运动弧线一定要连贯，从入球到出球一气呵成。在空拍动作顺畅自然以后再带球练习。

2. 带球练习时要先慢柔，使动作放松，不要急于加速使力，等动作正确定型后再逐渐加快速度。

3. 在做正手接抛球时，要重视全身的整体协调用力，为手臂的挥旋创造条件，力要从腿、腰而发，带动手臂旋转。如果只用上肢和手臂力量，非常容易造成掉球失误和动作犯规。

4. 练习中应找准手臂挥旋的圆心和半径，上下协调配合，反复训练才能做好这个动作。

第二节　反手接抛球技术

下面四项反手基本技术，它们的接抛球方法、路线、目的都是一样的，其中正握拍的优点是接抛球的稳定性高，容易带上力量，失误少，缺点是控制范围小。反握拍的优点是控制范围大，动作舒展，球路变化多，缺点是接抛球稳定性低，容易失误掉球。

一、反手正握接抛高球

1. 特点和作用：接球队员以正握拍方法，在身体左侧按逆时针方向完成弧形引化动作。此技术动作幅度小，接抛球的稳定性高。主要针对速度不快的反手高球使用。

2. 动作要领：

(1) 接球前，右脚在前，左脚在后，身体左转，球拍上举在头部左前方。

(2) 来球时，根据来球的速度和落点及时调整站位，持拍臂以肩为轴，手臂外旋，拇指在下四指在上，向左前上方伸出迎球，球拍的边框对着来球。

（3）当球触及球拍后，由腰带动持拍臂向左侧后下方做弧形引化，肘部也积极向左胸靠，持拍臂划圆的同时，双脚蹬转，最终将球由左前下方向前抛出（图 4-3）。

图 4-3　反手正握接抛高球

二、反手正握接抛低球

1. 特点和作用：接球队员以正握拍方法，在身体左侧按顺时针方向完成弧形引化动作。此动作易化解速度较快的进攻球，可用于防守，也可用于高点进攻。作为进攻动作时，必须更多地使用腰腹力量。

2. 动作要领：

（1）接球前，右脚在前，左脚在后，身体左转，将接球点置于身体左侧前下方。

（2）来球时，根据来球的方向、速度及时调整站位，持拍臂以肩为轴，向左侧前下方主动伸出迎球，持拍手拇指在上四指在下，拍头略上翘。

（3）当球触及球拍后，使全身的力集中在腰部，以腰带动持拍臂向左后上方做弧形引化后，将球由左前上方向前抛出。在练习加力高点进攻球时，可以转腰向后，背对正前方，利用腰的力量带动手臂挥摆（图 4-4）。

图 4-4　反手正握接抛低球

三、反手反握接抛高球

1. 特点和作用：接球队员以反手握拍，接抛身体左侧前上方来球，并按逆时针方向完成弧形引化动作。其特点是控球范围较大，手臂肌肉放松。此动作可更好地控制球的落点。

2. 动作要领：

（1）接球前，右脚在前，左脚在后，身体左转，球拍上举在头部左前方，此时拇指和食指分握拍柄两窄面处。

（2）来球时，根据来球的方向、速度及时调整站位，持拍臂向左前上方伸拍迎球，同时重心前移到右脚。

（3）当球触及球拍后，迅速以身体的完整力量带动持拍臂向身体的左侧后下方做弧形引化，同时重心后移并下沉，在整个弧形引化过程中，重心也在不断地改变，最后利用腰腿力量，将球由左前下方向前抛出（图 4-5）。

四、反手反握接抛低球

1. 特点和作用：接球队员以反手握拍，接抛身体左侧前下方来球。其特点是控球范围较大，手臂肌肉放松。此动作更多地用于网前小球的处理。

图 4-5　反手反握接抛高球

2. 动作要领：

(1) 接球前，右脚在前，左脚在后，身体左转，将接球点置于身体左侧前下方。此时拇指和食指分握拍柄两窄面处，拍面向内。

(2) 来球时，根据来球的方向、速度及时调整站位，向身体的左侧前下方主动伸拍迎球，同时重心前移到右脚。

(3) 当球触及球拍后，迅速以身体带动持拍臂经左后下方向左后上方做弧形引化，将球在身体的左前上方向前抛出(图 4-6)。

图 4-6　反手反握接抛低球

五、反手接抛球常见错误

1. 不主动伸拍迎球而是等球，拍框没有对向来球方向，容易造成撞击违例。

2. 接抛球时，腰腿直立，仅依靠上肢做引化动作，并在最后只用手臂的肘、腕发力，造成二次发力或折向发力。

3. 在引化过程中，拍头落在拍柄后部，造成在最后出球时必须依靠手腕的挑、压、盖等错误动作出球。

4. 在抛球的一瞬间，为增加出球的力量，用手腕挑、煽出拍，造成折向发力。

5. 在引化过程中，肘部角度改变，引起所划圆的半径改变，造成引化中断。反手位接球动作的协调性、灵活性、稳定性相对正手位都有差距，在训练中如对它的重要性认识不足，则易形成防守和进攻的漏洞。

六、训练方法

1. 加强辅助训练，多做徒手空拍练习，并模拟不同来球方向，增加脚步练习。

2. 一人抛球，一人接球，注意在练习中要主动伸拍迎球。

3. 多球训练，强化反手位的防守和由防转攻的技术训练。

第三节　体前平弧球技术

体前平弧球是指接球队员在身体前侧，用拍头向下的水平弧形引化方法的接抛球技术。由于它的引化动作是有支撑点无实体轴的运动，虽然动作缺少力量，但在场上变化多，进攻效果好，落点精确，是前场常用的小球技术。

一、正拍右拉球

1. 特点和作用：由于此动作是反关节运动，动作幅度不大，要求接球前身体尽量前倾，手臂肌肉放松。此动作主要用来控制攻向本方左腿腰部以下的球。

2. 动作要领：

(1) 接球前，两脚平行站立，自然分开，上体尽量前倾，重心保持在两脚之间，右臂置于身体左侧，拍头自然下垂，两眼正视前方。

(2) 来球时，根据来球的方向、速度及时调整站位，持拍臂向左前上方伸拍迎球，同时重心前移到左脚。

(3) 当球触及球拍后，迅速在体前做水平弧形引化，经两腿前侧向右侧外上方引球划弧，重心也随之跟到右脚，出球时，手臂尽量打开，但手腕不要有挑、抖等动作(图 4-7)。

图 4-7　正拍右拉球

二、正拍左拉球

1. 特点和作用：此动作对于攻向本方右腿下方的球，能很好地化解。其特点是动作自然、简单、合理，便于掌握。要求接球前身体尽量前倾，手臂肌肉放松。

2. 动作要领：

(1) 接球前，两脚平行站立，自然分开，上体尽量前倾，保持重心在两脚之间，右臂自然下垂，轻握球拍，球拍侧框对向来球方向，拍头自然下垂，两眼正视前方。

(2) 来球时，根据来球的方向、速度及时调整站位，持拍臂向前上方伸拍迎球，同时重心前移到右脚。

(3) 当球触及球拍后，迅速在体前做水平弧形引化，经两腿前侧向左侧外上方引球划弧，重心也随之移到左脚，出球时，手臂尽量打开，但手腕不要有挑、抖等动作(图 4-8)。

图 4-8　正拍左拉球

三、反拍右拉球

1. 特点和作用：此动作相对于正手握拍，动作更自然，控制的范围也更大，具有更强的隐蔽性，但较难掌握。

2. 动作要领：

(1) 接球前，两脚平行站立，自然分开，上体尽量前倾，重心保持在两脚之间，右臂自然下垂，轻握球拍，球拍侧框对向来球方向，拍头自然下垂，两眼正视前方。

(2) 来球时,根据来球的方向、速度及时调整站位,持拍臂向前上方伸拍迎球,同时重心前移到左脚。

(3) 当球触及球拍后,迅速在体前做水平弧形引化,经两腿前侧向右侧外上方引球划弧,重心也随之移到右脚,出球时,手臂尽量打开,但手腕不要有挑、抖等动作(图 4-9)。

图 4-9 反拍右拉球

四、反拍左拉球

1. 特点和作用:此动作对于攻向本方右腿下方的球,能很好地化解。其动作更舒展、合理,控球范围也更大,但掌握有一定难度。

2. 动作要领:

(1) 接球前,两脚平行站立,自然分开,上体尽量前倾,重心保持在两脚之间,右臂自然下垂,反手轻握球拍,球拍侧框对向来球方向,拍头自然下垂,两眼正视前方。

(2) 来球时,根据来球的方向、速度及时调整站位,持拍臂向前上方伸拍迎球,同时重心前移到右脚。

(3) 当球触及球拍后,迅速在体前做水平弧形引化,经两腿前侧向左侧外上方引球划弧,重心也随之移到左脚,出球时,手臂尽量打开,但手腕不要有挑、抖等动作(图 4-10)。

图 4-10 反拍左拉球

五、体前平弧球常见错误

1. 出球时,不是用球拍的侧框对着出球方向,沿着球拍的边框出球,而是拍面对向出球方向,将球推、挑出球拍。

2. 腿部僵硬,接抛球过程中重心没有变化,单靠手臂和手腕用力。

3. 入球时没有拉上力量,在最后出球时球无力出拍,只得用手腕力量抖球出拍。

4. 最后择向出球时,不是以身体的整体运力带动球拍划弧并选择出球方向,而是靠手腕的拨、挑、抖、推、托控制出球方向。

六、训练方法

1. 多进行体前摆动训练,体会摆动拉上力量的感觉。

2. 持拍不带球做体前平拉的技术动作,注意腿和腰的蹬转用力和出球时拍框要对向出球方向的强化训练。

3. 两人一组,多球反复抛接练习,在动作标准的前提下再追求动作的变化、速度和球的落点。

第五章　太极柔力球隐蔽球技术

隐蔽接抛球是指接球队员在接抛球时，以身体某个特定部位做掩护，并通过合理的弧形引化将球抛出的方法。由于隐蔽动作突出了出球的隐蔽效果，所以有些动作不能很舒展，无法利用一个运动轴完成动作，可能是复合轴的运动。这就要求在练习中更强调动作的合理性和规范性。

第一节　腿部隐蔽球技术

一、提右腿接抛球

1. 特点和作用：此动作完成较容易，对于对方攻向本方右侧位的网前小球运用较多。可以直接攻对方的右侧对角或后场。

2. 动作要领：

(1) 接球队员正手握拍，成正手基本站位姿势。

(2) 来球时，左脚先向右前方上半步成支撑，重心落于左脚，右腿尽量前上提，同时持拍臂主动伸拍迎球，将引入球拍的球经右腿外侧做弧形引化至腿下抛出。注意球拍边框正对出球方向。

(3) 如果来球较高，可以上左步以左脚起跳，右腿上摆，然后将引入球拍的球经右腿外侧做弧形引化至右腿下抛出(图 5-1)。

图 5-1　提右腿接抛球

二、提左腿接抛球

1. 特点和作用：此动作完成自然，右脚上步，上体自然转动，能很好地利用身体做掩护，起到声东击西的作用。球上拍后可以有较多的球路变化。

2. 动作要领：

(1) 接球队员正手握球拍，成正手基本站位姿势。

(2) 来球时，右脚先向前方上半步成支撑，重心落于右脚，左腿尽量前上提，同时持拍臂主动伸拍迎球，将引入球拍的球经左腿内侧做弧形引化至腿下抛出。

(3) 抛球时，注意身体重心尽量上提，同时保持重心平衡。为了更快地恢复身体平衡，可以在提左腿时加大摆动力度，在完成腿下抛球后，顺势旋转 360°，使身体迅速恢复正手基本站位姿势(图 5-2)。

三、身后接抛球

1. 特点和作用：此动作完成有一定难度，要求身体自然扭转，手脚配合，因球在身后不能用眼睛观测，所以必须具备良好的空间感觉。在有意识地攻击对方某方位时多用此动作，特别

图 5-2　提左腿接抛球

是在接攻击性很强，且离身体很近的球时，可起到很好的化解作用。

2. 动作要领：

(1) 接球队员正手握球拍，拍头向下，保持基本站立姿势。

(2) 来球时，左脚向右脚前方上一步，重心落在右脚，但膝关节弯曲，保持腰部肌肉紧张。同时持拍臂主动伸拍迎球，球上拍后立即身体右转，带动持拍臂以身体中轴为轴向身后引球，这时重心过渡到两脚之间，利用双腿的蹬伸将球抛出。

(3) 球出拍后，应立即撤步回位，保持基本站位姿势。在实战中身后接抛球是常用而且效果较好的隐蔽动作，接抛球时也可采用原地撤步的接抛球动作(图 5-3)。

图 5-3　身后接抛球

第二节　肩部隐蔽球技术

一、肩后球

1. 特点和作用：此动作有很大的可变性，力量小，可以放网前小球，并可精确打点；力量大，可以直接攻对方后场，因动作本身的隐蔽性决定了对方很难看出力量的大小和方位。

2. 动作要领：

(1) 接球队员正握球拍，将接球点置于身体的右前上方。

(2) 球拍拍头向上，持球面对向身体纵轴，在引球入拍后，手臂外展，以左脚和右脚同时蹬转，以身体的纵轴为中心，使身体带动球拍向右后转体 90°到 180°做弧形引化，将球从身体的左侧向前抛出。或以右脚为轴，左脚蹬地后向右脚靠拢，使身体原地向右后拧转，将球从身体左侧肩后抛出(图 5-4)。

图 5-4　肩后球

二、腋下球

1. 特点和作用：此动作和左侧头后球基本一致，不同之处是举起左臂更增加了动作的隐蔽性，对于接左侧位腰部的球更容易。

2. 动作要领：

(1) 接球队员正握球拍，接抛球时将接球点置于身体左侧。

(2) 持拍臂在引球入拍的同时，右脚向左前跨半步，身体向左转体约 90°，右肩正对进攻方向，左臂屈肘上抬，引球入拍后，利用左脚的蹬伸力量，身体重心由左脚移到右脚，此时右手顺势向左后方引化经身后，使球由身体左腋下抛出。

(3) 注意出球时头部要向前，眼看出球方向(图 5-5)。

图 5-5 腋下球

第三节 头部隐蔽球技术

一、左侧头后球

1. 特点和作用：此动作幅度较小，但变化较多，可以在弧形引化中有多个变化。

2. 动作要领：

(1) 接球队员正握球拍，接抛球时将接球点置于身体左侧。

(2) 持拍臂在引球入拍的同时，右脚向左前跨半步，身体向左转体约 90°，右肩正对进攻方向，左臂自然下垂，引球入拍后，利用左脚的蹬伸力量，身体重心由左脚移到右脚，此时右手顺势向左后方引化经身后，使球由身体左侧头后抛出。

(3) 注意出球时头部要向前，眼看出球方向(图 5-6)。

图 5-6 左侧头后球

二、右侧头后球

1. 特点和作用：此动作和肩后球相似，但动作幅度更大，更容易发力。

2. 动作要领：

(1) 接球队员正握拍，接抛球时将接球点置于头部右侧位，拍头向上，拍面朝向身体纵轴。

(2) 持拍臂在引球入拍后，带球由头的右侧向头后做弧形引化，右脚和左脚同时蹬地，重心下沉并保持重心在两脚之间，使身体向右旋约 90°，将球从左侧肩上方抛出(图 5-7)。

图 5-7　右侧头后球

第四节　常见错误与训练方法

一、常见错误

1. 因为受到身体的制约，动作完成不充分，特别是在出球时容易出现煽拍动作。

2. 身体动作不协调，致使动作顺序颠倒。

3. 选择动作不合理，勉强完成动作，没有根据来球的方向、角度、力量选择动作。

4. 在弧形引化过程中，仅注意了身体动作而忽略了技术的要求，没有给球以合理的运行轨迹，被迫将球推、挑出拍。

5. 在做动作时，没有使用全身上下合力，而单纯使用手臂和手腕的力量，影响了出球质量，造成动作犯规。

6. 在做隐蔽动作时身体没有到位，背向出球方向被动出球，或动作幅度过大超出了隐蔽的部位，失去了隐蔽的效果和意义。

二、训练方法

1. 要全面仔细地学习隐蔽技术的正确动作，并要正确理解使用的时机、方向和位置，以形成正确的意识。

2. 分解动作练习。原地持拍练习—移动持拍练习—原地带球练习—移动带球练习—组合动作练习。

3. 两人一组。一人抛球，一人反复练习同一动作。

4. 游戏练习法。两人一组对抛，要求只能用隐蔽球技术抛接练习。

第六章　太极柔力球高级技术

第一节　原地高级技术

一、水平右旋球

1. 特点和作用:此动作加上了脚步的移动和身体的旋转,因此具有一定的攻击性,多用于接攻向本方右侧水平位的球。

2. 动作要领:

(1) 当球向身体右侧上方飞来时,重心右移,持拍向右前上方主动伸拍迎球,同时以右脚为支撑,左脚迅速蹬地,使身体向右后方顺时针方向水平旋转。

(2) 持拍臂带球,拍头朝上,拍面始终面向身体的纵轴,并围绕身体的纵轴进行水平弧形引化旋转。

(3) 在旋转的过程中,头部要稍领先于身体的旋转,左手侧平举保持身体平衡。在球出拍瞬间,出球点的拍框外缘要对向出球方向(图 6-1)。

图 6-1　水平右旋球

二、水平左旋球

1. 特点和作用:此动作和水平右旋球相似,只是方向相反,因此也具有一定的攻击性,多用于接攻向本方左侧水平位的球。

2. 动作要领:

(1) 反手基本站位,当球向身体的左侧上方飞来时,右手持拍向左前上方伸拍迎球,同时,以左脚为支撑,右脚迅速蹬地,使身体向左后方逆时针方向旋转。

(2) 持拍臂挥拍带球,拍头朝上,球拍的持球面对向身体的纵轴,并围绕身体纵轴进行水平弧形引化旋转,在旋转的过程中,头部要稍领先于身体的旋转,左手侧平举保持身体平衡。

(3) 在球出球拍的瞬间,出球点的拍框外缘要对向出球方向(图 6-2)。

图 6-2　水平左旋球

三、原地右侧旋球

1. 特点和作用：此动作因充分利用了全身的合力，故发力迅猛，具有很强的攻击性。该动作在接攻向本方中场附近的正手位球时，运用较多。

2. 动作要领：

（1）原地右侧旋球俗称“正翻身”，接球前，保持正手基本站位。

（2）当球向身体的右下方飞来时，重心下沉，右手持拍向右前下方伸拍迎球，同时右脚后撤支撑，左脚迅速蹬地，重心后移，在身体合力的带动下，持拍臂由右下方侧旋至身体的左上方，将球沿旋转圆弧的切线方向抛出。

（3）在球出球拍的瞬间，出球点的拍框外缘与出球方向保持一致。

（4）在旋转的过程中，头部要稍领先于身体的旋转，左手打开，保持身体平衡(图 6-3)。

图 6-3　原地右侧旋球

四、原地左侧旋球

1. 特点和作用：此动作因充分利用了全身的合力，故发力迅猛，具有很强的攻击性。该动作在接攻向本方中场附近的反手位球时，运用较多。

2. 动作要领：

（1）原地左侧旋球俗称“反翻身”，接球前，保持反手基本站位。

（2）当球向身体的左侧下方飞来时，右手持拍向左前下方伸拍迎球，同时左脚后撤，脚前掌外转并支撑，右脚迅速蹬地，重心后移，在身体合力的带动下，持拍臂从身体的左侧下方侧旋至身体右侧上方，将球沿旋转圆弧的切线方向抛出。

（3）在旋转过程中，圆心和半径要固定，弧线保持在一个平面上(图 6-4)。

图 6-4　原地左侧旋球

五、正手右侧水平高点球

1. 特点和作用：球还在高点飞行时，就伸拍迎球，并利用腰的旋转加力抛球。其作用是对于对方进攻球有较快的反击能力，往往能起到快速反击的作用。

2. 动作要领：

（1）正手握拍成基本位站立，当球在身体右侧，高度在肩以上位置时，就主动及早伸拍迎球，此时拍头朝外，手臂向外打开。

（2）球上拍后，利用腰向右后旋转的力量，引导球拍向身后划水平弧，在拍头运行到头顶位时，腿部发力，腰部向前倾斜加速加力将球抛出（图 6-5）。

图 6-5　正手右侧水平高点球

六、反手右侧水平高点球

1. 特点和作用：反手握拍，因为没有前臂的外旋，手臂肌肉更放松，也更易控制球拍。

2. 动作要领：和正手右侧水平高点球基本一样（图 6-6）。

图 6-6　反手右侧水平高点球

七、正手左侧水平高点球

1. 特点和作用：球还在高点飞行时，就伸拍迎球，并利用腰部的旋转加力抛球。其作用是对于对方进攻球有较快的反击能力，往往能起到快速反击的作用。

2. 动作要领：

（1）正手握拍成基本位站立，当球在身体左侧，高度在肩以上位置时，就主动及早伸拍迎球，此时拍头朝外，手臂向外打开。

（2）球上拍后，利用腰向左后旋转的力量，引导球拍向身后划水平弧，在拍头运行到头顶位时，腰部向前倾斜加速加力将球抛出（图 6-7）。

图 6-7　正手左侧水平高点球

八、反手左侧水平高点球

1. 特点和作用:反手握拍,因为没有前臂的外旋,手臂肌肉更放松,更易控制球拍。

2. 动作要领：和正手左侧水平高点球基本一样(图 6-8)。

图 6-8 反手左侧水平高点球

第二节 腾空高级技术

一、腾空右侧旋球

1. 特点和作用:此动作有很大的发挥空间,在很多情况下可以灵活运用。因为是在腾空后的最高点进攻出球,故具有很强的攻击性,同时因在空中完成整个引抛动作,所以对身体素质和空间感觉有很高的要求。

2. 动作要领:

(1) 正手站位,当球向身体的右侧下方飞来时,屈膝降重心,右手持拍主动向右前下方伸拍迎球,重心前移,同时滑步调整站位。

(2) 当球入球拍后,左脚侧蹬,重心迅速后移,右脚支撑起跳,或双脚同时向右后上方蹬转身体,在空中旋转,带动手臂和球拍,由身体右前下方,经体后向上从身体的左上方再向前划一个完整的弧线。

(3) 当球拍旋转到最高点时,使球沿这个弧线的切线方向抛出,出球点的拍框外缘要对向出球方向,双脚落地必须在限制线后。因此要求在身体起跳时,必须向后上方跳,利用左臂的伸展保持身体在空中的平衡(图 6-9)。

图 6-9 腾空右侧旋球

二、腾空左侧旋球

1. 特点和作用:此动作有很大的发挥空间,在很多情况下可以灵活运用。因为是在腾空后的最高点进攻出球,故具有很强的攻击性,同时因在空中完成整个引抛动作,所以对身体素质和空间感觉有很高的要求。

2. 动作要领：

(1) 反手站位，当球向身体的左侧下方飞来时，屈膝降重心，右手持拍主动向左前下方伸拍迎球，同时滑步调整站位。

(2) 当球入球拍后，右脚侧蹬地面，重心迅速后移，以左脚支撑起跳，使身体在空中旋转，带动手臂和球拍及拍中的球，由身体的左前下方经体后向上，到身体的右上方，再向前划出一个完整的弧线，在这个弧线的最高点处，使球沿着这个弧线的切线方向抛出，出球点的拍框外缘一定要对向出球方向。

(3) 双脚落地必须在限制线后。因此要求在身体起跳时，必须向后上方跳，利用左臂的伸展保持身体在空中的平衡。

(4) 在旋转过程中，头要领先于身体的旋转，提前观察对方的防守情况，将球有目的地攻入对方赛场空档(图 6-10)。

图 6-10　腾空左侧旋球

三、腾空水平旋球

1. 特点和作用：当球越过头又来不及转身时，用此技术可以变被动为主动。因为是在空中完成整个接抛动作，所以对身体素质和空间感觉有很高的要求。

2. 动作要领：

(1) 正手基本站位，当球越过头顶一瞬间，右脚立刻采用后撤步向后移动，同时身体右转，背对正前方，双脚迅速蹬地，使身体腾空，在空中完成围绕身体纵轴的水平旋转，在旋转的同时右臂持拍向右侧上方迎球。

(2) 球入球拍后，以身体的旋转力量带动手臂、球拍及拍中的球，使球从身体的左侧抛出。旋转时拍头向上，球拍的持球面对向身体的纵轴。

(3) 出球时，要注意球甩出球拍的瞬间拍框的外缘要对向出球方向，落地后要迅速恢复基本站位(图 6-11)。

图 6-11　腾空水平旋球

第三节 常见错误与训练方法

一、常见错误

1. 在做旋转动作时，为追求出球速度，球一上拍即翻身转体，没有向后、向下引的过程，势必造成技术动作的错误。

2. 旋转时，身体重心不能保持平衡，拍弧引化产生错误。

3. 旋转没有固定好转动轴，发生动作偏移，使力量分散无法集中，出球无力，造成球拍推、压、煽、抖出球。

4. 弧形引化的最后出球阶段，为使球更有威力，手臂紧张下拉，使旋转半径发生了改变，球拍脱离了正确的运行轨迹，形成折向发力。

5. 没有利用腰腿力量，仅仅依靠上肢划圆，出球点的拍框也不能对向出球方向，容易出现二次加力和折向发力犯规。

6. 对规则的理解不够，进攻前和进攻结束时，脚的落点在前场限制区。

二、训练方法

1. 加强专项辅助练习，多练习持拍步带球旋转的技术。

2. 练习分解动作，迎、引、抛三个技术环节单独练习。

3. 重复练习一个动作。要求先慢后快。

4. 有规律地变化上下左右方向的练习。从慢到快，从轻到重。

5. 多组练习。可规定次数和组数。

6. 打点练习。可在练习者对面放一标志物，要求球落地时尽量击中标志物。

7. 因高级动作对下肢力量要求较高，所以必须加强下肢力量练习。

8. 加强理论学习，正确掌握规则，合理运用规则，为动作的创新提供理论依据。

第七章 太极柔力球步法

太极柔力球步法是指在 $30m^2 \sim 35m^2$ 的长方形场地上，进行快速、合理又有一定规律的上网、后退和两侧移动的方法。步法是及时准确地使用与衔接各项技术动作的枢纽，也是执行各项战术的有力保证，在实战中具有十分重要的地位和作用。步法的好坏，直接关系到运动员的技术水平和发展前途。

第一节 步法的分类

根据场上移动的方向和场区的位置，通常将柔力球步法划分为：上网步法、后退步法、两侧移动步法和起跳腾空步法。根据动作的结构，柔力球步法通常由并步、垫步、交叉步、滑步、跨步、蹬步、单脚跳步、双脚跳步等组成。

一、上网步法

上网步法是指从场地中央位置向网前移动的步法。上网步法可以分为正手上网步法、反手上网步法。为便于随时起动，准备姿势可以两脚前后站立，约同肩宽，两膝微屈，重心在前脚掌，上体稍前倾，并根据来球随时变换站位方向。

上网步法具体可分为跨步、垫步、蹬步。

1. 跨步或前滑步

当判断准对方来球后，左脚掌内侧用力蹬地并侧身向来球方向迈出，接着右脚也向前迈一大步，以脚掌外侧和脚跟先落地，再过渡到前脚掌，右膝关节弯曲并成弓箭步。紧接着左脚自然地向前脚着地方向靠上小半步。接抛球后，右脚蹬地用小步、交叉步或并步回到中心位置。

跨步上网时，要防止因上网前冲力过大，使重心越过右腿而失去身体平衡。另外，前脚脚尖应朝着前进方向，而不应朝向内侧。

2. 垫步或交叉步

当判断准对方来球后，右脚先迈出一小步，左脚立即向右脚垫一小步(或从右脚后交叉迈出一小步)，左脚着地后，脚内侧用力蹬地，右脚再向网前跨一大步成弓箭步，脚跟、脚掌外侧先着地，然后过渡到全脚着地立即缓冲，身体重心在前脚。接抛球后，前脚朝前蹬地，小步、交叉步或并步退回到中心位置。

垫步或交叉步上网的优点是，步子调整能力强，在被动情况下，能利用蹬力强、速度快的特点迅速调整脚步，去迎接来球。垫步或交叉步上网的注意事项同跨步上网。

3. 蹬步

蹬步是在预先判断来球的基础上，利用脚的蹬地，迅速扑向球网，以争取在球刚越过网时立即进行还击。比赛中常用此步法上网“逗”小球。其步法是站位稍靠前，一旦预判对方有打网前球的意图后，两脚轻跳将重心调到左脚，同时左脚用力蹬地，右脚向来球方向大步跨出，侧身移向网前。击球后应立即退回中心位置。

注意：蹬步既要快，又要防止因前冲力过大而触网或过中线犯规。

二、后退步法

后退步法是指从中心位置后退到底线的步法。

后退步法是柔力球步法中最常用的，也是难度较大的步法。生理结构决定了人向前移动总比向后移动容易，特别是向左场区底线后退，对灵活性和协调性的要求更高。后退步法有右后场区后退步法、左后场区后退步法和中后场区后退步法。不论是哪种后退步法，其移动前的准备动作和站位皆同上网步法。

1. 正手后退步法

正手后退步法有并步和交叉步两种。实战中可根据场上情况和个人特点灵活使用。

当判断准来球后，先调整重心至右脚，然后右脚蹬地迅速向右后撤一小步，同时上体右转，左肩对网，接着，左脚用并步靠近右脚(或从右脚交叉后撤一步)，右脚再向后移至来球位置。在移动的同时，必须主动伸拍迎球，并注意动作的正确性。待球在右肩上方下落时，作正手接抛球。完成动作后，身体重心随右脚前移，迅速用小步或并步回到中心位置。

2. 中后场区后退步法

中后场区后退步法是对方来球向中后场区，用过头顶击球技术还击时所采用的后退步法。中后场区后退步法也可用并步、滑步或碎步移动后退。

当判断准来球后，左脚蹬地撤向正后方，同时，髋关节及上体向右后方转动，且稍有后仰。接着，右脚用并步或跨步后撤，或用连续的碎步向后移动接球。击球后，迅速回到中心位置。

3. 反手后退步法

反手后退时，应根据离球距离的远近来调整移动步子。

如离球较近，可采用两步后退步法。一种是左脚先向左后方撤一步，接着，上体左转，右脚向左后方跨一步，背对网。另一种是右脚先向左脚并一步，然后，左脚向左后方跨一步，同时上体左转，右肩对网作反手击球。如离球较远，则要采取碎步后退。

三、两侧移动步法

两侧移动步法主要是防守中场球时所用的步法。其移动前的准备姿势及站位基本同上网步法。

1. 向右移动步法

(1) 蹬步　判断准来球后，上体稍倾倒向左侧，用左脚掌内侧用力蹬地，右脚同时向右侧跨大步，髋关节随之右转，上体稍倾倒向右侧，重心在右脚上，同时举拍迎球。击球后应立即退回中心位置。

(2) 垫步　若距来球较远，则右脚先迈出一小步，左脚立即向右脚垫一小步(或从右脚后交叉迈出一小步)，左脚着地后，脚内侧用力蹬地，右脚再向网前跨一大步成弓箭步，脚跟、脚掌外侧先着地，然后过渡到全脚着地立即缓冲，身体重心在前脚，也就是用右滑步移动。接抛球后，前脚朝前蹬地，小步、交叉步或并步退回到中心位置。

2. 向左移动步法

判断准来球后，上体稍倾倒向右侧，用右脚掌内侧用力蹬地，左脚随髋关节转动的同时向左侧跨一大步。若来球较远，左脚先向左侧移一小步，紧接着右脚往左侧方向起蹬并转身，向左跨一大步。

3. 正反手进攻步法

(1) 单脚后撤步　当来球在中场附近时，若来球较近，可先降重心，跨出左脚在前场限制区里，右脚保持在限制区外，重心偏向跨出的前脚上，同时伸拍迎球。当球上拍后，重心立即后撤，左腿提起向支撑腿方向并靠，同时支撑腿用力，膝关节伸直，身体上拔保持平衡，完成接抛球动作。若离球较远，可先利用并步或滑步移动到来球正前方后，再做动作。

(2) 单脚正翻身步　当来球在中场附近时，先降重心，跨出左脚在前场限制区里，脚外侧用力蹬地，右脚保持在限制区外，重心偏向跨出的前脚上，同时身体右转，向斜下方伸拍迎球。当球上拍后，左脚立即前蹬向后用力，之后提起向支撑腿方向并靠，同时支撑腿用力，膝关节伸直，身体上拔保持平衡，利用身体旋转完成接抛球动作。若离球较远，可先利用并步或滑步移动到来球正前方后，再做动作。

(3) 单脚反翻身步　与单脚正翻身步动作相同，方向相反。

四、起跳腾空步法

1. 双脚腾空正翻身步

当来球在中场附近时，跨出左脚在前场限制区里，脚外侧用力蹬地，右脚保持在限制区外，重心偏向跨出的前脚上，同时身体右转，斜下方伸拍迎球。当球上拍后，左脚立即并靠到右脚，同时右脚向身后跨一小步，脚尖朝外，屈膝重心下沉，利用双腿的爆发力，在空中展体旋转，完成接抛球动作。

2. 双脚腾空反翻身步

与双脚腾空正翻身步动作相同，方向相反。

3. 背对前场腾空步

首先面对前方，当来球越过头顶，在身体后方时，右脚先主动向后伸步，同时左脚紧跟向后垫一小步，重心落于左脚，右脚再向来球方向跨出一大步，同时身体向右旋转面向球飞行方向，屈膝降重心，利用双腿的爆发力，在空中展体接球，完成接抛球动作。

第二节　影响步法移动速度的因素

一、准备动作

准备姿势做得好，有利于脚步的快速移动，此外还包括接抛球后的还原动作。应养成每打完一次球就适当调整一下身体重心的回撤习惯。

二、判断和反应

判断和反应很大程度上取决于运动员视觉和听觉的敏锐。要善于从对方的弧形引化动作、拍面角度、发力方向以及身体变化等方面迅速辨别来球落点并做出反应。

三、两脚的爆发力

人体的位移运动，是由人体的作用力和支撑反作用力相互作用而形成的。移动步法时，运动员运用下肢肌肉的力量作用于地面，使地面产生了大小相等、方向相反的支撑反作用力。因此，腿部力量越大，移动产生的水平位移就越快。

四、腰髋的灵活性

腰髋灵活对于提高双腿的摆动幅度、重心的快速交换、肌肉的协调具有决定性作用。

五、脚步的移动方法

移动方法很重要，正确的移动法，可以最经济地达到移步、选位和接抛球的目的。

以上一些基本步法的组成均包括起动、移动、协助完成击球和回动四个环节。

第三节　步法的训练

太极柔力球的速度快，落点变化多，出球多样，要求运动员既要熟练掌握各种步法，又能在复杂的环境中灵活地运用。要达到此目的，必须在训练中进行长期系统的练习，才能符合实战

的要求。在步法训练时应注意以下几点:

一、起动要快

起动是各种步子移动的前提,只有起动快,才能迅速到位。这不但能取得较高的击球点,争取时间的主动,还能更好地完成各种击球动作。

要做到起动快,应该注意以下要点:准备时,两脚不能站实(即以全脚掌着地),这样不利于蹬地起动,而应稍提脚跟,并使两脚保持微动。在起动前应提高预判能力,即根据对方击球的习惯动作,提前判断来球的方向,以便及早做好起动的准备。这一点对于初学者来讲往往是不容易的。但只要在平时的训练和比赛中细心观察、分析对手的击球特点和习惯动作,就能为预判提供依据。这也是一种心理训练。在学习太极柔力球的初级阶段,如能将这种心理训练很好地和技术、战术训练结合起来,就能很快地提高技战术水平。

二、注意接抛球后重心的交换

不论采用何种击球动作,移动步法时,身体重心必须紧密跟随。应随时调整重心的位置来满足技术的需要。

三、准确判断

接抛球过程中,要注视对方的动作,特别要学会用眼睛盯住对方出球时拍形、拍框的方向。只有这样,才能做到来球还处在对方场地上空时就能判断清楚来球的方向和落点,从而有较多的时间完成移动步法,从容回击。

四、及时回动

所谓回动,就是在接球后立即回到适当的位置(原则上同中心位置),准备接下一个来球。如不善于立即回动,则极易暴露自己的空档而遭到对方的攻击。这就要求:

(一) 要增强回动意识,每击完一球后,不停留在原地,也不盲目前后跑动,而是积极调整步子,原则上应回到中心位置。

(二) 在上网时要保持身体平衡,充分利用右脚的回蹬回撤。

(三) 后退时,最后一步重心要在右腿上,击完球后,身体重心应随右脚前移,上体前压,协助回动。

(四) 不论是上网、后退,还是两侧移动,如出现脚步混乱,则应立即以小步尽快调整到正常步法。

五、训练方法

(一) 先练单一步法,后练结合步法。

(二) 空拍练习,以熟练个人打法常用的主要步法。

(三) 两人对练,一人抛球,一人练习。抛球速度先慢后快。要求练习者在动作正确的前提下,做相应的步法移动。

(四) 根据个人的打法特点,有针对性地安排步法练习内容,以达到扬长避短的目的。

(五) 做某一种步法练习时,规定次数或组数,或要求在规定时间里完成一定的次数或组数,练习时必须保证回撤到原位。

(六) "M"字步练习法。练习步法者站在"M"字中间稍下一点位置,跑动时每个方向跑完后需回到原站位。可规定次数或时间。

(七) 步法练习可以和专项素质训练结合起来,以提高起动速度和增强下肢力量。

(八) 步法和手法紧密结合起来,注意身形的变化和手法的正确性。

(九) 利用多球进行步法训练,并结合具体技术,要求步法到位。

第八章　太极柔力球基本战术

第一节　运用战术的基本原则

一、战术的含义

体育战术是一种为实现确定的比赛意图，通过参赛者的个体或群体行为来实现的原则和方法。

在比赛中，双方都想要控制对手，力争主动。以己之长，攻彼之短，抑彼之长，避己之短，控制与反控制的竞争是十分激烈的。能够根据不同对手的特点，采取相应变化的技术手段战而胜之，这就是战术的意义。

二、太极柔力球战术目的

（一）调动对方位置

对方一般站在场地中心位置，全面照顾各个角落，以便回应各种来球。如果把对方调离中心位置，其场区就会出现空档，这空档就成了进攻的目标。

（二）使对方重心失去控制

利用重复球或假动作打乱对方的步法，使对方重心失去控制，来不及还击或延误接球时间而导致回球质量差，造成被动。

（三）消耗对方体力

控制球的落点，最大限度地利用整个场地，把球攻到场地的四个角上或离对方最远的位置，尽量使对方在每一次回球时消耗体力。在争夺一球的得失时，也应以多拍调动对方，让对方多跑动，当对方体力不支时，再行进攻。

（四）有意识攻其易失误点

在对抗中，一旦发现对方有某个技术动作或技术环节不规范而易被裁判判罚时，则可有意识的多将球抛至对方易失误点，造成对方接球质量不高或技术动作错误而失分。

（五）瓦解对方意志

“攻其心、乱其谋、泄其气、夺其志。”在比赛中，通过各种方式、手段和途径对对方进行刺激和影响，进而使对方变攻为守，或铤而走险，或失去信心等，以打乱对方的原战术并使之出现混乱，战而胜之。

三、运用战术的基本原则

（一）知己知彼，百战不殆。球场上除了知道自身技战术特点，也要求能掌握对方的技战术特点，针对场上可能出现的情况，设计多种可行对策。赛前做好充分准备，不论在比赛节奏上还是具体打法上要尽可能力争主动，控制场上局面，而不要误入对方的“圈套”。要随时根据场上的变化调整战术，让对方摸不到规律。

（二）在比赛中要最大限度地发挥自己的优势和特长，找准对方弱点或要害，力求以长击短。在比赛中要攻防结合，打吊结合，精心做好攻防动作的衔接和组合，讲究攻防的一体性和进攻的连续性。

（三）双打要发挥两名球员的技战术优势，正确选位，合理分工，默契配合，形成最佳攻防体系。在规则允许的范围内，运筹谋划，大胆创新。

第二节　太极柔力球的常用战术

一、单打战术

1. 压后场战术

遇到技术不够熟练、后场还击能力差、回球路线和落点盲目性大的对手时，一般采用这种战术，压对方于后场底线附近，造成对手被动，然后伺机进攻得分。另外，在对付后退步法较慢、反击能力较差的对手时，可以重复压后场底线或重复攻后场直线，突击对角线，都能取得很好的效果。

2. 放前攻后战术

在对付移动步伐较慢、网前应变能力较差的对手时，先吊网前小球，打乱对方的阵脚，然后突然攻击对方的后场底线。

3. 打四方球结合突击战术

这种战术用来对付体力差、步伐慢的对手时较为有效。它以快速、准确的落点攻击对方场区的四个角落，调动对方前后左右奔跑，并在对手来不及回位时，向其空档部位进攻。

4. 攻后吊前战术

先用长线高点进攻球压攻对手的后场，然后突然利用旋转时的速度变化或隐蔽技术手段将球吊在网前。

5. 真假变换战术

充分利用弧形引化过程的时间，用身体的假动作、眼神等，以真真假假、虚虚实实，让对手琢磨不定，疲于应付，然后伺机攻其不备而得分。

6. 追身球战术

人的裆部到头部之间是正反手接抛都最感困难的部位，是防守中的弱点。用追身球直指对方胸前，可使对方接抛困难，或直接造成对手失误。

二、单打进攻战术的应变

1. 发球抢攻战术的应变

发球抢攻是比赛的重要得分手段，可根据对手的站位、回应球的习惯球路、反击能力、打法特点、精神和心理状态等情况，运用不同的发球方法，以取得前几球的主动权。通过这一战术的运用，打乱对手的整个战略部署，造成对方措手不及。特别是在关键时刻，运用发球抢攻战术能达到较好的效果。相持时可以用它来打开僵持的局面，力争主动；领先时可以用它来乘胜追击，一鼓作气战胜对手；落后时可以用它来做最后的拼搏，力挽狂澜，反败为胜。

(1) 发前场区球抢攻战术

发前场区球的目的，一是为了偷袭，如对方反应慢，或站位偏后场，偷袭成功率较大；二是为了限制对手的快速攻击；三是通过有意识地准确判断对方的回击球路，从而组织和发动快速而强有力的抢攻，达到直接得分或获得第二次攻击机会。

(2) 发平快球抢攻战术

发平快球抢攻战术和发前场区球抢攻战术的不同点在于：发前场区球抢攻可直接抓住战机进行抢攻，而发高远球抢攻则要通过守中反攻的手段才能获得抢攻的机会。

发平快球的目的，一是为了配合发前场区球抢攻；二是让对手进行盲目进攻或在我方判断的范围之中进攻，使发球方能从防守快速转入进攻；三是造成对手因失去控制而直接失误。

(3) 发高远球战术

发高远球战术的目的，一是为了把对手逼至后场区而造成网前区的空缺；二是让对手无法进攻或进攻路线变长而造成进攻力量不足；三是为自己进场准备接发球赢得较充分的时间。

(4) 发高压球进攻战术

利用高压球势大力沉、攻击速度快的特点，迫使对手接球困难，回球质量差，为我方进攻创造条件。发高压球目的主要是限制对手接发球进攻，争取我方主动权。

2. 接发球抢攻战术的应变

接发球抢攻战术是接发球战术中最易得分、最具威胁力的一种战术。但前提是对手发球的质量欠佳，如发高远球时落点不到位；发前场区球过网时过高；发平快球时速度不快，角度不佳。

离开上述前提条件而盲目地进行抢攻，效果就差，成功率就低。除此以外，还要有积极、大胆的抢攻意识。要获得抢攻战术的成功(得分)还应根据自己的技术特点和身体条件，同时结合对手的技术特点、身体条件和心理素质。

抢攻战术的完成大都要由两三拍抢攻球路的组织才能奏效。所以一旦发动抢攻就要加快速度，扩大控制面，抓住对手的弱点或习惯路线一攻到底，一气呵成，完成一个组合的抢攻战术。

3. 单个技术的进攻战术应变

(1) 重复高远球进攻战术

这种战术的特点是以重复高远球进攻对手同一个后场区，甚至可连续重复数拍，以求达到置对手于死地或逼对手回应球质量差，以利我方进行最后一击。这种战术对主动上网快、控制底线球能力差以及后撤步法差的对手效果较好。

(2) 拉开两边高远球进攻战术

这是使用高远球或连续攻击对手两边后底线，以求获得主动权，或逼对手陷入被动，以利于我方最后一击的战术。采用这种战术，要求我方控制高球的出手速度、击球的准确性和动作的一致性都较好。这种战术对主动上网快，两底线攻击能力较弱的对手效果较好。

(3) 重复网前小球战术

重复使用网前小球，吊两边或吊一边，以求获得主动攻击权。这种战术要求我方吊球技术较好，并能掌握假动作吊球，对于对手上网步法差，或回底线球不到位，而急于后退去防守我方的对手最为有效。

(4) 重复杀球进攻战术

当遇上一位习惯防守的对手时，就可采用重复杀球的进攻战术。采用这种战术首先要了解对手的情况，然后先有意识“喂”对手几个球，观察其战术特点，而后调整好自己的位置，反复强攻，并注意落点的刁难性。

(5) 高远与小吊的进攻战术

可依据对手站位情况，反复采用高远与小吊的进攻战术，迫使对手疲于应付，使其技术动作变形，一旦回球质量不高，就可乘势进攻得分。

4. 单打防守战术的应变

防守战术的原则是“积极防守”、“守中反攻”，而不是“消极防守”。因此，要达到“积极防守”，“守中反攻”的目的，就要在自己处于防守的被动情况下，通过调整战术来化解对手的攻势、夺回失去的主动权。这就必须具备较好的防守能力，包法手法、步法、身法等。

(1) 打两底线高远球的防守战术

打两底线高远球是为了使自己有更多的时间调整，从而为转守为攻创造条件。这种战术在防守上非常有效。

(2) 采用长短结合的防守战术

在防守中采用勾对角网前小球和放后场高远球战术是很有效的，当然，这需要准确判断对手进攻的落点，反应到位，并具有灵活多变的手法，才能打出精准的勾对角球，达到“守中反攻”的目的。

三、双打战术

双打要求两名队员配合得像一个人，才能把两人的长处结合起来，打出比任何一个人单打水平都高的比赛。由于双打战术的机动灵活，变化比单打复杂得多，无论是在高水平的对攻战还是在中低水平的攻防战中，能做到瞬间的默契配合很不容易，而这一点正是双打战术的突出特点，是双打战术成功的关键。“默契配合”要建立在两人相互了解和信任的基础上，是在长期配合中磨炼出来的。好的双打配对应紧密合作、互创条件、扬长避短、相辅相成，在场上有呼有应、相互鼓励、气势如虹，即使由于实力不如对手而失利，两人合作也是愉快、融洽的。因此，双打的根本是两人如同一个整体，无论何时都要并肩作战，移动要一致。可以想象为两人被一根松弛的绳子相连接，这根绳子使他们一同向前、向后、向左、向右移动。

1. 发球的战术

双打球经常比单打球更具强烈的攻击性。发球可充分观察对手站位，考虑对手回球路线。在比赛中，通常发球技术最好的球员应该是第一发球员。而在每次发球时，发好第一次发球尤为重要。

2. 攻人战术

这是一种经常运用的行之有效的战术。当发现对手有一个人的防守能力或心理素质较差，失误率比较高或防守时球路单调，就可采用这种战术，把球进攻到这个较弱者的一边。这种战术可集中优势兵力以多打少，以优势打劣势，造成主动或得分。另外有利于打乱对手防守站位，另一个不被攻的人，由于没有球可打，慢慢地站位会偏向同伴，形成站位上的空档，有利于我方突击另一线而成功。并可能造成对手思想上的矛盾而互相埋怨，影响其士气。

3. 攻间隙战术

不论对手把球打到什么地方，我方攻球的落点都应集中在对手两人之间的结合部，并靠近防守能力较差者一侧，或在中线上。攻中路战术，可以造成对手抢球或漏球；可以限制对手击出大角度的球路，有利于我方网前的小球变化。这是对付配合较差对手的有效战术。

4. 攻直线战术

即杀球路线和落点均为直线，没有固定的目标和对象，只依靠杀球的力量和落点来得分。当对手的来球靠边线时，攻球的落点在边线上；当对手的来球在中间区时，就朝中路进攻。这个战术在使用上较易记住和贯彻，杀球路线虽然难度高一些，但效果不错。

5. 拉开掩护战术

双打中己方一人接抛球时，另一人积极跑位，拉开掩护，用准备接球进攻的行动，吸引对方防守队员，为接球手进攻创造机会。

6. “二传球”战术

对手击来的球我方不是一次就回击过去，而是充分利用规则进行一次“二传”（俗称“做球”），为本方主攻手创造进攻机会。二传战术要求两人配合默契，分工明确。

以上是太极柔力球竞技比赛中的常用战术打法。技术是战术的基础，战术是技术的灵魂，二者相辅相成。在运用战术时要注意技术的合理性，如求快时不可撞击或省略引化，求慢时不可停顿或持球引化，追求方向时不可折向，追求杀伤威力时不可二次发力。一个战术的运用，往往能为下一个战术创造机会。赛场情况千变万化，战术运用也应灵活多变，所以要不断创新发展。

第九章 太极柔力球表演套路

第一节 套路基本动作规格

太极柔力球套路练习是近五年流行起来的一种全新的表演形式，此种形式的推广和普及，一方面极大地宣传了太极柔力球运动表现方面的多样性，同时也得到了广大太极柔力球运动爱好者的喜爱，并在短短的五年时间里，创编出四套柔力球规定套路和多姿多彩的自选套路，现对套路表演中基本动作规格进行说明(以右手持拍为例)。

一、预备姿势

身体保持直立，双脚并拢，双臂自然下垂，双眼正视前方，一只手正握球拍，另一只手持球。

二、摆动类

(一) 左、右摆动

1. 左摆动：由右向左经体前划弧至左侧位。

2. 右摆动：由左向右经体前划弧至右侧位。

(二) 其他位置的摆动

身体前后和水平的左、右摆动，体侧前后摆动，各种动作的连接摆动，动作开始和结束时摆动。

要求及注意事项：

1. 持拍臂自然弯曲，以肩为轴，带动球拍弧形摆动。

2. 左、右摆动时，要前半程用力，身体保持中正平舒，轻灵沉稳，先沉后移。

3. 左、右摆动时所划的弧形要左右对称，拍尖始终向前，约与肩同高，所持拍的拍面应始终围绕所划弧形的圆心。

4. 整个动作应自然放松、完整连贯、协调用力，力应用在前半程。

5. 无论哪个角度所完成的摆动都应是一条弧线，无论弧线大小都应呈圆弧形。

6. 身体姿态美观大方，步伐清楚准确，左臂自然配合摆动。

三、抛接

(一) 左、右小抛

1. 左侧小抛：左侧抛出，左侧迎入。

2. 右侧小抛：右侧抛出，右侧迎入。

要求及注意事项：

1. 抛球时应沿所划弧线的切线将球沿球拍的边框抛出，手腕不能用力拨球、挑球。

2. 抛球的时机应接近弧形摆动的极点(稍高于肩时)。

3. 接球应主动迎、引，球入拍时应悄无声息，及时顺势拉球作弧形引化。

4. 整个动作应前半程用力，自然放松、完整连贯、协调用力，左臂自然配合摆动。

(二) 正、反抛接

1. 正抛：顺时针的抛接为正抛。

2. 反抛：逆时针的抛接为反抛。

要求及注意事项：

1. 从引化至抛接应完整连贯，全身协调用力，所划的圆应圆润流畅。

2. 球应沿所划弧的切线方向抛出，球出拍时，球拍出球点的边框外沿应与出球方向保持一致，不能拨球、挑球。

3. 接球应主动迎、引，球入拍时应悄无声息，及时顺势拉球作弧形引化。

4. 整个动作应前半程用力，自然放松、完整连贯、圆润流畅、协调用力，左臂自然配合摆动。

（三）身后抛接

持拍臂借助身体蹬转在体侧围绕身体划弧，在身后将球沿所划弧线的切线抛出。

要求及注意事项：

1. 抛接要以身体的纵轴为轴，下抱圆蹬转。

2. 下抱圆蹬转时，拍尖向下（稍稍内扣），以身体上下协调的蹬转力量将球抛出。

3. 身后抛球应借助蹬转顺势将球沿所划圆的切线抛出，不能用肘和手腕用力挑球。

4. 接球时主动迎球，将球悄无声息地迎入球拍，及时顺势拉球作弧形引化。

5. 脚和左臂合理配合，身体姿态优美。

（四）腿下抛接

持拍臂弧形摆动经腿下将球沿所划弧线的切线方向抛出。

要求及注意事项：

1. 向前踢腿的角度要高于90°，支撑腿要自然伸直，身体要中正。

2. 抛球时球应沿所划弧线的切线方向抛出，不能拨球、挑球。

3. 接球时主动迎球，将球悄无声息地迎入球拍，及时顺势拉球作弧形引化。

4. 脚和左臂合理配合，身体姿态优美。

（五）其他抛接

要求及注意事项：

1. 所有抛接应符合太极柔力球的技术原理（拍弧对应关系）。

2. 所划的弧线应圆润流畅。

3. 抛球时不能拨、挑。

4. 接球时主动迎球，将球悄无声息地迎入球拍，及时顺势拉球作弧形引化。

5. 脚和左臂合理配合，身体姿态优美。

四、翻拍

（一）摆翻

1. 左摆翻：由右侧位摆动至左侧位极点时逆时针翻拍。

2. 右摆翻：由左侧位摆动至右侧位极点时顺时针翻拍。

要求及注意事项：

1. 摆动时所划的弧要完整，应沉摆至极点顺势翻拍。

2. 翻拍时应圆润流畅，拍与球沾连粘随。

（二）绕翻

1. 正绕翻：顺时针绕环，在绕环的过程中球拍在手中旋转360°。

2. 反绕翻：逆时针绕环，在绕环的过程中球拍在手中旋转360°。

要求及注意事项：

1. 绕翻时应做到在绕环过程中翻拍，翻拍的过程中绕环，做到圆不缺、环不断。

2. 整个动作应上下相随，节节贯穿，圆润流畅，连绵不断。

3. 肢体应配合自然、协调一致，上翻下行姿态美观，形成流动的整体。
4. 其他位置的绕翻，要求同上。

五、绕环

（一）正绕环：由右侧至左侧顺时针绕环。
（二）反绕环：由左侧至右侧逆时针绕环。
（三）正反八字绕环：在体前左右绕环，形成一个躺着的“8”字。
（四）向上的螺旋盘绕：由下而上盘绕。
（五）向下的螺旋盘绕：由上而下盘绕。
（六）其他类型的绕环：身体各方位的绕环。

要求及注意事项：
1. 球拍合一，以腿腰带动肢体，协调用力。
2. 环要绕得圆润、流畅、不折、不停、不断。
3. 身体舒展、自然，步伐轻盈、矫健，姿态优美、大方，左臂协调配合。

六、转体和旋转

（一）左、右蹬转（180°以上）
1. 以左脚为轴向左蹬转。
2. 以右脚为轴向右蹬转。

要求及注意事项：
1. 蹬转时力要发自于腿、主宰于腰。
2. 要以身体的纵轴为轴，保持中正，重心平稳。

（二）左、右旋转（包括平旋、立旋）
1. 以左脚为轴向左、右旋转。
2. 以右脚为轴向左、右旋转。

要求及注意事项：
1. 旋转时力要发自于腿、主宰于腰。
2. 要以身体的纵轴为轴，保持中正，重心平稳。
3. 立旋时持拍臂借转体蹬转以矢状轴为轴划圆，动作舒展大方，姿态优美。

第二节　规定表演套路（一）

第一节　左右摆动（2×8 拍）（图 9-1）

图 9-1　左右摆动

预备姿势：直立，两臂自然下垂，右手正握拍，左手持球。

第一个八拍：

第 1 拍：左脚向左横跨一步成马步，膝屈约 135°，同时右手持拍向右摆至身体右侧与肩同高，右臂微屈抱圆,左手持球抛入球拍。接着右手持拍带球向左弧形引化摆动至身体左侧与肩同高,拍尖朝前,右边框向下,拍面约与地面垂直,身体重心随之移至左腿成左弓步,左臂自然向左摆动。

第 2 拍:向右作弧形引化摆动至身体右侧与肩同高,拍尖朝前,左边框向下,拍面约与地面垂直,身体重心随之移至右腿成右弓步,左臂自然向右摆动。

第 3、4 拍,第 5、6 拍,第 7、8 拍分别同第 1、2 拍。

第二个八拍:

第二个八拍左、右并步做左、右弧形摆动。最后一拍成右弓步,右手正握持拍带球置身体右侧与肩同高。

要求及注意事项:

1. 以腰带动身体和球拍左右摆动,重心平稳,左右移动。

2. 左、右弧形摆动时,持拍臂应保持微屈,拍尖始终朝前,在体前左、右划弧,左、右极点对称约与肩同高。

3. 整个动作应球拍合一,人拍合一,动作柔和、连贯,自然放松,余光跟球。

第二节　正面绕环(4×8 拍)(图 9-2)

图 9-2　正面绕环

预备姿势:原地右弓步站立,右手正握拍置身体右侧与肩同高。

第一个八拍:

第 1 拍:由右向左弧形摆至左侧与肩同高。

第 2 拍:由左向右弧形摆至右侧与肩同高。

第 3 拍:持拍带球在体前正面顺时针绕环一圈。即由左向下、向右、向上、向左绕环一圈。

第 4 拍:顺势向左弧形摆动至左侧与肩同高。

第 5、6 拍:向左、右弧形摆动各一次。

第 7 拍:持拍带球在体前正面逆时针绕环一圈。即由左向下、向右、向上、向左绕环一圈。

第 8 拍:顺势向右弧形摆动至右侧与肩同高。

第二个八拍同第一个八拍。

第三、四个八拍左、右并步移动做以上动作。

要求及注意事项:

1. 左、右弧形摆动的要求同第一节。

2. 正面绕环时,应立腕持拍(大拇指朝上),拍面斜对身体。球、拍、腕、臂应随身体重心协调划圆。

3. 整个动作应球拍合一,人拍合一,心中有圆,余光跟球,流畅、圆润,有节奏。

第三节　左、右转体(4×8 拍)(图 9-3,图 9-4)

预备姿势:原地右弓步站立,右手正握拍置体前右侧与肩同高。

第一个八拍:(向左转 180°,或称“正转”)(图 9-3)

第 1 拍:向左水平摆动至体前与肩同高。

图 9-3 左、右转体(a)

第 2 拍:向右水平摆动至身后与肩同高。

第 3 拍:向左水平摆动的同时,以左脚前掌为轴,向左水平转体 180°,成右弓步,右手持拍带球顺势摆至体前与肩同高。

第 4 拍:由前向后水平摆动至身后。

第 5 拍:由身后水平摆动至体前。

第 6 拍:同第 4 拍。

第 7 拍:同第 3 拍。

第 8 拍:同第 2 拍。

第二个八拍:(向右转 180°,或称“反转”)(图 9-3)

第 1 拍:向左水平摆动至体前与肩同高。

第 2 拍:由左向右水平摆动的同时,以右脚前掌为轴,向右水平转体 180°,成右弓步,右手持拍带球顺势摆至身后与肩同高。

第 3 拍:由身后向体前水平摆动。

第 4 拍:由体前向身后水平摆动。

第 5 拍:同第 3 拍。

第 6 拍:转体,同第 2 拍。

第 7、8 拍:分别同第 3、4 拍。

第三、四个八拍:(转体 360°,图 9-4)

图 9-4 左、右转体(b)

第 1 拍:由右向左弧形摆动至左侧。

第 2 拍:由左向右弧形摆动至右侧。

第 3、4 拍:右手立拍带球,在向左弧形摆动的同时,带动身体向左平转 360°,先后以左脚和右脚前掌为轴,向左连续做两次平转 180°,右手持拍带球摆至左侧与肩同高,成左弓步。

第 5、6 拍:向右、向左弧形摆动各一次。

第 7、8 拍:同第 3、4 拍,但方向相反,即向右平转 360°,右手持拍带球摆至右侧与肩同高,成右弓步。

要求及注意事项:

1. 转体时,应以身体带动臂、拍、球一同转体,动作协调、柔和,拍到动作到。

2. 转体 360°时,下肢应保持微屈,成马步,上体正直,持拍臂抱圆,立拍带球,拍面对向身体，拍尖朝上，眼跟球走。

3. 平转时，应连贯、圆润，身体左右移动时要平稳，左、右移动在一直线上。

4. 平转时，应人拍合一、球拍合一。

第四节　左、右小抛(4×8 拍)(图 9-5)

图 9-5　左、右小抛

预备姿势：右弓步站立，右手正握持拍置体前右侧，与肩同高。

第一、二个八拍：

第 1 拍：由右向左弧形摆动至身体左侧，将球沿球拍的左边框向上抛出。球抛出的高度稍过头顶。

第 2 拍：右手握拍在左侧主动迎球切纳入拍，接着向右弧形摆动至右侧并将球沿球拍的右边框向上抛出，球抛出的高度稍过头顶。

第 3 拍：右手握拍在右侧主动迎球切纳入拍，并向左弧形摆动至左侧，接着将球向上抛出。要领同第 2 拍。

第 4 拍：同第 2 拍。

第 5 拍：同第 1 拍。

第 6 拍：同第 2 拍。

第 7 拍：同第 1 拍。

第 8 拍：同第 2 拍。

第三、四个八拍：

第 1 拍：由右向左弧形摆动至身体左侧，将球沿球拍的左边框向上抛出。球抛出的高度稍过头顶。

第 2 拍：右手顺势换成反握拍，并在左侧主动迎球切纳入拍，接着向右做弧形摆动至身体右侧，将球沿球拍的右边框向上抛出。球抛出的高度稍过头顶。

第 3 拍：右手顺势换成正握拍，并在右侧主动迎球切纳入拍，接着向左做弧形摆动至身体左侧，将球向上抛出，球抛出的高度稍过头顶。

第 4 拍：同第 2 拍。

第 5 拍：同第 3 拍。

第 6 拍：同第 2 拍。

第 7 拍：同第 3 拍。

第 8 拍：同第 2 拍。

要求及注意事项：

1. 弧形摆动时身体重心左、右平稳移动。

2. 抛球时应沿球拍的边框顺势向上抛出，抛球的时间应接近左、右弧形摆动的极点。

3. 接球时，持拍主动迎球，切纳入拍，应悄无声息。

4. 换握拍的时间应在左、右抛球后，迅速而协调地完成。

第五节 正反抛接(4×8拍)(图9-6)

图9-6 正反抛接

预备姿势:原地右弓步站立,右手正握拍置体前右侧,与肩同高。

第一个八拍:

第1拍:由右向左弧形摆至左侧,与肩同高。

第2拍:由左向右弧形摆至右侧,与肩同高。

第3拍:由右向左弧形摆动至身体左侧,将球沿球拍的左边框向右上方抛出,球抛出的高度稍过头顶,接着右手持拍顺势迅速向右顺时针绕至身体右侧,准备正手接球。

第4拍:右手持拍主动迎球,使球从球拍的右边框切纳入拍,并顺势向左弧形摆动至身体左侧,与肩同高。

第5、6拍:同第1、2拍,但动作方向相反。

第7、8拍:同第3、4拍,但动作方向相反。

第二个八拍:同第一个八拍。

第三、四个八拍:基本同第一个八拍。只是在第3拍、第7拍抛球绕圆的同时,脚步移动,有一次并步。

要求及注意事项:

1. 抛球时间应接近在左、右弧形摆动的极点,抛球的高度要适中。
2. 接球时应主动迎接,切纳球入拍应悄无声息。
3. 整个动作应圆润、连贯、富有节奏,余光跟球。
4. 身体重心应随动作左、右移动平稳。

第六节 腿下抛接(4×8拍)(图9-7)

图9-7 腿下抛接

预备姿势:直立,右手正握拍置于身体右侧,与肩同高。

第一个八拍:

第1拍:由右向左弧形摆至左侧,与肩同高。

第2拍:由左向右弧形摆至右侧,与肩同高。

第3拍:由右向左弧形摆动的同时,左腿向前踢起90°,并将球由腿下向左上方抛出。

第4拍:左腿放下的同时,球拍在身体左侧顺势接纳球入拍,并向右弧形摆至右侧,与肩同高。

第5拍：同第1拍。

第6拍：同第2拍。

第7拍：同第3拍，只是踢右腿。

第8拍：同第4拍。

第二、三、四个八拍：同第一个八拍。

要求及注意事项：

1. 向前踢腿的高度约90°，抛球时，拍面应低于腿下，抛球的高度稍过头顶。

2. 接球时，迎、切纳入拍正确。

3. 整个动作流畅、连贯、协调而有节奏，踢腿时应保持身体平衡。

第七节　身后抛接（4×8拍）（图9-8）

图9-8　身后抛接

预备姿势：分腿站立，右手正握拍置于身体右侧，与肩同高。

第一个八拍：

第1拍：由右向左弧形摆至左侧，与肩同高。

第2拍：由左向右弧形摆至右侧，与肩同高。

第3拍：左脚向前移出一小步，身体向右拧转约45°，同时右手持拍纳球从身后向左弧形摆至身后左侧，将球向右上方抛出，右手持拍迅速向右弧形回摆至身体右侧，同时，左脚向后收回一小步，成分腿站立，准备接球。

第4拍：右手持拍主动迎球，切纳入拍，向左弧形摆至左侧，与肩同高。

第5拍：由左向右弧形摆至右侧，与肩同高。

第6拍：同第3拍。

第7、8拍：分别同第4、5拍。

第二个八拍：

第1拍：同第一个八拍的第3拍。

第2拍：在身前正手抛接一次。

第3拍：同第1拍。

第4拍：同第2拍。

第5～8拍：同第1～4拍。但最后一拍，右手持拍由反手迎球切纳入拍后，向右弧形摆至身体右侧，与肩同高，成右弓步站立。

第三个八拍：同第一个八拍。

第四个八拍：同第二个八拍。

要求及注意事项：

1. 身后弧形摆动应与身体的拧转配合一致。

2. 为了避免身后掉球，做身后弧形摆动时，拍尖应向上挑一点，抛球不应过早，高度稍过头顶。

3. 整个动作流畅、连贯、协调而有节奏。

第八节　整理运动(2×8 拍)(图 9-9)

图 9-9　整理运动

预备姿势:原地右弓步站立,右手正握持拍纳球置于身体右侧,与肩同高。

整个动作与要求同第一节。但第一个八拍同第一节的第二个八拍;第二个八拍的第 1～6 节同第一节的第二个八拍的第 1～6 节。

第 7 拍:右手持拍纳球,由右向左弧形摆动至左侧,并向上将球抛起。

第 8 拍:左手接球,右手持拍由左向右绕至体侧,同时左脚向右脚并拢成直立,还原成第一节的预备姿势。

第三节　规定表演套路(二)

第一节　八字绕翻(2×8 拍)(图 9-10)

图 9-10　八字绕翻

预备姿势:原地直立,两臂自然下垂,右手正握球拍,左手持球。

第一个八拍:

第 1 拍:左手持球由左经头前上方抛至右后,重心移至右脚,身体顺势向右转体,持拍臂迎球将球切纳入拍。同时左脚向左前 45°上步,右脚跟进至左脚内侧。身体顺势向左转体,持拍臂由身体右侧位经体前至左侧位,左臂右肩前立掌。

第 2 拍:左侧位反绕翻,右脚向右前 45°上步,左脚跟进至右脚内侧。身体顺势向右转体,同时持拍臂由左侧位经体前至右侧位,左臂配合自然打开。

第 3 拍:右侧位正绕翻,左脚向左前 45°上步,右脚跟进至左脚内侧。身体顺势向左转体,同时持拍臂由右侧位经体前至左侧位,左臂右肩前立掌。

第 4 拍:左侧位反绕翻,右脚向右侧横跨一步成开立,身体顺势向右转体,同时持拍臂由左侧位经体前至右侧位,左臂配合自然打开。

第 5 拍:左脚经右脚内侧向左后 45°退步,右脚跟进至左脚内侧。身体顺势向左转体,同时持拍臂由右侧位经左前上方向左后“8”字绕环,左臂配合自然摆动。

第 6 拍:右脚经左脚内侧向右后 45°退步,左脚跟进至右脚内侧。身体顺势向右转体,同时持拍臂由左侧下方经右前上方向右后“8”字绕环，左臂配合自然摆动。

第 7 拍：同第 5 拍。

第 8 拍：右脚经左脚内侧向右横跨一步成开立，身体顺势向右转体，同时持拍臂由左侧下方经右前上方向右后“8”字绕环，左臂配合自然摆动。

第二个八拍同第一个八拍。

要求及注意事项：

1. 左右（“8”字）绕环时，持拍臂应自然弯曲，以肩为轴，并用腰腿的力量带动身体左、右转动，绕环对称，整个动作圆润流畅，重心应先沉后移。

2. 绕翻应圆润，持拍臂保持自然弯曲。整个动作要协调舒展，圆润流畅，沾连粘随。

第二节　头上平绕（2×8 拍）（图 9-11）

图 9-11　头上平绕

第一个八拍：

第 1 拍：由右向左弧形摆动至左侧位，稍高于肩不高于头顶，拍尖向前。

第 2 拍：由左向右弧形摆动至右侧位，稍高于肩不高于头顶，并调整拍形，左臂配合自然摆动。

第 3 拍：由右侧位向外向前经左侧头上至右侧头上做水平的正绕翻，左臂配合自然摆动。

第 4 拍：由右侧头上经体前摆至左侧位，稍高于肩不高于头顶，拍尖向前，左臂配合自然摆动。

第 5 拍：由左向右弧形摆动至右侧位，稍高于肩不高于头顶，拍尖向前，左臂配合自然摆动。

第 6 拍：由右向左弧形摆动至左侧位，稍高于肩不高于头顶，并调整拍形，左臂配合自然摆动。

第 7、8 拍与第 3、4 拍动作相同，但方向相反。

第二个八拍：同第一个八拍。

要求及注意事项：

1. 左、右摆动时身体左、右对称，重心移动应做到先沉后移。

2. 头上平绕，所划的弧形尽量与地面平行，绕环要圆润，应以腰腿的力量带动持拍臂，幅度要大，绕环要正。

3. 绕环接摆动时要做到沉摆，身体要保持中正。

第三节　左右绕翻（4×8 拍）（图 9-12）

第一个八拍：

第 1 拍：由右向左弧形摆动至左侧位，稍高于肩不高于头，拍尖向前，左臂自然配合摆动。

第 2 拍：由左向右弧形摆动至右侧位，稍高于肩不高于头，拍尖向前，左臂自然配合摆动。

第 3、4 拍：左、右脚依次向左并步移动成马步开立，同时左臂经下向右，逆时针方向依次绕环两周，即太极云手，持拍臂在体前正绕翻至左侧位，稍高于肩不高于头，拍尖向前。

第 5 拍：同第 2 拍。

图 9-12　左右绕翻

第 6 拍：同第 1 拍。

第 7 拍：右、左脚依次向右并步移动，同时体前逆时针方向反绕翻。

第 8 拍：以右脚为轴向右转体 180°成马步开立，持拍臂经上方至右侧位，拍尖向前。

第二、三、四个八拍：同第一个八拍。

要求及注意事项：

1. 左、右弧形摆动的要求同前。

2. 绕翻时应做到在绕环过程中翻拍，不能中断，绕环左、右应对称，要圆，整个动作流畅。

3. “太极云手”及绕翻应在移动中依次完成，重心要平稳。

第四节　左右转体(4×8 拍)(图 9-13)

图 9-13　左右转体

第一个八拍：

第 1 拍：由右向左摆动至左侧位，稍高于肩不高于头，拍尖向前，左臂右肩前立掌。

第 2 拍：翻拍，向左摆翻，向右弧形摆动至右侧位，拍尖逐渐调整向右前上方，左臂自然打开。

第 3 拍：以左脚为轴向左水平旋转 360°，旋转时双臂打开。

第 4 拍：持拍臂顺势摆至左侧位，两脚开立，与肩同高，拍形同上。

第 5 拍：由左向右弧形摆动至右侧位。

第 6 拍：翻拍，向右摆翻，向左弧形摆动至左侧位，拍尖逐渐调整向左前上方，持拍臂与肩同高。

第 7 拍：以右脚为轴向右水平旋转 360°。

第 8 拍：持拍臂顺势摆至右侧位，两脚开立，持拍臂与肩同高，拍形同上。

第二个八拍：同第一个八拍。但最后一拍完成时调整拍形，拍尖向前。

第三个八拍：

第 1 拍：由右向左弧形摆动至左侧位，稍高于肩不高于头，拍尖向前，左臂自然摆动。

第 2 拍：由左向右弧形摆动至右侧位，稍高于肩不高于头，拍尖向前，左臂自然摆动。

第 3 拍：持拍臂借转体以矢状轴为轴由右向左立旋，左脚活步，右脚向左侧上步，脚尖内扣，同时转体 180°。

第 4 拍：左脚再向后撤步，身体向后转 180°，成马步开立，同时持拍臂顺势由右向左正绕翻，至左侧位，稍高于肩不高于头，拍尖向前，左臂自然摆动。

第 5～8 拍：同前四拍，动作相同，方向相反。或第 5～8 拍：同第一个八拍，但动作方向相反。

第四个八拍同第三个八拍。

要求及注意事项：

1. 左、右“摆翻”要求摆到位再翻拍。

2. 水平旋转时以身体的纵轴为轴做蹬转，蹬转时全身协调用力。

3. 以矢状轴为轴旋转时，要圆润流畅，舒展大方。

第五节　正反抛翻(4×8 拍)(图 9-14)

图 9-14　正反抛翻

第一个八拍：

第 1 拍：由右向左弧形摆动至左侧位，稍高于肩不高于头，拍尖向前，左臂自然摆动。

第 2 拍：由左向右弧形摆动至右侧位，稍高于肩不高于头，拍尖向前，左臂自然摆动。

第 3 拍：由右向左弧形摆动至左侧位，稍过肩时，将球沿所划弧的切线正向抛出，球抛出后，持拍臂迅速至右侧位，准备接球。

第 4 拍：主动迎球，将球切纳入拍，顺势下沉向左做正绕翻。

第 5 拍：由右向左弧形摆动至左侧位，稍高于肩不高于头，拍尖向前，左臂自然摆动。

第 6 拍：由左向右弧形摆动至右侧位，稍过肩时，将球沿所划弧的切线反向抛出，球抛出后，持拍臂迅速至左侧位，准备接球。

第 7 拍：主动迎球，将球切纳入拍，顺势下沉向右做反绕翻。

第 8 拍：由左向右弧形摆动至右侧位，稍高于肩不高于头，拍尖向前，左臂自然摆动。

第二个八拍：同第一个八拍。第三、四个八拍：同第一、二个八拍。但第 3、6 拍抛球的同时左、右脚依次向左(向右)并步移动成马步开立。

要求及注意事项：

1. 正、反抛球时，应在左、右弧形摆动球拍稍过肩时将球沿所划弧的切线抛出，拍框应对准出球方向。

2. 接球时应主动迎球，切纳球入拍，做到悄无声息。

3. 正、反绕翻动作要求同前。

第六节　身后抛接(4×8 拍)(图 9-15)

图 9-15　身后抛接

第一个八拍：向右转体 90°身后抛球。

第 1 拍：由右向左摆动至左侧位，稍高于肩不高于头，拍尖向前，左臂右肩前立掌。

第2拍：左摆翻翻拍，向右弧形摆动至右侧位，拍尖逐渐调整向下，稍稍内扣成下抱圆，左臂自然打开，左脚体前上步，脚尖内扣虚点，同时以右脚为轴蹬转，向右转体90°，重心落在右脚上。

第3拍：借蹬转顺势将球沿身体纵轴至身后所划弧的切线抛至身体左前上方，持拍臂迅速由身后经体侧至体前左侧位，准备接球。

第4拍：主动迎球，将球切纳入拍，顺势下沉向右摆动至右侧位，稍高于肩不高于头，拍尖向前，左臂自然打开，同时右脚向右侧移动。

第5～8拍：同第1～4拍。

第二个八拍：同第一个八拍。

第三、四个八拍：同第二个八拍，但向右转体180°身后抛球。

要求及注意事项：

1. 向左“摆翻”要求同前。

2. 下抱圆蹬转，拍尖向下，(稍稍内扣)抛球时应借蹬转协调用力。

3. 身后抛球应借蹬转顺势将球沿所划圆的切线抛出，不能拨挑。

第七节　前后绕翻(4×8拍)(图9-16)

图9-16　前后绕翻

第一个八拍：

第1拍：由右向左摆动至左侧位，稍高于肩不高于头，拍尖向前，左臂右肩前立掌，同时右脚向左并至左脚内侧。

第2拍：左摆翻翻拍，向右弧形摆动至右侧位，右脚向右侧90°迈一步成右弓步，同时身体向右转45°，持拍臂摆至右侧位与肩同高，球拍与地面平行，拍面与地面垂直，左臂自然侧举。

第3拍：借助腿、腰之合力重心后移、前移，持拍臂沿体右侧做正绕翻。

第4拍：重心移向左脚，持拍臂由右经体前向左弧形摆动至左侧位，身体向左转45°，拍尖向左前上方，稍高于肩不高于头，同时右脚稍后撤成活步。左臂右肩前立掌。

第5拍：右脚左脚依次向右并步，持拍臂由左下方向右逆时针方向反绕翻。

第6拍：右脚向右侧上步，同时以右脚为轴向右转体180°成开立。转体时持拍臂由左经腹前、头上至右侧位。

第7拍：由右向左弧形摆动至左侧位。

第8拍：由左向右弧形摆动至右侧位，稍高于肩不高于头，拍尖向前，左臂自然摆动。

第二、三、四个八拍：同第一个八拍。

要求及注意事项：

1. 摆翻同前。

2. 正、反绕翻过程中，一定要配合腿及身体重心的移动，协调用力。

3. 翻拍必须在绕环过程中完成，绕翻的轨迹要圆，翻拍时不应中断绕环。

4. 整个动作应做到刚柔相济，圆润流畅，沾连粘随，如行云流水。

第八节　八字绕环(2×8 拍)(图 9-17)

图 9-17　八字绕环

第一个八拍：

第 1～4 拍：原地做“8”字形绕环。

第 5～8 拍：上前四步做“8”字形绕环。

第二个八拍：

第 1～4 拍：同第一个八拍中第 5～8 拍，但后退四步。

第 5～6 拍：同第一个八拍中第 1～2 拍，但动作幅度逐渐减小。

第 7 拍：由右向左弧形摆动，经体前向上将球抛起。

第 8 拍：左手心向前，直臂在身前收球，同时左腿向右脚并拢，两臂自然放下成直立。

要求及注意事项：

1. 持拍做“8”字形绕环时，持拍臂自然弯曲，以肩为轴，并以腰带动身体左、右转动，绕环应左右对称，动作圆润流畅，刚柔相济。

2. 此节动作是该套动作的结束部分，因此动作幅度应逐渐减小，并配合动作调整呼吸，做到收式缓慢柔和。

第四节　规定表演套路(三)

第一节　摆翻旋转(4×8 拍)(图 9-18)

图 9-18　摆翻旋转

预备姿势：原地直立，两臂自然下垂，右手正握球拍，左手持球。

第一个八拍：

第 1 拍：左手持球由左经头前上方抛至右后，重心移至右脚，身体顺势右转，持拍臂迎球将球切纳入拍。同时左脚向左前上步，身体顺势向左转，持拍臂由身体右侧位向左摆动，左臂右肩前立掌。同时右脚跟进至左脚内侧。

第 2 拍：左侧位左摆翻至身体右侧位，同时向前上右脚，两臂打开。

第 3 拍：向前上左脚，同时向左转体，再上右脚，两臂打开。

第 4 拍：撤左脚，向左完成转体 360°，转体后顺势下沉正绕翻，右脚同时向前跟半步，成开立。

第 5 拍：至左侧位。

第 6 拍：左侧位左摆翻至身体右侧位，向前上右脚，同时向右转体，再上左脚，两臂打开。

第 7 拍：撤右脚，向右完成转体 360°，转体后顺势下沉反绕翻，左脚同时向前跟半步，成开立。

第 8 拍：右摆动至右侧位。

第二、三、四个八拍：同第一个八拍。

要求及注意事项：

1. 绕翻时应做到在绕环过程中翻拍，不能中断，要圆。

2. 旋转时要以身体的纵轴为轴，保持中正，重心沉稳。

3. 整个动作应上下相随，节节贯穿，圆润流畅，沾连粘随。

第二节　摆翻绕翻（4×8 拍）（图 9-19）

图 9-19　摆翻绕翻

第一个八拍：

第 1 拍：向左弧形摆动至左侧位，稍高于肩不高于头，拍尖向前，左臂自然摆动。

第 2 拍：左摆翻接右摆动至右侧位，稍高于肩不高于头，拍尖向前，左臂自然摆动。

第 3 拍：体前正绕翻，同时左脚向左横跨步，右脚向左脚内侧并步。

第 4 拍：由右侧位向左弧形摆动至左侧位，同时左脚向左横跨一步成开立。

第 5 拍：向右弧形摆动至右侧位，稍高于肩不高于头，拍尖向前，左臂自然摆动。

第 6 拍：右摆翻接左摆动至左侧位，稍高于肩不高于头，拍尖向前，左臂自然摆动。

第 7 拍：体前反绕翻，同时右脚向右横跨步，左脚向右脚内侧并步。

第 8 拍：由左侧位向右弧形摆动至右侧位，同时右脚向右横跨一步成开立。

第二、三、四个八拍：同第一个八拍。

要求及注意事项：

1. 移动步伐时要沉稳，不要上下起伏。

2. 绕翻要正，要圆。

第三节　摆翻下势（4×8 拍）（图 9-20）

图 9-20　摆翻下势

第一个八拍：

第 1 拍：由右向左摆动至左侧位，稍高于肩不高于头，拍尖向前，左臂右肩前立掌，同时右脚点在左脚内侧。

第 2 拍：左摆翻翻拍，向右弧形摆动至右侧位，同时左腿屈蹲，右腿向右侧伸出成右下势，同时左臂打开至身体左上方，手心向下。

第 3 拍:顺势将重心移至右腿,以右脚为轴向右转体 180°,左脚落下成开立步,持拍臂随转体打开经头上至右上方正绕翻成立圆。

第 4 拍:由右向左摆动至左侧位,稍高于肩不高于头,拍尖向前,左臂右肩前立掌,同时右脚点在左脚内侧。

第 5 拍:左摆翻翻拍,向右弧形摆动至右侧位,同时身体向右转体 45°,右脚向右侧 90°迈一步成右弓步,持拍臂摆至身前与肩同高,拍尖向左侧,球拍与地面平行,左臂自然侧举。

第 6 拍:身体向左转 45°,借助腿、腰之力重心后移、前移,持拍臂沿身体右侧做正绕翻。

第 7 拍:由右向左弧形摆动。

第 8 拍:左摆翻翻拍,向右弧形摆动至右侧位。

第二、三、四个八拍:同第一个八拍。

要求及注意事项:

1. 下势要舒展、顺畅。

2. 转体要形成立圆,绕环要圆润饱满。

第四节　左右转体(4×8 拍)(图 9-21)

图 9-21　左右转体

第一个八拍:

第 1 拍:由右向左摆动至左侧位,稍高于肩不高于头。

第 2 拍:左侧位翻拍,向右弧形摆动至右侧位。

第 3 拍:持拍臂借转体以矢状轴为轴由右向左立旋,左脚活步,右脚向左侧上步,身体左转 180°。

第 4 拍:左脚再向后撤步,身体向左转 180°,成马步开立,同时持拍臂顺势由右向左正绕翻。

第 5 拍:由左顺势向右弧形摆动至右侧位,稍高于肩不高于头。

第 6 拍:左侧位翻拍,持拍臂借转体以矢状轴为轴由左向右立旋,同时右脚活步,左脚向右侧上步,身体右转 180°。

第 7 拍:右脚再向后撤步,身体向右转 180°,成马步开立,同时持拍臂顺势由左向右反绕翻。

第 8 拍:顺势向右弧形摆动至右侧位,持拍臂与肩同高,拍形同上。

第二、三、四个八拍:同第一个八拍。

要求及注意事项:

1. 整个动作完成要连贯。

2. 旋转时要以矢状轴为轴做立旋,要沉稳有力。

第五节　插步旋转(4×8 拍)(图 9-22,图 9-23)

第一个八拍(图 9-22):

第 1 拍:左脚右前方上步,同时持拍臂由右向左体前正绕翻。

第 2 拍:右脚右前方上步,持拍臂摆至左侧位,左臂右肩前立掌。

图 9-22　插步旋转(a)

第 3 拍:左脚向右脚后插步,同时持拍臂左侧位摆翻至右下侧位,左臂打开至左上方手心向下。

第 4 拍:起身向左立旋,转体 360°。

第 5 拍:体前正绕翻。

第 6 拍:弧形摆动至左侧位,同时左脚向左成开立。

第 7 拍:左侧位摆翻顺势向右反绕翻,同时右脚向左 45°上步。

第 8 拍:弧形摆动至右侧位,同时左脚向左成开立。

第二个八拍(图 9-23):

图 9-23　插步旋转(b)

第 1 拍:左脚左前方活步,同时持拍臂由右向左体前正绕翻。

第 2 拍:右脚左前方上步,同时转体 180°,持拍臂摆至左侧位,左臂右肩前立掌。

第 3 拍:左脚向右脚后插步下蹲,同时持拍臂左侧位摆翻至右下侧位,左臂打开至左上方手心向下。

第 4 拍:起身向左立旋 360°。

第 5 拍:体前正绕翻。

第 6 拍:弧形摆动至左侧位,同时左脚向左成开立。

第 7 拍:左侧位摆翻顺势向右反绕翻,同时右脚向左 45°上步。

第 8 拍:弧形摆动至右侧位,同时左脚向左成开立。

第三、四个八拍:同第一、二个八拍。

要求及注意事项:

1. 绕环要圆润饱满,要正。

2. 插步下蹲时两臂要打开,旋转时重心要沉稳。

第六节　绕翻旋转(2×8 拍)(图 9-24)

图 9-24　绕翻旋转

第一个八拍：

第 1 拍：左弧形摆动至左侧位。

第 2 拍：左摆翻接右摆动至右侧位。

第 3 拍：由右向左头上平绕。

第 4 拍：至左侧位。

第 5 拍：由左向右头上平绕至左侧上方。

第 6 拍：由左上方内旋，逐渐调整拍形向下，经体前至腰间成下抱圆，同时以右脚为轴向右蹬转 360°。

第 7 拍：由右向左反绕翻，同时落步成开立。

第 8 拍：继续绕翻至右侧位。

第二个八拍：同第一个八拍。

要求及注意事项：

1. 穿拍要及时。

2. 下抱圆蹬转时要旋出力量。

第七节　旋转穿翻（2×8 拍）（图 9-25）

图 9-25　旋转穿翻

第一个八拍：

第 1 拍：左脚向左前上步，身体向左转，同时持拍臂由右向左头上正平绕。

第 2 拍：右脚经左脚前向右前上步，身体向左转 180°，同时持拍臂由右上向左下经右腰间向后穿。

第 3 拍：左脚向后撤步成开立，身体左转 180°，同时持拍臂由腰间向右下经左上向右上拉球做正绕环。

第 4 拍：由右向左弧形摆动至左侧位。

第 5 拍：由左向右头上平绕至左上方，右脚活步，同时重心移至右脚。

第 6 拍：由左上方内旋经右腋下向右腰间后穿出，同时左脚向右后插步。

第 7 拍：持拍臂向左上正绕环至左侧位，同时重心移至左脚，右脚向右横跨步成开立。

第 8 拍：左摆翻，向右弧形摆动至右侧位，同时重心移至右脚，左臂自然打开。

第二个八拍：同第一个八拍，但最后一拍成开立步。

要求及注意事项：

1. 每完成一个八拍身体向左转 360°。

2. 动作要完整连贯，上下相随，节节贯穿，行如流水。

3. 不能塌腰、停顿、持球引化。

第八节　腿下互抛（4×8 拍）（图 9-26）

第一个八拍：自抛自接

第 1 拍：由右向左弧形摆动至左侧位。

图 9-26　腿下互抛

第 2 拍:由左向右弧形摆动至右侧位,同时重心移至右脚。

第 3 拍:向前踢左腿,同时由右向左弧形摆动经左腿下将球沿所划弧线的切线方向抛至左侧。

第 4 拍:左腿自然落回原位,同时持拍臂主动迎球,将球由球拍左边框迎引入拍,顺势下沉向右反绕翻。

第 5 拍:由左向右弧形摆动至右侧位。

第 6 拍:向前踢右腿,同时由右向左弧形摆动经右腿下将球沿所划弧线的切线方向抛至左侧。

第 7 拍:右腿自然落回原位,同时持拍臂主动迎球,将球由球拍左边框迎引入拍,顺势下沉向右反绕翻。

第 8 拍:至右侧位。

第二个八拍:两人互抛

第 1 拍:由右向左弧形摆动至左侧位。

第 2 拍:由左向右弧形摆动至右侧位,同时重心移至右脚。

第 3 拍:向前踢左腿,左侧队员以右脚为轴向右转体 180°。同时由右向左弧形摆动经左腿下将球沿所划弧线的切线方向抛至对方。

第 4 拍:左腿自然落回原位,同时持拍臂主动迎球,将球由球拍左边框迎引入拍,顺势下沉向右反绕翻。

第 5 拍:由右向左弧形摆动至左侧位。

第 6 拍:向前踢右腿,同时由右向左弧形摆动经右腿下将球沿所划弧线的切线方向抛至对方。

第 7 拍:右腿自然落回原位,同时持拍臂主动迎球,将球由球拍左边框迎引入拍,顺势下沉向右反绕翻。

第 8 拍:至右侧位,左侧队员以右脚为轴向右转体 180°。

第三个八拍:同第一个八拍。

第四个八拍:同第二个八拍。

要求及注意事项:

1. 向前踢腿的角度要高于 90°,支撑腿要伸直,身体要中正。

2. 抛球时球应沿所划弧线的切线方向抛出,不能拨、挑。

3. 接球时主动迎球,将球悄无声息地迎引入拍。

第九节　身后对抛(4×8 拍)(图 9-27)

第一个八拍:第 3 拍两人互抛、第 7 拍自抛

第 1 拍:由右向左摆动至左侧位,稍高于肩不高于头,拍尖向前,左臂右肩前立掌。

第 2 拍:左摆翻向右弧形摆动至右侧位,拍尖逐渐调整向下,稍稍内扣成下抱圆,左臂自然打开,左脚右侧位上步,同时以右脚为轴蹬转 180°,重心落在右脚上,第一个八拍的第 2 拍右侧

图 9-27 身后对抛

运动员不转体。

第 3 拍:借蹬转顺势经身后将球沿所划圆的切线抛出,持拍臂迅速经体侧至体前左侧位,准备接球。

第 4 拍:主动迎接对方抛出的球,将球切纳入拍,顺势下沉向右摆动至右侧位,稍高于肩不高于头,拍尖向前,左臂自然打开,同时左脚移动成开立。

第 5 拍:由右向左摆动至左侧位,稍高于肩不高于头,拍尖向前,左臂右肩前立掌。

第 6 拍:左摆翻,向右弧形摆动至右侧位,拍尖逐渐调整向下,稍稍内扣成下抱圆,左臂自然打开,左脚右侧位上步,同时以右脚为轴蹬转 180°,重心落在右脚上,第四个八拍的第 6 拍右侧运动员不转体。

第 7 拍:借蹬转顺势经身后将球沿所划圆的切线抛出,持拍臂迅速经体侧至体前左侧位,准备接球。

第 8 拍:主动迎球,将球切纳入拍,顺势下沉向右摆动至右侧位,稍高于肩不高于头,拍尖向前,同时左脚移动成开立,左臂自然打开。

第二、三、四个八拍:同第一个八拍。

要求及注意事项:

1. 下抱圆蹬转时,拍尖向下,稍稍内扣,抛球时应借蹬转协调用力。
2. 身后抛球时应借蹬转经身后顺势将球沿所划的切线抛出,不能拨、挑。
3. 接球时主动迎球,切纳入拍。

第十节 八字绕环(1×8 拍)(图 9-28)

图 9-28 八字绕环

第 1 拍:左脚经右脚内侧向左后 45°退步,同时持拍臂由右至左侧“8”字绕环。

第 2 拍:右脚经左脚内侧向右后 45°退步,同时持拍臂由左至右侧“8”字绕环。

第 3 拍:左脚经右脚内侧向左后 45°退步,同时持拍臂由右至左侧“8”字绕环。

第 4 拍:右脚经左脚内侧成开立步,同时持拍臂由左至右侧“8”字绕环。

第 5 拍:由右至左侧原地“8”字绕环。

第 6 拍:由左至右侧原地“8”字绕环。

第 7 拍:持拍臂由右至体前向上抛球,重心移至右脚。

第 8 拍:左脚向右脚并拢,同时左手手心向外接球收势。

要求及注意事项：

1. 绕环“8”字形时，持拍臂自然弯曲，以肩为轴，并以腰带动身体左、右转动，绕环应左右对称，动作圆润流畅。

2. 此节动作是该套动作的结束部分，因此动作幅度应逐渐减小，并配合动作调整呼吸，做到收式缓慢柔和。

第五节　规定表演套路(四)

第一节　体侧环绕(2×8 拍)(图 9-29)

图 9-29　体侧环绕

预备姿势：原地直立，左手持球，右手正握球拍，目视前方。

第一个八拍：体前正八字绕环接体侧正八字绕环

第 1 拍：左手持球由左经头前上方抛至右前上方，重心移至右脚，持拍臂将球迎入球拍，接球后身体顺势向左转，同时左脚向左前方上步，持拍臂由身体右前上方经体前向左侧位由下而上正绕环，左臂右肩前立掌，同时右脚跟进至左脚内侧。

第 2 拍：右脚向右前方上步身体顺势向右转，持拍臂由身体左前上方经体前向右侧位由下而上反绕环，左臂自然打开至体侧，同时左脚跟进至右脚内侧。

第 3 拍：左脚向左前方上步身体顺势向左转，持拍臂由身体右前上方经体前向左侧位由下而上正绕环，左臂右肩前立掌，同时右脚跟进至左脚内侧。

第 4 拍：右脚横跨步成开立，身体面向正前方，持拍臂由身体左前上方经体前向右侧位由下至上方。左臂自然打开至体侧。

第 5 拍：持拍臂由右侧位向上经头前上方再经体前向右侧位下方外侧绕环，同时左臂自然摆至体前。

第 6 拍：持拍臂由右侧位下方外侧经内侧向右侧位上方绕环，同时左臂自然打开。

第 7 拍：同第 5 拍。

第 8 拍：同第 6 拍。

第二个八拍：同第一个八拍。但第 8 拍时持拍臂由右侧位下方外侧经内侧向右侧位绕环，同时左臂自然打开。

要求及注意事项：

1. 绕环时，持拍臂自然弯曲，以肩为轴，并以腰带动身体左、右转动。

2. 左右绕环时应尽量左右对称，动作要舒展，绕环要自然流畅。

3. 体侧上下绕环时全身要协调用力，动作圆润流畅。

第二节　摆翻绕旋(2×8 拍)(图 9-30)

第一个八拍：

图 9-30　摆翻绕旋

第 1 拍：由右向左摆动至左侧位，稍高于肩不高于头，拍尖向前，同时右脚向左脚内侧并步，左臂配合自然摆动。

第 2 拍：左摆翻，接右摆动至右侧位，稍高于肩不高于头，拍尖向前，左臂自然摆动，同时右脚向右横跨一步，左脚向右脚内侧并步。

第 3 拍：右摆翻，体前正绕翻，同时左脚向左横跨一步，右脚向左脚内侧并步，左臂配合自然摆动。

第 4 拍：完成体前正绕翻至左侧位，同时左脚向左横跨一步，右脚向左脚内侧并步，左臂配合自然摆动。

第 5 拍：由左侧向身体外侧、向前经头前上方做平绕至右前上方，同时右脚向右侧横跨一步，左臂自然打开至体侧。

第 6 拍：由右前上方向后经头上向左继续绕环，同时调整拍形，向下扣拍，经体前向右侧腰间绕环，同时左脚内扣，向右侧上步，向右转体 180°。

第 7 拍：由右侧腰间向内再向外侧顺时针绕环，同时右脚向左后撤步，向右转体，左臂自然摆至体前。

第 8 拍：由腰间绕出至右侧位，身体继续向右转，同时左脚向右侧上步，完成转体 360°成开立，左臂自然打开至体侧。

第二个八拍：同第一个八拍。

要求及注意事项：

1. 摆翻、绕翻要做到自然流畅，圆要绕得饱满。
2. 第 4、5 拍衔接处要圆润、连贯，做到不折、不断。
3. 第 5、6、7、8 拍做向下的螺旋盘绕时动作要流畅，做到中正平展，轻柔沉稳。
4. 整个动作的完成要靠腿部到腰部的力量蹬转来增加旋转惯性，从而完成转体 540°。

第三节　左右翻转(4×8 拍)(图 9-31，图 9-32)

图 9-31　左右翻转(a)

第一个八拍：(图 9-31)

第 1 拍：由右向左摆动至左侧位，稍高于肩不高于头，拍尖向前，左臂右摆至右胸前立掌，同时右脚向左脚内侧并步。

第 2 拍：左摆翻，由左向右反绕翻，同时重心移至右脚，左臂与右臂对称向下向外做绕环。

第 3 拍：持拍臂继续完成反绕翻，两臂头上交叉，同时左脚向左横跨步。

第 4 拍:持拍臂经左臂继续绕,持拍臂完成反绕翻至右侧位,左臂至左侧位,同时右脚向左后插步转体侧旋。

第 5 拍:两臂打开继续向右做侧旋,完成转体 360°。

第 6 拍:完成侧旋至右侧位继续向上反绕翻,同时右脚向右横跨一步,左臂打开至左上方手心向下。

第 7 拍:反绕翻后由左向右、向上再做反绕翻左臂打开至左上方手心向下,同时左脚向右后插步。

第 8 拍:绕翻后由左至右侧位,左臂打开至左上方手心向下,同时下蹲成歇步。

第二个八拍(图 9-32):

图 9-32　左右翻转(b)

第 1 拍:起身由右向左做弧形摆动至左侧位,左臂自然摆至胸前,同时重心移至左脚。

第 2 拍:左摆翻,由左向右弧形摆动至右侧位,左臂自然摆至体侧,同时右脚向右横跨一步,左脚并至右脚内侧。

第 3 拍:右摆翻,由右向左做正绕翻,同时重心移至左脚,左臂自然摆至腹部。

第 4 拍:由左继续向上向右做正绕翻至右侧位,左臂自然摆至左侧,同时右脚向右横跨一步。

第 5 拍:左脚右后插步,两臂打开左高右低向左侧旋,转体 360°。

第 6 拍:完成侧旋后,持拍臂继续下沉向左做正绕翻,重心移至右脚,两臂体侧打开。

第 7 拍:继续完成正绕翻至左侧位,同时左脚向左横跨步,左臂自然摆至体前。

第 8 拍:左摆翻,由左向右弧形摆动至右侧位,左臂自然摆至体侧,两臂左高右低,同时右脚向左并步,左脚抬起贴靠在右膝处,右腿屈膝。

第三、四个八拍:同第一、二个八拍。

要求及注意事项:

1. 整个动作完成要圆润、自然、流畅,翻转时动作要舒展,所划的圆要正,要饱满。

2. 歇步时要蹲到底,单腿支撑时要稳,重心要下沉。

第四节　盘旋下势(2×8 拍)(图 9-33)

图 9-33　盘旋下势

第一个八拍:

第 1 拍:由右向左、向上做正绕翻,至右侧前上方,左臂自然摆至体侧。

第 2 拍:由右侧前上方向下向内绕环至腰间,重心移至左脚。

第3拍：在腰间由内向外逆时针绕环，同时右脚向左侧位上步，转体180°。

第4拍：由腰间外侧向下沉拉做正绕环至右侧位，同时左脚向后撤一步，转体180°成开立。

第5拍：由右侧位继续完成正绕环至左侧位，球拍稍高于肩不高于头，拍尖向前，左臂自然摆至右肩前立掌，同时右腿提膝成左脚独立。

第6拍：左摆翻，向右弧形摆动至右侧位，同时左腿屈蹲，右腿向右侧伸出成右下势，左臂打开至左侧上方，手心向下。

第7拍：由右侧位继续向上做反绕翻，同时重心移至右脚，左脚蹬地起身，左臂自然由左向上向右绕。

第8拍：由左侧位向右继续完成反绕翻，同时左腿提膝至右脚内侧，以右脚为轴，向右转体180°，左臂自然打开至体侧。转体时持拍臂由左经腹前、头上至右侧位。

第二个八拍：

第1拍：左脚向左落步成开立，持拍臂同时由右向左、向上做正绕翻，至右侧前上方，左臂自然摆至体侧。

第2～8拍：同第一个八拍。

要求及注意事项：

1. 向上螺旋盘绕时要圆润柔和、自然流畅，身体要保持中正，要以身体的纵轴为中心转体向上完成螺旋盘绕。

2. 下势要沉移到位，舒展连贯。

第五节　背翻绕转(4×8拍)(图9-34)

图9-34　背翻绕转

第一个八拍：

第1拍：左脚向左落步成开立，由右向左摆动至左侧位，稍高于肩不高于头，拍尖向前，左臂自然摆至右肩前立掌。

第2拍：左摆翻，向右弧形摆动至右侧位，拍尖逐渐调整向下，稍稍内扣成下抱圆，左臂自然打开，左脚体前上步，重心移至右脚。

第3拍：左脚上步后以右脚为轴转体90°，成右侧弓步，持拍臂同时绕至后左侧位，左臂自然摆至体前。

第4拍：身后向内顺时针翻转，再由后向右绕环。

第5拍：由右侧位经体前向左做正绕环，同时重心移至两腿之间。

第6拍：继续完成正绕环至左侧位，同时左臂自然打开至体侧左上方，手心向下，重心移至左脚成左侧弓步。

第7拍：由左侧位向前向右上方做水平绕环，同时调整拍形，向下扣拍，重心向右移。

第8拍：扣拍后由左上方内旋，逐渐调整拍形向下，经体前至右侧腰间成下抱圆，左臂自然调整成手心向下，重心移至右脚的同时以右脚为轴向右转体180°。

第二个八拍：

第1拍：由右向左摆动至左侧位，稍高于肩不高于头，拍尖向前，左臂自然摆至右肩前立掌。

第2～8拍：同第一个八拍。

第三、四个八拍：同第二个八拍。

要求及注意事项：

1. 整个动作的完成要以腰带动身体摆荡翻拍、盘绕。
2. 动作要完整、协调、连贯，做到不折、不断、不停。
3. 移动重心时要平稳，转体时要以腰带动上肢，同时应保持身体姿态。

第六节　前后抛接(4×8拍)(图9-35，图9-36)

图9-35　前后抛接(a)

第一个八拍(图9-35)：

第1拍：由右向左弧形摆动至左侧位，同时左臂自然摆至体前。

第2拍：左摆翻，由左向右做绕环至右侧位，左臂自然摆至体侧，同时左脚并至右脚内侧，重心在右脚。

第3拍：由右侧位再继续向外、向左做头上平绕至右侧位，同时左脚向前上步。

第4拍：完成头上平绕至右侧位后继续向下、向左摆绕，至左侧位时抛球，球抛至左后侧，同时右脚向前上步，左手右肩前立掌。

第5拍：持拍臂身后接球，两臂成下抱圆。

第6拍：以左脚为轴向左抱圆蹬转360°，同时右腿提膝，左臂体侧自然打开。

第7拍：转体后身体继续顺势左转，持拍臂由右向左由下而上反八字绕环，同时右脚落下成开立，左臂自然摆至体前。

第8拍：由左上经体前至右侧位，左臂自然打开。

第二个八拍(图9-36)：

图9-36　前后抛接(b)

第1拍：由右向左弧形摆动至左侧位，稍高于肩不高于头，拍尖向前，左臂右肩前立掌。

第2拍：左摆翻，向右弧形摆动至右侧位，拍尖逐渐调整向下，稍稍内扣成下抱圆，左臂自然打开，同时以右脚为轴蹬转，左脚向右脚内侧并步，向右转体180°，重心落在右脚上。

第3拍：借蹬转顺势将球沿身体纵轴至身后所划弧的切线抛至左前上方，同时重心移至左脚，持拍臂迅速由身后经体侧至体前左侧位，准备接球，左臂自然摆至体前。

第4拍：接球顺势下沉做反绕翻至左侧位，同时右脚向右横跨一步成开立，左臂自然打开。

第 5 拍：下沉做反绕环至左侧上方，同时调整拍形，手臂内旋。

第 6 拍：由左上方内旋，逐渐调整拍形向下，经体前至腰间成下抱圆，同时以右脚为轴向右蹬转 360°，左臂体侧自然打开至头上，手心向上。

第 7 拍：借蹬转的力量由右向左反绕翻，同时左脚落步成开立，左臂自然体前绕环。

第 8 拍：继续绕翻至右侧位，左臂自然打开。

第三、四个八拍：同第一、二个八拍。

要求及注意事项：

1. 动作要自然流畅，转体和旋转时重心要平稳。

2. 出、入球要轻缓、柔和、连绵不断，要符合柔力球的基本技术规范。

第七节　盘旋歇步（2×8 拍）（图 9-37）

图 9-37　盘旋歇步

第一个八拍：

第 1 拍：由右向左、向上做正绕翻，至右侧前上方，左臂自然摆至体侧。

第 2 拍：由右侧前上方向下向内绕环至腰间，重心移至左脚。

第 3 拍：在腰间由内向外逆时针绕环，同时右脚向左侧位上步，转体 180°。

第 4 拍：由腰间外侧向下沉拉做正绕环至右侧位，同时左脚向后撤一步，转体 180°成开立。

第 5 拍：由右侧位至左侧位完成绕环，球拍稍高于肩不高于头，拍尖向前，左臂自然摆至右肩前立掌，同时左腿提膝成右脚独立。

第 6 拍：左摆翻，向右弧形摆动至右侧位，左腿落至身体右前方成歇步下蹲，同时左臂打开至左上方，手心向下。

第 7 拍：由右侧位继续向上做反绕翻，同时起身，重心移至左脚，左臂自然由左向上、向右绕。

第 8 拍：继续完成反绕翻至右侧位，同时右脚向右横跨一步成开立，左臂自然打开至体侧。

第二个八拍：同第一个八拍。

要求及注意事项：

1. 向上螺旋盘绕时，要求同第四节。

2. 歇步下蹲要蹲到底，动作要做到位。

第八节　连续翻转（4×8 拍）（图 9-38，图 9-39）

图 9-38　连续翻转(a)

第一个八拍(图 9-38)：

第 1 拍：由右向左弧形摆动至左侧位，同时右脚并至左脚内侧虚点，左臂右摆，左手至右手手腕处。

第 2 拍：左摆翻，左手至右手手腕处，由左向右侧位做绕环，右脚向右侧 90°迈一步成右弓步，身体面向 45°，向右推绕的同时用腰带动身体。

第 3 拍：由右侧位继续向外、向上、向左做头上平绕，左臂由下向外再向内自然绕至体前，同时用腰带动身体。

第 4 拍：完成头上平绕至右侧位后继续向下、向左摆绕，至左侧位时抛球，球抛至身体左后侧，同时重心移至左脚，左手右肩前立掌。

第 5 拍：持拍臂身后接球，右脚向左后插步，同时向右转体 360°。持拍臂由下而上做侧旋，左臂自然打开至体侧。

第 6 拍：以右脚为轴向右再继续侧旋，转体 360°。

第 7 拍：持拍臂顺势由左向右、由下而上做反绕翻，同时左脚落步，左臂自然打开。

第 8 拍：继续反绕翻经体前至右侧位，右脚活步成开立，左臂自然打开。

第二个八拍(图 9-39)：

图 9-39　连续翻转(b)

第 1 拍：由右向左弧形摆动至左侧位，同时右脚至左脚内侧虚点，左臂右摆手心内合，右胸前立掌。

第 2 拍：左摆翻，由左向右弧形摆动至右侧位，右脚向右侧横跨一步，左臂自然打开至体侧。

第 3 拍：由右向外向上做头上平绕至右侧位，同时重心移至右脚，左臂自然摆至体侧成两臂打开。

第 4 拍：左脚向右脚后插步，同时向左转体 360°。持拍臂由下而上做侧旋，左臂自然打开至体侧。

第 5 拍：以左脚为轴向左再继续侧旋，转体 360°。

第 6 拍：持拍臂顺势由右向左、由下而上做正绕翻，同时右脚落步，左臂自然摆动。

第 7 拍：继续正绕翻至左侧位，左臂自然摆至体前。

第 8 拍：左摆翻，由左向右弧形摆动至右侧位，左臂自然打开至体侧。

第三、四个八拍：同第一、二个八拍。

要求及注意事项：

1. 整个动作要自然流畅。

2. 连续旋转时绕环要正，重心要平稳。

3. 抛接球时要符合柔力球的基本技术规范。

第九节　上下环绕(2×8 拍)(图 9-40)

第一个八拍：向上的八字绕环接向下的八字绕环。

图 9-40　上下环绕

第 1 拍:持拍臂由右侧位经左前上方向左后“8”字形绕环,身体顺势向左转,左臂自然摆至体前。

第 2 拍:持拍臂由左侧下方经右前上方向右后“8”字形绕环,身体顺势向右转,左臂自然摆至体侧。

第 3 拍:同第 1 拍。

第 4 拍:同第 2 拍,但结束时调整拍形,拍尖向下。

第 5 拍:持拍臂由右前向右后经体前至身体左前绕环,同时左脚并步至右脚内侧,向左后方撤步。

第 6 拍:持拍臂由左前向左后经体前至身体右前绕环,同时右脚并步至左脚内侧,向右后方撤步。

第 7 拍:同第 5 拍。

第 8 拍:持拍臂由左前向左后经体前至身体右前绕环,同时右脚并步至左脚内侧,向右横跨步成开立。

第二个八拍:同第一个八拍。但第 8 拍完成后,持拍臂由右经右后至体前向上抛球,重心移至右脚,左脚向右脚并拢,左手手心向外接球收势。

要求及注意事项:

1. 绕环要自然顺畅,动作要舒展。
2. 撤步时重心要平稳。

第六节　自编套路的创新原则

太极柔力球的套路练习与太极拳的一些特点要求非常相似,要求全身放松,神志入静,立身中正,上下相随,虚实分明,柔中有刚,刚柔相济。它的运力特点是:其根在脚,力发于腿,主宰于腰,并行于手指和球拍,它们是完整一体的劲力,动作较多使用缠丝劲、拔丝劲、螺旋劲、拉长劲,用意念主导形体,刚柔、快慢相间。在进行缠旋的动作中一定要做到不断、不折、不缺,将松、柔、圆、匀贯彻始终。要遵循关节的连续性,调动每一个关节的肌肉收缩开合,使动作圆润柔和,飘逸流畅,如行云流水。在做动作时也要动静法于自然,不可过多地人为做作,要顺势而行,意到行到,巧妙婉转地进行动作连接。在整个套路中做到不断、不滞、不留痕迹,不拘泥于模式顺序,即兴创编,随意自然地进行演练。即兴就意味着是随机创编,这就要求有娴熟的基本功作保障,只有各项基本功扎实过硬,才能将自己融入音乐中,编出优美精彩的自选套路。

在练习太极柔力球套路时,主旨和运动的风格是相同的,但形式和表达方法是各有特点的,真可谓千人千面。套路练习就像写字一样,先拓字后临摹,通过这些长期的基本训练掌握了正确的字形字体,然后再逐渐形成自己的特色,最后达到随心所欲、下笔如神、神形兼备、字如其人。练习规定套路就是进行最基本的动作单元的形体训练,在每个动作单元熟练以后,就可以为自由发挥和创造打下基础，进入自由发挥阶段。在自选套路的演练中，要根据自身条件，巧妙自然地编排动作，最大可能地发挥自身优势，打出的动作应该是个人对音乐、对事物的理解，是自己真实思想和内心情感的体现，也应该像书法一样动如其人，而不应该千人一面，这样才能将太极柔力球自由轻松、各具特色、形意相通的韵味体现出来。

在带球练习中，人对球拍和球的合理控制是打好太极柔力球套路的一个重要环节。通常我们都是拍打球，而在套路中是拍跟球，球粘拍，球拍与球之间保持接触，球拍与球的关系与太极推手演练中双方搭手后的感觉相同，球拍与球之间始终沾连粘随。通过身体的旋转、持拍臂的连续划圆和手的缠旋，使球在球拍中保持离心力和向心力的动态平衡，球只有不断获得离心力，才能始终贴靠在球拍上，所以应在套路演练中保持圆形运动，运动不停圆不停，这就需要手不停、脚不停，大圆接小圆，小圆套大圆，圆圆相接、弧弧相连，每个动作像有一根线串接起来一样，连绵不断。为了使动作更加顺畅自然，手指要随时根据动作的需要旋转球拍，即球原位基本不动，而球拍围绕球转动，正转 360°、反转 360°，竖转、侧转都能随意地完成，脚要随着上体的旋转，合理连续地进行前进、后退、内扣、外转、支撑旋转，保持身体的整体平衡和上下肢动作的协调美观。围绕球转拍可能是原位转，也可以加大转动半径，进行水平、垂直、侧旋等不同运行路线的转动，使套路更加柔顺、自然、舒展、美观，最大限度地发挥手指的触觉灵敏，练出粘劲。在套路演练中手和脚要协调配合，手动脚动，脚动手亦动，通过手脚的互动使整个身体顺畅自然。通过练习太极柔力球套路，能更快地提高控球技术，同时也能更深刻地领悟太极运动的内涵。

太极柔力球有很好的肢体表现性，动作细腻婉转，能很好地表达人的心理、情感和音乐的内涵。如果要进行套路表演赛，就应根据选择的音乐合理地设计编排动作，使动作成为音乐的体现。要发挥自己的想象设计动作，但不要脱离太极完整连贯、圆润柔和的特色。要让太极柔力球技术和谐地融入动作和音乐之中。好的文章是有感而发，妙在天成；好的舞蹈也一样，它是内心灵感的爆发和闪现。自选套路就应以自由发挥为主，随心所欲，顺其自然，尽情展现自我个性，用肢体语言宣泄和放松身心，自得其乐，自赏其美，获得运动的快感和享受。也只有这样出自自然的东西才更有美感，更具有震撼力，才能给人以美的享受、力的鼓舞，也给自己带来欢快愉悦。通过运动将人的喜怒哀乐毫无保留地体现出来，可使我们的身体和精神得到双重锻炼，既修身又养性，既悦人又悦己。

第十章　太极柔力球竞技竞赛规则与裁判法

第一节　工作人员任务与职责

一、组委会主任委员

负责领导组委会的全面工作，组织好赛前有关的筹备工作，指挥和协调组委会各工作组开展工作，并检查和落实工作情况。在比赛期间同裁判组密切配合，协助解决可能发生的具体问题。掌握好比赛的进程，以保证比赛能顺利进行。

二、组委会副主任委员

协助主任委员工作，配合主任委员抓好竞赛工作。

三、行政主任

主要负责后勤保障工作(包括吃、住、行以及场地、器材、通讯等)。

四、竞赛办公室主任

负责编排记录公告组的工作，安排好一切有关比赛事宜(号码簿分发、秩序册的印制)和协调部门工作。如召开裁判会、领队会的准备工作等。

五、仲裁委员会

仲裁委员会按规则处理各项申诉，对发生在比赛中的问题，以及参赛队提出的书面申诉进行调查和处理。如果事关重大，可上报组委会研究决定。保证竞赛规则的公正实施，并对裁判委员会和裁判员的临场执裁工作进行监督。

六、裁判长

全面负责比赛的合法进行，赛前要向全体裁判员提出要求，并做好裁判员的培训工作。

(一) 裁判长要保证规则的贯彻执行，并处理发生于大会期间的以及规则未作明文规定的问题。但他不能代替主裁判和记录员的职能。

(二) 裁判长要监督主裁判和副裁判的执法过程。

(三) 裁判长根据比赛的实际情况和组委会取得联系，可临时改变场地和比赛场次序，但必须有利于比赛，以不妨碍运动员准备为原则。

(四) 在关键的比赛(如半决赛和决赛)时，一定要在现场，而且最后要检查成绩单，签字后送交宣告处。

(五) 比赛全部结束后，宣布团体总分、团体名次和各项比赛成绩。

七、副裁判长

协助总裁判长工作，重点抓好编排、记录工作。

八、主裁判

主裁判是每单场比赛主要的执法者，要做到严肃、认真、公正、准确。

(一) 赛前要主动和其他裁判员取得联系，商讨裁判员有关注意事项。

(二) 召集双方运动员(双打出一人即可)进行场地和发球权的挑选。

(三) 在比赛过程中，运动员严重犯规时可给予警告、罚分、停止比赛等处罚，并提示记录员记录好当时的情况。

(四) 赛后要检查比赛记录,核实无误后签字送交记录公告处。

九、副裁判

(一) 协助主裁判工作,负责本场检录工作,赛前要检查运动员的号码、姓名是否与报名册对应无误,观察运动员站位是否正确。

(二) 协助主裁判裁决看不到或看不清的界内、界外球。

(三) 协助主裁判裁决来球是否擦运动员的球拍或身体后出界。

(四) 协助主裁判裁决运动员的发球是否违例。

(五) 自主裁决运动员的身体是否触网,脚是否踩踏或踩过中线。

(六) 自主裁决进攻队员是否踩限制线和限制区高点进攻。

十、司线员

(一) 站在本方场地左上角大约 2m 处,持旗执裁。

(二) 球落在界线内或触及界线,旗示向前下方,为界内球。

(三) 球落在界线外时,旗示向上举,为界外球。

(四) 球触及球拍、队员身体、衣物等出界,一手举旗,另一手触旗上端,为触手出界。

(五) 球速过快,未能看清,可向主裁判示意,表示未看清,由主、副裁判裁决。

(六) 司线员在临场执裁过程中,要集中思想,旗示准确、快速。

十一、记录员

记录员是比赛过程的见证人,是比赛的得分情况及双方胜负有关的记录者。

(一) 记录双方的分数,记录主裁判宣布的各类技术犯规。

(二) 记录双打比赛中双方第一、二发球员名单及该局发球次序。

(三) 决胜局某方先得 5 分(老年组)或 10 分(青年组)时及时通知主裁判宣布交换场区。

(四) 每局双方出现 10 平(老年组)或 20 平(青年组)后通知主裁判。

(五) 比赛结束后组织双方在比赛记录上签字并主动请主裁判检查签字。

(六) 在比赛中出现记分误差等现象时及时通知主裁判。

十二、编排记录公告

编排记录工作的好坏是比赛能否顺利进行的关键。

(一) 赛前要收集整理各单位的报名表,统计各单项运动员的人数和兼项情况。

(二) 检查各单位运动员有否串组情况。报名时一般甲组可以到乙组参赛,但不能同时参加甲、乙组的比赛。

(三) 编排比赛顺序,制作各种竞赛表格。

(四) 编印秩序册。

(五) 在比赛过程中随时填写比赛结果,并贴出公告,通知检录员做好检录工作。

(六) 比赛过程中发生人员的变化(如运动员因伤因病弃权等)、时间组别的变化时应及时通知总裁判长。

(七) 每个单项比赛结束后应立即取出名次,将名次表交裁判长检查签字并送到宣告处,同时张贴到公告栏里。

十三、宣告员

宣告员是组委会在比赛期间的喉舌,通过宣告传达组委会的精神、宣传精神文明,起到活跃会场的目的,使比赛过程活而不乱,井然有序。

（一）随时根据组委会的要求通知有关事宜，并适时介绍太极柔力球的技术要求和裁判规则。

（二）宣传报道赛场的好人好事，特别是介绍运动员的精神风貌。

（三）宣告比赛结果。

（四）协助维持场内的秩序。

十四、检录组

负责比赛的检录工作，按比赛时间提前半小时检录，并准时将运动员带到比赛场地。同时负责检查运动员的球拍和球是否符合规则要求。如果不符合规定，应要求运动员立即更换。

十五、场地器材组

负责场地的设置与安全，要求每块场地四周要有挡网。

（一）保证场地的平整性、网架的牢固性、球网高度的准确性。

（二）每个场地保证 4～6 个比赛用球。

（三）每个场地配备记分翻牌 1 副，主裁判椅一把，以及记录台、工作椅、记录笔、网高量尺等用具。

（四）电动手提话筒若干个。

第二节　竞赛通则

一、场地器材

（一）场地地面要求

场地地面必须平坦，水平面不得超过 1000∶1，木质、土质、混凝土、塑胶地面均可，场地线最好是白色、黄色或其他容易辨别的颜色。

（二）场地规格

单打场地长 12 m，宽 5 m，双打场地长 12 m，宽 7 m。场地四周最少应有 2 m 的无障碍区，从地面量起离比赛场地上空最少应有 7 m 左右的无障碍空间（图 10-1）。

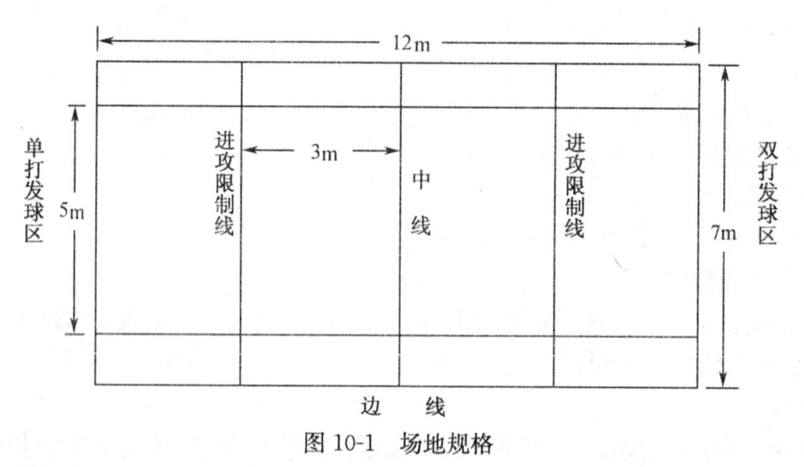

图 10-1　场地规格

（三）场地线

所有场地线宽均为 5 cm，此线属于比赛区域内。

1. 中线：连接赛场两条边线中点的线叫中线，中线把比赛场地分成两个面积相等的区域。

2. 前后区分界线：场地内是两边场区距中线 3 m 的一条平行线，此线属于前场限制区域内。

3. 进攻限制线:前后区分界线也是比赛的进攻限制线,比赛开始后限制线向两侧无限延长。

4. 发球区:为场地两边线的延长线内和端线后的区域。

(四) 球网与网柱

1. 球网:球网长 8 m,宽 0.8 m。

2. 球网高度从地面起测量为 1.80 m,网柱设置在两条边线以外 50 cm 处的中线延长线上。网柱高 1.85 m,固定在地面或活动支架上。

(五) 球与球拍

球与球拍均使用组委会指定的合格产品。

1. 比赛用球为圆形,由橡胶或橡塑材料制成,直径为 6.8 cm±0.2 cm,重量为 53 g±2 g。

2. 球拍总长(包括拍框、拍颈和拍柄)47 cm～54 cm,拍框厚度 8 mm～10 mm。拍框内缘内低外高,有两条对称的斜面,斜面角度为 35°～45°,拍颈拍柄总长 23 cm～30 cm。拍框内径 20.7 cm,拍面平整,厚度为 0.6 mm～1 mm,由柔软有弹性的橡胶或橡塑材料制成,在球拍水平放置时,拍面要有 2 mm～5 mm 的自然下垂,拍面的中心应为下垂的最低点,拍面下垂度不得超过比赛时所用球拍拍框厚度的一半,即 4 mm～5 mm。拍框材料可以是碳纤维、铝合金、硬塑料或其他坚固材料。球拍的总重量 120 g～200 g。

(六) 裁判椅

裁判椅从地面到坐面应为 1.1 m 左右。距离网柱 30 cm～50 cm。可用结实木料和金属制作而成。要做到安全可靠。

(七) 记分牌

可采用乒乓球比赛所用的记分牌。

二、竞赛项目的设置

(一) 男、女单打

(二) 男、女双打

(三) 男女混合双打

(四) 团体赛:分男、女团体赛,均为两单一双,三盘两胜,或按大会规程男、女混合组队。

三、组别

(一) 男、女青年组:35 周岁以下

(二) 男、女中年组:35 周岁～49 周岁

(三) 男子老年乙组:50 周岁～60 周岁

(四) 女子老年乙组:45 周岁～55 周岁

(五) 男子老年甲组:60 周岁以上

(六) 女子老年甲组:55 周岁以上

以上分组亦可按大会规程自定。

四、比赛资格

(一) 参加比赛的运动员应是有组织,有一定太极柔力球运动基础者,身体健康且经过县级以上医院认可,方能参赛。

(二) 参加比赛应认真填写由主办单位统一发放的正式报名表格,一式两份,按时寄交主办单位。

(三) 比赛服装:各参赛单位应穿统一颜色的服装,特别是团体赛。

（四）比赛号码:参赛运动员必须佩带大会统一发放的号码或由大会指定、各单位自制符合规格要求的号码,号码数字由大会统一编排。

五、技术犯规的判罚

运动员必须了解和遵守规则,尊重对手,尊重裁判,以良好的体育道德风尚参加比赛。

（一）比赛从开始到结束应"连续进行",运动员不得以任何借口和不正当行为影响或中断比赛。如违犯,轻者:经过裁判提示,立即终止不当行为,裁判可给予口头警告。重者:裁判提示后仍继续狡辩,并有谩骂对手的行为,裁判可给予黄牌警告并罚失一分。如继续无理取闹,出示红、黄牌并判罚失一局。严重者:经教育后,仍无理取闹,有谩骂对手和裁判的行为,主裁判可立即出示红牌罚下,即取消本轮比赛资格,终止比赛,并报裁判长备案。

（二）运动员必须按规定时间进行检录,检录时三次点名不到或比赛开始后 15 分钟不到者,按弃权处理。

（三）没有正当理由无故弃权一个项目,又未经大会竞赛委员会同意者,被判失败并取消所有项目的比赛资格。

（四）运动员在某一单项已取得下一轮资格,但未经过任何正当手续申请而未参加比赛者,停止以后的比赛资格。

注:检录最后确认时间应在赛前通知各单位。

（五）比赛进行中运动员不得接受场外指导(指教练员和同队人员),场外人员也不得以任何方式对场上运动员进行指导,如发生类似事件,第一次裁判员提出口头警告,第二次判罚失 1 分,第三次判罚失一局。

（六）在双打比赛中,一方出现了单打局面,改变比赛性质,其中一人连续三次以上不接对方攻向他的球,或完成发球后离场,或在场内旁观、消极比赛,第一次给予口头警告,第二次判罚失 1 分,第三次判罚失一局。

六、运动员的权利和责任

（一）运动员在比赛中对裁判裁定有异议时(死球时间),可举手示意并经主裁判认可后,有礼貌地对比赛中有异议的判罚提出自己的看法和意见。如果对裁判员的解释不满意,在一局结束后,通过教练员提出声明,保留申诉的权利。

（二）比赛进行中,运动员如遇球拍损坏等意外情况,可征得裁判同意,离场更换球拍,但时间不能超过两分钟。更换服装时须征得主裁判许可,更换与原来服装颜色、号码相同的服装。

（三）比赛局间应保证运动员有 1 分钟～2 分钟休息和接受教练指导的权利。一个运动员连续比赛,在同一单项上每场应有不少于 10 分钟的休息时间。

（四）比赛结束后,运动员应主动和对方运动员握手致意,向裁判员致谢,并在记录表上签字承认比赛结果。拒绝签字则判为 0∶2 失败。

七、教练员的权利和责任

（一）比赛前教练员要认真核实本队上场运动员的姓名和号码。

（二）团体赛教练员要在赛前 30 分钟提交本队出场顺序,大会将为其保密。

（三）赛前指导运动员的准备活动,布置技战术。

（四）在比赛过程中教练员必须退到比赛规定的场地范围以外,不得以任何方式进行现场指导或大声喊叫干扰比赛,否则主裁判可根据情节轻重给予以下处罚:

1. 黄牌警告;

2. 判本方运动员失分；

3. 命其离开现场进入观众席。

（五）局间休息时，可对本队运动员进行指导，但不得进入比赛场地。

（六）无权就裁判员的临场判罚当场提出异议，但可在局间休息或一场比赛结束时向主裁判提出，并可在比赛结束后30分钟之内向仲裁委员会递交书面申诉材料。同时交纳申诉费人民币100元。胜诉后费用退回，败诉不退。

八、比赛总则

（一）在省、市级比赛中获得冠军的运动员以及上届全国比赛获得前六名的运动员，在全国比赛时将考虑是否安排为种子选手。

（二）比赛中原则上不能串组，但在特殊情况下，甲组可降到乙组参赛，而乙组不能参加甲组比赛，也不允许运动员同时参加甲组又参加乙组。

（三）如果一名运动员参加了单打又参加了双打甚至混双，在条件允许的情况下可给予变通，适当地给予照顾，但不能影响其他队的正常比赛。

（四）团体赛采取三盘两胜制，出场顺序为单、双、单，如男女混合组队，出场顺序则为女单、混双、男单。

（五）单项比赛三局两胜制。

九、抽签与准备活动

（一）进入比赛场地前，由主裁判召集双方队员抽签（或采用抛硬币的方法），赢方优先选择场地或发球权。

（二）准备活动：抽签后双方可在比赛场地对练（不超过2分钟）。

十、发球与接发球的站位

（一）发球队员可选择本方发球区内任何位置进行发球。接发球时，可以在比赛场地的任何位置做接发球准备。

（二）双打比赛时发球队员必须按A1. A2. B1. B2区站位，发球队员必须站在发球区内，另一队员可选择赛场内恰当的位置，但不能影响对方的视线。接发球方可选择本方场地任何位置。

（三）双打每赛完一局，本方队员可调换位置，事先应通知主裁判，但发球顺序不变。

十一、发球与交换发球权

（一）首先发球权，第一局由抽签决定，取得发球权一方首先发球，第二局由第一局未首发球一方发球。

（二）交换发球权，每局比赛开始后，每发满5个球双方即交换发球权，打满20∶20以后开始轮流发球。

（三）双打比赛，竞赛双方应确定每局比赛场地右边的队员为第一发球员（A1）。

（四）整局的发球顺序为A1. B1. A2. B2. A1……以此类推，直至每局比赛结束。

十二、局间休息与交换场地

局间休息1分钟～2分钟，打完一局交换场地。决胜局时先得10分者领先交换场地。

十三、比赛结果的判定

（一）胜一球：比赛双方利用发球与接发球，或在任一回合中利用合法还击使对方出现失误或其他违例，则胜一球得1分。

（二）胜一局：在比赛中某方领先对方二球以上，满21分为胜一局。如出现20∶20平，必须赢 2 球本局比赛才能结束,或先打满 25 分者为胜。

(三) 胜一场:先胜两局的一方为胜一场。某方弃权或拒绝继续进行比赛,则以 21 : 0 的比分和 2 : 0 的比局取胜。

十四、发球与接发球

(一) 合法发球:发球员站在发球区内,支撑脚不得移位和跳起,一只手将球向后上方明显地抛出(不少于 10 cm),另一只手持拍迎球,球入球拍后以正确的弧形引化动作将球经网上抛入对方比赛场区。发球员可以进行支撑旋转发球,球可以发入对方赛场的任何位置。

(二) 允许发球:开局或主裁判报完得分手势后,双方队员迅速做好发球和接发球准备,主裁判"鸣哨"或口令并做允许发球手势为允许发球。

十五、发球违例

(一) 发球员未站在发球区内或脚踩在发球区限制线上发球。

(二) 发球员发球时未将球明显地抛离手掌 10 cm。

(三) 发球员发球时双脚移位,地面没有支撑脚,双脚腾空跳起。

(四) 发球员接球入拍后,弧形引化出现中断,拍弧对应关系发生错误,出现推、挑、抖和折向发力等现象。

(五) 发球员发球时利用旋转发球,球入球拍后弧形曲线超过 360°出球。

(六) 发球时,球已抛出,球拍已挥动,但未触及抛出的球。

(七) 发球时,球不过网或从网下穿过。

(八) 发球后落在对方场区以外的地面和规则不允许落入的比赛场区。

(九) 发球后,球触及除球网以外的场内固定物,以及双打比赛中触及本方队员的身体、衣物和球拍。

十六、接发球违例

发球方发球时,接球方不得故意挥拍、呼叫、大幅度移动,干扰对方发球。

十七、重新发球

(一) 发球队员抛球离手后,未做任何挥拍动作,手和拍也都未触球,该球判为无效球,重发。

(二) 主裁判未"鸣哨"或未发出允许发球口令和手势而将球发出,该球无效,重发。

(三) 在比赛中,发球次序发生错误但球已发出,该发球无效,重发,若该错误在下一次发球前未被发现,但在第三次发球前被发现,根据情况可判:如发球属胜球则无效,失球有效,立即将球调整到应发球队员手中,剩几球发几球。如某方队员发球发生错误,但未被发现,直到换发球才被发现,不予追究。

(四) 发球时,发球方和接发球方队员同时违例,该发球无效,重发。

(五) 发球时,如遇到不可预见情况时,该发球无效,重发(例:球发出时突然另外场地的球滚进场地)。

(六) 发球擦网并落入合法区为好球,继续比赛。

十八、接抛球方法的规定

(一) 合法接抛球:球拍触及球的一瞬间,通过来球运行方向和路线,以相应的拍形和缓冲速度,顺势将球引入球拍,并以明显的、完整的引化动作(圆弧形曲线)连贯流畅地将球抛出,经比赛球网的上方落入对方有效区内的球为合法接抛球,接抛球允许脚步移动,但不得超过两步。

（二）合法接抛次数：在任意一个回合中，双方队员只有一次合法的接抛球（含发球）动作使球过网。双打时可采用一次或两次合法接抛球动作使球过网，但场上每个队员只限接抛球一次。

（三）接抛球违例：接抛球（含发球）过程中球与球拍间出现硬性撞击、弧形引化中断、连击球等现象，为接抛球违例。

1. 硬性撞击：球拍表面触及球的瞬间无完整缓冲“引化”过程，与球相对发生的碰撞为硬性撞击。如有不明显的撞碰现象但做出了完整的“引化”动作，球拍与球是相向运动，有接触响声可不判犯规。

2. 弧形引化中断：球拍在弧形引化过程中，出现间断、停顿、变向等任何引起引化运动轨迹中断的现象为弧形引化中断。

3. 引化间断：在弧形引化轨迹任意一点上，球拍引化运行出现短暂的间歇后，又继续引化抛球为引化间断（也称二次发力）。

4. 引化持球：在引化过程中任何阶段出现引化停止、球在球拍上的离心力消失、持拍托球，为引化持球。

5. 引化逆转：顺时针接球引化转为逆时针引化抛球，或逆时针接球引化转为顺时针引化抛球，为引化逆转。

6. 折向发力：突然改变球的引化路线、拍弧关系出现错误，将球推、压、扣、挑出拍为折向发力。

7. 连击球：球在球拍上发生一次以上的触及为连击球。

十九、关于进攻球的规定

（一）当球通过球网的垂直面，则被认为是完成一次进攻球。

（二）高点进攻球：在进攻时采用支撑或腾空完成的旋转，低入高抛等加速、加力的进攻球为高点进攻球。

（三）运动员在前场区（含限制线）抛向对方的进攻球：第一，不得进行加速加力抛球；第二，即使没有加速加力，球在出拍时所运行的切线不得低于网上水平面（由上向下的吊小球）。出球切线只能平行或高于网上水平面，否则被视为前场进攻违例。

（四）攻方队员在做加速加力的高点进攻球时，支撑点或起跳点以及进攻动作完成后的第一、第二落点，不得触及场地的限制线和限制区。

二十、比赛规则

（一）比赛中的一般规定

1. 界内球：落在比赛场区地面上或压在界线上的球为界内球。

2. 合法球：在比赛进行中球擦网落入对方场区为合法球。

3. 死球：球触及地面或出现违例时为死球。

4. 重赛：比赛进行中，如遇到不可预测或意外情况时，保留比分，恢复正常后再继续比赛。如遇主裁判和副裁判都未看清，不能做出裁决时，应予以重赛。如一方运动员提出意见，对方认可，主裁判可尊重双方意见，给予重赛。

（二）比赛中的违例

1. 球落在球场的界线外。

2. 球不过网或球从网下、网柱外以及网孔穿过。

3. 比赛时球拍与球的最初接触点和出球点不在本方场地一侧。

4. 任意一个回合进行中，球触及球场固定物或球触碰运动员的身体和衣物。

5. 运动员进行弧形引化时球拍触及地面。

6. 运动员的球拍、身体和衣物触及球网及网柱。

7. 运动员脚踩中线。

8. 攻方队员在限制区内进行加速加力的进攻球，抛球时出球方向的切线低于网上水平面。

9. 双打时，同方队员进行接抛球时球拍相碰。

10. 运动员接抛球时，脚步移动超过两步，球入球拍后球拍运行的弧形曲线超过 360°出球。

第三节　游戏竞赛方法与规则

一、游戏竞赛方法

（一）同队两队员分别站在球场两侧限制线后，当主裁判发出“开始”的口令，并同时开表计时，即游戏开始。

（二）每场游戏均由两名“报分”裁判员和两名记录员组成，分别评判、记录两侧队员各自的成绩。

（三）比赛开始时，由一侧队员发球（发球不记分），然后两侧队员可以用各种难度技术动作接抛球；报分裁判根据该侧运动员所做的接抛球动作的难易度分别唱报 1 分、2 分或 3 分，记录员在记录表中的 1 分、2 分、3 分栏内用“正”字积分法迅速记录下相应的 1 分、2 分或 3 分的次数。若一侧运动员失误掉球，则该侧报分裁判应唱报“0”分，记录员则登记在“0”栏内，若一侧运动员在接抛球中出现技术上的错误而违例，报分裁判应唱报“违例”，记录员则登记在“×”栏内。

（四）比赛时间为 2 分钟，当主裁判宣布时间到时，即本场游戏结束。然后由裁判和记录员分别统计两侧运动员的得分成绩并相加，即为该队本场游戏比赛的成绩。

二、规则与要求

（一）发球（包括游戏中断后的发球）均应站在限制线后，否则判违例。

（二）接抛球时，接球员可以在前区或后区接球，但抛球时应在后区，如在前区抛球，则必须有一只脚踩在前、后区的分界线上；如两脚均在前区，则判违例。

（三）在各种技术动作的抛接中，如出现了技术错误（如撞、折、煽、挑、托等），则均判违例。

（四）各难度技术动作的分值：

①1 分球：正手接抛高、低球；反手接抛高、低球；反手握接抛高、低球；向左、右拉球。

②2 分球：左、右头后球，肩后球，身后球，腋下球，腿下球。

③3 分球：向左、右旋转球。

第四节　竞技比赛裁判手势

以下为太极柔力球竞技比赛场上裁判员使用手势图。在每张图的上方分别有 S F L 字母，其中 S 代表主裁判，F 代表副裁判，L 代表司线员。图的下方为该手势代表的内容。

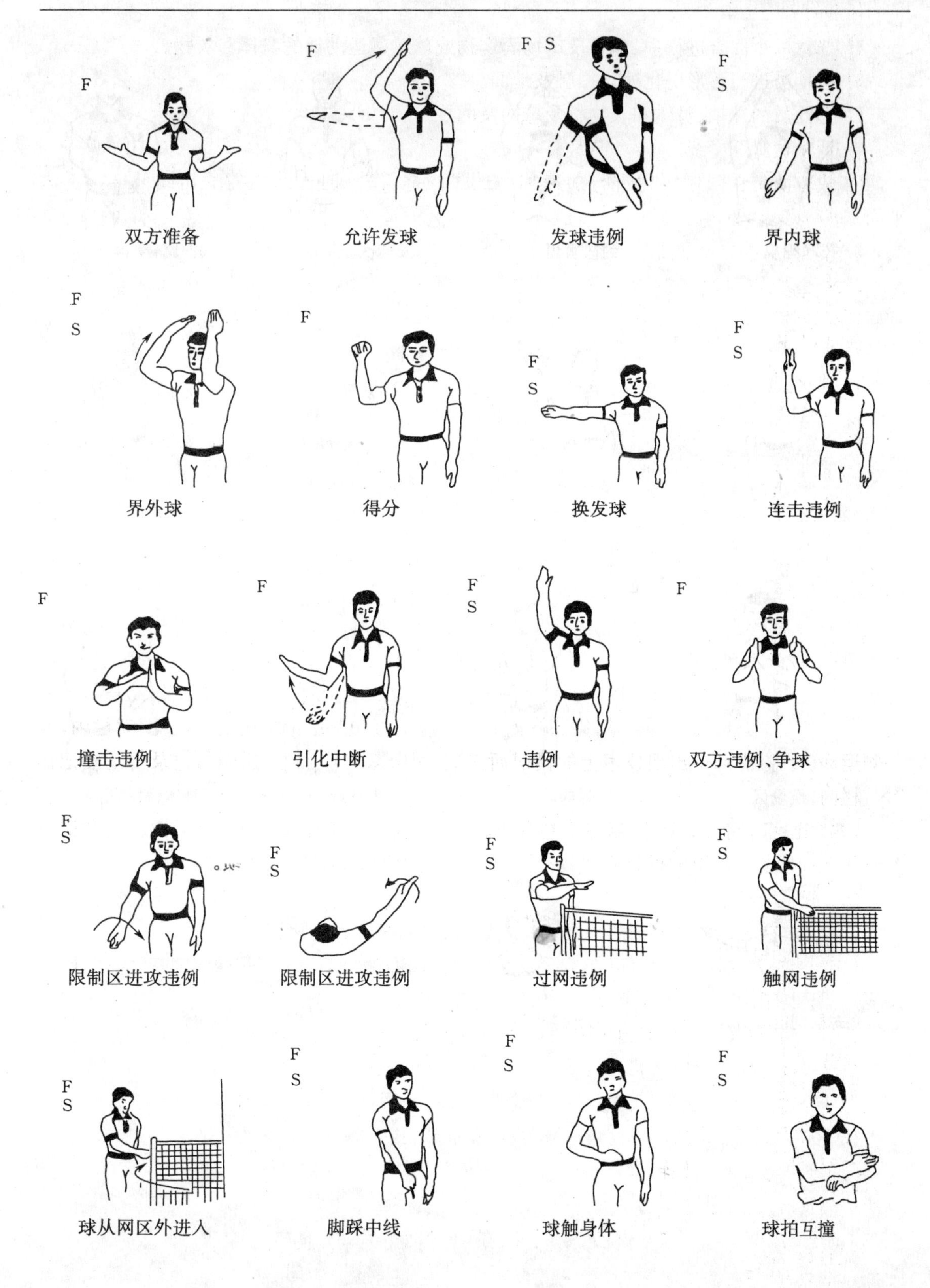
F
双方准备
F
允许发球
F S
发球违例
F
S
界内球
F
S
界外球
F
得分
F
S
换发球
F
S
连击违例
F
撞击违例
F
引化中断
F
S
违例
F
双方违例、争球
F
S
限制区进攻违例
F
S
限制区进攻违例
F
S
过网违例
F
S
触网违例
F
S
球从网区外进入
F
S
脚踩中线
F
S
球触身体
F
S
球拍互撞

F　技术犯规

F　因故暂停

F S　发球次序错误

F S　比赛结束

F　黄牌警告

F　红黄牌警告

F　红牌罚出场

F S　触体、触拍出界

F S　交换场区

L　界内球

L　界外球

L　触体、触拍出界

L　球从网区外进人

L　无法判断

第十一章　太极柔力球套路竞赛规则与裁判法

第一节　套路竞赛总则

一、目的与任务

（一）丰富广大群众（特别是中老年人）的健身内容，进一步推动与开展太极柔力球表演项目。

（二）给所有组织比赛者提供一个统一客观的评分标准。

二、竞赛内容与时间

（一）内容：表演项目分规定套路和自选套路。自选套路又分为单人、双人和集体。具体内容应依据比赛规模和各地区的实际情况，由主办单位制定的规程确定。

（二）时间：自选成套动作的时间为

集体自选套路：4′00″～4′30″

双人自选套路：3′00″～3′30″

个人自选套路：2′30″～3′00″

三、抽签

（一）预赛抽签：可在赛前（由组委会或技术委员会）公开抽签，决定比赛的出场顺序。

（二）决赛抽签：排序方法有三种。

第一种：由各领队或各队长亲自抽签决定比赛出场顺序。

第二种：按预赛的出场顺序进行比赛。

第三种：采用预赛成绩倒排序的方法进行比赛（如：30，29，28，27……）。

四、比赛音乐

（一）规定套路音乐由大会统一播放。

（二）自选套路各队必须将音乐录制在高质的盒式录音磁带“A”面的开始。（如有播放条件）也可使用光盘。

（三）磁带或光盘必须标明单位、队名、组别、个人姓名、出场序号（使用光盘必须标明曲目）。

五、参赛人数、组别与更换运动员

（一）参赛人数：除单人和双人自选套路外，集体规定和自选套路一般为8人～12人。主办单位可根据实际情况在规程中确定。

（二）组别：按年龄可设甲组、乙组等。年龄组的分段，主办单位可根据实际情况在规程中确定。

（三）更换运动员：更换运动员的单位必须在赛前向竞赛单位提出书面申请，经核实符合规定者方可参赛（已报名的替补队员除外）。

六、运动员的服装和饰物

（一）穿适合该项目的运动服装或有民族特点的运动服装。服装上可以有饰物（如花边、亮片)但不能影响动作完成。

(二) 不能穿高跟鞋,应穿软底的便于运动的鞋。如:胶鞋、旅游鞋、平跟或坡跟的布鞋等。

(三) 集体项目的运动员服装应统一整齐(男女允许有别,但必须统一)。

(四) 头饰可带发卡、发夹、一般头饰,要美观大方,不能戴帽子,可化生活淡妆。

七、竞赛器材与场地

(一) 竞赛器材

1. 球为圆形,直径为 6.8cm±0.2cm;球体重量为 27g,球体内装有 27g 的沙砾,总重量为 53g±2g。

2. 球拍总长(包括拍框、拍颈和拍柄)为 47cm~54cm,拍框厚度 8mm~10mm。拍框内缘内低外高,有两条对称的斜面,斜面角度为 35°~45°,拍颈拍柄总长 23cm~30cm。拍框内径 20.7cm,拍面要平整,厚度为 0.6mm~1mm,由柔软有弹性的橡胶或橡塑材料制成,在球拍水平放置时,拍面可有 2mm~5mm 的自然下垂。拍面的中心应为下垂的最低点,拍面下垂度不得超过比赛时所用球拍拍框厚度的一半,即 4mm~5mm。拍框材料可以是碳纤维、铝合金、硬塑料或其他坚固材料。球拍的总重量 120g~200g。

3. 球拍与球必须使用组委会指定的合格产品。

4. 比赛中所使用的球拍和球表面不得有任何饰物。

5. 套路比赛中只能持一拍或双拍带一球完成。

(二) 场地要求

1. 比赛现场各队不得带任何道具和广告宣传品。

2. 比赛场地的地面要平坦、防滑,室外场地风力不能过大。

八、检录与比赛中的弃权

(一) 在比赛开始前的 20 分钟进行第一次检录,赛前 10 分钟进行第二次检录,二次检录不到者即以弃权论。

(二) 二次检录后不能按时参加比赛者即以弃权论。

(三) 不参加比赛者要向竞赛组写书面材料。

(四) 预赛后不参加决赛者要向竞赛组递交书面材料,经同意后保留预赛成绩,否则即以弃权论。

(五) 若参赛者场内受伤不能继续比赛,裁判长有权令其中止,经简单治疗即可比赛的可安排在该组的最后参赛。如已经是该组的最后一名时,可安排在下一项目的前面参赛。如因伤不能在上述时间内比赛或比赛已结束则作弃权论。

九、竞赛赛制与计分方法

(一) 竞赛赛制

1. 一轮比赛制:参赛者只进行一场比赛就决出比赛的名次;

2. 二轮比赛制:参赛者需进行二轮比赛,第一轮为预赛,第二轮为决赛;

3. 二轮淘汰赛制:参赛者需进行二轮比赛,第一轮为预赛(或称淘汰赛),淘汰数量多少由规程确定。第二轮比赛为决赛,即第一轮比赛的优胜者进行决赛;

4. 如自选套路中个人和双人的报名人数超过一定限制,大会可以确定比赛音乐,运动员三至六人(组)同场比赛。

（二）计分方法

1. 预赛成绩不带入决赛中，仅作为排列决赛出场顺序的依据。参赛者名次的确定，以决赛的成绩为准，成绩优者名次列前；如成绩相等，则以预赛中得分优者名次列前；如仍相等，则名次并列，继后的名次空出。

2. 预赛成绩列入决赛中，参赛者名次的确定按参赛者预、决赛成绩之和排列名次，如成绩相等，则以决赛成绩优者名次列前，如仍相等，则名次并列，继后的名次空出。

十、运动员入场和退场

（一）运动员入场：运动员检录后，由检录员带到比赛场地外，准备完毕后队长举手向全体裁判员示意，视裁判长举绿旗后，参赛者进入比赛场内，站好，队长再次举手示意放音乐，比赛开始。

（二）运动员退场：比赛动作结束后退出比赛场地。在场边排列整齐等待裁判示分，示分完毕后队长举手向观众和裁判表示谢意，再将队伍带出比赛场区。

第二节　工作人员任务与职责

一、裁判长职责

（一）负责指导整个赛会的裁判工作，并按照规则管理好裁判工作，对其全面负责。

（二）必须精通竞赛规则、裁判法及竞赛规程。

（三）组织裁判员学习，确定裁判员分工，检查裁判工作准备情况、场地、音响等，指导裁判员赛前试评工作，处理比赛中出现的重大问题。

（四）主持技术会议，传达有关竞赛方面的决定，负责解释规则中的主要问题。

（五）指导和检查各裁判组的工作，协助竞赛部门组织好赛前走场。

（六）发出比赛信号，参与评分，对教练员、运动员的错误行为给予处罚（批评教育、警告、取消参赛资格）。

（七）赛前 20 分钟召集裁判员做好入场准备。

（八）尊重裁判员评分，检查评分情况，若发现裁判员漏判、误判，有效分超出规定时，及时召集裁判员会商，或与个别裁判员会商并及时给予纠正。

（九）宣布比赛成绩。

（十）做好裁判工作总结。

二、副裁判长职责

（一）协助裁判长进行工作或分担某一部分工作。

（二）裁判长缺席时，代其行使职责。

三、仲裁委员会

仲裁委员会按规则处理各项申诉，对发生在比赛中的问题以及参赛队提出的书面申诉进行调查和处理。如事关重大，可上报组委会研究决定。保证竞赛规则的公正实施，并对裁判委员会和裁判员的临场执裁工作进行监督。

四、裁判员职责

（一）必须精通竞赛规则和裁判法及竞赛规程。

（二）参加赛前裁判员学习和试评工作，服从安排。

（三）裁判工作中必须做到严肃、认真、公正、准确。迅速独立地评分，认真填写评分表、示分卡。

（四）发现教练员、运动员有违反竞赛规则的行为应及时向裁判长报告。

（五）服从裁判长领导，听从指挥，遵守裁判员守则，有权用适当方式在适当场合向裁判长提出建议和意见。

五、记录员职责

（一）协助裁判长做好赛前准备工作，检查各种竞赛用表以及裁判组临场工作用具的准备情况。

（二）根据技术会议有关规定，记录参赛队弃权、更换运动员情况，并送交裁判长。

（三）负责抽签后各组参赛顺序登记工作。

（四）比赛中负责登记各裁判员示分卡的分数，准确无误地计算最后得分并递交裁判长。

（五）与计时员配合将各项比赛的成绩整理成册，送交裁判长，并将各种资料和评分记录送交竞赛委员会归档。

六、计时员职责

（一）协助记录员工作，熟练掌握计时器性能。

（二）按规则要求准确记录集体、双人、单人成套动作时间，若时间不足或超时，应及时报告裁判长。

（三）时间不足或超过时，计时表不得回表，必须经裁判长检查后，方可回表。

七、检录员职责

（一）熟练掌握竞赛程序、全面负责检录工作。

（二）按时进行检录，保证各队准时出场参加比赛。

（三）赛前检查运动员所使用的球拍和球是否符合规则要求，发现有不符合规则的器材，及时要求运动员更换。

（四）检查运动员的服装、饰物、鞋是否符合规定，如发现问题及时予以纠正。

（五）一般赛前 20 分钟进行第一次点名，赛前 10 分钟进行第二次点名。并向运动员解释有关比赛的注意事项。

（六）出现有弃权的队和参赛者，应立即通知裁判长。

八、宣告员职责

（一）熟悉太极柔力球的基本原理和风格，有较好的语言表达能力。

（二）介绍裁判委员会成员，介绍相关的太极柔力球技术知识和评分标准。

（三）宣布比赛开始、结束、竞赛内容、出场次序等。

（四）帮助裁判长完成赛场各部门之间的协调，保证比赛的顺利进行。

九、音响师职责

（一）赛前收好比赛用的录音带、光盘，详细填写磁带登记表，根据比赛出场顺序进行编号。

（二）检查音响器材，保证正常运行，放音顺序准确无误，音响效果良好。

（三）比赛时根据裁判长发出的开始信号，场上运动员举手示意后开始放音，动作结束终止音乐。

（四）比赛过程中不得将录音带转借他人或复制，比赛结束后及时将录音带归还各队及个人,不得丢失。

第三节　规定套路评分方法

一、当场评分

裁判员当场填写示分卡和记录。成套动作的满分为 100 分,评分精确到 0.5 分,比赛时间不足或超出,以及不符合规程要求的人数由裁判长扣分。

二、运动员最后得分的计算

所有评分裁判员的评分去掉一个最高分和一个最低分后的平均分,再减去裁判长的扣分为该参赛者(队)的最后得分。最后得分精确至小数点后两位,并采用四舍五入制。

三、调整有效分之间的差数

有效分的平均值在 95 分以上者,有效分之间的差数不得超过 2 分。

在 90 分至 94.95 分之间者,有效分之间的差数不得超过 3 分。

在 85 分至 89.95 分之间者,有效分之间的差数不得超过 5 分。

在 85 分以下者,有效分之间的差数不得超过 7 分。

几个中间分的差超过上述规定,而会商又难以解决时,可采用基分的方法计算该参赛者(队)的最后得分,即

$$\frac{\text{裁判员中间分的平均分} + \text{裁判长的评分}}{2} = \text{基分}$$

四、动作错误的扣分

(一) 裁判组对运动员完成动作时出现的各种姿态、技术、节奏、路线、方向、拍形、拍位等错误,分别按轻微错误、显著错误、严重错误三种情况扣分。

1. 轻微错误——扣 0.5 分至 1 分。
2. 显著错误——扣 1.5 分至 3 分。
3. 严重错误——扣 3.5 分至 5 分。

(二) 整套动作应整齐,协调一致

1. 个别队员不整齐协调一致,遗忘漏做,扣 0.5 分至 1 分。
2. 1/3 队员不整齐协调一致,遗忘漏做,扣 1.5 分至 3 分。
3. 1/2 队员不整齐协调一致,遗忘漏做,扣 3.5 分至 5 分。

全套动作除规定抛接球外,球脱离球拍都要按上述扣分。

五、规定套路的评分

(一) 规定套路分值的构成

1. 规定套路中每节规定动作的分值之和为 80 分。
2. 完成成套动作的总印象分为 20 分。
3. 规定套路动作的最高分为 100 分。

(二) 规定动作的评分

1. 规定套路中每节技术动作都包含在摆动、绕环、抛接、转体和旋转、翻拍等五类动作中,全套动作的最高分为 80 分,根据各类动作的评分方法,对每一节出现的错误扣分,用 80 分减去每节的扣分总和,最后得出规定动作的分值。

2. 各类动作的评分方法:

(1) 摆动类：

①屈臂过多，拍形、拍位、步伐不够准确，姿态欠佳，扣 0.5 分～1 分。

②摆动弧形不够圆润，沉移过程不够充分，扣 1.5 分～3 分。

③动作严重不符合摆动要求，球与拍分离、平托球摆动，扣 3.5 分～5 分。

④所有摆动类动作出现多种错误时，扣分最多不得超过 5 分。

(2) 绕环类：

①绕环时圆不够正、不圆，姿态欠佳，扣 0.5 分～1 分。

②绕环时球脱离球拍，用力不协调，没有腰腿配合，扣 1.5 分～3 分。

③绕环时失去重心、用力不合理，严重不符合要求，扣 3.5 分～5 分，但扣分最多不得超过 5 分。

(3) 抛接类：

①抛球与技术要求不符，姿态欠佳，扣 0.5 分～1 分。

②抛球与技术要求显著不符，拨球、挑球严重，扣 1.5 分～3 分。

③抛球与技术要求严重不符，拍弧关系发生错误，扣 3.5 分～5 分，但扣分最多不能超过 5 分。

(4) 转体和旋转类：

①转体角度不足和超过，身体不平稳，扣 0.5 分～1 分。

②水平旋转、侧位旋转偏离转动轴，姿态欠佳，扣 1.5 分～3 分。

③与技术要求严重不符合，出现错误过多，扣 3.5 分～5 分，但扣分最多不得超过 5 分。

(5) 翻拍类：

①翻拍不够圆润流畅，姿态欠佳，扣 0.5 分～1 分。

②翻拍时不正、不圆，位置偏离整体，用力不协调，扣 1.5 分～3 分。

③翻拍时球与拍分离，身体不能整体运力完成翻拍动作，出现错误过多，与技术要求严重不符合，扣 3.5 分～5 分，扣分最多不得超过 5 分（详细评分方法按各规定套路的评分细则进行）。

3. 总印象分：

(1) 进场与退场以及完成全套动作时队列、队形是否协调一致、整齐划一。

(2) 身体姿态优美，动作细腻柔婉，圆润流畅，韵律、幅度、节奏符合太极柔力球技术特点和要求。

(3) 精神振奋、气势昂扬、尊重观众、尊重裁判、文明礼貌。

(4) 服装整齐美观，大方高雅。

规定套路印象分最高为 20 分，根据以上要求，对错误或不足给予扣分，最后得出总印象分。

第四节　自选套路评分方法

一、自选套路的评分因素

(一) 难度动作

(二) 组织编排

(三) 完成情况

(四) 总印象

二、自选套路分值的构成

（一）难度动作:20分

（二）组织编排:30分

（三）完成情况:40分

（四）总印象:10分

一套自选动作的最高得分为100分。

三、各因素的评分

（一）难度动作的评分

一套自选动作,必须包含下列类型的动作:

1. 摆翻类——分值为5分。

2. 绕翻类——分值为5分。

3. 旋转类——分值为5分。

4. 抛接类(集体套路还应包含对抛动作)——分值为5分。

5. 在自选套路中,所有参赛队员均不得缺少上述四种类型的难度动作,如全体队员缺少某一类难度动作,将扣掉该类动作的全部分值;如部分队员缺少某类动作,将扣掉该类动作的部分分值。

（二）组织编排的评分

成套动作的组织编排,是反映运动员技术水平和教练员创造力的一个重要方面。

太极柔力球自选套路的组织编排,首先要符合太极柔力球运动本身的技术特点,要求动作轻盈沉稳、中正平展、圆润流畅,全身协同用力、连绵不断、浑然一体。每个动作环环相扣、式式相连,通过身体的旋转和持拍臂的连续划圆以及手的缠旋,使球拍与球之间保持离心力和向心力的动态平衡,除个别的抛接动作之外,球拍与球始终粘连相随、保持接触。运动员编排和选择的动作要适合自身年龄和身心特征,动作应熟练整齐、优美大方、刚柔相济。整套动作编排合理、变化丰富,有准确的节奏感和韵律感,能很好地体现所选音乐的意境和情感,打出太极柔力球运动的风格和韵味。在保证基本动作质量的前提下,鼓励有价值、有美感、符合太极柔力球特色的创新动作。

1. 全套动作选择和组织编排不符合太极柔力球运动的特点,扣5分。

2. 动作的选择和组织编排,应适合参赛者自身的年龄和身心特征,有良好的锻炼价值,否则扣1分。

3. 全套动作中,动作单一或在同一处过多重复无价值的动作扣1分。

4. 全套动作的连接不合理,扣1分。

5. 集体项目的自选套路中,至少要有四次队形变化(不包括入场和退场),队形变化应流畅、准确、图形清晰,并充分利用场地。

(1) 每少一次队形变化,扣1分。

(2) 队形变化单一,图形单调,扣1分。

(3) 队形变化杂乱,图形不清晰,扣0.5分。

6. 音乐与动作不协调,动作结束与音乐不一致,扣1分。

7. 太极柔力球的自选套路必须带球完成,全套动作不允许持空拍表演(全套动作开始时和结束时的造型除外),全套动作应连贯流畅,在不影响动作节奏的前提下,允许短暂的亮相(不超过1秒),但不允许出现静止动作(1秒以上)。

(1) 静止动作(1 秒以上)每出现一次,扣 1 分。

(2) 持空拍表演每四拍,扣 2 分。

8. 在套路表演过程中球失去离心力,球拍托球运行,扣 2 分至 4 分。

9. 当球抛入球拍做第一个动作时开始计时,到成套动作结束时停表,时间超过或不足,则扣 1 分,此分由裁判长从完成动作的平均分中扣除。

10. 音乐开始后运动员允许有人场行进或徒手准备动作,但必须在音乐开始后的八拍以内完成,否则将扣 0.5 分。

11. 全套动作的连接顺序和编排形式与规定套路雷同,扣 4 分。

12. 能够顺利完成以往全国比赛没有出现和历史上没有公开展示过,符合太极柔力球技术规范,有美感、有价值的创新动作,加 3 分。

13. 组织编排错误的扣分之和,最多不能超过 30 分,创新动作的加分每个单项比赛只给予一次。

四、完成情况的评分

自选套路完成情况的评分与规定套路完成情况的评分规则基本相同,即对自选套路中各类型难度动作在完成过程中所出现的技术、姿态,或集体套路中完成的一致性方面的错误应予以扣分。但完成情况的扣分之和不应超过 40 分(即完成情况的分值)。

五、总印象的评分

总印象主要包括:

(一) 进场、退场队列,队形的一致性。占 1 分。

(二) 完成动作的表现力,如幅度、力度、节奏和韵律。占 2 分。

(三) 完成动作的熟练性。占 2 分。

(四) 编排连接上的创新。占 3 分。

(五) 全队的精神面貌,赛场文明礼貌及服装等。占 2 分。

上述五个方面若有不完善或出现错误,将视其程度分别扣其分值的部分或全部。

六、其他扣分因素

(一) 每掉一次球,扣 0.5 分。

(二) 每掉一次拍,扣 1 分。

(三) 集体项目按规定人数不足时,每缺一人,扣 1 分。

(四) 比赛中不能拿道具,如横标、花束、宣传品、广告等,如有者扣 1 分。

(五) 领队、教练员、运动员在场内外指挥,大声叫喊,扣 1 分。

(六) 球拍和球上带有饰物,扣 1 分。

(七) 超过了规定的用球数量,扣 1 分。

第二篇 小球运动

第十二章 毽球运动

第一节 毽球运动的起源与发展

一、毽球的起源

毽球运动来源于踢毽子。踢毽子,是我国一项流传很广、有着悠久历史的民族体育活动。经常进行这项活动,可以活动筋骨,促进健康。在古都北京,踢毽子还有个富有诗意的名字——翔翎。据历史文献和出土文物证明,踢毽子起源于我国汉代,盛行于六朝、隋、唐。宋朝高承在《事物记源》一书中,对踢毽子有较详细的记载:"今时小儿以铅锡为钱,装以鸡羽,呼为毽子,三四成群走踢,有里外廉、拖抢、耸膝、突肚、佛顶珠等各色。"

明清时期,踢毽子得到进一步发展,关于踢毽子的记载也就更多了。明代进士、我国历史上有名的散文学家刘侗在《帝京景物略》中写道:"杨柳儿青放空锺,杨柳儿死踢毽子。"踢毽子已成为民谚的内容,而且发展到数人同踢的技巧运动。至清末,踢毽子已达到鼎盛时期,参加的人越来越多,不仅用来锻炼身体,作为养生之道,而且把踢毽子和绘画、下棋、放风筝、养花鸟、唱二黄等并提,一些人以会踢毽子而自豪。

二、毽球的发展

踢毽子运动源于汉代,到了唐宋时期,踢毽子非常盛行,踢的花样也很多,还有专门制作、出售毽子的店铺。明清时期不少民间艺人就爱画少儿踢毽子的生动场面。到了清代,踢毽子的技巧已经相当高了。据清代岭南三大家之一的屈大均的《广东新语》记载,每年正月十五日,广州有踢毽子大会,男女老少云集在五仙观进行比赛。清末,北京的民间踢毽子艺人发展为四个流派。他们各有绝活,风格不一,广收门徒,还时常摆下擂台,较量踢毽子的技艺。

1912 年,在北京地安门外举行了一次轰动全城的毽技大表演,会后成立了毽技组织。

1928 年 12 月,在上海市举办"中华国货展览会"时,举行了我国第一次踢毽子公开比赛,推动了这项民族体育项目的发展。

1933 年 3 月 26 日,在南京市又举行了第一次全国性的踢毽比赛,踢毽技术在普及的基础上得到了提高,各种踢法丰富多彩,高难翻新的动作层出不穷,不同风格争奇斗艳,使观者眼花缭乱,惊叹不已。我国传统的踢毽运动,日臻完善。

新中国成立后,踢毽子的第一次正式比赛是广州市体委于 1956 年举办的,并制定了简单的竞赛规则。

1963 年,踢毽子同跳绳等被列入国家提倡开展的体育活动,踢毽子作为体育教学内容还被编入了小学体育教材。

1984 年春,《毽球竞赛规则》诞生。它是根据踢毽子的特点,吸收了几种球类比赛的形式综合而成的。

1993 年,首届国际毽球邀请赛在我国重庆举行,来自德国、韩国、日本、越南、中国香港、中国台北等地的运动员与我国的毽球运动员进行了友好的交流和切磋。至今,在我国已举行了3 届国际毽球邀请赛,大大加快了毽球运动走向世界的步伐。

1999 年,由中国、越南、德国、匈牙利、老挝、中国台北、中国香港发起成立了世界毽球联合会。从此,毽球在世界许多地方受到了更多人民的喜爱。

2000 年 7 月,第一届世界毽球锦标赛在匈牙利乌义东海斯市举行。德国毽球协会主席皮特为该项目在德国的开展作出了贡献。目前,国内有许多地方组建有毽球协会,在全国许多高等学校都组织运动队进行过多次全国性的毽球比赛,并把它作为高等学校体育教学内容之一。

毽球在走向世界的过程中得到了更大的发展。可以预见,中国传统体育宝库的遗产——毽球,将以崭新的姿态,活跃在世界体育大家庭中,将为丰富体育宝库作出贡献。

第二节　毽球运动基本技术

一、准备姿势与步法移动

(一) 准备姿势

准备姿势是运动员在场上未接球时身体的一种等待状态,保持良好的姿势,是使身体能随时在瞬间由静变动,由被动状态变为主动状态的关键。准备姿势一般分为两种:

1. 左右开位站势

左右开位站势时,两脚左右平行开立,与肩同宽,两膝稍弯曲内扣,重心稍降落于两脚之间,上体稍前倾,两臂放松,自然弯曲置于体侧,全身肌肉适度放松,两眼注视来球(图 12-1)。

图 12-1　左右开位站势

2. 前后开位站势

前后开位站势时,两脚前后开立,距离约与肩同宽,两脚尖正对前方,后脚跟稍提起,膝关节保持一定弯曲,上体稍前倾,重心靠前,两臂放松,自然弯曲置于体侧,全身肌肉不宜过分紧张,应该适当放松,两脚保持微动状态,两眼注视来球。

这种站势使运动员能从静止状态快速转向前后的移动状态,较多应用在比赛过程中的接发球和防守当中。注意后脚跟离地,身体重心要向前移,随时保持静中带动的状态(图 12-2)。

图 12-2　前后开位站势

(二) 步法移动

步法移动一般有八种,分别为前上步、后撤步、滑步、交叉步、并步、跨步、转体上步、跑动步。只有熟悉各种步法的移动运用,在比赛中才能更具主动性和灵活性。

1. 前上步

支撑脚用力向前蹬地,重心迅速前移,一只脚支撑,另一只脚向前跨出。

2. 后撤步

移动时,身体保持稍低的姿势,重心落在两脚之间,两脚间距比肩窄,用两脚的前脚掌交替蹬地向后退。后退时，应注意提起脚跟，抬头注视来球情况，上体不要后仰，保持身体平衡。

3. 滑步

指一次以上的并步移动连续完成的移动步法。

4. 交叉步

若向右侧交叉步移动时，上体稍向右移，左脚内侧蹬地，从右侧前面向右交叉迈出一步，然后右脚再向右跨出一步，同时身体转向来球方向，保持击球前姿势。

5. 并步

当队员向右侧移动时，左脚内侧蹬地，重心向右移动，右脚向右侧平滑一步，左脚跟上并步，做好完成下一动作的准备姿势。如向左侧移动时，则动作方向相反。

6. 跨步

支撑脚用内力向前或斜前方蹬地，重心降低前移，击球脚沿地面跨出，插入球下成救球姿势，两手臂自然摆动，保持身体平衡，该动作一般在来不及移动或快速移动后衔接使用。

7. 转体上步

转身变向是队员以一脚做中枢脚，另一脚蹬地，以及通过躯干的转动，改变身体的方向，保持人与球之间的合理关系的一种步伐。转身时，以中枢脚的前脚掌为轴，重心移到中枢脚上，如向两侧变向，应用蹬地脚的前脚掌内侧蹬地；如前后转身时，则用前脚掌蹬地，加之腰部的转动，改变身体的方向。一般情况下，转身变向后常与跑动步、跨步等移动步法衔接使用。

8. 跑动步

当球的落点距离身体较远时采用。跑步时，起动的步子要小，步频要快，然后逐渐加大步幅，两臂要配合摆动，在接近来球时，减速制动，逐渐降低重心，做好击球前的准备姿势。

二、基本脚法技术

踢毽子运动历史悠久，踢毽子的基本脚法比较多，概括起来有四大类：脚内侧踢球、脚外侧踢球、脚背踢球和触球。基本脚法比较简单，使得踢毽子运动具有群众性和普及性，而在运动过程中，基本脚法的配合使用，使得踢毽子运动更加精彩，更具观赏性。

（一）脚内侧踢球（盘踢）

脚内侧踢球又叫盘踢，是踢毽子当中最基本的踢法。它的要领是：双脚自然开立，与肩同宽，双膝微屈站稳。同时一手将毽子在胸前抛起，离手高度约 20 cm。在毽子下降时，一脚站立，用另一脚内侧将毽子踢起，高度以齐腰为准，一般不超过胸部。在练习过程中，右脚盘踢时身体微向右转，左脚盘踢时身体微向左转，支撑腿不动。盘踢时要求膝向外张，小腿向内侧自然抬起，距地面 25 cm 至 40 cm 时将毽子向上踢起。踢起的毽子与身体的距离约 30 cm 至 40 cm 为宜（图 12-3）。

图 12-3　脚内侧踢球

（二）脚外侧踢球（拐踢）

脚外侧踢球又叫拐踢，它的要领是：右脚拐踢时，左腿为支撑腿，左脚脚尖向左站立，与身体形成 45°角。左膝微屈，身体成半下蹲姿势，然后右大腿用力向左摆动，右小腿同时抬起，右脚腕呈钩形，用右脚外侧后 1/2 处将下降的毽球踢起，高度可比盘踢略高一些，但一般以齐胸为准。然后迅速将右脚脚尖向右站立，与身体形成 45°角，右膝微屈，用左脚以与右脚拐踢时的同样方法进行拐踢，形成左右互换交踢。拐踢踢起的毽球要求正对身前，直上直下而不是左右摆动。踢起

图 12-4　脚外侧踢球

的毽球距胸前 50 cm 左右为宜(图 12-4)。

(三) 脚背踢球

用脚背踢球,一般用正脚背,要注意绷脚尖和抖动脚腕发力击球。脚背踢球的技术是相对其他基本技术中难度较大的一种,主要动作不但要求要快,还要求有一定的准确度,抖动脚腕发力击球的节奏过快或过慢都会影响完成踢球的质量(图 12-5)。

图 12-5 脚背踢球

图 12-6 触球

(四) 触球

在身体膝关节以上部位的踢球都叫触球。但又可以分为大腿触踢球、腹部触踢球、胸部触踢球、头部触踢球。大腿触踢球时,要注意抬大腿迎球,放松小腿,用大腿正面前段击球。腹部触踢球、胸部触踢球、头部触踢球都要注意触球时将腹部、胸部或头部稍微向前去主动迎接球,并控制球落在自己的前方,然后用脚将球踢出(图 12-6)。

三、发球技术

根据发球时身体与球网的关系以及球接触脚的部位的不同,发球动作可分为:脚内侧发球、脚背正面发球和脚外侧发球等。

(一) 脚内侧发球

脚内侧发球是指身体正对球网站立,用脚的内侧击球过网的发球动作。

发球时左脚在前,右脚在后,两脚脚尖正对球网,两膝微曲,重心要放在前脚。左手把球垂直上抛,球约在右脚前方 40 cm 处,当球离地约 20 cm 处,重心前移,髋、膝关节外翻,曲膝向前摆动,当身体重心超过人体垂直面后,支撑脚向后蹬地,加速重心前移,髋、膝关节猛力外翻,加力前推,发球脚踝关节背曲,用脚弓内侧中部把球发到对方场区,而后发球脚迅速着地保持身体平衡。发球的时候要注意抬大腿带动小腿,用内足弓部位向前上方送髋推踢。其特点是既稳又准,破坏性强。

(二) 脚背正面发球

脚背正面发球是指身体正对球网站立,用脚背正面击球过网的发球动作。

发球时左脚在前,右脚在后,两脚脚尖正对球网,两膝微曲,重心要放在前脚。左手把球垂直上抛,球约在右脚前方 40 cm 处,然后重心前移,踝关节绷直,利用抬大脚和踢小脚的动作,在离地面约 20 cm 的高度时,将球击到对方的场地内,脚的击球部位应在脚背正面食趾的跖趾关节处。这个发球动作要注意绷脚尖,用正脚背向前上方发力挑踢,它的特点是平、快、准。

(三) 脚外侧发球

脚外侧发球是指身体侧对球网站立,用脚背外侧击球过网的发球动作。

脚外侧发球时,身体要侧对球网,左脚在前,右脚在后,两膝微曲,重心落于两脚之间,左手把球垂直上抛,球约在右脚前方 50 cm 处,身体重心前移,以支撑脚的前脚掌为轴左转体踢球,以髋关节为轴，大腿带动小腿由后向前摆动。击球前的一瞬间小腿用力踢球，脚背自然绷直，拇趾尖向斜下指，以脚背正面或稍外侧一点的跖趾关节部位击球，踢球后腿应随球继续前摆。这个发球动作要注意稍侧身站位，绷脚尖，用脚外侧发力扫踢，其发球的特点是既快又狠，攻击力强。

四、攻球与封网技术

攻球和封网技术是毽球运动的关键一环，随着毽球运动的蓬勃发展，攻球和封网技术也在不断地发展、完善和创新，提高了毽球运动的技巧性、观赏性和对抗性。

(一) 攻球技术

根据击球时所采用的部位不同，攻球技术可以分为脚攻技术和头攻技术两大类，其中脚攻是最主要的进攻方法，主要有外摆脚背倒勾攻球、里合脚背倒勾攻球、凌空里合脚背倒勾攻球、正面倒勾脚掌吊球、正面脚掌前踏攻球、侧身里合脚掌前踏攻球等。下面以右脚攻球为例进行介绍。

1. 外摆脚背倒勾攻球

外摆脚背倒勾攻球是指传起的球在击球脚同侧外面，进攻队员运用大腿外摆，以及膝、踝关节的倒勾动作，用脚背外侧倒勾把球攻入到对方场区的一种进攻方法。

攻球前，攻球队员背对球网站立，稍向右侧身，两膝微曲，两眼注视来球，采用一步或两步助跑起跳，起跳时膝、踝关节应充分蹬直，摆腿和摆臂动作有力，身体腾空后，击球腿迅速曲上摆，做好击球前的准备动作。击球时，击球腿迅速外摆，膝关节猛力伸踢，最后用踝关节的勾踢动作把球攻入对方场区，击球部位应在脚背面外侧的脚趾根处，击球点应在头上方右侧约 50 cm 处，击球后，应控制击球腿在空中的动作幅度，以防触网犯规，落地时，摆动腿先落地缓冲，击球腿随后落地，身体尽量保持平衡，随时准备进行下一个动作(图 12-7)。

图 12-7　外摆脚背倒勾攻球

2. 里合脚背倒勾攻球

里合脚背倒勾攻球是指击球点在攻球脚异侧肩的前上方，进攻队员利用转体大腿里合，踝关节的倒勾动作把球攻入对方场区的一种进攻方法。

攻球前，攻球队员背对球网站立，两膝微曲，判断来球，调整好准备姿势，助跑起跳多采用一步或原地起跳，起跳充分，摆腿和摆臂动作要协调有力，并准备向左侧转体。起跳腾空后，摆动腿膝外展，向左转体，击球腿由外向内里合摆腿，使身体产生向左旋转。击球时，膝关节应快速发力，最后用踝关节的勾踢动作把球攻入对方场区。击球部位应在脚背内侧的脚趾根处，击球后应注意保持身体平衡，完成动作后，摆动腿先落地缓冲，击球腿后落地，立即进行下一个动作的准备。

3. 凌空里合脚背倒勾攻球

凌空里合脚背倒勾攻球是指传起的球在击球脚异侧肩外面的前上方，进攻队员充分起跳，身体凌空卧在空中，利用转体、击球腿里合摆腿的倒勾动作把球攻入对方场区的一种进攻方法。

攻球前，攻球队员背对球网站立，两膝微曲，判断来球离网的远近和弧度，采用一步或两步助跑起跳，起跳应曲膝高跳，摆动腿和手臂积极上摆，并伴有向左转体的动作。身体腾空之后，摆动腿膝关节外展，身体后仰并左转，起跳腿迅速曲膝里合上摆，踝关节自然绷直，整个空中击球过程中身体几乎处于平卧凌空状态。击球时，击球腿充分高抬，利用腰腹力量的转动和小腿的加速摆动，最后用踝关节有力的勾踢动作把球攻入对方场区。击球部位应在脚背的脚趾根处，击球点应在左肩外侧、头的前上方。击球后，身体继续左转，击球腿下摆，然后右脚和左脚依次落地，并注意保持身体平衡，准备完成下一个动作。

4. 正面倒勾脚掌吊球

正面倒勾脚掌吊球是指进攻队员先做倒勾动作，在空中突然改变击球动作，采用脚掌托送动作把球吊入对方场区的一种进攻方法。

攻球前，攻球队员背对球网，两膝微曲，做好准备姿势，两眼判断来球情况。当来球离身体较近，落点在头前上方附近时，采用原地或调整一小步，保持好人与球之间的适当距离起跳，起跳动作要与脚背倒勾强攻的动作一致，身体腾空后突然变脚背倒勾动作为脚掌吊球。击球时，击球腿微曲上摆，当摆到脚底与地面几乎呈水平时，用脚掌击球，运用腿向后摆的托送动作，把球吊入对方场区的空档。完成空中击球动作后，击球腿自然前摆下落，摆动腿先落地缓冲，保持身体平衡。

5. 正面脚掌前踏攻球

正面脚掌前踏攻球是指进攻队员身体面对球网，运用腿充分提起后快速正面下压的动作，以脚掌击球把球踏入对方场区的一种进攻方法。

击球前，攻球队员两膝微曲，面对球网站立，判断来球情况，采用一步、二步或三步助跑选择最佳支撑的位置，大腿带动小腿迅速上摆到最高点，支撑腿伸直，提腿或跳起以提高击球点，两臂自然上摆，身体向上伸展，控制平衡。击球时，击球腿的踝关节自然背勾，击球腿依次利用髋、踝的力量“鞭打式”下压，用脚掌前1/3处击球，击球点保持在头前上方离身体约50 cm处。远网球可展髋直腿发力踏球，近网球可曲膝小腿发力踏球，并可利用身体方向的变化打出不同线路的球(图12-8)。

图12-8　正面脚掌前踏攻球

6. 侧身里合脚掌前踏攻球

侧身里合脚掌前踏攻球是指进攻队员侧对球网站立，当传起的球飞到体前高于球网时，可突然采用转体里合摆腿动作，用脚掌击球把球攻入对方场区的一种进攻方法。

击球前，身体侧对网站立，判断来球的情况，支撑腿上步调整到人与球的最佳位置，随后击球腿直腿向上里合摆动到最高点，脚自然绷直，踝关节内翻，做好击球前的准备姿势。击球时，迅速转身用里合腿的动作，加快摆腿速度用脚掌击球。在大腿里合摆动的同时，应加上小腿屈膝的协调动作，加大击球的力量。击球部位应在脚掌的前1/3处，击球点应在头前上方靠击球腿内侧。击球后应屈膝收腿，以防触网，击球腿落地时，身体随惯性向异侧方向转体90°～180°，摆动腿和支撑腿依次落地，注意控制身体平衡。

7. 头攻球

头攻球是指进攻队员在限制线后起跳，用头前额或头的其他部位把球攻入对方场区的一种进攻方法。

图12-9　头攻球

击球前，进攻队员站在限制线后1.5 m左右的地方，观察来球情况，根据来球弧度和落点的不同，采用两步或三步助跑前冲起跳，在身体上升过程中，上体挺胸展腹、扭腰、向后预摆头，使身体呈反弓形。击球时，利用收腹转腰来带动屈颈“狮子摆头”动作，用头的前额如挥鞭子式的甩击动作将球攻入对方场区。落地时，一般多为单脚落地，也可双脚落地，同时顺势屈膝，由前脚掌过渡到全脚掌，以缓冲下落力量，并立即准备下一个动作(图 12-9)。

(二) 封网技术

封网是指防守队员在球网附近跳起，用身体的有效部位封堵对方攻球的一种防守技术。

封网前，封网队员面向球网相距 30 cm～40 cm 站立，两膝微屈，与肩同宽，自然收腹，上体稍前倾，两臂自然曲置于体侧，目视攻球者，准备起跳封网。当对方攻球时，及时移动，选择好封堵对方进攻的路线，两脚用力蹬地起跳，两臂自然下垂，夹紧放于体侧稍前，身体保持提腰收腹挺胸的迎球姿势。封网击球可根据情况采用压肩主动击球和保持迎球姿势被动击球。击球后，控制身体自然下落，以双脚前脚掌先着地，并屈膝缓冲，准备完成下一个动作。

第三节　毽球运动基本战术

一、阵容配备

阵容配备是合理利用本队队员特长的一种组织形式，其目的在于把全队力量有效地组织起来，最大限度地发挥每个队员的特点和作用。根据双方的实际情况，阵容的配备归纳起来有:“主攻型”配备、“二传助攻型”配备、“头、脚并用型”配备、“无二传”配备和“全攻全守型”配备等五种形式。

(一) “主攻型”配备

“主攻型”配备是当一个队上场队员的进攻能力悬殊较大，二传队员和一传队员攻击力较差时所采用的一种阵容配备形式。即安排一名主攻队员，一名二传队员和一名防守队员。其优点在于能够充分发挥主攻队员的进攻威力，场上队员分工明确、配合简单。在每一个队中，往往不可能同时拥有多名能攻善守、能传能攻的队员。在这种情况下，教练员往往挑选防守和二传能力较强的队员上场，以增强整体实力。其弱点在于仅限于一点进攻，战术变化少，易被对方适应并有效地组织封堵和防守。此外，主攻队员在场上进攻频繁，体力消耗大，直接影响进攻的威力。所以应尽可能调节主攻队员的体力，减少其传球和防守方面的负担，而其他队员也应适当多参加助攻。

(二) “二传助攻型”配备

“二传助攻型”配备是当二传队员脚攻能力较强时，安排一名主攻队员，一名二传助攻队员和一名防守队员。这种配备的优点是二传队员进攻突然，隐蔽性强，进攻效果较为理想，同时可牵制对方的封堵队员，为主攻队员减轻压力。所以，如果二传助攻与主攻队员能巧妙配合，交错进行，可使对方防不胜防，弥补“主攻型”配备的弱点。

(三) “头、脚并用型”配备

“头、脚并用型”配备是当队里有出色的脚攻队员和头攻队员时，配备一名脚攻队员，一名头攻队员和一名二传队员。一般情况下，应把头攻队员安排在后排 1 号位，这样便于助跑攻球，这就要求头攻队员不只进攻能力强，而且又是一名出色的后排防守队员，这种配备的优点在于把网前的近网脚攻与后排的远网头攻有机地结合，形成立体进攻；把两种不同性能、不同节奏的攻球技术融为一体，使战术变化更丰富。

(四) “无二传”配备

“无二传”配备是在当一个队里缺少二传队员，或完全使用一次传和自传组织进攻时采用的一种配备。一般情况下，应在 2 号位和 3 号位各配备一名脚攻队员，1 号位配备一名防守起球队员。这种配备的特点是进攻性强，节奏较快，配合环节少，均为二人次发动进攻，配合简捷，但弱点是战术变化少，无法组织整体配合。

(五)"全攻全守型"配备

"全攻全守型"配备是当上场的三名队员都具备全面的攻、防、传技术，基本功扎实，战术意识强时采用的一种配备。这种配备兼顾以上四种配备的特点，形成了三点进攻的全攻全守型打法。这种配合不但能完成基础配合，而且能组织整体配合，是高水平运动队应具备的条件。在配合中要求二传队员的传球和应变能力强，同时具有较强的助攻能力；而另外两名队员应分别熟练掌握各种进攻技术，使脚攻与头攻结合，前踏与倒勾结合，各种进攻组织形式并存，以达到攻守完备的境地。

二、进攻战术的组织形式

毽球比赛从发球开始，双方无时无刻不在巧妙地运用和变化各种进攻技术，有力地攻击对方，争取比赛的主动权，这就使得比赛更加精彩。组织进攻也有其进攻战术的组织形式，即二传组织进攻、一次传组织进攻、自传自攻和抢攻等四种形式。

(一) 二传组织进攻形式

二传组织进攻形式是指接起或防起对方的球到位后，由二传队员把球传给进攻队员进攻的组织形式。

该进攻形式必须 3 人次击球，并由一名主要的二传队员担任传球，表现出节奏较慢、分工明确、便于组织、指挥集中、战术灵活的特点，该战术形式能较好地组织脚背攻球、脚掌攻球、头攻球等基本配合和整体配合，并能充分发挥主攻队员的作用，所以被不同训练水平的运动队广为运用，成为毽球进攻战术最为基本的组织形式。

根据该进攻形式的特点，当一个队只有一名较好的二传队员，为了保证组织进攻的成功率时；或一个队只有一名较好的攻球队员，为了放慢节奏让主攻队员准备更加充分时；或根据比赛需要，应以求稳为主，保证进攻配合质量时，常采用该组织进攻形式。

(二) 一次传组织进攻形式

一次传组织进攻形式是指某一起球队员充分利用两次击球的机会，第一次起球自我调整后，再把球直接传给进攻队员进攻的组织形式。

该战术形式只需二人次 3 次击球过网，减少了二传环节，缩短了组织进攻的时间，具有突然性、隐蔽性和节奏快等特点，经常被用作突然进攻和快速反击的有效武器。因此，要求进攻队员有充分的思想准备，肯定自己没有起球任务后应迅速移动、准确取位，封网队员要及时转身、站好位置、准备进攻。整个配合要求随机应变、稳妥准确、配合默契。

(三) 自传自攻组织形式

自传自攻组织形式是指接起和防起到位后，进攻队员合理运用二次击球机会，自己把球传到所需位置，自己把球攻入对方场区的组织形式。

该战术形式只需二人次 4 次或二人次 3 次击球过网，并且减少了他人传球环节，一方面缩短了传球和进攻的衔接时间，加快了进攻节奏；另一方面自传自攻，传攻一体，便于组织，隐蔽性较强。一般常在下列情况时运用：二传队员自传自攻；传球不到位时，倒勾队员自传自攻；防守中前场球时自传自攻；对方起球失误、球过网、吊球或处理球过网落在网前时，攻球队员自传自攻。

(四) 抢攻组织形式

抢攻组织形式是指当对方传起、防起或接起球时用力过大，球直接飞过球网，网前运动员直接抢攻，把球反击回对方场区的进攻组织形式。该组织形式要求队员判断准确、移动及时、反击果断迅速。在比赛中，常常出现抢攻的机会，队员应把握机会，灵活运用抢攻组织形式。

三、接发球站位

接发球站位是组织一攻的基础，防止对方发球直接得分的手段，其战术运用的好坏主要体现在站位阵形的选择和分工配合方面。

（一）“二、一”三角站位

它是由2号位和3号位两名队员平行站在前排，1号位队员站在后排中间的接发球站位，这是毽球比赛中最基本的站位阵形，广为不同训练水平的队伍采用，当对方发球弧度较高，落点分散，发到后场两角的机会较少时采用。其职责与分工应是前面两名队员接前场和中场球，当来球飞行弧度高于自己的肩飞向后场时，由后面一名队员接球，这种站位的优点是三名队员分布均衡，位置明确，前、中场力量较强，便于组织进攻，其弱点是后排队员接发球的难度较大，后场两角是较大的薄弱区，很难兼顾，而且3人之间的“中间地带”易出现互相干扰、互抢和互让的情况，前排队员也易干扰后排队员接两角球。

（二）“边一、二”站位

这种站位常在以下情况中应用：当对方发球弧度平、速度快，球的落点在中、后场时，为了让主攻队员少接球，节省体力时；为了让二传队员少接球更好地组织进攻时；为了让前排队员更好地发动一次传组织进攻时；队员的接起能力较差，减少其接球时采用。站位时，前排2号位队员站在与1号位队员同侧前场，3号位队员后撤与1号位队员几乎平行站位。其职责与分工情况是：后面两位队员是主要接发球队员，而前面的队员只接自己一边的前场球，当球飞行速度较快、弧度高于胸、落点较后时，应让后面的队员接球，接球队员应积极主动，切不可犹豫。这种站位的优点是中、后场及前场部分区域布局合理，其弱点是3号位队员接球范围较大，往往同侧来球前后场不易兼顾，所以3号位队员前后取位一定要合适，以站在后撤一步高于胸部的来球就出界为好，重心靠前，随时准备前移。1号位队员应适当朝中间站一点，减少3号位队员的接球范围。

（三）插上站位

为了发挥核心二传的作用，在另外两名队员组织二传能力较差时采用这种阵形。当二传轮转到1号位时，可采用插上站位组织进攻。站位时2号位与3号位队员后撤，形成两人平行站位接发球，1号位队员站在3号位队员身体左侧后方，当对方一发球，就迅速插上二传组织进攻，当主攻倒勾队员轮转到1号位时，为了节省体力，利于进攻，也常采用插上站位，插上时多从两名接球队员中间插上到网前，1号位队员插上时，一定要注意观察对方来球，不要妨碍3号位队员接球，其职责与分工和优缺点与“边一、二”站位基本相同。

四、防守进攻球的站位与配备

防守进攻球的站位由第一道防线封网和第二道防线后排防守所组成。选择防攻球站位阵形是根据对方攻球的方式、速度的快慢、线路和落点的变化、个人战术的运用能力等因素来确定的。防守进攻球的站位与配合主要包括：防攻球的阵形站位与配合、防封回球的站位与配合和防推攻球的站位与配合。

（一）防攻球的阵形站位与配合

防攻球的阵形包括不封网的防守阵形、一封二防的防守阵形、二封一防的防守阵形。这三种防守阵形各有其长处和弱点，在比赛中也起着不同的作用，应随着比赛的实际变化而灵活运用，才能起到较好的实战效果。

1. 不封网防守阵形的站位与配合

不封网防守阵形是指放弃第一道防线，全队后撤组织后排防守的阵形。在对方采用推攻时；进攻威力较弱时；远网进攻时；来不及组织封网时采用此阵形。

不封网防守的站位要求是：前排 2、3 号位队员主动后撤到离网约 2.5 m 处，后排 1 号位队员站到离网 4.5 m 左右的地方，扩大防守的区域，以防中、后场为主。在配合过程中，1 号位队员除防正面攻过来的球以外，还要防落入后场的球，靠前或靠后站位应根据进攻队员攻后场的能力以及进攻球动作来确定。2、3 号位队员应根据对方攻球的线路变化特点及时调整防守位置，防起落入中、前场的球。如能准确判断对方攻球的线路和落点，可迅速缩小防守阵形，密集站位在对方攻球落点可能性最大的区域，每人防守一条进攻路线。在防守时，应随时观察对方进攻队员的击球动作，及时调整身体重心和位置。切勿相互乱抢，造成防守失误。

2. 一封二防防守阵形

这种防守阵形是由一名队员移动到网前封网，其余两名队员组织后排防守来完成的。其作用和特点是增设了第一道防线，同时也兼顾后排防守，前后两道防线布局较为均衡，所以，广为不同训练水平的队采用。

一封二防防守阵形一般是固定一名封网能力强、反攻擅长倒勾的队员负责封网，而后排两名队员应根据情况站位，重点防守攻球落点在中、前场区域的来球。其优点是封网队员转向后就可参与反攻，节奏快，突击性强，但对接应二传的要求较高。

封网队员应根据对方起球的落点和弧度，离网的远近高低等传球的情况，进攻的形式，攻球队员的特点以及本方防守整体布局的需要移动选位。当对方善于二传助攻时，封网队员取位应靠左侧二传一边，首先准备封二传的一次传球助攻或自传助攻，反之则靠右选位，重点准备封进攻队员。选位封网时，首先应准备封节奏最快的一次传组织进攻，其次是自传自攻，最后是二传组织进攻，合理运用个人封网技术，达到把球封死或封起的目的。

3. 二封一防防守阵形的站位与配合

二封一防防守阵形是指两名队员上网积极封网，一名队员留后防守的一种阵形，其特点是加强了第一道防线的防御能力，同时增强了网前网上的对抗及防守效果，但后排防守力量薄弱，该阵形主要是针对对方攻球速度快、落点近、球路变化多、弥补后排难以防守的情况下所采用的防守措施。特别是针对对方进攻凌厉，球路变化不多，也不善于打吊结合时，效果更好。

双人封网最常用的策略是堵边放中和堵中放边两种配合方式，集体封网时要确定以谁为主，正确定位，密切配合。当对方在 3 号位靠边组织进攻时，应以 2 号位防守队员为主定位；若对方在 2 号位靠边组织进攻时，则应以 3 号位防守队员为主定位；如果对方从中间进攻时，应安排以经验丰富的队员为主。

(二) 防封回球的站位与配合

封网已受到各队的普遍重视，双人封网使用频繁，配合日臻娴熟，使得网上争夺更加激烈，被封回的球比例增加，而这些被封回的球往往对比赛的胜负起着至关重要的作用，因此，应加强对封回球的保护，避免造成不必要的失误。

由于毽球的弹性不大，被封回球往往落在网前攻球队员身体附近，并且呈小弧度下落且速度较慢，所以，在一般情况下，应强调以攻球队员的自我保护为主，其他队员跟进协助保护为辅。进攻队员在完成攻球动作后，应立即做自我保护，负责救起落在身体附近的球。但是有的进攻方式是很难自我保护的，例如倒勾、里合倒勾等都是背对球网进攻，虽然被封回的球速度不是很快，但进攻队员无法及时观察到球的下落情况，又例如斜线助跑前冲起跳头攻时，攻球后人体继续向前飞行，落在中线附近，离封回的球距离较远，来不及自我保护，这就需要其他的队员跟进保护。

跟进保护的队员一般站在离网约 1.5m 的地方，尽量站在可能被封回而进攻队员又无法自我保护的位置上，跟进队员应做好准备姿势，两腿弯曲，重心在两脚之间，但不宜太靠前，准确判断球的位置，随时准备伸腿救球或后撤救球。当球攻入对方场区后，保护队员应及时后撤到中场，避免造成后排空档过大。

（三）防推攻球的站位与配合

在比赛中，当对方防守起球不到位时，往往会利用最后一次击球机会把球推攻过来，此时应抓住机会，防守起球到位组织进攻。防推攻球的站位多采用无封网情况下的站位。对推攻过来的球主要有以下三种情况：

1. 在本方组织进攻的情况下，会给对方的防守带来一定的困难，这时，防守队员很难把握防守起球的方向和力量。在这种情况下，有可能出现防守失控，把球踢过网，此类来球落点分散，难度不一，所以负责中后场防守的队员应集中注意力，稍有松懈就有可能出现失误。

2. 当对方防守起球或传球不到位，无法组织有效的进攻时，往往采用推攻把球处理过来，这种处理球节奏慢，突然性差，难度不大，所以，网前防守队员有充分的时间后撤，选好防守位置，有效地组织各种战术进攻。

3. 当本方发球后没有及时进场，进攻后未及时后撤，防守站位不合理，精神不够集中时，往往给对方以可乘之机。此时，对方有可能打破常规，使用一次或两次击球推入本方空档，达到攻其不备的战术目的。为了防止防守中出现漏洞，当发现对方已不可能组织有效的进攻时，网前进攻或封网队员应及时后撤到有利于防守起球和组织进攻的位置，并在后撤中观察对方的推攻情况，不可疏忽大意，应集中注意力，准确地防起推攻球。

第四节　毽球运动竞赛规则

一、场地设施与器材

（一）场地

1. 场地面积

比赛场地采用羽毛球双打场地，长 11.88m，宽 6.1m。场地上空 6m 以内（由地面计算）和场地四周 2m 以内不得有障碍物（图 12-10）。

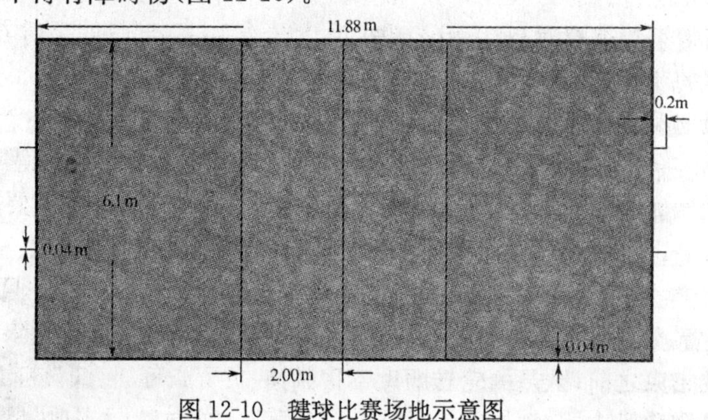

图 12-10　毽球比赛场地示意图

2. 界线

比赛场地应按平面图画出清晰的界限，线宽 4 cm，线的宽度包括在场地面积之内。较长的两条边界叫边线，较短的叫端线。连接场地两边线的中点与端线平行的线叫中线。中线将场地分为均等的两个场区。在中线两侧各画一条与中线平行的线叫限制线（此线包括在限制区内）。中线至限制线的距离为 2 m。

3. 发球区

距两端线中点两侧各 1 m 处向场外各画一条长 20 cm 与端线垂直的短线叫发球区线（此线不包括在发球区内）。发球区线向后无限延长的区域叫发球区。

（二）球网

1. 球网的规格

球网长 7 m，宽 76 cm，网孔 2 cm 见方。球网上沿缝有 4 cm 宽的双层白布，用绳穿起，将球网张挂在网柱上。球网必须挂在中线的垂直上空。球网为深绿色。网柱安在中线以外，距边线 50 cm 处。

2. 球网的高度

球网的中部顶端距地面垂直高度，男子比赛为 1.60 m，女子比赛为 1.50 m。网的两端距地面的垂直高度必须相等，两端的高度与中间的高度相差不得超过 2 cm。

3. 标志杆与标志带

在球网的两端，垂直于边线和中线交接处，各系有一条宽 4 cm，长 76 cm 的白色带子，叫标志带。在球网上连接标志带外侧应系有两根有韧性的杆，叫标志杆。两杆内侧相距 6 m。标志杆长为 1.20 m，直径为 1 cm，用玻璃纤维或类似的材料制成。标志杆应高出球网上沿 44 cm，并用鲜明对比的颜色画上 10 cm 长的格纹。

（三）毽球

毽球由毽毛、毽垫等构成。毽毛为四支白色或彩色鹅羽成十字形插在毛管内，每支羽毛宽 3.20 cm～3.50 cm。毽垫直径 3.80 cm～4 cm，厚 1.30 cm～1.50 cm。毛管高 2.50 cm。毽球的高度为 13 cm～15 cm。毽球的重量为 13 g～15 g。

二、竞赛规则

（一）比赛队员的组成

1. 比赛队由 6 人组成，上场队员 3 人，其中队长 1 人（左臂应佩带明显标志）。比赛前，各队应将参赛队员（包括替补队员）的姓名、号码登记在记分表上。未登记的队员不得参加比赛。

2. 可因时、因地、因人制宜，增加单人、双人毽球赛，规则与 3 人制大体相同，记分可采取直接得分法。

3. 教练员和替补队员应坐在指定的位置上。

（二）队员的场上位置

1. 双方队员必须站在本方场区内。站在靠近球网的两名队员从左至右分别为 3 号位和 2 号位队员，靠近端线的队员为 1 号位队员。场上队员的位置必须与登记的轮转顺序相符合（图 12-11）。

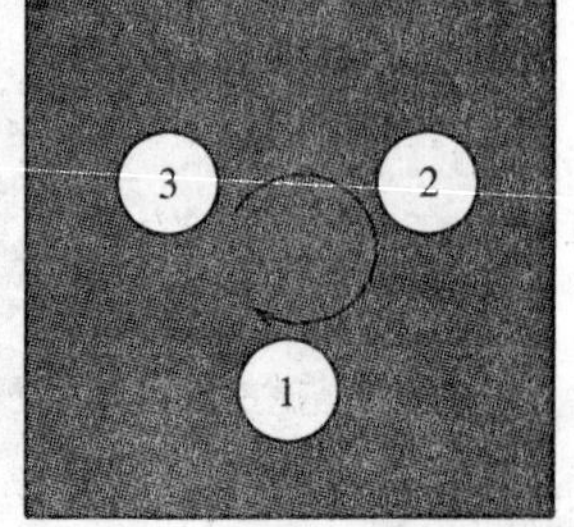

图 12-11　队员的场上位置

2. 发球的位置。发球的一方，2、3 号位队员在发球队员的前方，彼此间相距不得少于两米。球发出后，双方队员可以在本方场区内任意交换位置。

3. 每局比赛结束之前，队员的轮转顺序不得调换。

（三）教练员和队长

1. 比赛成死球时，教练员和队长有权要求暂停或换人。在暂停时间内，教练员可以进行场外指导，但不得进入场区。

2. 比赛进行中，场上队长有权向裁判提出询问或要求解释，但必须服从裁判的最终判决。

（四）服装

1. 比赛队员应穿整齐一致的运动服和毽球鞋或运动鞋。

2. 场上队员上衣的前后须有明显的号码，号码颜色须一致，并与上衣颜色有明显的区别。号码应清晰可见，背后的号码至少高20cm，胸前的号码至少高10cm，笔画至少宽2cm，同队队员不得使用重复号码。队员不得穿戴任何危及其他队员的服饰。

（五）比赛局数和场区选择

1. 比赛采用三局两胜制，第三局采取每球得分制。

2. 比赛前选择场区或发球权。第一局结束后双方交换场地和发球权。

3. 决胜局开始前，正裁判员召集双方队长重新选择场区或发球权。决胜局比赛中，任何一队先得8分时两队应交换场地。交换时，不得进行场外指导。交换场区后，双方队员的轮转位置不得变换。经记录员查对后，由原发球队员继续发球。如未及时交换场区，一旦裁判员或一方队长发现，应立即交换。比分不变。

（六）暂停

1. 比赛成死球时，教练员或队长可以向裁判员要求暂停。

2. 暂停时，教练员可以在场地外进行指导，但场上队员不得出场，也不得与场外其他任何人讲话，场外人员不得进入场内。

3. 每局比赛中，每队可以要求两次暂停，每次暂停时间不得超过30秒。如在一局中请求第三次暂停，应判该队失发球权或对方得1分。

（七）换人

1. 在比赛中成死球时，教练员或队长可以向裁判员要求换人。换人时，场外人员不得向队员进行指导，场内队员不得离开场地。

2. 每个队在每一局比赛中换人不得超过三人次。

3. 替补队员在上场前，应在记录台附近做好准备，换人时间不得超过15秒，否则判该队一次暂停。如该队在该局已暂停过两次，则判该队失发球权或对方得一分。

4. 教练员或队长要求换人时，应向裁判员报告下场队员和上场队员的号码。

5. 比赛中因故被取消比赛资格的队员，不能继续参加该场比赛，可由替补队员替换。如该队在该局已换人三人次，或场外无人替换时，则判为负局。

（八）局间间隙

一局比赛结束，下局比赛开始前，中间最多可有2分钟时间，供两队交换场地、换人和记录员登记号码，双方教练员在不影响上述活动的情况下，可以进行场外指导。

（九）发球

1. 发球。发球队员须站在本方发球区内，用手持球，将球抛起，用脚踢向对方场区，比赛开始进行。发球队员必须在发球区内发球，在球发出后才能进入场区。发球时2、3号位队员不得有任何掩护动作，否则，判由对方发球。

2. 发球失误。发生下列情况之一时，即判为发球失误：队员发球时，踏及端线或发球区线及其延长线；球未过网、触网或触及标志杆；球从网下穿过；球从标志及其延长高度以外过网；球触及任何障碍物，或在进入对方场区前触及本队队员；球落在界外；发球延误时间超过5秒；裁判员鸣哨后球坠落在地上。

3. 当发球队失误时，应判失发球权，由对方发球。

4. 重发球。发生下列情况之一时，须重发球：在比赛进行中，球挂在网上（最后一次击球挂网除外）；在比赛进行中，毽毛和毽垫在飞行时脱离；在裁判员鸣哨之前发球；在比赛进行中，其他人或物品进入场区。

5. 发球次序错误

当球发出后，裁判员发现发球次序错误，则判该队失发球权，并恢复正确位置。如犯规队已得分，应取消该队因该次发球次序错误所得的分数。

（十）轮转顺序

1. 取得发球权的队，应先按顺时针方向轮转一个位置，然后由轮转到的1号位队员发球。

2. 新的一局开始前，可以变换本队队员的轮转顺序，并填好位置表交给记录员。

（十一）比赛进行中的击球与附加动作

1. 每队在将球踢入对方场区前，在本方场区最多只能有三人次共击球四次。

2. 每个队员可以连续击球两次。

3. 不得用手、臂触球。但防守队员在手臂下垂不离开躯干的前提下，拦网时手球不判违例。

4. 球不得明显地停留在队员身体的任何部位。

[罚则]违反第十四条第一款至第四款均为违例，判由对方发球或得1分。

（十二）网上球

在比赛进行中，球触及两标志杆以内的球网为好球，球触标志杆为失误。

（十三）触网

1. 比赛进行中，队员身体任何部位触及两标志杆以内的球网，均为触网违例。

2. 队员击球后，触及标志杆或标志杆以外的球网、网柱、网绳或其他物体，不判违例。

（十四）进入对方场区和空间

1. 过网击球为犯规。

2. 比赛进行中，身体任何部位不得进入对方场区的空间。

3. 队员若用头攻球时，必须在限制线以外，但落地时两脚可落在限制线以内。防守队员在限制区内，头部无意识触球过网不判违例。

4. 在比赛进行中，除脚以外，身体任何部位不得触及中线。脚不得完全越过中线。

（十五）死球与中断比赛

1. 球触地及违例为死球。

2. 中断比赛：其他人或物品进入比赛场区；更换损坏的器材；运动员发生意外事故等。发生以上情况时，裁判员应鸣哨，中断比赛或恢复比赛。

（十六）计分方法

1. 接发球队失误，应判对方得一分；发球队失误，则判由对方发球。

2. 某队得15分并至少比对方队多得2分时，则为胜一局。如比分是14比14，比赛应继续进行，直至某队领先2分，方为胜一局。

（十七）判定和申诉

1. 一场比赛中，正裁判员的判定是最终判决。

2. 只有场上队长可以对裁判员的判罚当场提出询问或要求解释，正裁判员应及时予以解释。

3. 比赛队对裁判员的判罚有争议，比赛时必须服从裁判员的裁判，比赛后可向仲裁委员会提出书面申诉。正裁判员亦应向仲裁委员会提出书面报告。

第十三章　台球运动

第一节　台球运动概述

台球是在14—15世纪由欧洲人发明的一项室内运动。台球运动出现至今已有600年的历史。在这个过程中，台球项目在长期流传中经过人们的不断改进和丰富，现已达到比较完善的程度。开始时在室内桌子上玩球，在桌子中心开一个圆洞，后来又在桌子四角开4个圆洞，洞的增加激发了人们的兴趣，直到在桌上四边开了6个圆洞，台球才演变成今天落袋式台球的雏形。

一、台球运动的起源与发展

公元15世纪，在英国的维多利亚女王时代，台球活动非常受贵族阶层的欢迎，在一些贵族家庭里，不仅有豪华讲究的台球间，而且打球时还有严格的礼节，有的规定至今仍在沿用。台球运动最早风行于18世纪的法国。1775年，法国国王路易十四的御医要求国王每日晚餐后都要打台球，以便在睡觉前做一些适当的锻炼，保持身体的健康。当时，路易十四的球伴伟勒笛公爵和夏弥拉先生在贵族阶层中积极倡导这项活动，由此，台球运动就在法国流行起来。这一时期，台球在英国、法国已经成为贵族参与的正式游戏性的娱乐项目。

美国的台球运动，是西班牙人于1504年经佛罗里达州传入的。1607年，英国人又把台球带到弗吉尼亚州。1690年移居南卡罗来纳州的法国人也将台球运动带到美国。当时虽然多方面把台球运动传入美国，但并没有很快得到发展，直到1800年以后才开始盛行起来。

台球发展到19世纪，在技术上和球台工艺上都迈进了一大步。绿色台布下原来是木质台面，从1827年改为现有所用的石板台面。到1835年，弹性优良的橡胶台边取代了弹性差的木质台边。现在球杆前端所使用的皮革杆头，也是由当时的法国人米加发明的。

英国是最早建立台球运动组织的国家。1885年由业余与职业球手组成了台球协会，并制订了第一套正式的比赛规则。1908年又由对立的一方组成了台球管理俱乐部。1919年，台球协会和台球管理俱乐部达成合并协议，组建了英式台球和斯诺克台球的最高组织——国际台球联合会(International Billiard and Snooker Federation，简称IBSF)，负责组织这两种台球的比赛和制订规则。

1996年世界性台球组织经过协商，组成了一个统一的台球运动管理机构：世界台球运动联盟(World Confederation of Billiard Sports，简称WCBS)。同年，奥委会(IOC)批准了奥委会执行委员会关于承认世界台球运动联盟作为一个国际性联合组织的决定。

1998年在奥运会年度会议上，世界台球运动联盟被永久性承认。

二、台球运动在中国

台球于19世纪末传入中国。20世纪初，上海、天津、北京等大城市先后出现了台球总会。30年代，上海等地每年都要举行台球比赛，并出现过一些台球高手。

新中国成立后，我国在1960年举办了第1次全国比赛，1985年在天津和上海先后举办了

2 次全国比赛,1986 年,中国台球协会正式成立,负责举办全国性的比赛,组织国内运动员与世界高手进行技术交流。

从 1993 年开始,每年都举办一次全国性比赛。1996 年,中国台球协会开始实行台球运动员注册制度。1996 年 1 月,中国首家职业台球俱乐部——“星牌”职业台球俱乐部成立,首开中国台球职业化之先例。1997 年 9 月 20 日,国际职业台球超级挑战赛在北京举行,中国派出了全国排名前 6 位的选手参赛。

在 2000 年亚运会斯诺克比赛中,我国小将丁俊辉夺得金牌,标志着我国台球运动有了新的进步和发展。2005 年 6 月在北京举行的斯诺克世界锦标赛公开赛上,丁俊辉夺得冠军,为中国体坛和世界台球界创造了一个新的神话。

第二节 台球运动基本技术

台球运动的基本技术是战术运用的基础,基本技术体系划分为 3 个方面:基本技术动作;基本杆法运用;击球方法。

一、基本技术动作

(一) 握杆和身体姿势

1. 握杆方法

握杆方法的正确与否直接影响到出杆的好坏。正确的握法是:拇指、食指和中指在虎口处用轻力握住球杆;其余 2 个手指要虚握(图 13-1)。

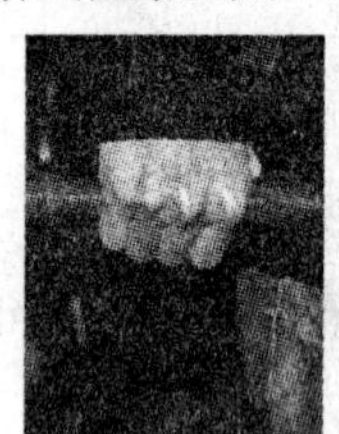

图 13-1 握杆方法

这样握杆的优点在于保证手指、手腕和整个手臂适度放松,便于肌肉能更协调地工作;另外,手指、手腕和整个手臂的适度放松,有利于手指、手腕和整个手臂在运杆时的流畅,充分地感觉出杆触击球一瞬间杆头与球的撞击效果,给手指、手腕以及手臂肌肉本体感觉器更丰富的信号,便于正确学习掌握技术动作,及时发现和纠正训练过程中出现的动作错误。

2. 身体姿势

身体姿势的正确与否,对台球击球动作起着重要的作用。掌握和保持正确的身体姿势有助于完成正确的击球动作。身体姿势包括:站立位置、脚的位置、上体姿势、面部位置。

(1) 站立位置

握好球杆后,面向球台,向用主球击打目标球的方向直立,球杆指向主球,握杆手置于体侧,同时确定对击打目标球的下球点和主球将要走的位置(图 13-2)。

(2) 脚的位置

当身体位置确定后,握杆的手保持在体侧不动,左脚向左侧前方迈出一小步,与右脚距离大约与肩同宽。左腿稍微弯曲,右腿保持自然直立(图 13-3)。

图 13-2 站立位置

图 13-3 脚的位置

(3) 上体姿势

站好位置后，上体向右侧转并向下弯身，使肩部拉起，上体前倾，与台面接近，头微微抬起，下颌正中部位与手或球杆相贴，双眼顺球杆方向平视(图 13-4(a))。美式台球因为较小，上体可以抬高一些(图 13-4(b))。

(a)

(b)

图 13-4 上体姿势

图 13-5 面部位置

(4) 面部位置

尽量使球杆保持在额头中轴线上，双眼保持水平前视，使面部之中线与球杆和后臂处在一个较为垂直的平面上(图 13-5)。

(二) 架杆方式

架杆就是用手给球杆一个稳定支撑和对杆头在主球的击球点进行调节的姿势。架杆是打好台球很重要的环节。

1. 前手的架杆

前手的架杆也叫“架台”，打台球时如果架台稍有抖动，就很难掌握对主球击点的瞄准。目前世界上有很多架杆手法，这里只介绍最基本的两种。

第一种如图 13-6 所示。首先应将做架台的前手五指轻轻分开摆于台面，然后食指弯曲，指尖按在中指第二指关节的侧部，拇指再轻轻接触食指的指尖；其余两指如同掌中握有一个小球而适度分开。这样，球杆就可以摆在由食指与中指、拇指做成的空档里。空档与球杆所成的角度应接近 90°。

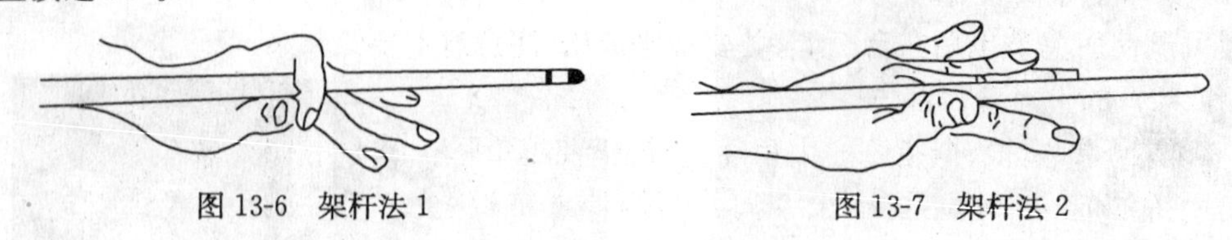

图 13-6　架杆法 1　　　　图 13-7　架杆法 2

第二种如图 13-7 所示。先将手掌紧按在台面上，然后把拇指以外的其他四指分开，手臂弓起。拇指跷起，和手指的背峰形成一个夹角，球杆就架在这个夹角内。

2. 后手的握杆

首先要选择一支适合自己的球杆。

当选择好适合自己使用的球杆后，就要学会怎样用后手握好球杆。后手握杆方法如图 13-8 所示。如果是右手握杆，首先右手应垂直下垂，用中指与拇指的腹部支撑球杆的重量。其他三指顺次包围住球杆，绝不可紧握。然后握杆的右手务必接近腰部并与右腰保持一定的间隔，以便保证球杆做前后水平运动。

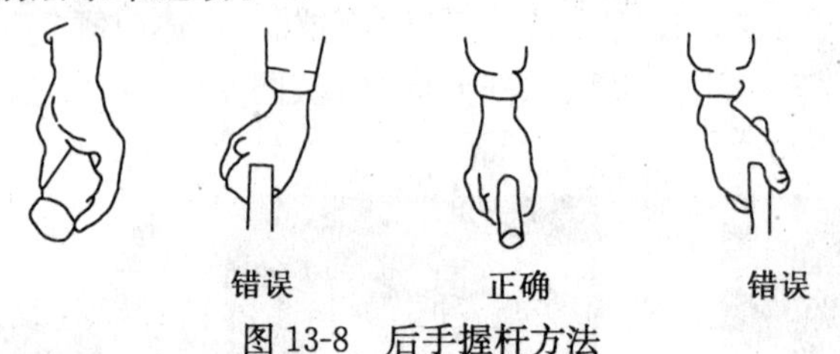

图 13-8　后手握杆方法

通常击球时，握杆手握在球杆重心后 40 cm 左右为标准位置。那么球杆重心在哪里呢？它就在离杆尾大约 50 cm 处，如图 13-9 所示。

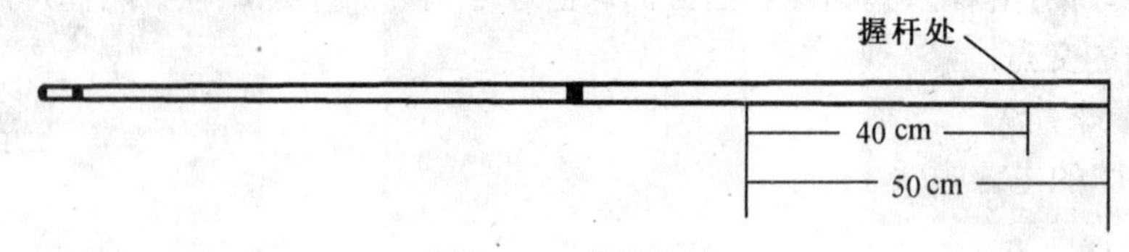

图 13-9　球杆重心

球杆重心不是一成不变的，要根据不同的球杆、主球的位置、力量的大小和身高等灵活运用。

3. 杆架的使用

杆架运用的方法是，身体适度前倾，手持球杆的尾部，拇指在下，食指、中指在上夹住球杆，无名指、小指自然弯曲，另一只手将杆架置于适当位置，将杆架整体放在台面上，用手按住以防运杆、出杆时杆架晃动。

4. 架杆时应注意的几个问题

(1) 架杆距离

一般架杆手的中指尖距主球约 15 mm～20 mm 远，可根据主球在球台的具体情况和对出杆力量的不同要求适当调整。

(2) 架杆的稳定性

运杆时要注意架杆手要完全放在球台上，不要随之微动，对于练习时间不太长的台球爱好者尤其要注意。

(3) 架杆的手臂位置

尽可能使肘关节也贴在台面上,并要适当放松,注意肩不要耸起来。

(4) 架杆的重点着台部位

一般情况下,掌根、拇指侧的大鱼际、小拇指及小鱼际、食指是手桥的着力点。不要由于手向两侧倾斜或掌根上抬,导致手桥着力点中某一点离开台面,从而影响出杆的稳定性(图 13-10)。

图 13-10　架杆着台部位

(三) 击球方法

1. 基本击球方法

(1) 直击目标球

台球运动是运用球杆撞击主球,通过主球将目标球撞击入袋或通过主球撞击使其他目标球入袋而得分的一项运动。

直线球是台球(落袋)、击球入袋最基本的形式之一。当主球的中心击球点、目标球的撞击点和袋口的中心点在一条直线上,或主球中心点受到球杆的撞击并撞击目标球的中心撞击点时,目标球便会直落球袋。

(2) 偏击目标球

所谓偏球,是指主球撞击目标球的侧面。由于主球撞击目标球侧面的程度不同,又可分为厚球、薄球。

厚球、薄球是台球运动中经常使用的一种击球技术:所谓厚球,是指主球撞击目标球的撞击点在目标球球体 1/2 以上;所谓薄球,是指主球撞击目标球的撞击点在目标球球体 1/2 以下。

在打目标球的厚薄时,其瞄准点是目标球击球点向外一个球半径处与主球中心点纵向运动方向延长线的交点。

2. 特殊击球方法

(1) 反弹球的击球方法

①直击反弹球

当主球、目标球和将要碰台边反弹入袋的反弹点在一条直线上时,这种击目标球全球反弹入袋的方法就叫直击反弹球。

大反射角反弹球击球方法示例:将目标球和主球按图 13-11 所示放置。通过击球建立反弹球的基本概念。

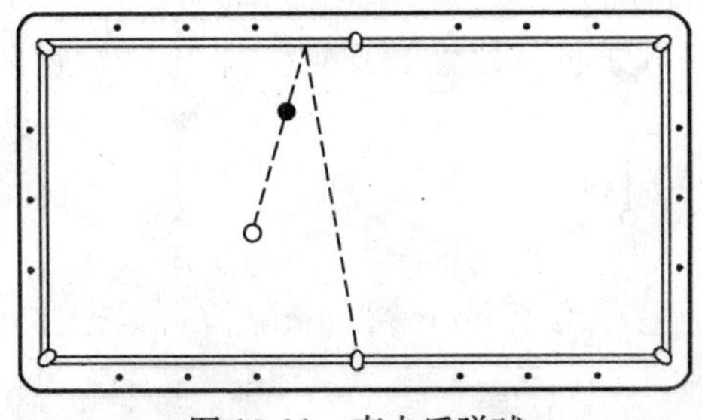

图 13-11　直击反弹球

②偏击反弹球

当主球、目标球和要利用台边反弹球入袋的反弹点不在一条直线上时,主球需偏击目标球反弹入袋，这种击球方法叫偏击反弹球。

偏击反弹球在实际运用中比直击反弹球更为常见。

示例：如图 13-12 所示，将主球、目标球放在台面上，主球厚击目标球以调整正确的入射角，保证目标球反弹后入袋。

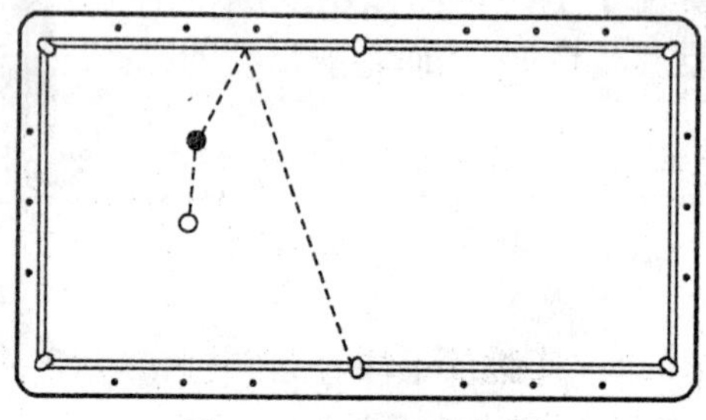

图 13-12　偏击反弹球

(2) 倒顶球击球方法

所谓倒顶球，是指主球碰台边反弹后，将袋口边的球击入袋中的一种击球方法。

示例：如图 13-13 所示，将主球和目标球放在台面上，由于主球和目标球之间有一个非活球，所以要采用倒顶球的方法击球。

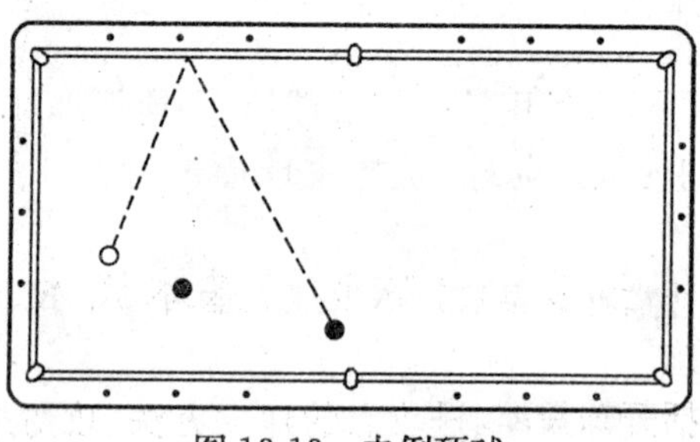

图 13-13　击倒顶球

(3) 吻击球方法

主球撞击目标球不能直接入袋时，可以采用借助其他目标球使其落袋。这种击球方法叫吻击球。

如图 13-14 所示，用中杆杆法击目标球，此时目标球向两球中心连线的垂直方向入袋，另一球则沿连线延长线行进。

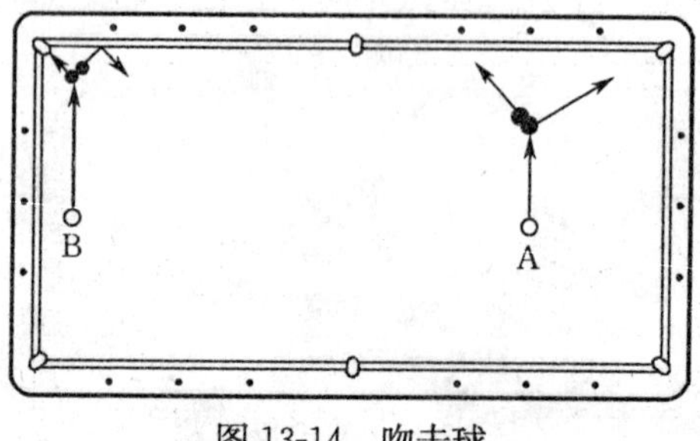

图 13-14　吻击球

(4) 双着击球方法

双着击球是指主球在击第一目标球后，再碰第二目标球，并将第二目标球击入袋中。

示例:如图 13-15 所示,将两个目标球放置于袋口附近。主球击第一目标球时,应使用中杆,使主球能沿着第二目标球瞄准点方向行进,并碰击目标球入袋。

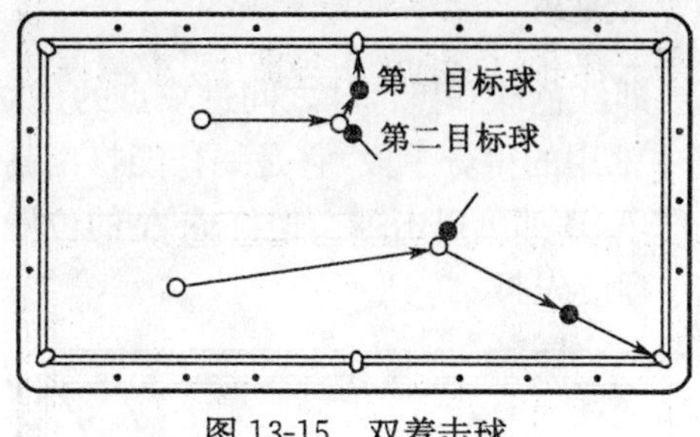

图 13-15 双着击球

(5) 联合击球方法

主球撞击目标球,目标球又撞击其他目标球入袋,这种击球方法叫联合击球法。在做联合击球时,尽量少用侧旋球,初学者尤其要注意(图 13-16)。

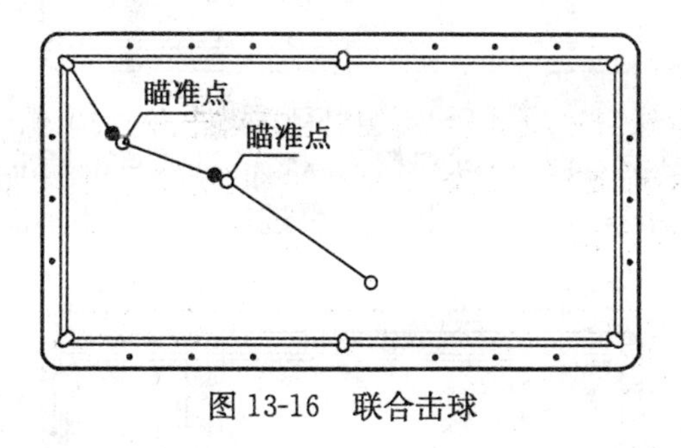

图 13-16 联合击球

第三节 台球运动基本战术

斯诺克台球基本战术包括开球策略、进攻点的建立方法、攻防战术的运用、防守战术的运用等 4 个方面。

一、开球策略

斯诺克台球开球,一般情况下很难将红色目标球击入袋中,所以在开球时,一般常用的方法是用主球薄击红色目标球三角形中底部的某一个球,使主球碰台边后,返回到开球线后面,以限制对手进攻的机会。开球策略的具体做法如下:

示例:将主球放置在 2 分球和 4 分球之间,偏黄色球一侧。用中高杆杆法轻击,使主球薄击红色目标球三角形底部右侧最后一个球。主球经两次台边反弹后,回到开球线后面(图 13-17)。

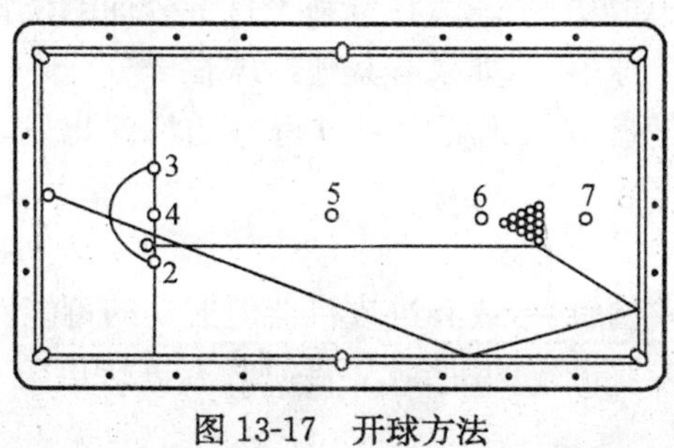

图 13-17 开球方法

二、建立进攻点方法

斯诺克台球比赛中，进攻点的建立是取胜的关键。比赛双方无论采用什么策略，其目的都是造成或者等待这种机会的出现。

（一）红黑进攻点的建立（即红色球和黑色球之间进攻点的建立）

这是高水平选手在比赛中常用的得分手段，它是一杆能打出高分的最佳选择。

示例：在图 13-18 中，红球 A、B 都可以击球。但红球 A 的位置影响黑球以后的进袋线路，所以在选择打红球时，红球 A 理应先打。

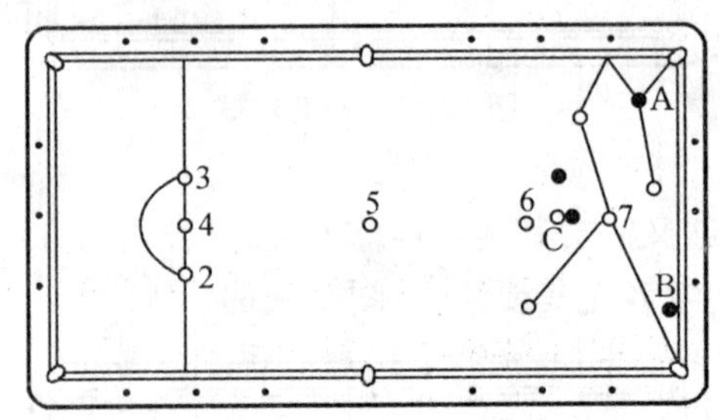

图 13-18　红黑进攻点的建立

（二）红粉进攻点的建立（即红色球和粉色球之间进攻点的建立）

示例：在图 13-19 中，由于球势所限，建立红黑进攻点一时还不能实现，必须清除红球 A 才能保证下一步红粉进攻点的建立。

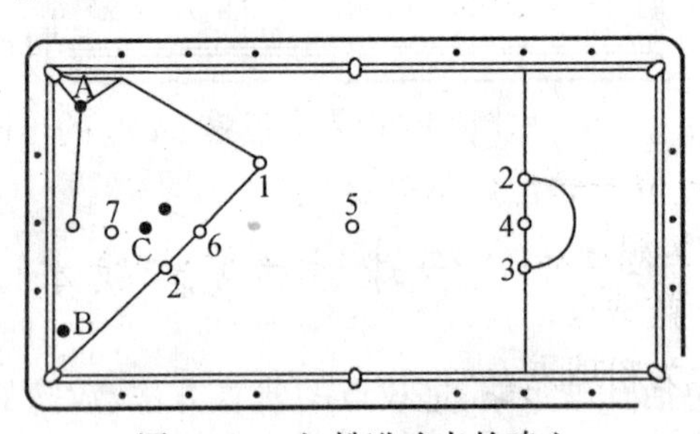

图 13-19　红粉进攻点的建立

三、攻防战术的运用

斯诺克台球比赛中，为了能够获得进攻机会，有时在进攻中需要冒一定风险，尤其是在球距比较远、球台上球势复杂的情况下，既要积极进攻，创造得分的机会，又要考虑到一旦失误不会给对方留下太好的得分机会，这时就必须考虑在进攻中，如何运用攻防兼备的战术。

比赛中双方都尽力去争夺高分，为达到这一目的，就必须使主球击完红色球后留在 7 分球的附近，以利于击 7 分球入袋。在主球远离红色目标球时，击红球后主球停在 7 分球附近的打法有两种结果：一是击红球击成功，主球留在有利于打 7 分球的位置上，获得红黑进攻点；二是击红色球失误，主球留在 7 分球附近，如果有其他红球在 7 分球附近，就留给对方进攻的机会。出现上述情况时，如无十分把握或从比赛中双方得分的情况出发，可以考虑运用攻防兼备的“打带跑”战术。

四、防守战术的运用

在比赛中，如果没有进攻的机会，或有进攻机会但成功的可能性很小，需要做如下两件事：一是防守好主球，既不让对方有进攻的机会，又要使对方进行再防守时困难重重；二是力争做成障碍球。

（一）在没有进攻机会时，防守好主球。

(二) 有进攻机会,但成功可能性很小时,最好能做障碍球。

为了避免做障碍球失败,可以用双保险的策略来做障碍球。首先观察好台面的球势,找出一条较佳的做球线路,在这条线路上有如下两种可能出现的情况:一是如果主球进入这条线路中的某一范围内,肯定能做成障碍球;二是如果力量控制得好,则会使主球与非活球相贴,形成更难解救的障碍球。

第四节　斯诺克台球主要竞赛规则

一、斯诺克台球比赛器材

(一) 斯诺克台球比赛器材规定

1. 球台规格

(1) 球台内沿长 3569 mm×1788 mm(允许偏差+/-13 mm)。

(2) 从地面到库边顶部高度为 851 mm~876 mm。

(3) 袋口

①球台四角各一(位于黑球点后的称为顶袋,位于发球区后的称为底袋),球台两边中间各一(称为中袋);

②袋口标准应遵照中国台球协会的规定。

(4) 开球区和开球线:平行于球台底库,距库边(内沿)737 mm 并与左右库边相交的直线称为开球线。

(5) D 形区:以开球线中点为圆心,靠近底库半径 292 mm 的半圆形区域称为 D 形区。

(6) 置球点:四个置球点位于球台纵向中线上。

①距顶库 324 mm 的点为黑球点;

②顶库与底库的中点为蓝球点;

③蓝球点至顶库的中点为粉球点;

④开球线的中点为棕球点;

⑤D 形区与开球线左边的交点为绿球点,右边的交点为黄球点。

2. 球

比赛用球直径为 52.5 mm,允许偏差+/-0.05 mm,并且:

(1) 每副球之间重量的偏差不能超过 3 g。

(2) 更换某个球或整副球,须征得双方选手的同意或由裁判决定。

3. 球杆

球杆长度应不少于 91.4 mm,不能脱离传统的材料,并且要具有公认的形状。

4. 辅助器材

选手使用的各种架杆、长打杆、延长棒和接杆等,包括其他选手提供的或赛会提供的各种通用器械以及所有辅助设备必须符合中国台球协会的规定。

二、斯诺克台球主要比赛规则

(一) 球的位置

每局开球前,主球为手中球,目标球放置位置如下:

1. 红球摆成正三角形,顶点处于球台中线上,与粉球尽量接近但不能相贴,三角形底边与顶库平行。

2. 黄球置于开球线与D形区右边的交点。

3. 绿球置于开球线与D形区左边的交点。

4. 棕球置于开球线的正中间。

5. 蓝球置于蓝球点。

6. 粉球置于粉球点。

7. 黑球置于黑球点。

（二）比赛进行顺序

斯诺克台球可以由两个或多个选手单独或分组进行。比赛方法如下：

1. 白球一个，选手轮流作主球，目标球21个，包括：15个红球，每个1分；彩球6个，其中黄球2分，绿球3分，棕球4分，蓝球5分，粉球6分，黑球7分。

2. 选手在轮到自己击球时，在红球全部离开台面之前，必须交替击打红球和彩球。红球全部离开台面后，按照彩球分值从低到高依次击打彩球，直到比赛结束。

（三）比赛方法

比赛选手可以抽签或以任何双方同意的方式来决定击球顺序。

1. 决定好的顺序在一局里不得改变，除非一方在对手犯规后要求其重打。

2. 在每场比赛里，双方轮流在每局开球。

3. 每局在开球选手球杆的皮头接触到主球时正式开始，或当打出一击球时；或当主球正式生效时。

4. 击球没有出现比赛规则所述的犯规行为时，才能称之为合法击球。

5. 每个轮次的第一次击球时，如果台面上还有红球，红球或自由球都被当作一颗活球来处理，其分值与红球相同，直到红球全部离开台面。

6. 关于击球

(1) 如果红球或自由球被认定为活球时入袋，那么击球选手下一杆则应击打其他的彩球，若入袋，则加上彩球对应的分值并将彩球置回原位。

(2) 红球与彩球交替入袋使一杆球继续下去，直到红球全部离开台面，当最后一颗红球入袋后，还必须击打一次彩球。

(3) 此后，彩球则成为活球，按照其分值从小到大逐个击打直到停止进球，除非有第19条所规定的情况出现。

（四）彩球放置

任何彩球进袋或跳离台面，在下一击球之前须重新放回台面，直到它依比赛规则第4条第6项入袋。

1. 由于裁判未能恰当地放置台球而引起的错误，选手不负责任。

2. 当彩球在依照比赛规则第4条第6项第(3)则依次入袋后被错误地重新放置，那么在被发现时这颗彩球应从球台上拿掉而不做任何处罚，比赛继续进行。

3. 如果放置不正确的球已被击打，随后的击球中将被放置对待。任何忘记摆上台面的彩球都应重新摆放。

(1) 由于以上的原因造成的过失不予处罚。

(2) 若选手在裁判还未完成置球动作时就开始击球应予以处罚。

4. 若某一彩球的置球位置被占，应将其放置在球的分值最高的置球点上。

5. 如果有不止一个彩球需放置且它们的置球点都被占，则分值高的彩球优先放置。

6. 若置球点全部被占，彩球应置于自己置球点与顶库边垂直连线上最接近置球点的位置。

7. 放置彩球时，如果它们的置球点和其他置球点均被占，而在其置球点与顶库之间已无空间放置时，该彩球就放置在纵向中线上距其置球点最近的彩球位置上。

8. 任何时候，彩球在放置时都不能与其他球相贴。

9. 在放置彩球时，必须依照本规则用手放置在恰当的位置。

（五）贴球

1. 当主球静止时，如果与一个或多个活球相接触，称之为贴球。发生贴球时，裁判应向选手宣布贴球，并指出是哪颗球与主球相贴。

2. 当裁判宣布贴球后，击球选手必须将主球打开而不能使与其相贴的球移动，否则就造成推杆。

3. 出现贴球后，在下述情形下，击球选手没有使目标球移动将不予处罚。

(1) 与主球相贴的是活球；

(2) 与主球相贴的球可以做活球，并且击球选手已声明将其作为活球。

（六）犯规后的障碍球

在犯规以后，如果主球遇到障碍球，裁判应宣布为自由球。

如果下一位选手选择自己击打下一球，他可以指定任意一个球为活球，并且任何指定球被当作活球来对待，分值球相同。

（七）犯规

选手犯规后裁判应立即宣布犯规(FOUL)。

1. 如果击球方还未击球，他的此轮击球立即结束，并且由裁判宣布处罚。

2. 如果击球方已经击了球，裁判应等到此一击球完成后再宣布处罚。

3. 如果犯规行为在下一击球开始前裁判未作出判定，未击球方也没有提出请求，则不予追究。

4. 彩球除了跳离台面后应当正确摆放外，如果未被放置到正确的位置，就一直保持此位置。

5. 一杆球在犯规前所得的分数都予以计算，但是被判犯规的一击球所得的分数不能计算在内。

6. 下一位选手从主球停下的位置继续击球，如果主球离开台面，则从手中球开始。

7. 如果一击球内有超过一次的犯规，应以最高的罚分处罚。

（八）关于重打

对于犯规之后，选手要求重打，一旦提出即不能更改。犯规者在被要求重打时，有权利作以下更改：

1. 可重新选择如何来打。

2. 可任意选择要击打的球。

3. 合法击入袋的任何球都应予以计分。

（九）双打比赛

1. 在双打比赛中，各局双方轮流开球，每局比赛前决定的击球顺序在本局中不得更改。

2. 在每局开始时选手可以变换击球次序。

3. 如果有选手犯规且被要求重打，即使是在不轮到他击球时犯规，他都必须重打，原击球次序保持不变，这样可能会导致犯规选手的同伴失去一轮击球。若一局结束时如第三节第 4 条所述出现平局，如果必须争黑球，则首先击球一方可选择其中一个来进行第一击球，此后的击球次序依照本局规则来定。

4. 一局中同伴之间可以相互商讨，但是以下情况不允许商讨：当击球方正式击球时；在一击球至一杆球结束期间。

（十）记分

1. 当合法进球后，则给击球选手加上相应的分值。

2. 犯规的罚分加给对手。

3. 一局中，当一个选手或一方满足下列条件，即可获胜：①得分最高；②对手弃权；③对手被裁判依本规则第三节第 14 条第 3 项或第四节第 2 条判输。

4. 一场比赛中，当一个选手或一方满足下列条件，即可获胜：①赢得所需的局数；②所获相应积分最高；③对手被裁判依本规则第四节第 2 条判输。

5. 当一个选手或一方所赢场数最多，或所获相应积分最高，即赢得此比赛。

（十一）局、场或比赛的结束

1. 当仅剩下黑球时，击球方首先得分或犯规，该局即结束，除非有以下情况：双方比分相等，并且积分不同。

2. 当出现第 1 项所述的两种情况时，①黑球应放回原位。②双方选手须抽签决定击球顺序。③下一位选手击球时须从手中球开始。④再一次得分或犯规时该局结束。

3. 当整场或整个比赛结束时，以双方总分的高低来决定胜负，若在最后一局时总分相等，双方选手应遵照第 2 项所述程序重置黑球以决定胜负。

（十二）辅助器材的使用

击球方有权在球台上放置和移动自己可能用到的器材。

1. 击球方对自己所有的任何器材负责，如拿到台面上的架杆和延长棒，无论是自己的还是主办方提供的，只要在使用器材时犯规，都会受到处罚。

2. 器材通常可在球台边找到，并由裁判或同伴提供。如果器材有缺陷而造成击球方触动台球，不能判为犯规。必要时，裁判可根据第 15 条规则将受触动的球复位，如果击球方的一杆球未结束，则继续进行且不受处罚。

第十四章　棒球运动

第一节　棒球运动概述

一、棒球运动的起源

棒球运动是在规定的场地范围内，两队各出九名队员，在各自的教练员指导下，按照规则在一名或一名以上裁判员的裁决下进行比赛的一项体育运动。

现代棒球运动的起源说法不一，据考证，希腊和印度的古代寺庙以及碑石浮雕上均刻有持棒打球的图案。史料记载，现代棒球运动源于英国的板球(Cricket)，而创于美国。板球于14、15世纪在英国盛行，并随着英国人开拓美洲大陆而传到美国东北部各地。在发展中，名称和打法的细节因地而异。所谓板(Cricket)，有的叫圆球(Rounder)，有的叫镇球(Town Ball)，有的叫垒球(Base Ball)。到18、19世纪，这些球类活动在美国已相当普及。

1839年美国人窦布戴伊组织了第一场与现代棒球运动十分相仿的棒球比赛，比赛是在波士顿队和纽约队之间进行的。同年美国陆军军官道布尔戴在纽约州的库珀斯敦举办了首次棒球比赛。1845年，世界第一个棒球俱乐部在纽约成立，并由美国人卡特莱德为统一名称和打法制定了有史以来第一部棒球竞赛规则，并正式采用了棒球(Baseball)这一名称，其中多数规则条文迄今继续使用。棒球这一名称也一直沿用至今。1869年美国成立了世界上第一个职业棒球队，并于1871年成立全国职业棒球队。1992年棒球被列为奥运会男子比赛项目。

二、棒球运动的发展与现状

1845年以后，棒球运动在美国发展很快，南北战争以后迅速遍及全国各地。到19世纪七八十年代出现职业棒球队，先后成立全国联盟和全美联盟两大职业棒球组织。到20世纪20年代，美国总统塔夫脱签署了将棒球运动定为“国球”的法令，使棒球运动成为“人人都懂，人人会打”的全民性体育运动项目。现在，美国两大职业棒球组织拥有100多个棒球队，其中大联赛24个队，每年每队要进行160场以上的比赛，观众(包括电视观众)达数亿人次，盛况空前。此外，不论大学或高中，几乎每校都有棒球队，不论少年或儿童，处处都有棒球组织。

19世纪初，棒球运动就已传入欧洲。但开展的国家很少，就是已开展的国家也不普及。19世纪20年代第一届世界性棒球比赛在英国举行。第二次世界大战后，由于美国驻军的影响，在意大利、荷兰、西班牙、法国、瑞典、捷克斯洛伐克、波兰等国都逐渐有所开展。其中意大利、荷兰等国开展较快，在欧洲棒球联盟举办的每年一度的欧洲棒球赛中都曾多次夺得冠军。近年来，由于棒球已列为奥运会正式比赛项目，俄罗斯也正在积极开展棒球运动。

随着美国国力的增强，美国棒球的普及和水平，位居世界之首，并对外扩展，把棒球运动带到了世界各地。近百年来，棒球一直在拉丁美洲各国开展，其中古巴水平很高，曾多次夺得世界棒球锦标赛冠军，号称世界棒球五强之一。其次是远东的日本、朝鲜、菲律宾等国。

迄今为止，棒球运动已在全世界五大洲的七八十个国家和地区开展。世界业余棒球运动的最高领导机构是国际棒球联盟。其总部设在美国，会员国已由20世纪70年代的50多个增至目前的63个。

三、棒球运动在中国

棒球运动在我国也有将近100年的历史，但是长期以来处于时起时落、停滞不前的状态。19世纪二三十年代，我国曾多次参加远东运动会棒球比赛，但成绩多排在日本和菲律宾之后。新中国成立前，棒球曾作为几届全运会比赛项目，但因参赛队伍少，水平较低而未得到很好的发展。新中国成立后，棒球运动一度在解放军基层连队中广泛开展。第一届全运会棒球比赛盛极一时，有23个省市队参加角逐，可惜昙花一现，会后全部下马，直到20世纪70年代初，才得以恢复并逐渐有所发展。现在，我国成人棒球队除七八个省市代表队外，高等院校、体育院系、工矿企业也有一些棒球队，每年都分别进行全国性比赛，但水平都不高。而我国少年儿童棒球运动则有较快的发展，在全国二三十个城市中广泛开展。每年分别举行冬训和夏训比赛，水平有较大提高。从1984年起，我国少年儿童棒球队多次组队参加国际比赛，都取得优异成绩，已赶上世界先进水平。1990年和1991年我国成功地举办了第11届亚运会棒球表演赛和亚洲棒球锦标赛，这标志着我国棒球运动国际地位的提高。

第二节　棒球运动基本技术

一、传接球

（一）球的握法

动作要领：中指和食指握在球的上方，与球线相垂直，两指略分开，中指放在球缝最宽处，拇指内侧放在球的下方，三指窝点呈等腰三角形，其余手指自然弯曲，置于球的一侧。区域虎口之间留出空隙(图14-1)。

图14-1　球的握法

（二）传球基本技术

1. 肩上传球

(1) 接到球后，右脚马上垫步，使右脚、伸踏脚、左肩、两眼对准传球方向，重心在右脚上，右腿微曲。

(2) 接到球的同时，马上取球，右臂后摆，使球落到最低点，手背朝前，整个右臂微曲。

(3) 左后臂自然弯曲置于左侧，手套向后。

(4) 左脚向传球方向伸踏，使左脚落点处在传球目标和右脚趾间的连线上。

(5) 当左脚内侧着地后，右脚马上蹬伸、转髋、送髋、转腰、转体，稍挺胸。

(6) 同时右手臂提肘、肘外伸、送肘、腕后曲，掌心向上，形成肩、肘、腕、手指依次在后，并依次发力，鞭打出手，最后球从中指切线方向出手。另外，球出手前肘部至少和肩同高。

(7) 这时重心由右腿过渡到左腿，右手臂垂直地面随摆，左手的手套贴于前胸处。同时右肩对准传球方向，最后进入防守状态。

2. 侧手传球

(1) 接到球后，眼睛注意传球目标。

(2) 重心起伏要小，上体稍向右倾。

(3) 传球时，要先转髋，这样不易传偏。

(4) 右手臂的轨迹在肩腰之间，能够与地面平行。

3. 下手传球

(1) 接到球后，眼睛马上注意传球目标。

(2) 左肩对准传球目标。

(3) 上体保持前俯的接球姿势，固定重心，保持平稳。

(4) 传球时，如距离较远，可垫一步。

(5) 右手臂的轨迹从后摆开始由下至上的快速鞭打动作，主要是手腕用力。

(6) 接球点最好在右脚前方，出手点在左膝关节处。

4. 正手抛球

(1) 接到球后，顺势跑动几步，两手马上分开。

(2) 上体正对传球目标，右手臂引球于体侧。

(3) 同时，右手臂稍直，臂由手径下向目标前摆，动作要柔和、轻巧。

(4) 球出手后右腿要顺势跟进。

5. 反手抛球

(1) 接到球后，眼睛马上注视传球目标。

(2) 上体右侧对准传球方向。

(3) 右手臂引球时，屈肘于体前，掌心向下。

(4) 利用重心移动并依靠手的力量将球抛出。

6. 前交叉步反手抛球

(1) 接到球后，上体顺势提起。

(2) 同时，左腿顺势作向右的前交叉步法，并指向传球目标。此时上体正面也指向传球目标。

(3) 此时，右手臂的手腕右转，掌心向上，靠掌心和指根将球送出。

(4) 重心由右脚移到左脚。

(三) 接球基本技术

接球是防守队员处理击出和传出的球、阻止击跑员或跑垒员上垒、进垒和得分，以及进行局部或全场战术配合必不可少的技术。

1. 接球的手法(以左手接球为例)

(1) 五指朝上，适用于接腰部以上的来球。

(2) 五指朝下，适用于接腰部以下的来球。

(3) 五指朝左(约与地面平行)，适用于单手接左侧较远的来球，用正手接。

(4) 五指朝右(约与地面平行)，适用于单手接右侧较远的来球，用反手接。

(5) 五指朝前，适用于前伸接球。

(6) 五指朝后，适用于接过头球或背后球。

2. 接球前的准备姿势

(1) 先选好自己的防守位置。

(2) 两眼注视投手，投手踏板发暗号时，两腿半蹲，两膝略内扣，两脚左右开立，两手撑膝盖。

(3) 投手投球动作开始，两眼转移注视击球员，重心进一步下降。身体前倾，臀部略提起，脚跟离地，下肢保持一定紧张状态，如同受压的弹簧，一触即发。

(4) 投手投球出手，内场手可向前走1、2步碎步，这有利于接各种来球和启动。

(5) 外场手两手撑触膝盖即可，不一定要两手下垂(图14-2)。

图 14-2 接球前的准备姿势

3. 接球的基本技术

接球的技术由接球的准备姿势、接球点、接球的手法、接球的步法四部分组成。根据来球方向、球路，接球基本技术包括接高飞球、接地滚球、接平直球(以左手接球为例)。

(1) 接高飞球

①接球点。弧度大的来球，接球点在左额前方。弧度小的来球，在胸前接(约30mm左右)，若正对太阳时，注意双手遮住阳光，同时眼睛观察球路和落点。外场手可戴专用太阳镜。

②手法。五指朝上，双手拇指相靠，右手注意护球。接球前瞬间两手要主动前伸迎球接，接球的同时右手要翻腕护球并缓冲和取球，左手要夹紧球(图14-3)。

图 14-3 接高飞球

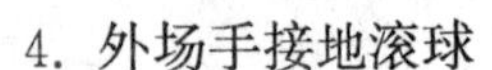

4. 外场手接地滚球

(1) 接球点

接球位置是以自己的左右脚和接球点来设定三角形，左右脚的连接线为底线，就在三角形的顶点位置接球，且接球点与眼睛应在一条垂直线上。

(2) 手法

手套五指朝前，两掌根相靠，右手张开，注意护球。接球前的瞬间两手要主动前伸接球，同时右手要盖球，缓冲，取球。两肘稍内收，不能外展。

(3) 步法

①内场手接地滚球步法　两脚跨在球前进方向两侧，比肩稍宽，先定轴心脚(右脚)，后定伸踏脚，两膝关节弯曲90°和稍外展，稍提臀，重心压在两前脚掌上。胸部靠近大腿。右脚向外，与来球方向约成45°。

②外场手接地滚球步法

半蹲式：接慢速地滚球时采用，步法和内场手接球步法相同。

站立式：接中速或慢速地滚球并急需处理局面时采用。特点是两脚分开距离较远，可采取单手或双手接球，接球后快速做三步接传球步法。

跪式：适用于接快速或中速地滚球。特点是右腿下跪，右膝和右脚跟在一直线上，基本和肩同宽，接球点对着左脚，身体前倾。

全蹲式：适用于接快速或中速地滚球。特点是两腿全蹲，大腿和小腿相靠，两膝关节外展。两脚跟离地并相靠，臀部贴近两脚跟，身体前倾，接球点在两脚正前方。

5. 接平直球

(1) 接球点。一般在胸部、头部附近，腰部、大腿前方或身体的左右侧，因来球快，接球点是随意的。

(2) 手法。平直球的球速较快,接球时,一般用单手接。球进手套的一瞬间,要有缓冲动作。接腰以上的平直球,手套五指朝上或稍偏右,两拇指相靠。接腰以下的平直球,手套五指朝下,两掌根相靠,右手注意护球。若来球刚好在腰部,则可降低重心,用手套五指朝上的方法接住球(图 14-4)。

图 14-4 接球

(3) 步法。两脚移动迅速灵活,尽量使球在身体的正前方接住。来球稍偏左或右,左脚或右脚向来球方向跨一步。若来球偏左较大,则右脚作向左的前交叉步,左脚顺势跨一步接住球。若来球偏右较大,用反手接球技术。

(4) 接平直球注意事项

①因来球速度快,故反应要敏捷,动作要快。

②注意缓冲。

③切忌手套指尖朝前,以免挫伤手指和打中身体。

④若来球特快,已来不及作出反应,可用手套背面挡球,待落地后再拾球传杀。

二、投手

(一) 投手的作用

1. 投球　投手的主要任务是投好球,这是和其他防守队员的根本区别。棒球比赛的每一个攻守行为都是从投手投球开始,而且只有投手可以主动、直接地控制击球员,投手投球技术好,可增加本队的赢球机会(图 14-5)。

图 14-5 投球

2. 防守　投手投球后就轮到防守队员了,防守队员应随时做好接球、传杀、补位、补垒、补潜心、夹杀、接力、拦接、封杀、触杀等防守准备。投球好而防守能力差,不能称为优秀投手。

3. 牵制球　垒上有人时,要运用好牵制球,主要任务是牵制跑垒员的离垒距离,其次才是牵杀离垒过早的跑垒员。牵杀一定要有信号配合,动作要隐蔽、果断、正确。防止犯规,尤其要抓住跑垒员的离垒重心或二垒跑垒员和游击手、投手在同一条直线上的瞬间传杀。

4. 调动和协助指挥工作　由于投手在内场的中心和最高处,因此,球被击出后,一定要协助接手做好全场的调动,指挥队员的移动、传杀方向和拦截,当然自己也要做好补漏、补垒、接力等准备。投球好而指挥意识差,也不能成为优秀投手。

5. 协助接手把球配好　由于接手面向全场,纵观全局,又离击球员最近,故投什么球一般都由接手发暗号,但投手当时的投球状态和信心只有投手自己最清楚,因此,投手有时也可以反馈投球信号给接手,决定投何种球。

6. 尽可能多投"好球部位"的两个低角。投点和变化点要散在四个角,不要集中在中部。

7. 充分利用握法、球的线缝、球的重心来控制球的旋转和球路。

8. 因投手身后的空档较大,故要善于防守自己身体两侧的平直球、一跳球,快速的滚球接不住也要把球挡住,再拾球传杀。身体前面的慢速的滚球、触击球要积极防守,不要被动等待一、三垒手冲前来接球,以免延误战机。当然,在接传杀时间相同的情况下,投手可让接手一、三垒手来接传杀,以保存体力。

(二) 投手的技术类型

1. 正面投法

(1) 上投手堆、准备、握球在手。

做好投球前的准备工作,如用镁粉擦手,检查投手堆是否有石块,落地处是否平正,环视守场员是否复位等等。

(2) 踏板、看暗号。

(3) 正面对着击球员,握球合掌。

(4) 摆臂、转右脚。

(5) 提腿、转体。

(6) 降重心、分手、踢小腿、臀部前顶、右膝内扣,形成超越器械的状态。当抬腿到最高点时,就同时有下面一系列动作出现。

(7) 继续移重心送髋,伸踏,逐渐伸蹬,引球。

(8) 最后用力。

前脚掌内侧先着地,同时轴心脚用力蹬地,转髋、转上体、挺胸、右肘外展、送肘、手腕后屈、固定左肩。右肩下压、右肘跟进、急甩腕、拨指、球出手。伸踏腿自然弯曲 90°、固定。

整个投球过程要做到:技术正确、环节清晰、自然、连贯、协调、节奏明显。逐渐储存肌力,爆发出来要一气呵成,整个重心的移动要稳定,绝不能摇晃。

2. 斜上侧身投法

(1) 上投手堆、准备、握球在手。

(2) 踏板、看暗号。

同正面投法的要求,但看暗号时除了看接手外还要兼看内野手发出的暗号。轴心脚要踏板的前沿,自由脚放在板前,两脚和肩同宽。

(3) 侧身对击球员、握球摆臂合掌。必须静止 1 秒。

(4) 提腿、移重心、分手。

(5) 伸踏、引球、伸蹬移重心,同正面投法。伸踏的距离比正面投法短 1 至 2 个脚掌。

(6) 最后用力,同正面投法。

(7) 重心移向左腿、随摆、轴心脚上提,同正面投法。

(8) 蹬步、进人防守,同正面投法。

(9) 和正面投法的最大区别是:动作幅度小、重心的移动或转体快、无转体、踏板方式不同(即侧身站立)、在体前完全静止至少一秒。

(10) 在投球阶段不能撤板或停止动作,伸踏腿和髋部交叉或和投手板交叉时,不能传牵制球。

3. 横投法

(1) 在提腿、转体以后,身体降低重心的同时,上体稍前倾。

(2) 合掌降落到大腿处开始分手,分手要前后分手,即持球臂要往背后下方伸臂提肘,手背朝下,球朝上,左手臂在体前自然前伸,从而保持身体平衡。

(3) 伸踏脚的脚跟内侧先落地。

(4) 球出手时,投球臂和右肩齐平或略低于肩。

(5) 出手点在身体侧前方。

(6) 投球臂的随摆基本与地面平行。

(7) 轴心脚的蹬地方向应向左,并向左划一小弧。

4. 下手投法

(1) 在提腿、转体以后,身体降低重心,上体往前倾几乎和地面平行。

(2) 合掌降低到膝关节处分手,分手要前后分手,即持球臂要往背后由下方到上方伸臂、引球,伸臂的最高点要比肩高。手背后朝下,球朝上。左手臂在体前自然向下前伸,从而保持身体重心的平稳。

(3) 伸踏脚向二垒方向踢出时,幅度较小,即与髋部的交叉幅度较小。

(4) 伸踏脚以脚跟内先着地。

(5) 球出手时,投球臂的肘关节低于肩,前臂又低于上臂。

(6) 出手点在体侧右下方。

(7) 投球臂的随摆由下而上。

(8) 轴心脚的蹬地方应向左,并向左划弧,这有利于躯体侧启动发力。

(9) 注意下手投法不是从身体的下面投出去的,而是从斜下面投出去的。

5. 肩上投法

(1) 球出手点较高,在头部上前方。

(2) 球路和轨迹纵面和地面基本垂直。

(3) 高低球易控,但左右配球相对较难。

(4) 肩部的灵活性、柔韧性要求更高。

(5) 技术结构和原理与斜上侧身投法基本相同。

第三节　棒球运动基本战术

一、进攻

(一) 进攻战术概述

整体进攻战术通常是按照教练的指示实施的,即担任攻击的选手能圆满完成教练的指示,是其首要任务。进攻战术的含义就是如何千方百计成为跑垒员,成为跑垒员之后,又如何创造得分机会,并如何使分数再增加。为此,就需要将选球的技术以及打跑、触击、偷垒、抢分等进攻战术手段在比赛中高水平发挥。因此,进攻战术练习,应以实际可能发生的情况作为练习指标,而待完全熟悉后,在实际比赛中如遇到同样状况,就不会手足无措。技术是一切战术的基础,只有在实战练习中,将个人技术与进攻战术相结合,才能真正发挥进攻手段的作用。

(二) 进攻基本战术

进攻的基本战术有:单偷、双偷、牺牲触击、强迫和安全抢分触击、牺牲打、上垒触击、假触击、自由打上垒、打而跑、跑而打、跑而触、打第一球、选球上垒、三次击对策、试探触击、打最后一球、垒上无人的攻击法等 18 种。

1. 单偷

(1) 偷垒者跑垒意识强、速度快、起动好、反应敏捷。

(2) 善抓投捕手的动作弱点和特征,如投手投球动作慢、球速慢、投球与传牵制球的动作区分明显。在坏球领先和投手集中思想对付打者时是偷垒的最佳时机。

(3) 这时打者要有掩护动作,如站位靠后、挥空棒、假挥棒等。

(4) 要善于抓住守备的失误偷垒或连续进垒。

2. 双偷和三偷

内野手的传接球能力差,防守意识不强。也可根据个别内野手的守备差进行相应的偷垒。如捕手传球能力差,当捕手向二垒传球时,二垒跑者可抢占三垒。

多人偷垒时,后位跑者要有意多离垒,当守备者向后位跑者传杀时,前位跑者乘机抢下一垒。在传杀过程中,后位跑者要积极抢占垒位,宁愿后位被杀也不要造成前位跑者被杀。

3. 牺牲触击

(1) 二出局以前使用,战局要求急于谋求一分。

(2) 打者不是强打手,但擅长打触击或为弱棒。

(3) 必须选好球打,且触地滚球。

(4) 跑者估计球落地,才能起跑进垒。

(5) 战术成功关键在于触击者,只要球落地,战术触击就成功。

(6) 不能暴露过早或过迟,一般在球出手时才摆出触击姿势,且不宜边触边跑。把球击出后才起动快跑。

4. 上垒触击

(1) 守方防触击能力差且一、三垒手防守靠后。

(2) 选好球触,尽量触地滚球。

(3) 最好边触边起动。

(4) 投手球速快,无把握自由安打或无信心长打。

(5) 熟练掌握触击技术。触击时,动作要隐蔽,绝不能过早暴露意图,最好球出手后才摆出触击动作。

5. 强迫抢分触击

(1) 二出局以前,三垒有人使用。

(2) 二击以前使用,二击时少用。

(3) 无论好坏球都触,无把握触地滚球时,可触界外球。

(4) 在球出手后,才摆出触击姿势,不宜过早暴露意图。

(5) 尽量把球触落地后才起动跑,不宜边跑边触。

(6) 在开赛的第一、二局为争取得分领先及在最后一、二局争取得分打成平局或领先取胜时采用。

(7) 当教练发抢分触击信号时,跑垒员必跑,打者必触。

(8) 在球多于一击时,抢分战术较易成功,因为这时投手多数投好球。

(9) 三垒是得分热点。据统计,无人出局时,三垒跑者有 0.856 的得分率;一人出局,得分率为 0.649。可见三垒有人时得分可能性是非常大的。

(10) 当比赛快结束,比分落后较多时,少用抢分触击,应以长打为主,争取多得分。

6. 牺牲打

(1) 二出局以前,三垒有人使用。

(2) 打者有远打能力,最好是有上挑击球习惯的打者。

(3) 尽量选高好球打。

(4) 当击出外野高飞球时,跑者马上回垒,做好冲本准备。注意防止离垒过早。

7. 假触击

(1) 常用于二垒有人,二击以前使用。

(2) 在球出手时,突然摆出触击姿势,引诱三垒手前冲。

(3) 触击时,最好触空棒,不要收棒。

(4) 二垒跑者在投手有投球的开始动作时,马上抢占三垒。

(5) 触者不要过早暴露触击的意图。

8. 试探触击

(1) 在球出手时,突然摆出触击姿势,眼睛观察内野手的位置变化。

(2) 在球离本垒 6 米左右时突然收棒。注意收棒时不要和球交叉,否则无论好坏球都判一击。

(3) 一般在无击时使用。

(4) 在了解防守阵型变化以后,可采用假触真打或触击战术。

(5) 要将球击向防守出现弱点的地方,故要求打者具备好的击球基本功。

9. 自由打

(1) 当垒上无人或二出局时,常采用自由打战术,而上垒触击少用,故进攻战术较简单。

(2) 当垒上有人,二出局以前,进攻战术手段可多种多样。若是安打手,可大胆采用自由击球,创造更多的进垒和得分机会。

(3) 选好球打,尽量打成平远的球路,并根据局面打反方向球。

10. 三次击球对策

每个击球员最多有三击的机会,如何运用和发挥好这三击,关系到击球员击球成败率。在自由击球中,无击情况下,选自己喜欢打的点;一击情况下,凡是进入好球带的好球都应积极打;二击情况下,坏球应积极打。

一个好的击球员要顺应或尽快适应裁判的判球尺度,例如有些裁判习惯吃低球,当投手投一个偏低一点的坏球时,击球员应积极打。理论上只有一个好球区,但好球区是由队员去判定的,故还另有三个相对好球区,即投手判定的好球区,击球员判定的好球区,裁判判定的好球区,击球员要尽快适应裁判好坏球的尺度,使自己处于主动位置。

11. 打而跑

(1) 常用于一垒有人局面,有时二或三垒有人也冒险使用,达到攻其不备的目的。

(2) 尽量利用投手投好球的情形下进行“打而跑”战术,如三球无击、二球无击等。

(3) 一垒跑者在一有投球开始动作后,马上偷垒,并做好进三垒准备。

(4) 无论好坏球,击球员必打,并尽量击成地滚球。一般情况下,外角球往二垒手方向打,内角球往游击方向打。

(5) 封杀局面,二击三球时,坏球不打。

(6) 不要全力挥棒,应采用中击方式击球,即用六成左右力量击球。

(7) 选择善于打中击的击球员,可提高战术成功率。战术的成功关键在于击球员。

(8) 在三垒有人,投手必投好球的情况下,采用“打而跑”战术,能提高打者的击球欲望,克服胆怯心理,集中精力击球,从而取得意想不到的效果。三垒跑者要待击出安打再进垒。

(9) 此战术具有很大的进攻性,也有一定的危险性,当击出高飞球时,可能造成双杀。

12. 跑而触

基本同“打而跑”战术,不过是改“打”为“触”。

13. 跑而打

(1) 此战术一般不用暗号联系。

(2) 跑者在投手投球时先假偷垒，诱使二游向二垒靠拢，当球击向空档或打出地滚球时，才快速偷向二垒，并做好偷三垒准备。

(3) 打者必须选好球打，坏球不击。

14. 打第一球战术

投手为了使击数多于球数，往往有给打者投第一好球的习惯，这时，击球员可运用这种机会打第一个好球。一般在比赛的头几局中运用此战术较适宜，因为投手可能会改变战术。

15. 打最后一球战术

当场上出现"二击三球"、"一击三球"时，投手往往要投好球，击球员可主动打这一好球。

16. 选球上垒

(1) 投手控球能力下降或在局面紧张，投手心神不定的情况下(如满垒、三球一击等局面)，可采用此战术。

(2) 打者为弱球，体形小，但选球能力强。

(3) 不要消极等待"四坏球"，投来合意的好球要大胆挥击。

17. 垒上无人的攻击法

(1) 垒上无人，不要轻易挥棒，否则无异于自己放弃获胜机会。

(2) 打者和出局数无关，要千方百计争取上垒。若是强打者，不可放弃打击好球。若是善跑、动作灵敏的打击手，就要找出触击短打等机会。若是一般打击手，可选择等待战术或积极打击。

(3) 两队得分相近，垒上无人的进攻原则。

(4) 打击者要有四坏球保送与安打上垒具有同等价值的观念。同时要想到投手第一球被安打，不如投许多球后才被击出安打，或投出四坏球使其精神、体力等愈发消耗的问题。

(5) 在同分时，投手会集中全部精力、体力投球，故要设法使其尽量多投球。此时切记不可随便挥棒。

(6) 若投出不善打的好球，也可通过击界外球增加投手投球数。

(7) 双方皆未得分，仍是零比零的僵持局面，各局的第一棒要放过一个好球。

(8) 得分落后时，应采取苦等慢打战术。若是领先则采取紧攻快打战术，或在比赛前半段采取苦等慢打，后半段再改为紧攻快打战术。

二、防守

(一) 防守战术概述

防守的基本战术有防单偷、防双偷、防三偷、造四球上垒战术、防牺牲触、防牺牲打、防抢分触、防上垒触、防假触击、双杀、假传真杀、要出局数、杀前位跑者、防打而跑、防跑而打、防跑而触、投坏球等 17 种战术。

(二) 防守战术类型

1. 防单偷

当捕手预感或发现跑者有偷垒意图，应采取相应对策。

2. 防双偷

当垒上有两名跑者时，攻方后位跑者有意离垒过多，引诱捕手传杀，这时前位跑者乘机偷垒，守方转向传杀前位，后位继而上垒，造成双偷垒成功。为此守方应采取相应对策。

3. 防三偷

这是攻方满垒时，引诱守方传杀后位跑者，制造三偷垒，从而下本垒得分。守方对策同防双偷。

4. 造四球上垒战术

当攻方二、三垒有人，又遇强打手击球，本方投手制球力和球速相对弱的情况下，可故意投四坏球，造成满垒和封杀局面，便于防守。

5. 防牺牲触

一出局或二出局以前，垒上有人，攻方可能会采用牺牲触击，这是守方的对策。

6. 防牺牲打

当二出局以前，三垒有人，要防止攻方牺牲打，这时捕手要配低球，使击球员勿击外野高飞球。若要出局数，内外野手可远防。若要防止下分，内外野手要近防。

7. 防抢分触

二出局以前，三垒有人，攻方有抢分意图，这是守方的对策。

8. 防上垒触击

如本方投手较强，打者较弱，跑速快又是左打者，当垒上无人时，要防止上垒触击。

9. 防假触击

当二垒有人，攻方会假触击，引诱三垒前冲，二垒跑者乘机偷三垒，这是守方的对策。

10. 双杀

(1) 当一垒有人，二出局前，右打者。

(2) 当一、二垒有人，无人出局时，可重点打二垒和一垒双杀。一人出局，可重点打一、二垒双杀。当然还要根据击出的方向、位置选择最佳双杀战术。

(3) 当满垒时，无人出局，可重点打本垒和一垒双杀。已有一人出局，球击向二垒附近，重点打一、二垒双杀。

(4) 当决定采取双杀战术时，捕手务必配低球造成击球员打地滚球。

11. 假传真杀

(1) 二垒或三垒有人局面，二出局以前。

(2) 击出内野地滚球。

(3) 假传一垒，引诱跑者多离垒，然后快速转向传杀前位跑者。

(4) 假传动作慢，真杀动作快。

(5) 假传时可用眼睛余光观察前位跑者的离垒情况，若离垒不多，则封杀一垒。

(6) 也可假传杀前位跑者，真杀击跑者，目的是防止前位跑者的偷袭。

12. 要出局数

(1) 本方比对方领先多分或为了稳住防守局面。

(2) 垒上有人，二出局以前。

(3) 重点传杀或接杀击跑者，要出局数，即使前位跑者多进一个垒或得分也无关紧要。例如三垒有人，打出较远的界外野高飞球，也要全力接杀。

(4) 这时内外野的防守以深防为主，加强守备。

13. 杀前位跑者

(1) 垒上有人，二出局以前。

(2) 双方比分接近。比赛接近结束。

(3) 为了不让攻方跑者进垒或得分，守方全场收缩防守。若封杀局面，打出内野地滚球，守方全力封杀前位跑者。若非封杀局面，打出外场高飞球，接杀后全力传杀前位跑者。

(4) 打出界外野高飞球，若接杀后不利于传杀前位跑者，外野手应放弃此球。

14. 防打而跑

(1) 攻方局面。垒上有人,二出局以前。一垒有人,采用打而跑战术较常见。

(2) 守方根据球和击的比例,配高好球或高坏球。

(3) 若配内角高球,游击手正常防守,二垒手稍靠二垒。若配外角高球,则相反。

(4) 若一垒有人,二游不能过早进二垒,待球击出后再快速进垒。

(5) 投手要加快球速,勿投慢球。

(6) 封杀局面,二击三球要尽量配好球。

15. 防跑而打

垒上有人,二出局以前。一垒有人,采用跑而打战术较常见。跑者通过假偷垒,引诱内野手回垒,造成空档,打者根据空档位置选好球击向空档,造成安打。

16. 防跑而触

(1) 垒上有人,二出局以前。

(2) 捕手配内高坏球使之击不好球或配较偏的坏球,触不到球应快速传杀偷垒者。

(3) 封杀局面,二击三球要配高好球。

(4) 若一垒有人,要防止跑者下三垒,投手或三垒手注意回三垒,捕手和游击手处理好局面。

17. 投坏球

这是使击球员击不中球的一种战术,也是破坏"打而跑"、"抢分触"、"偷垒"等战术的防守对策,但二击三球情况下,较少用此战术。

第四节　棒球运动竞赛场地与器材

一、竞赛场地

(一) 竞赛场地

竞赛场地是一个直角扇形区域,直角两边是区分界内地区和界外地区的边线。两边线以内为界内地区,两边线以外为界外地区。界内和界外地区都是比赛有效地区。界内地区又分为内场和外场。内场呈正方形,四角各设一个垒位,同一水平面上在尖角上的垒位是本垒,并依逆时针方向分别为一垒、二垒和三垒。内场以外的地区为外场。竞赛场地必须平整,不得有任何障碍物(图 14-6)。

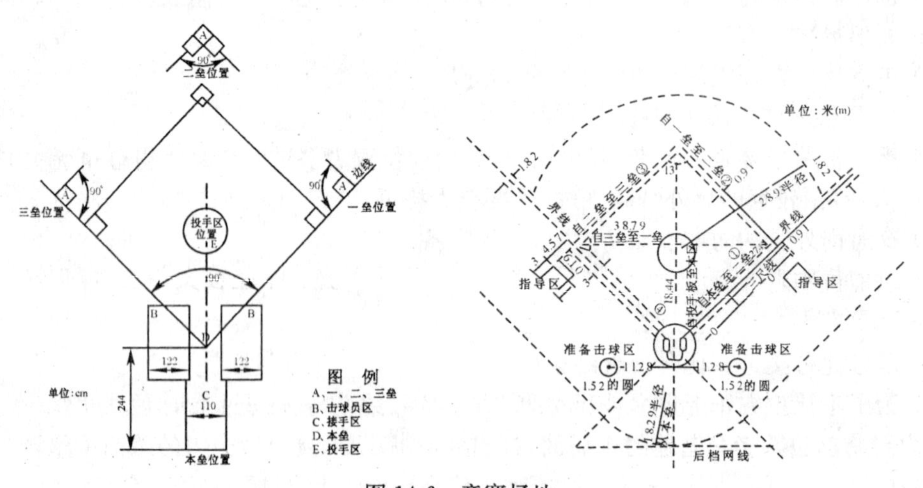

图 14-6　竞赛场地

（二）场地大小

内场每边垒间距离为27.43m。投手板的前沿中心和本垒尖角的距离为18.44m。本垒后面和两边线以外不少于18.29m的范围内为界外的有效比赛地区。两边线至少长76.20m。两边线顶端连接线的任何一点距本垒尖角的距离都应不少于76.20m。本垒尖角后18.29m处应设置后挡网。网高4m以上，长20m以上。场地周围设置围网，高度1m以上为宜。

（三）场地布置

场地应布置接手区、击球员区、跑垒指导员区、跑垒限制线、击球员准备区、野传球线、本垒打线和草地线。

1. 接手区。自本垒尖角后2.44m处画一条横线，线长1.10m，线的两端距本垒中心线各0.55m。然后再从两端向本垒方向各画一与本垒中心线平行的线，与击球员区界线连接，这个区域叫接手区。

2. 击球员区。在本垒的左右两侧，各画一个长方形的击球员区。该区长1.82m，宽1.22m。两区相邻近的内侧界线各距本垒板边沿为0.15m，以本垒横中心线为准，击球员区前后部分各长0.91m。

注：击球员区（包括标出该区的白线）为界外地区，但击出的球如停止在击球员区和边线所形成的三角区内时应判为界内球。

3. 跑垒指导员区。在一、二垒及二、三垒垒线与边线相交点以外4.57m处向本垒方向各画一条与边线平行，长6.10m的线，再在线的两端向场外各画一条长3m的垂直线，这三条线以内的区域为跑垒指导员区。在一垒一侧为一垒跑垒指导员区，在三垒一侧为三垒跑垒指导员区。

4. 跑垒限制线。由本垒和一垒的中点和沿边线至一垒后0.91m处各向场外画一条长0.91m的垂直线，并将两垂直线的终点连接在一起，即跑垒限制线。这条线和边线所构成的长条区域即跑垒限制道。

5. 击球员准备区。在本垒尖角3.96m处向本垒纵向中心线两侧各量11.28m，并以该处为圆心各画一直径为1.52m的圆，此圆就是击球员准备区。

6. 野传球线。距两条边线外至少18.29m处，各画一条与边线平行的线，该线一端与后挡网相连，另一端与本垒打线和边线末端相交的延长线相连，此线是野传球线，用以区分界外比赛有效地区和无效地区。

7. 本垒打线。以二垒垒位为圆心，以圆心到边线顶点的距离为半径，画一弧线与两侧边线末端相交，此弧线即为本垒打线，作为判断本垒打的标志。

8. 草地线。在草皮场地上，以投手板前沿中心为圆心，28.93m为半径，在界内连接两边线所画弧线，即为草地线。此线以外的外场地区为草地，以内为土地。

（四）本垒板

用白色橡胶制作，呈五角形，应固定在地上，与地面平齐。本垒板尖角两边应与一垒和三垒边线外沿交角叠合。

（五）垒包

一、二、三垒垒包均为边长38.10cm，厚7.6cm至12.7cm的正方形白色帆布包。一、三垒垒包应整个放在内场，二垒垒包的中心放在两垒线的交叉点上。垒包内装棕毛等细软物。垒包应钉牢在地上。

垒包固定的方法：比较简单的方法是用十字帆布带和带钩的长钉固定。

在垒包的正中下面用带钩的长钉(约 30 cm)钩好扎牢，并将长钉钉入地下，以便滑垒时垒包不至移动(但可以转动)，同时也可避免碰伤。

(六) 投手板和投手区

投手板用白色橡胶制成。板长 61 cm，宽 15 cm。投手板周围应有宽 86.4 cm，长 152 cm 的平台。投手板应与平台平齐。投手板和平台置于高出地面 0.25 m、直径为 5.48 m 圆形土墩内的投球区(圆心在投手板前沿中心正前方 0.46 m 处)，投手板前的斜坡应为平台前沿起向前 1.83 m，每向前 30.5 cm 降低 2.54 cm，然后向四个垒位逐渐倾斜并与之平齐。

(七) 队员席

一垒及三垒两侧各设一个队员席，设于距两边线至少 18.29 m 的野传球线外侧。队员席上面应安置顶棚，背后和两侧都应是封闭的。

(八) 棒球

棒球是圆形软木、橡胶或类似物质作球心，绕以麻线，再以两块白色马皮或牛皮包紧平线密缝而成。球面应平滑，重量为 141.7 g 至 148.8 g，圆周为 22.9 cm 至 23.5 cm。

(九) 球棒

球棒呈圆柱形，棒面必须平滑无截面接头。金属棒的两端必须密封，握棒部分的棒帽末端可以制成直径为 2.45 cm，棒长不得超过 1.07 m，最粗处直径不得超过 7 cm。为便于握棒，从握棒的一端起至 45.7 cm 的长度内，可用布条、胶布带或橡胶包缠。

(十) 服装

比赛时，同队队员应穿式样和颜色整齐一致的比赛服装(包括内衫和外露部分)。服装上不得有闪光的纽扣或附饰物，服装上衣背面应有不小于 15.2 cm 的明显的号码，上衣和裤子的号码要一致。同队队员穿不一样的服装不得参加比赛。每队应有深浅不同的两套服装，先攻队穿深色，后攻队穿浅色。队员可穿有平扁铁钉或橡皮头的棒球鞋，但不得为圆尖的金属钉。长扁铁钉长不得超过 1.5 cm。

注：教练员、跑垒指导员均应穿着与本队队员同样的运动服装。

(十一) 接手手套

接手所用的连指手套，周长不得超过 96.5 cm，上下端不得超过 39.4 cm。虎口的上沿不得超过 15.2 cm，下沿长不得超过 10.2 cm，上下沿长不得超过 15.2 cm。虎口处可用整块的皮革缝制，也可用皮条编成，但不得编成网兜状。手套重量不限。

(十二) 一垒手手套

一垒手所用的分指手套或连指手套上下端不得超过 30.5 cm，掌面上部宽不得超过 20.3 cm。虎口上沿长不得超过 10.2 cm，下沿长不得超过 8.9 cm，上下沿长不得超过 12.7 cm。虎口处可用整块的皮革缝制，也可用皮条编成，但不得编成网兜状。手套重量不限。

(十三) 指手套

连指手套限接手和一垒手使用。但任何队员都可使用分指手套。分指手套重量不限。

(十四) 投手手套

投手所用的手套包括皮条、缝线和指蹼都必须是同一种颜色，但不得为白色或灰色。手套上不得有任何与手套颜色不一样的附饰物。

(十五) 护具

接手必须戴护帽、护面、护胸和护腿。击球员和跑垒员都要戴带有护耳的护帽。

第十五章　壁球运动

第一节　壁球运动的起源与发展

壁球这项起源于英国的有着170多年历史的贵族运动，是一项集网球、羽毛球等多项运动特点为一体的运动。随着我国体育运动的蓬勃发展，壁球开始进入人们的视野，自中国壁球协会成立的七年多来，这一运动正逐渐升温，成为继网球和保龄球之后又一健身时尚。

一、壁球运动的起源

据史料记载，壁球运动起源于19世纪英国伦敦的“弗利特(fleet)”监狱。当时的犯人为了锻炼身体、打发枯燥乏味的囚禁时光，他们用类似拍子的器具对墙击打小球自娱自乐，这可说是最早的壁球雏形。

真正意义上的壁球，是由著名的贵族学校——哈罗公学的学生发明的，时间约在1830年前后。学生们身为贵族子弟，却过着枯燥的住校生活，于是，这种用类似拍子的器具对墙击打小球的运动就流行开来，随后又不断加以改进，现代意义上的壁球运动正式诞生了。

二、壁球运动的发展

1920年，在美国，网球及室内手击球运动的结合诞生了现代壁球的前身——拍子球。拍子球的发明者是美国密歇根大学的里斯基。1922年开始的“拉凡姆纪念奖”比赛是最早的壁球国际比赛。1940年，拍子球在有手击球场馆的地方迅速发展起来。1952年，美国拍子球协会成立，里斯基任第一届主席。1961年，美国举行了第一届全国拍子球联赛。1968年，美国第一届全国拍子球锦标赛在米尔瓦巷举行。在比赛期间，国际壁球协会成立，美国手击球协会主席堪德勤担任第一届国际壁球协会主席。1969年，国际壁球协会在圣路易斯举办了首届全美壁球锦标赛。

国际壁球联合会(WSF)成立于1967年，成员有英国、澳大利亚、印度、新西兰、南非、巴基斯坦等国。1992年，国际壁球联合会更名为世界壁球联合会。目前，世界壁联的会员国已增至119个，壁球爱好者达到1500万，主要分布在英联邦国家。目前世界上壁球运动较为发达的亚洲国家和地区集中在马来西亚、印度和中国香港，中国香港在亚洲处于领先地位。这些国家和地区对壁球的投入大，设施多，普及面广。

壁球运动已进入除奥运会之外的所有大型综合运动会，世界壁联所设立的正式国际赛事有：男子、女子世界锦标赛，男子青年、女子青年世锦赛，以及为中老年球员设立的大师赛。职业壁球界有著名的四大赛事，即历史最久的英国公开赛、香港公开赛、在美国纽约举行的冠军赛和世界公开赛。

壁球在中国属于舶来品，20世纪50年代壁球在上海被称为回力球，有一些参与群体，此后随着岁月的流逝，逐渐淡出了人们的视线。从全国范围来看，经济较为发达的京、沪、粤率先开展，参与活动的人群逐年增多。1999年，中国壁球协会成立，并于当年组织了一些壁球推广活动和赛事，壁球开始在大城市成为一种时尚。同年，中国壁球公开赛的成功举行，拉开了壁球运动在中国蓬勃开展的序幕，壁球比赛也成为一项国家正式比赛项目，年年举行。

但是，目前我国壁球运动还多在宾馆和高消费的俱乐部里开展，因而给人的印象似乎这是一项高档的贵族运动，客观上影响了这一运动的普及和开展。

第二节　壁球运动的场地及设备

一、壁球的场地

壁球的场地分单打场地和双打场地。标准的单打壁球场地是一个长 9.75 m、宽 6.40 m、不低于 5.64 m 的长方形房间。双打场地比单打场地要大，是一个长 9.75 m、宽 7.62 m、不低于 5.64 m 的长方形房间。大多数壁球场地后面是玻璃做的，以便观众能够观看比赛(图 15-1)。

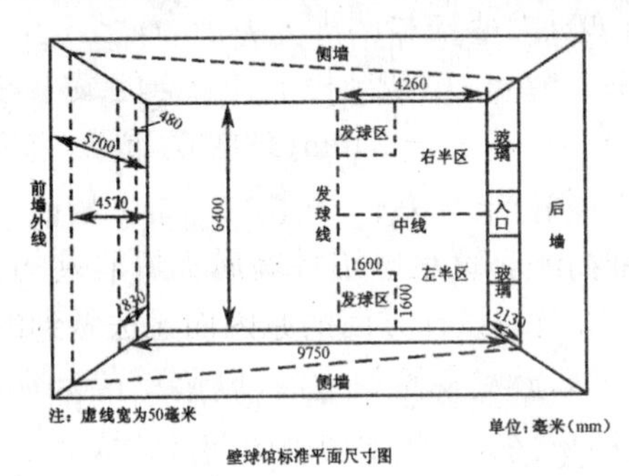

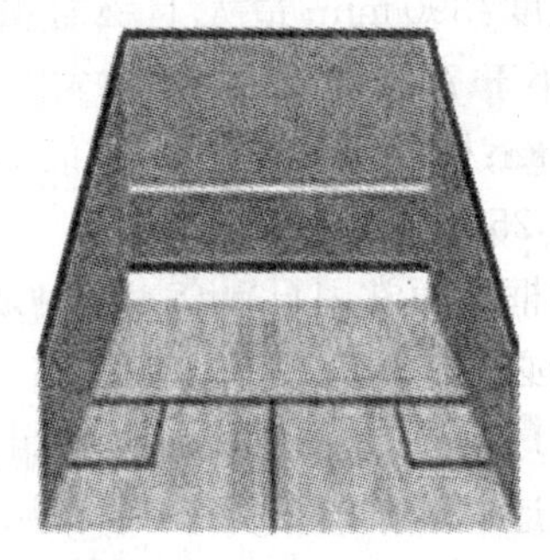

图 15-1　壁球场地示意图

(一) 墙

壁球场地的门一般都开在后墙中央，高度与后墙齐平，练习者进入球场即可看到对面的墙上有三条水平线，这三条线从上往下分别叫上界线、发球线和下界线(横木)。下界线以下的部分叫“响板”，通常是由金属片或木板覆盖，以便球击打在上面时能发出特殊的声音，如同网球的网。下界线的上沿到地面的高度是 0.48 m，发球线的下沿到地面的高度是 1.78 m，它只在发球时有用，上一条线叫出界线，它们的上界线是 4.57 m。两边的侧墙各有一条线叫出界线，它们是上界线的延伸，斜下与后墙的出界线相交，后墙出界线的下沿到地面的高度是 2.13 m。

对打开始时球必须击在上界线以下、下界线以上的墙面，球触到出界线或下界线就算出界。壁球场地的后墙一般是强化玻璃做的，厚度 0.012 m，门的宽度不超过 0.914 m。

(二) 地板

壁球场地的地板对角线长度是 11.665 m，距离后墙 4.26 m 有一条线横穿过球场，这条线叫“短线”，它的后沿距前墙 5.49 m。在中间有一条线叫“半场线”，它连接短线和后墙的中央。短线与半场线交界的区域叫“T”区，在短线的两端，各有一个正方形的格子，叫“发球区”，其内侧边长为 1.6 m。场地内(包括墙上)所有标志线的宽度均为 0.05 m。

二、球和球拍

(一) 球

球的表面为胶皮，内部为中空。球的颜色一般都为黑色，但在透明地中，比赛用的球是白色的。球的表面上印有彩色的小点，代表这个球的球速。黄点代表极慢；白点代表慢；红点代表中速；蓝点代表快速。速度快的球弹性大，速度慢的球弹性小。对于初学者来说，采用蓝点球打起来比较容易。红点球的反弹力虽比蓝点球小，也适合初学者；白点球适合那些已掌握正确的基本技术，但缺乏足够的力量把球打往后墙的初学者(图 15-2)。

所有正式比赛用的球都是黄点球，标准黄点球的规格是：

球的直径：39.5 mm～41.5 mm；重量：23 g～25 g；23℃环境下的硬度：2.8 N/mm～3.6 N/mm；接缝韧力：最小6.0N/mm。

从254 cm外坠落时的反弹弹性：23℃环境下最小12%；45℃环境下26%～33%。

（二）球拍

壁球的球拍类似网球的球拍，但尺寸要比网球拍小，具体尺寸规格如下：

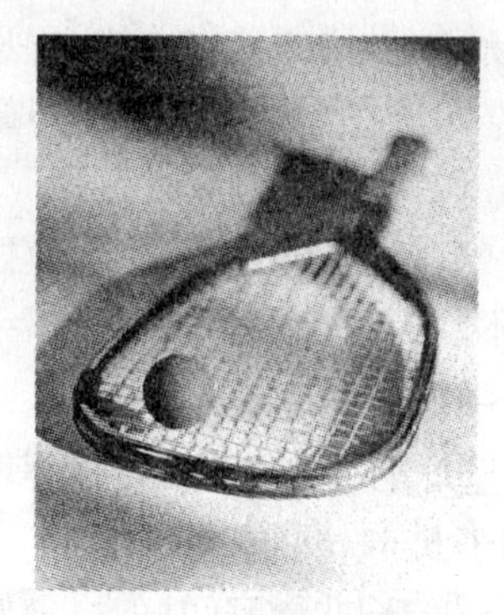

图 15-2　球和球拍

最大长度：686 mm；拍面最大宽度：215 mm；球弦绷紧后单根最大长度：390 mm；最大上弦面积：500 cm^2；框架结构最小宽度：不小于7mm；框架结构最大宽度：不超过26mm；框架结构上任意点的最小弯曲半径：不小于50mm；框架结构上任意边的最小弯曲半径：不小于2mm；球拍的重量（包括弦和护边）：不超过255g。

球拍的框架通常用石墨合成物制成，材料和着色应满足球拍触墙后不留痕迹的要求。球弦及其末端必须隐蔽在拍头的框架内，由于球拍材质或设计方面的原因而无法做到的，必须用护垫封闭住球弦，护垫必须由软性材料制成，保证不形成尖锐的边沿，以避免在与墙及地面接触时留下痕迹。球拍的弦有的是人造纤维，有的是尼龙，专业运动员用的是肠线。

第三节　壁球运动基本技术

壁球运动对于基本技术的要求非常高。正确掌握壁球运动的基本技术，可以有效地提高训练效率和竞技水平。

一、击球的动作与手法

（一）击球的动作

1. 球拍的握法

正确的握拍方法：手握在拍柄的中部，虎口呈“V”字形，虎口对着正手位时球拍触球面的上沿，食指高于拇指，拍型稍微后仰。在击球的过程中，这个握法是始终不变的，握拍时要注意避免用满把握的方法握拍（图 15-3）。

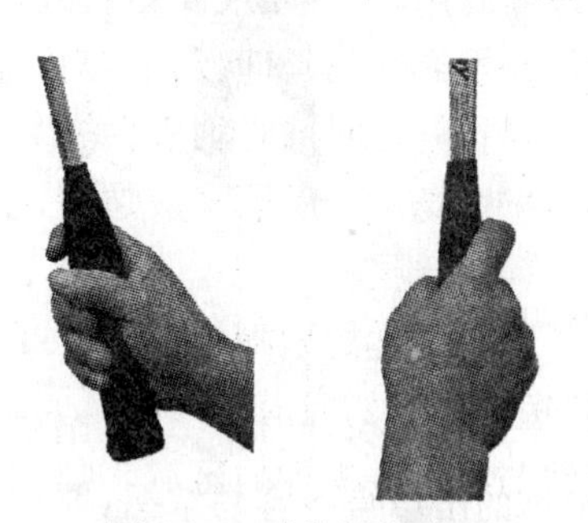

图 15-3　球拍的握法

2. 挥拍的方法

挥拍的基本动作是由三个步骤组成的，即引拍、击球和跟进。

引拍是指击球前的预摆动作。由于场地的限制，规则规定引拍的动作幅度不能过大，手臂动作主要是以挥动前臂为主。引拍时握拍的手腕要固定竖起，拍头要高于手腕。引拍时要注意：向上引拍时手的位置应在击球者头的一侧，拍头位置应高于击球者头部。

击球时，球拍迎向来球划一弧线。球拍触球时手腕固定，握紧球拍，拍面应稍向后仰一些，用拍面的中部撞击球，小臂和腰部随身体的转动向前方协调配合用力，身体重心从后脚移至前脚。击球时要选择好击球点和击球部位，不同的击球方法需要有不同的击球点和击球部位。

跟进是球拍击球完成后球拍的顺势动作。击球后球拍运行应随击球动作的惯性继续向上挥动，与引拍的动作一样，跟进时，跟进的动作幅度不能过大，球拍向上挥动的位置应在头的上方。跟进在击球动作中不可缺少，它可以较准确地控制击球的方向。

（二）击球的手法

壁球击球的手法主要有两种，即正手击球和反手击球。在这两种击球手法中，又因击球位置不同而分为上手击球和下手击球。

1. 正手击球

正手击球是击打各种球的基础，是初学者最先学习的击球手法。正手击球的特点是:速度快、力量大、准确性高。

正手击球动作分为以下四个部分：

第一，击球前的准备姿势　球员站在“T”区，面向前墙，两脚左右开立，稍宽于肩，双膝微屈，上体略前倾，握拍手放于体前，另一手可扶于拍上，身体重心落在两腿之间脚掌的前部，注意力集中，保持随时可以起动的准备姿势。

第二，上步引拍　右手持拍球员从准备姿势开始，移动到来球位置，最后一点要保持左脚在前，右脚在后，前后脚的相距一脚半，身体左侧对着来球方向，双膝微屈，眼睛注视来球，这样能使身体平衡并使击球动作顺畅。然后，向头的右上方向引拍，注意动作幅度不能过大。

第三，挥臂击球　挥臂击球时球拍的拍面要后仰一些。最佳的击球点位置是球从地面弹起后与左腿的膝关节同高的区域，同时注意身体不能离球太近或太远，眼睛盯着球，击球动作要靠挥臂与转体的协调配合来完成。

第四，击球后的重心移动　在跟进的最后，球拍要随着球的路线运动，并在一个较高的位置上结束，身体重心随之移向击球的方向（图 15-4）。

图 15-4　正手击球

2. 反手击球

对于很多球员来说，采用反手击球比正手击球更协调自然。应注意的是击球点，因为反手击球的击球点不容易掌握，要求球员有良好的控制能力，初学者击球时控制不了击球点，往往离球太近，这样接击球时球拍头竖直向下，不利于发力。

反手击球的方法与正手击球的方法基本相同。球员面对着左侧墙，右肩朝着来球的方向，右脚在前，向头的左侧上方挥拍，眼睛注视来球，保持身体平衡。击球点应正好在球员的膝关节同高的位置，不远也不近，这样有利于球员的发力。反手击球后，球拍随惯性移动，拍头正好停留在一个较高的位置上（图 15-5）。

二、击球基本技术

壁球非常强调基本功的训练，上肢基本功包括正、反手的直线球、斜线球、截击球、轻吊球、挑高球以及壁球独有的侧墙球和后墙球。下肢基本功包括连续侧移步、后撤步、上垫步及后交

图 15-5　反手击球

叉步,其特点与羽毛球接近。在壁球运动中,根据球的飞行路线的不同,需要球员用不同的击球技术来进行处理。壁球的击球基本技术可以分为:直击球技术、侧墙球技术、前场球技术和高吊球技术等五种。

(一) 直击球技术

直击球是指直接击向前墙的长球,直击球是壁球运动中主要的击球技术之一,直击球又分为正手直击球和反手直击球。

直击球有直线长球和斜线长球两种形式。直线长球即球击向前场后返回到自己一侧场区的后场,斜线长球即球击向前墙后返回到另一场区的后场。击球多用于进攻性的击球,在比赛中有威胁的直线长球是贴近侧墙的直线球,理想的斜线球的目标是在发球区后方靠近侧墙的位置。

(二) 侧墙球技术

侧墙球是利用墙的反弹,将球击向侧墙然后撞击前墙或再撞击另一面墙最后落到地面的球,打侧墙球的要点是:面向侧墙而背部侧向前墙,肩部转向侧墙对着球将要打在墙上的位置。

击侧墙球时,将球通过侧墙击向隔壁球场相对的角。侧墙球的最佳线路是球击到侧墙后,反弹到前墙,然后再落到对面侧墙接近前墙的角落。侧墙球一般多用于后场的防守,但如果运用得好,也是一种很有威胁的进攻手段(图 15-6)。

图 15-6　击侧墙球

图 15-7　击前场球

(三) 前场球技术

前场球是球接触到前墙后,在离前墙很近的地方下落。打前场球的要点是:身体侧向前墙,转肩并朝向将击打球的位置,膝关节弯曲,重心下降,手腕固定,击打球动作要小,拍面要稍微“开”一点,击球点在球员前脚的前方。

打前场球时的击球力量要刚好把球直线打在前墙,并且弹离前墙后落在侧墙与地面的交界处,让球在那里再也弹不起来。一般运动员都是在前半场区打前场球,而有的优秀运动员站在后场也可以打前场球，但这需要较高的技术(图 15-7)。

(四) 截击球技术

截击球就是在球落地之前的直击球或侧墙球。截击球是壁球击打中很常见的一种攻击性击法。击打截击球时，球的位置最好是在与肩同高的区域，可以采用正手击球和反手击球的方式，好的截击球能提高球的速度，加快比赛的节奏，取得比赛的控制权。

(五) 高吊球技术

一般的吊高球起拍点都是在前场，高吊球需要提早击球时间。打高吊球的要点是：身体重心降低，击球点在前脚的前方，拍面很“开”，击球的底球，高吊球多采用下手击球的方式，击完球的顺势动作应停留在一个较高的位置。打高吊球的最佳落点是后墙与侧墙的角落(图 15-8)。

图 15-8 高吊球

三、发球与接发球技术

(一) 发球

发球是比赛的开始。发球时运动员至少要有一只脚踩在发球区线内，击球时必须使球击中前墙的发球线与上界线之间的区域，然后再反弹到相对的后 1/4 半场。

发球可以采用各种挥拍方式，正手、反手、上手、下手等，只要球被抛起，击球点也没有规定。一般的发球方法是：发球时运动员站在“T”区接近前墙的位置，这样可以提高球击向前墙的准确度和获得较高的发球角度，也容易接落在前场的回击球，一个好的发球是球从前墙弹回后，首先触到接发球方一侧的侧墙上部(有的球场在侧墙上标出了这个区域)，然后再碰到后墙，最后再落到地面。

1. 在右发球区的发球

发球员右脚站在发球区内的左前角，左脚站在“T”区接近前墙的位置，左肩对着前墙；挥拍时手腕固定，拍头向上，拍面呈“开”位，把球抛离身体，球被击出后的目标是前墙中部上界线以下 1 m 的范围内。

2. 在左发球区的发球

在左发球区发球的方法与在右发球区的发球相同，主要的不同是发球时球拍接近场地的中间位置，由于球需要一个角度较小的飞行轨迹，所以击打的目标应是前墙偏右三分之一的位置，也就是要稍微靠近右侧墙，高度也比在右发球区发球时要低。

(二) 接发球

接发球的站位是肩部斜对着前墙，站在发球区对角线的延长线上，距离发球区的角有一大步的位置。眼睛看着发球球员，注意来球方向，这样能够预测发出球的飞行情况而准确地移位击球。接发球有两种选择：一是接从地面反弹起来的合理发球；一是用截击的方法接发球。

四、移动技术

在壁球比赛中，球员要在场地上不停地移动，移动速度的快慢和移位的准确性是取得胜利的关键。而毫无目的地移动会影响速度和消耗体力。球员移动的步法，原则上要求以最少的步数和最快的速度到达击球点，球员在场上的移动以接到落在场地上任何位置的球为准，并能节省体力。在每次击完球后，球员应尽可能快地返回到“T”区，这种移动方式具有很重要的战术意义。

左前方三步移动方法：第一步先上右脚，弧线移动，最后一步保持右脚在前左脚在后，右肩对着前墙的姿势。右手持拍的球员用反手击球。

右前方三步移动方法：第一步先上左脚，弧线移动，最后一步保持左脚在前右脚在后，左肩对着前墙的姿势。右手持拍的球员用正手击球。

左侧方两步移动方法:第一步先上左脚,第二步保持右脚在前左脚在后,右肩对着前墙的姿势。右手持拍的球员用反手击球。

右侧方两步移动方法:第一步先上右脚,第二步保持左脚在前右脚在后,左肩对着前墙的姿势。右手持拍的球员用正手击球。

左后方三步移动方法:转体后先上后脚,弧线移动,最后一步保持右脚在前左脚在后,右肩斜对着前墙的姿势。右手持拍的球员用反手击球。

右后方三步移动方法:转体后先上左脚,弧线移动,最后一步保持左脚在前右脚在后,左肩斜对前墙的姿势。右手持拍的球员用正手击球。

第四节 壁球运动基本战术

一、发球和接发球战术

(一) 发球战术

发球是发球者在不违反壁球规则的范围内,不受对方干扰的情况下,以任何方式将球发到对方后四分之一区的任意一点,发球是能使球员发挥最大自由度来击球的时机。因此,有威胁的发球要考虑落点、力量等因素的变化,才能达到最佳的效果。

1. 发后场高吊球

发后场高吊球是壁球比赛中最常用的一种发球战术。发球后球撞击前墙后高高弹起,首先触到接球方一侧的侧墙上部,然后碰到后墙,最后再落到地板上。整个球路是围绕接球者的身体绕行的,即从接球者的左边绕到右边。接球者必须转过身体才能接到这个球。

2. 发追身球

发追身球也是壁球比赛中常用的一种发球战术。发球者用打斜线球的方法将球直接发向接球者的身体。一般情况下球员在接这种球时都比较吃力,因为他必须首先快速地躲开这个位置,让出球路,然后再挥拍击球。发追身球的要求:落点一定要准,力量一定要大,要直接发向对方身体。

(二) 接发球战术

接发球时,接球者虽然处于被动的状态,但是由于发球者要受到竞赛规则的限制,所发球只能发到接球者一侧的后四分之一区域内。也就是说,接发球者只需要防守住后四分之一区的场地,便能将球回击到对方的整个场地。所以,接发球者如果能处理好这一拍,就能变被动为主动。

1. 打直线长球

打直线长球是接发球时最常采用的回球方法,回球的方向是在自己一侧的半场,球的落点是在场地的后方,目的是使球尽量远离发球者。

2. 打斜线长球

打斜线长球也是接发球中常采用的方法之一。如果对手发完球后回到"T"区的位置,接发球时可以采用打斜线长球的方法,将球尽量打到另一半场的后场。打这种球时一定要注意,球击向前墙的落点要低一些,力量要大一些,因为力量小的斜线长球容易被截击。

3. 打前场球

打前场球是指把球打到接近前墙位置的回球方法。在接发球中也常采用。打前场球最好是在自己一侧半场前场的位置。

4. 追身球的战术

接追身球时可以采用两种方法。一种是当球朝向自己袭来时躲身让开球路，等球撞击到侧墙或后墙反弹到地面后再采用打直线长球、打斜线长球和打前场球三种方法回球。另一种是当对手的发球质量不高时，用迅速上前截击的方法回球。这是赢得主动和对打的最好手段，这种方法往往在接球方还有最后一个球就决定结束这一局时，能起到决定性的作用。

二、比赛的基本战术

壁球比赛的战术大致分为前场战术和后场战术及两者之间的转换。在实战中，具体有如下几种战术的运用：

(一) 打出有力的一球

优秀运动员之间的比赛，球都是在高速的运行中进行的。打出准确性高，又具备攻击性的球，就能扰乱对手的战术，使对手只有招架之功，而无还手之力。有力量的球同时也是速度快的球，对于击球速度慢或力量较弱的对手来说，能够有效地增加其回球难度。

(二) 打贴墙球

打贴墙球就是球员打直线长球，使球紧贴着侧墙返回。这种球由于距离侧墙很近，使对手难以下拍，接起来比较困难。对于有些喜欢提前击球和喜欢打截击球的球员，打贴墙球就可以扰乱他们的打法，造成击球失误。

(三) 控制"T"区

控制"T"区是壁球比赛中的关键，所谓控制"T"区，就是指当球员每完成一次击球后要尽可能返回"T"区位置，同时利用球的落点尽量使对手远离"T"区。一场比赛的胜负绝大部分取决于球员控制"T"区的时间，因此，"T"区是比赛双方争夺的重点，然而比赛中球员不可能完全占领"T"区，这就要看谁能调动对方，谁能灵活运用击球技术，掌握主动。

(四) 控制比赛节奏、争取恢复时间

在比赛过程中，球员要灵活运用和掌握提早击球或延迟击球的机会，要善于使用不同的击球方法，改变击球以控制比赛的节奏。这样可以破坏对手的节奏，扰乱对手的情绪。要善于控制比赛的节奏，而不应被对手控制。

第五节　壁球运动主要竞赛规则

一、比赛方法

壁球竞赛是由两名球员在符合世界壁球联盟规定的标准球场内，用符合标准的球及球拍来进行的一种球赛。

二、计分方法

计分方法有两种，比赛可由主办单位决定采用"五局三胜"或"三局两胜"制。英式计分法或国际计分：每局九分，有发球权者方可得分，先取九分者为胜。美式计分法或世界壁球协会男单计分法：每局十五分，采用直接得分，先取十五分者胜。

采用九分制时，有一方先得 8 分，另一方追到 8 分时，由先得 8 分的运动员任选一场地，由先得 8 分的球员选择打 2 分，共 10 分结局；或照原计分法打 1 分，以 9 分终局。

壁球单打比赛采用五局三胜制时，每局之间的休息时间为 1 分钟，每局以先得 9 分者为胜。双打比赛则以先得 15 分者为胜。

三、得分

有发球权得分制，即发球一方胜出该球后，便可取得 1 分，而接球一方胜出该球，可得到发球权，并转为发球方；另一种为直接得分制，发球方或接球方其中一方胜出一球，便可取得 1 分，并取得下一球之发球权。

四、发球

第一局的发球权是用转拍方法来决定的，发球方可继续发球直至打失一球为止，此时他的对手便会转为发球方，如此变换直至赛事完结。由第二局起，每局均由上一局获胜的球员先行发球。

取得发球权的一方可选择在左方发球区或右方发球区发球，胜出该球后须转到另一发球区直至失去发球权为止。若裁判员判该球和球时，则发球方应在原发球区再发球。

一个正确的发球，首先足部不能犯规，同时在击球之前，球应抛或掷向空中，球被击出后，需直接到达发球线及上方边界线之间的前墙，不应先触及其他墙壁、地板、天花板或从上垂下的任何物件。当球从前墙壁反弹后，除被凌空截击外，应落在接球方的后场区内。如球员抛或掷球往空中而没有击球的企图时，则可以重新掷球再发。单手的球员，可用球拍将球抛往空中然后发球。

若发球抛球后，在击球之前，球接触地板、天花板及其他垂悬物，发球员将失去发球权并被判“犯规”；在发球的一刹那，发球员没有一足或其部分踏在发球格内或唯一踏在发球格内的一足踏在发球网格线之上（当足部某部分在发球网格线或投影之上方，并不算踏在线），宣判“足部犯规”。

发球员意图挥拍但未能击中壁球时，宣判“死球”；击球方法不正确时，宣判“死球”；发球击出界外时，宣判“界外球”。

发球后，当壁球接触前墙之前先接触场地其他部分时，宣判“犯规”。

发球后，壁球打中发球线或其以下与底界线之间的范围时，宣判“犯规”；若打中在底界线或其以下范围时，宣判“低球”。

当球弹离前墙，并没有被对手截击，而落在与发球员之另一半场的发球线及半场在线及其范围以外时，宣判“犯规”。

壁球被击出后，在弹离地板不超过一次之前，以及在接球员打击该球之前，壁球接触发球员及其身上任何对象。

五、比赛过程

若发球员成功发球后，双方球员相互回击，至一方回击失败，依据球例该球已终止。比赛亦可因裁判或记分员的叫停而暂时停止。

六、得胜球

在下列情况下球员可以得胜该球：若对手回击失败时，除非判对手得胜或判和球时；若当触及对手或其身上任何对象，竞赛规则九规定的情况例外。在任何情况下，裁判可根据规则作出裁判；若裁判根据竞赛规则判该球员得胜。

七、球击中对手

若球到达前墙前击中对手或其身上任何部分或其球拍，该对打应立即暂停。

除非回击之球将会是好球，又不经侧墙而能直接被击往前墙，则判击球者胜出该球。

若击球者随球转向或让球绕过其身后，而回击之球是好球时，该球将判和球。

若球已击向其他墙或将会先弹向其他墙再转而弹往前墙将会成为好球，则应判和球。但若裁判认为此被阻的一球为必胜之球,则应判击球者得胜该球。

若回击之球将不会成为好球,则会判击球者该球失败。

八、更换新球

(一) 在任何停止比赛的时间,若双方同意或一方上诉而裁判同意亦可更换新球。

(二) 若球在比赛进行中破裂,应立即更换新球。

(三) 若球破裂却未被证实,若发球员在下次发球之前,或接球员在回接该发球之前提出上诉,发生破裂的一球应被判和球。

上述情况的上诉,必须在每一对打之后立刻提出,不能在完成的一局中最后一对打之后提出。

如果球员在对打途中突然停止并上诉赛球已破裂,经检查后证实赛球完好,则上诉者会被判该球失败。

九、控制一场比赛

在记分员的协助下,球赛应由裁判控制,但在只有一人的情况下,此人可以同时担任裁判及记分员的工作。裁判应向球员及记分员宣布其所作出的判决。而记分员则需要重复喊出裁判的判决,并随即喊出分数。

十、记分员的职责

记分员应先喊出对打结束的情况,随后再宣判当时的分数。记分员应按合适的情况喊出"犯规"、"足部犯规"、"界外球"、"死球"或"低球",同时也应重复裁判的判决。

若记分员喊出口号,则该对打应停止。若比赛突然停止,而记分员看不到或不能确定何事,可征询双方球员或转由裁判作出适当裁决。若裁判也不能确定发生何事,则应判和球。记分员喊出"转发球"以示转换发球方。

十一、裁判的职责

壁球比赛的裁判员不能进场地,只能坐在球场后面的走廊中央,透过后墙的透明玻璃观察场内发生的一切。

裁判可接纳或否决"要求和球"的上诉及判予"得胜球",在需要时按竞赛规则作出判决,包括任何球员被球击中及受伤的情况以及任何上诉和对记分员所喊口号不满或错漏作出判决,而裁判的判决将是最后之判决。

裁判对记分员所喊的分数不应作出干扰,除非他认为记分员所喊的分数有错误而需作出更正;裁判不应干扰记分员在比赛进行中所喊的口号,除非他认为记分员错误地将比赛停止或让其继续,在这种情况下应立即作出更正。

裁判应对与时间有关系的球例严厉执行。裁判应确定球场的情况是否适宜比赛。当一球员在比赛指定时间后十分钟内未能到达球场及准备比赛,裁判可判予其对手该场比赛获胜。

第十六章 保龄球运动

第一节 保龄球运动概述

保龄球运动是一种在木板球道上用球滚击木瓶的室内体育运动。它集竞技、锻炼、娱乐、趣味于一身,是一项高尚时髦的运动,与其他体育运动项目相比具有突出的优点。积极参加保龄球运动,还能够陶冶情操,提高人的心理素质,锻炼人的意志,培养勇敢顽强、遵守纪律、团结协作、勇于奋进等优良品质。此外,保龄球运动还能增进友谊,提高社交能力。

一、保龄球运动的起源和发展

保龄球运动于公元3世纪至4世纪起源于德国。最初叫"九柱戏",是天主教会宗教仪式活动的一个组成部分,用它来测试教徒的诚心。

由于这项活动的娱乐性和趣味性较强,传到意大利后变成了与宗教信仰毫无关系的民间游戏。接着传遍了整个欧洲。到13世纪,英国人开始在草坪上玩保龄球,当时的目标仅有一个木桩或圆锥体。到14世纪,这项游戏在英国蓬勃发展,目标由1个柱子增加到9个柱子。

1626年,荷兰移民尼加·保加兹把这项简单而富有魅力的游戏带到了美国。它很快就被美国人接受,并逐渐由户外转到室内。

到19世纪中叶,"九柱戏"活动由原来的9柱增加1柱,变成10柱,"十柱戏"便公开而广泛地流行起来,名称也改为"保龄球沙龙"。从此,保龄球成了一种高尚的体育运动,流行于世界各国。1875年,美国纽约地区成立了世界上第一个保龄球协会。1895年9月,纽约正式成立了保龄球协会(ABC总会)。国际保龄球联合会(简称FIQ)成立于1952年,总部设在芬兰的赫尔辛基。它以奥林匹克精神为宗旨,提倡和发展保龄球运动。

目前,国际保龄球联合会在全世界已有80多个会员组织。国际保龄球联合会把世界划分为美、欧、亚三大区域。每年在不同的国家和地区举行一次世界杯比赛,每两年举行一次区域大赛,每四年举行一次世界大赛。

二、保龄球运动在中国

欧美的保龄球于20世纪初随着殖民主义的扩张传入中国。1925年前后,上海、天津、北京等大城市建有人工保龄球场,专供少数洋人和"上等华人"享用,广大平民百姓无缘参与。当时依靠人工拣球和摆瓶,没有任何机械设备。

新中国成立后,直到1981年,上海锦江饭店率先同美国AMF公司进行友好合作,在锦江俱乐部建成有6条自动化球道的保龄球场,以后各地相继建造了许多保龄球场且不断增加。这些球场为我国保龄球运动的发展和技术水平的提高,提供了必要的条件。

1985年5月,我国成立了"中国保龄球协会",并加入了国际保龄球联合会。自1986年以来,我国的保龄球运动日渐活跃,在北京、广州、湖北三地建立了保龄球培训基地。现在,每年举行一次全国锦标赛、全国精英赛和青少年锦标赛,并每年在上海举行一次亚洲地区保龄球邀请赛。同时,还选拔优秀运动员参加重要的国际保龄球比赛并取得了优异的成绩。

第二节　保龄球运动基本技术

打好保龄球，需具备三个主要因素：一是韵律；二是平衡；三是手与脚的时间配合。一个完美的投球过程是从持球动作开始，加上推球、摆动、助跑步法、掷球动作和掷球后延伸动作而完成的。

一、准备姿势

持球站立首先必须设定站立点。当瞄准点和站立点设定以后，接着是在置球台拿球。然后走到设定的站立点上，将脚尖对准瞄准点，双脚稍微并拢，使脚尖跟瞄准点的角度与右肩整个摆动线的角度成一条平行线（图 16-1）。

当在这个设定角度位置点站好以后，再把手指插入指孔，把球拿起来。拿球以后，要注意几个动作关键点：第一是手腕要与地面平行；第二是手臂与腰部尽量靠拢；第三是整个上臂与肩部成 90°（图 16-2），使球的位置在腰与肩之间，球的中心与手臂成一条直线。握球力右手为 60%，左手为 40%，两肘紧靠肋部。上身稍微弯曲，腰部挺直，两膝微屈，保持一点弹性。眼睛瞄准目标及目标线。两肩必须平行并正对目标。然后稳住情绪，集中精力，准备投球。

图 16-1　正面持球（侧面）

图 16-2　正面持球（正面）

二、持球方法、摆动助走与出球

（一）持球姿势

在准备投球时，球要放在腰的上部，身体中心线靠右的位置。用两手拖住保龄球的下部，球尽量靠近身体，两臂肘部支撑在腰部。头、两肩、腰部要直对目标。特别是两肩要放松，要保持平衡（图 16-3、图 16-4）。

图 16-3　持球方法

图 16-4　三种持球姿势

（二）摆动动作

投保龄球的过程，是一个渐渐加快的摆动过程。

在保龄球运动中，肩是固定的支点，手臂是绳，保龄球是重物。

持球起步后，球向前伸，然后自然落下，摆动就开始形成。到达身体后方一定的高度，摆动失去了动力，就自然改变方向，而改向前方回摆(图 16-5、图 16-6)。

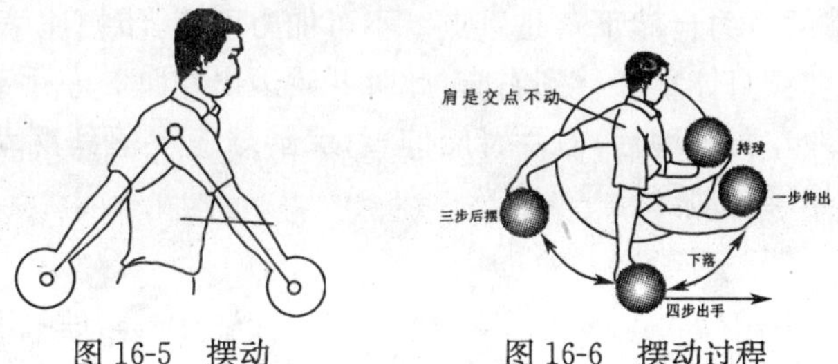

图 16-5　摆动　　　　图 16-6　摆动过程

在再次到达前方时，保龄球在低位出手线处与手臂脱离，依靠摆动所给予的动力，向目标保龄瓶迅速滚动。所以，投保龄球最重要的是顺其自然，协调有节奏，而不是加力发力，快滚猛撞。

（三）摆动助走

有威力的投球，必须在摆动中加助走，保龄球就是一种摆动和助走的完美的结合。

保龄球的助走分 3 步助走、4 步助走、5 步助走三种。最常用的是 4 步助走投球法。下面以 4 步助走右手投球为例：

1. 第一步——右脚动作

(1) 持球时身体的重心放在两脚上。起步时重心移向左脚，这时开始起步(图 16-7)。

(2) 右脚完全离开地面，体重靠左脚支撑，保龄球慢慢地前伸出去。此时左手还未离开保龄球。

(3) 右脚悬在空中，左手准备离开保龄球。

(4) 右脚落地，身体的重心移至右脚。右手伸展到最前位置，左手离开保龄球(图 16-8)。

要点：要自然起步。要从固定的位置起步。

综述：第一步是起步，是行动的开始，一定要重视。踏出右脚，同时两手持球向前伸出，比平常的步幅要小，平稳地滑出。两肩正对前方，身体微微前倾。持保龄球的要领是不使劲，向前伸满后，保龄球自然下落，摆动开始。

图 16-7　助　走
第一步

离地前伸臂　　伸直并准备左手离球　　右脚落地、左手离球

图 16-8　助走第一步分解

2. 第二步——左脚动作

(1) 第一步完成时，左脚开始抬起。开始抬起的同时，保龄球伸满落下。左手向侧方伸展。

(2) 左脚完全离开地面，右手持球加速下落。

(3) 左脚着地，此时保龄球应下落到最低点，应和身体的中心线成一条直线(图 16-9)。

要点：利用保龄球的重力自然下落是重点。不可加力下落，步幅比第一步要稍大。

综述：保龄球下落时，身体重心移到右脚，此时开始迈出左脚。左手离开保龄球，在球下落开始时向身侧摆动。在左脚落地后，右手臂应伸直，保龄球应下落到摆动弧线的最下方，和上身成一条直线。两肩尽可能地保持平衡。

图 16-9　助走第二步分解

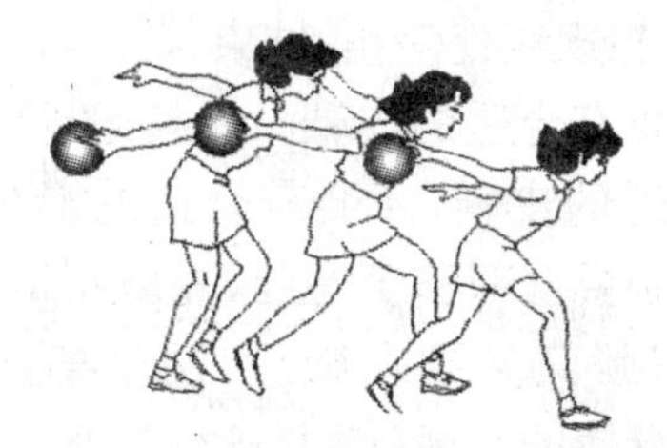

图 16-10　助走第三步分解

3. 第三步——右脚动作

(1) 在右脚踏出的同时，保龄球移向身体的后方。为了保持平衡，左手逐渐向左侧、向上方展开。

(2) 在右脚快落地时，后摆达到最高的位置，和肩头齐平。第三步要比第二步步幅更大，速度更快。

(3) 右脚完全落地，左脚即将抬起。上身稍向前倾。一切即将进入最后阶段。此时保龄球后摆到最高位置，在下落回摆时，有一个定格停顿的时间。左手也已充分扬起，就像一只马上要展翅扑食的猎鹰一样(图 16-10)。

要点：自然后摆最重要。最高点应和肩头一样高。后摆过高，虽然可以加大投球的力度，但可怕的是：这样也会造成第四步不适当地加速迈出，会破坏身体的平衡。

综述：保龄球继续由身体的中心线部位向后摆动，此时第三步右脚大步迈出。由于球的后摆，上身会自然地前倾，身体重心前移。球摆的高度，一般以达到和肩部平行的状态最为适宜。后摆时，需要伸出左手来保持身体平衡。后摆过高，超过肩，易造成出球不稳；后摆过低，低于腰，出球没有力量；后摆不正，后摆朝左偏，出球会偏向右方；后摆偏右，出球会偏向左方。

4. 第四步——左脚动作

(1) 后摆到达最高位置时，进入第四步。这时左脚顺势朝前迈出，右手持球迅速下落。

(2) 在略有前倾的姿态下，左脚脚尖着地。注意一定要脚尖先落地，此时开始进入滑步，右手持球下落到最低位。

(3) 滑步徐徐前进，滑行 20 cm～40 cm。在出手线处保龄球出手投出(图 16-11)。

(4) 滑步停止在犯规线前。保龄球出手后，右手自然顺势继续上扬，一直到高过头顶。两眼直视目标，身体重心完全移至左腿，右腿轻轻拖到身后，与左腿交叉。左手由身体左侧移至身体后方。

图 16-11　助走第四步回摆出手

要点：第四步的要点是保龄球出手，然后才是滑步与收势。

综述：后摆到达最高位置后，改向前回摆。在这一瞬间，第四步左脚迈出。第四步分落脚与滑步两个部分。第四步是左膝微屈迈出，这样有利于身体重心降低，有利于准确出球。

5. 滑步——左脚

(1) 滑步在第四步右脚尖落地后开始,到犯规线前结束。

(2) 滑步时右手持球已到最低位置,保持此姿势一瞬间,好以最稳定的状态进行出手投球。

(3) 在出手线处投球。

(4) 在犯规线处停止,结束。

要点:要有合适的皮鞋。保龄球界内有句俗话:有合适的皮鞋,才会有合适的滑步。此外,身体重心要全部移至左腿,左膝稍微弯曲,成弓形。右腿交叉到左腿后,左手横向侧后方,维持好身体的平衡(图 16-12)。

图 16-12　滑步要领

综述:首先选手要明白,滑步是必须使用的。第一,它能保护膝盖。重球在助走与摆动中,带动身体产生了强大的动力,在这种动态下突然地停止,冲击力就会撞击膝盖,损伤膝关节。

6. 出球

(1) 步法正确,不绊自己的脚。

(2) 后摆正确,过高、过低都不重要。重要的是:要垂直向后摆,才能直向投出。出手后,球轨运行有偏差,主要是后摆不正的原因。后摆不正,要想在出手时纠正,为时已晚。

(3) 屈左膝关节,右手低位托送保龄球,就这样滑步前进。在保龄球送到出手线前时,同时也是保龄球到左脚踝骨处时,球出手。

(4) 出手时根据各个选手的不同投法,运用不同的翻腕动作,此动作还不能统一定论(图 16-13)。

要点:除直线球之外,曲线球、弧线球、飞碟球等都要有一个快速的手腕翻转动作,这里的要点就是"快"和"准"。

图 16-13　保龄球出手的动作

图 16-14　保龄球收势动作

三、收势

(一) 收势是出手后的动作,也是整个行动的终结。完美的收势,让人回味无穷。

(二) 收势决不是为了好看,而是出手投球的延续。收势是否完整,代表着你的投球是否正确。

(三) 好的收势有六个重点,缺一不可:

1. 身体重心完全移到左腿，左腿微屈。
2. 两眼直视滚动的保龄球奔向目标。
3. 右脚移至身体后方，轻轻地交叉在左脚后。
4. 左手在身体的另一侧，扬起偏向身后，用以维持平衡。
5. 上身稳定地挺立站住。
6. 右手高扬过头，成敬礼状(图 16-14)。

要点：收势绝不是可有可无，是一定要有，而且必须做得完美。

第三节　保龄球运动进阶技法

一、助跑投球法

以右手持球者为例。球放在右手，把右手的中指和无名指插入相应的指孔(专用球深度以第一指关节为限，一般公用球以第二指关节为限)，接着再把大拇指深插进拇指孔，用手心贴着球弧面，把球牢牢握住(图 16-15)。这时食指和小指的位置，可以自然并拢或分开，也可食指分开，小指弯曲作垫。当球握好后，手腕可以伸直或向内侧弯曲，也可向外侧张开，手腕的姿势决定摆动投球的形式。因此，一旦决定好手腕姿势，必须始终如一，在手臂摆动过程中不可以中途改变为其他姿势。持球的位置应在下颚到腰上之间，并稍偏右肩，此位置是最标准的。

球握好后，应该选好助跑的起点。以四步助跑为例，右手球员以左脚内侧为准，纵向站在离犯规线 7 cm 处，横向站于第 17 块木板条的边线上，双脚平直微微分开，右脚置于左脚后约 10 cm 处，双腿微蹲，上身微前倾(约 5°)，身体重心落在左脚上。迈出右脚为第一步，第一步要慢而小；第二步、第三步则要快而大；第四步为滑步，要更快，步幅为一步半，滑步终止时，脚尖到达距离犯规线 7 cm 处制动。这时左脚内侧必须仍在第 17 块木板边线上(图 16-16)。

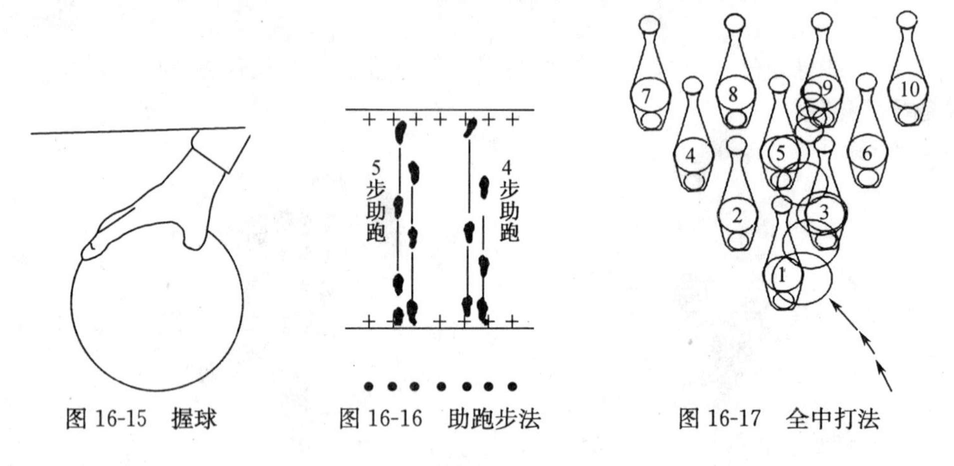

图 16-15　握球　　图 16-16　助跑步法　　图 16-17　全中打法

二、投全中球

无论是何种投法，由正面正中击中 1 号瓶，都难以打出全中的好球。最佳的连锁反应，是保龄球由球道的第 18 块板进入保龄瓶群，先击中 1 号保龄瓶的右侧，再撞击 3 号保龄瓶的左侧，然后保龄球向左拐，碰倒 5 号保龄瓶，最后球的余力碰倒 9 号保龄瓶。

保龄球本身仅击倒 4 个保龄瓶(图 16-17)。

1 号保龄瓶被击中右侧后，向左前侧滚倒。同时撞倒 2、4、7 号保龄瓶。这样由 1 号瓶的滚倒，带倒了 3 个保龄瓶。

3号保龄瓶被击中左侧后，向右前侧滚倒。同时撞倒6、10号保龄瓶。这样由3号瓶的滚倒，带倒了2个保龄瓶。

5号保龄瓶被击中右侧后，向左前方滚倒，同时撞倒8号保龄瓶。由5号瓶的滚倒，带倒了1个保龄瓶。

第四节　保龄球运动主要竞赛规则和计分方法

一、主要比赛规则

（一）全中

当每一格的第一次投球击倒全部竖立的10个瓶时，称为全中。用“X”符号记录在记分表上方左边的小方格中。全中的记分是10分再加上该运动员下两次投球击倒的瓶数。

（二）两次全中

连续2个全中称为两次全中，第一次全中那格的记分为20分再加上随后第一球所击倒的瓶数。

（三）三次全中

连续3个全中称为三次全中，第一次全中那格的记分是30分。一局的最高分是300分，要求运动员必须连续投出12个全中。

（四）补中

当第二次投球击倒该格第一球余下的全部瓶，称为补中，用“/”符号表示。记录在该格右上角的小方格内。补中的记分是10分加运动员下一个球击倒的瓶数。10个瓶子全部击倒，即为失误。

（五）分瓶（技术球）

分瓶是指在第一球投出后，把①号瓶及其他几个瓶子击倒，剩下的瓶子呈下列状态：

1. 两个或两个以上的瓶子，它们之间至少有1个瓶子被击倒时，如⑦号瓶和⑨号瓶、③号瓶和⑩号瓶。

2. 两个或两个以上的瓶子，紧挨在它们前面的瓶子至少有1个被击倒时。如⑤号瓶和⑥号瓶。分瓶在记分表上用“S”符号表示。

（六）比赛形式

第一局比赛应在相互毗邻的一对球道上进行，参加队际赛、三人赛、双人赛、单人赛的运动员应连续按顺序在一条球道上投完一格球后，换到另一球道上投下一格球，直到在这对球道的每条球道上各投完五格球。

（七）投球顺序

一名或数名运动员可在一对球道上进行比赛。在一节比赛开始后，不得改变这节比赛的阵容和投球顺序，并根据第310条的规定换人。

（八）比赛中断

在比赛进行中，如某一球道因设备发生故障使比赛不能按计划进行时，执行裁判可允许运动员在另外一对球道上继续完成比赛。

（九）犯规的定义

在投球时或投球后，运动员的部分身体触及或超越了犯规线以及接触了球道的任何部位和其他设备建筑时，即为犯规。该次犯规的时效直到该名运动员或下一名运动员投球为止。

（十）明显犯规

如果一个明显的犯规未被自动犯规监测装置或犯规线裁判员发现，但为以下人员认定，仍应宣布并记录为犯规：

1. 双方队长或双方一名以上运动员。

2. 记分员。

3. 一名执行裁判员。

（十一）对犯规提出申诉

除以下情况外，不允许对犯规提出申诉：

1. 证明自动犯规监测装置不能正常工作。

2. 对比赛之运动员未犯规提出强有力的证据。

二、计分方法

一局保龄球分为十格，每格里有 2 次投球机会，如在第一次投球时全中，就不需要投第二球。每一格可能出现 3 种情况：

（一）失球　无论何种情况，在每格的 2 次投球时，未能击倒 10 个瓶，此格的分数为击倒的瓶数，未击中用一个“一”符号表示。

（二）补中　当第二次投球击倒该格第一球余下的全部瓶子，称为补中，用一个“/”符号表示。补中的记分是 10 分加上下一次投球击倒的瓶数。

（三）全中　当每一格的第一次投球击倒全部竖立的 10 个瓶时，称为全中。

但在第十格中情况比较特殊：

如第二次投球未补中，则第十格得分为第九格得分加上第十格所击倒瓶数；

如第二次投球补中，则追加一次投球机会。第十格得分为第九格得分加 10 再加追加 1 次投球击倒瓶数。

如第一球为全中，则追加 2 次投球机会。第十格得分为第九格得分加 10 再加追加 2 次投球击倒的瓶数。因此从第一格到第十格的 2 次追加投球都为全中，则为 12 个全中，得分为满分 300 分。

注意：投球入沟或犯规都为一次投球。

表 16-1　保龄球计分办法

序号	1	2	3	4	5	6	7	8	9	10
	9|	6|3	8|/	7|2	×|	×|	×|	4|5	8|/	×|7|/
得分	16	25	42	51	81	105	124	133	153	173

保龄球的一大魅力，在于独特的分数倍增法。同样投出一个球，计分可相差 3 倍以上。简单地讲：全中可得 3 倍的高分，补中可得 2 倍的好分，若两次投球后留下残瓶，就只能得到实际分。

第十七章　地掷球运动

第一节　地掷球运动概述

欧洲是地掷球运动的发源地，有近百年的历史。随着体育运动的发展，世界各地的地掷球日渐普及并形成了一定的规模。如欧美一些国家相继成立了地掷球协会和俱乐部，制定不同的竞赛规则与玩法，制作球的材料被金属和合成塑料所代替。球的大小、重量、圆度等都有一定的规格要求，而且色泽鲜艳。这标志着地掷球由原来简单的娱乐活动逐步演变成竞技性体育项目，目前，国际社会正在通过各种方式为地掷球早日列入奥运会竞赛项目而积极努力。

一、地掷球运动的起源与发展

据史料记载，地掷球运动起源于公元前五千年的古埃及。那时，人们用石头磨成圆形的球，作为一种娱乐方式进行投掷游戏，由于这种游戏方法简便易行，饶有兴味，很快被人们所喜爱并广泛流行起来。在古罗马时期，奥古斯都王本人就爱好地掷球运动，并倡导和鼓励人们在广场和马路上进行这种游戏。到中世纪，这种游戏在西欧诸国兴起，节日里，广场上到处可见人们聚集一起玩球的情景，许多王公贵族也都精通此术。如在英国女皇伊丽莎白一世的宫廷里常进行地掷球游戏，海军上将德雷爵士还是一名出色的选手。农闲时，这种游戏更是广大农民喜爱的娱乐活动，他们用橄榄木制成的硬木球代替石头球玩耍。到了 10 世纪末，现代地掷球运动在欧洲得到进一步发展。这一时期，由于欧洲移民的大量迁移，这项运动便随之传到美洲和大洋洲等地，并被当地人们所接受。

1983 年，国际地掷球联合会在瑞士基阿索成立，并召开了首届代表大会，欧美共有 13 个国家出席大会，中国和波兰派观察员列席了会议。会议选举瑞士律师焦瓦尼·巴焦为主席。制定了国际地联章程和统一的竞赛规则，并决定举办世界锦标赛。国际地掷球联合会会员国由最初的 8 个发展到现在近 50 个，遍布世界各大洲。国际地联是国际奥委会承认的单项体育组织。

二、地掷球运动在中国

我国是亚洲开展地掷球运动的国家之一。1984 年 7 月，应国家体委邀请，国际地联委派意大利场地专家阿尔贝里和训练专家安东尼奥来华传授地掷球技术，并在北京体育大学举办的首期地掷球培训班上介绍了地掷球运动的发展概况，教授了地掷球技术与战术、竞赛规则与裁判法、场地设备等，还协助该校修建了我国第一块地掷球场地。1985 年 4 月，国家体委在北京体育大学举办了全国地掷球邀请赛。5 月，国际地联主席巴焦先生率领世界明星队来中国进行首次访问。7 月 8 日，我国正式加入国际地联。9 月，中国国家地掷球队在北京体育大学组成，并参加了在意大利米兰举行的第二届世界锦标赛。比赛期间，国际地联召开了代表大会，我国代表姚志汉先生被选为国际地联执委。1986 年 2 月，国家体委发出了《关于在全国普及开展地掷球运动》的通知，并决定于此后每年举办全国锦标赛。同时，国家体委还颁布了《地掷球竞赛规则》。3 月 16 日地掷球协会在北京正式成立，全国竞赛队伍（包括青年、成年、老年）由开始的六七支发展到了一百多支。每年有十万多人参加这项活动，我国地掷球运动水平迅速提高，1991 年第五届世界锦标赛获亚军，1992 年荣获首届世界俱乐部杯赛冠军，震惊了国际地坛。

第二节　地掷球运动基本技术

地掷球技术是指运动员在比赛中所运用的各种专门动作方法的总称。根据在比赛中不同的目的、任务和动作结构的特点，地掷球基本技术可划分为握球技术、掷球技术、掷滚击球技术、掷小球技术五种。

一、握球技术

握球技术是指运动员将球置于手中部位的方法。

(一) 握球技术动作方法

根据掷球出手方法的不同，一般分为正手握球与反手握球。

1. 正手握球：分为正握式与侧握式两种方法。

(1) 正握式

动作方法：握球手五指自然分开，掌心向上，将球置于指根以上部位，拇指放在球的正后方，并朝掷球方向，其余四指朝前并托球底部，掌心空出，球的重心在食指和中指之间(图 17-1)。

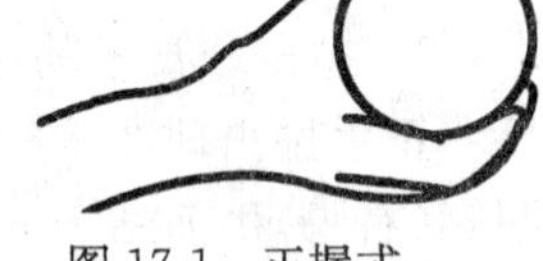

图 17-1　正握式

(2) 侧握式

动作方法：握球手五指自然分开，掌心向上，指根以上部位触球，拇指贴在球的侧后方，手呈勺型，并托球底部，掌心空出，球的重心在食指和中指之间(图 17-2)。

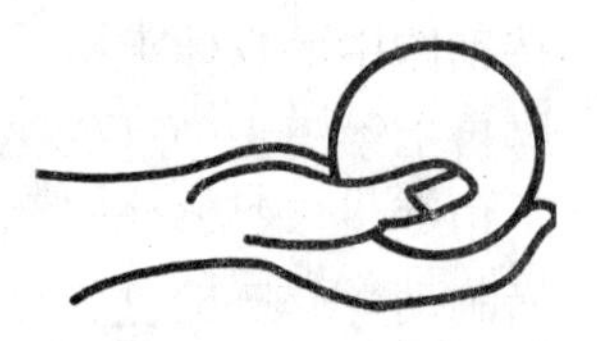

图 17-2　侧握式

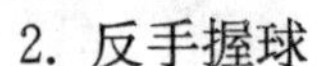

2. 反手握球

动作方法：握球手掌心向下，五指自然分开，用手指根以上部位抓球的中上部(或呈手腕前屈，手背向前，四指在下将球托勾状)，掌心空出，拇指放在球的侧方，并与其他四指对抗握球，防止掉球(图 17-3)。

图 17-3　反手握球

(二) 握球技术动作要领

1. 五指自然分开，指根触球。
2. 掌心空出，球的重量在食指和中指之间。
3. 拇指放位要正确，适合自己的习惯。

二、掷球技术

(一) 掷滚靠球技术

掷滚靠球技术是指运动员掷出的大球沿地面滚动去靠近小球或根据场上战术需要将球滚靠到所需区域与位置的方法。

1. 掷滚靠球技术动作方法(以右手掷球为例)

站立式掷球(亦称高姿)动作方法：掷球前，运动员持球面对掷球方向，两脚前后开立比肩窄，身体重心在两脚之间，全脚掌着地，异侧脚(左脚)在前立于 B 线后，屈膝在 160°左右，上体前倾，右手持球置于左脚内侧，两眼目测好小球的距离与掷球路线，并保持靠姿的稳定性。掷球时，右手臂以肩关节为轴，经体侧由后向前摆送，当手臂摆至体前与地面成 60°～70°时，将球从手指的食指和中指指端柔和地沿地面推送出手。掷球后，保持出球手法动作的延续性，并且注视球的走向，随后上体抬起或上步收势(图 17-4)。

2. 掷滚靠球技术动作要领

图 17-4　掷滚靠球技术动作

(1) 精力集中,选好掷球路线与力度。

(2) 靠姿平稳,摆送匀力,出手柔和。

(3) 伴送球的意识强,注重出球手法。

(4) 掷球后随之起身上步,目送球到位。

(二) 掷抛击球技术

掷抛击球技术是指运动员掷出的大球直接或借助限定地面去撞击所声明的目标球的一种方法。它是地掷球比赛中基本的击球技术之一。

1. 抛击球技术动作方法

正手抛击球技术(亦称上手)动作方法:掷球前,运动员持球面对掷球方向,两脚前后开立,同侧(右脚)稍前站于 B 线处,身体重心在两脚之间,微屈膝,收腹含胸,右手持球成前平举(肘微屈),两眼注视目标球,站姿保持自然。掷球时,上体稍前倾,重心前移,右脚迈出第一步(启动要小)的同时,右手臂以肩为轴,由体前向后摆至体侧,左手臂(非掷球手)随之侧平举,以维持助跑中的身体平衡。当左脚上第二步时,右手臂继续沿体侧向体后摆出,摆至适当高度,右脚再上第三步(亦称支撑步)的同时,右手臂侧由体后摆至体前并结合蹬地、展腹,以适当的出手角度,将球从食指和中指掷出。掷球后,随之跟进,保持动作姿势与手法的连续性,并逐步放松制动(图 17-5)。

图 17-5　掷抛击球技术动作

2. 掷抛击球技术动作要领

(1) 稳定情绪,树立每掷必中的信心。

(2) 选好站位,注视目标,站姿自然、大方。

(3) 助跑平稳,摆臂要直,手脚配合协调。

(4) 出球果断,伴球充分,跟进缓冲。

(三) 掷滚击球技术

掷滚击球技术是指运动员掷出的大球沿地面滚动或跳动去撞击所声明目标球的一种击球方法。

1. 掷滚击球技术动作方法(以右手掷球两步助跑为例)

正手滚击球技术(亦称上手)动作方法:掷球前,运动员持球面对掷球方向,两脚前后开立,同侧脚(右脚)在前站于 B 线后 2m 处,微屈膝,重心在两脚之间,收腹含胸,右手持球成前平举(肘微屈),两眼注视目标球与线路。掷球时,左脚向前迈出第一步的同时,上体前倾,重心前移,右手持球以肩为轴,由体前经体侧向后自然挥摆,当后摆至适当高度时,右脚随即上第二步(支撑步),重心移到右脚,姿势稍低,身体平稳,持球手臂亦随之由体后向前摆送,并以适当的出手角度和速度,将球从食指、中指掷出。掷球后,掷球手臂继续保持前送动作,随之上步,放松制动(图 17-6)。

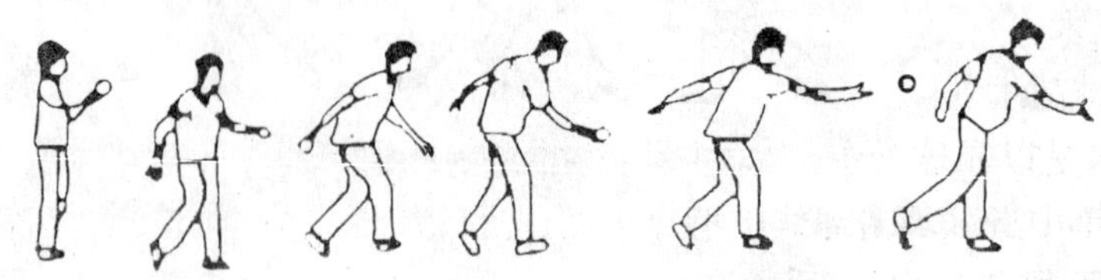

图 17-6　掷滚击球技术动作

2. 掷滚击球技术动作要领

(1) 集中注意力,树立击中信心。

(2) 注视目标球,选好最佳线路。

(3) 姿态低而稳健,摆臂出球正直、有力。

(4) 出球落点要适宜,并保持一定的球速。

(5) 掷球后出球手伴送,跟进制步。

三、掷小球技术

掷小球技术是指运动员在比赛中将小球有目的地投掷到场上某一有效区域或位置的一种方法。

(一) 握小球技术动作方法

一般分为三指握球与五指握球两种。

1. 三指握球

动作方法:运动员持球手的掌心向上,用拇指与食指的第一指关节抓小球的上部,将中指的第一指关节贴放在小球的侧方,使拇指、食指、中指呈三角形将球卡住,防止握球不稳而影响小球效果(图 17-7)。

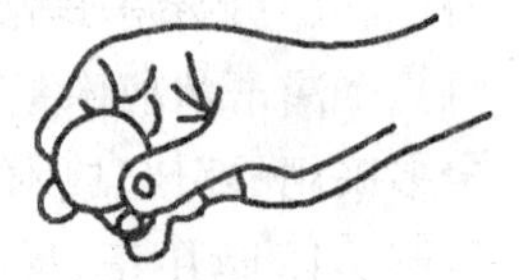

图 17-7　三指握球

2. 五指握球

动作方法:运动员持球手的掌心向下,用拇指的第一指关节放在小球的上部,其余四指托小球的底部(食指与小指亦贴放在小球的两侧下方,使握球更加牢固),球的重心在食指和中指之间,拇指与其余四指指尖朝着掷球方向(图 17-8)。

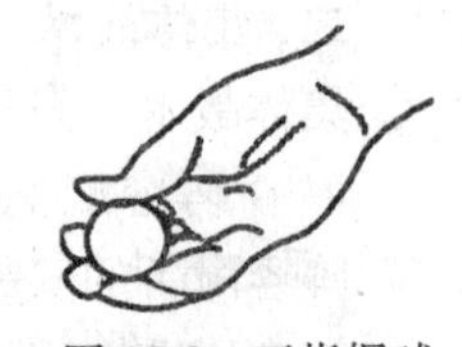

图 17-8　五指握球

(二) 掷小球技术动作方法(以右手掷小球为例)

动作方法:运动员掷球前,两脚前后开立同肩宽,右脚在前站于 B 线后,屈膝,上体前倾,重心在两脚之间,持球于体前,两眼注视掷球路线与位置。掷球时,右手臂(持球手)以肩(或肘)为轴,做由前向后摆臂,当摆至一定高度时,再由后向前摆至适当出手角度,将球掷出。掷球后,右手臂随球伴送,并有意识地目送小球的滚动路线,直到所停位置,尔后放松收势。

(三) 掷小球技术动作要领

1. 注意力要集中,计算好掷球的路线力度。

2. 站姿要自然、大方,摆臂要正直。

3. 掷球后要目送球到位。

第三节　地掷球运动基本战术

基本战术包括滚靠球、滚击球、抛击球等方面,是有针对性、有目的的行动方法,是组成个人或集体的战术基础,也是培养运动员意识的重要手段,只有熟练地掌握与运用战术,才能使战术更加灵活多变，更加有效地发挥作用。

一、基本战术

（一）滚靠球战术

滚靠球战术是以靠球为主，力争主动，有效控制局面与对手的行动方法。

1. 针对对手中近区域击球好的特点采用远近区域以靠为主的战术，有效制约对手的打击特长，控制局势而得分。

2. 在双人、三人赛中，一般分为主靠（第一球）和补靠战术。主靠队员第一球靠近小球并挡住对手靠球路线，造成对手困难局面，而补靠队员则要根据场上局面及对手手中的球数来有效地制约对手，或多得分或少失分。

（二）抛击球战术

抛击球战术是以打击为主，变被动为主动，有效控制局面和制约对手的行动方法。

1. 在中、近区域以精确的停球，采用四打战术，或采用一靠三打战术。

2. 在双人、三人赛中，先靠两球将滚靠球中线封死，再采用抛击球将对手最近球击走，使对手陷入困境。

3. 合理地掌握抛击球入射角，打出“定位”球，或注重击球部位产生一球打击对手两球的效果。

（三）滚击球战术

滚击球战术是以打击为主，变被动为主动，有效控制局面和制约对手的行动方法，也是较多采用的引起战术变化的手段。

1. 运用正、反手滚击进行“四打”战术或“一靠三打”战术。

2. 在场上局势十分被动或有机会多得分的局势下（对手没球，地板附近都是本方球的情况下），采用滚击小球方法来造成有利于本方的局面或多得分。

二、集体战术

集体战术一般指团体赛中的双打和三打阵容安排、选择掷球权以及组织形式的战术配合。

（一）阵容配备战术

阵容配备的安排一般分为固定阵容和机动阵容两种。

1. 固定阵容

它是根据运动员的技术情况，相对固定其出场位置的一种阵容安排方法（以团体比赛出场顺序为例）。

（1）三人赛

阵容配备：一般安排为一名靠球运动员、一名击球运动员和一名技术全面的运动员。

位置要求：靠球运动员一般被安排在第一出场位置，要求其具备靠球技术精确、细腻并兼顾击球技术。其任务是选择良好的靠球站位与路线，力争靠球到位（尤其是一靠到位率要高），占据场上有利位置，为后面同伴掷球打下良好基础。击球运动员一般安排在第二出场位置，要求其具备良好的滚击与抛击技术，运用娴熟、准确、效果好，并兼顾靠球技术。其任务是将对手靠近的球击走，并追求好的击球效果，为本队创造有利的局面。

技术全面的运动员一般安排在第三位置，要求技术全面和头脑冷静，善于组织指挥，被称为队中的核心队员。其任务是根据场上形势的需要，及时做到补靠或补击球，对场上局面的把握（得分或失分）一般由其来定夺，故在比赛中起着举足轻重的作用。

（2）双人赛

阵容配备：一名以靠为主的运动员，一名技术全面的运动员。

位置要求：靠球运动员一般安排在第一出场位置，要求其靠球技术掌握娴熟，临场运用做到以靠为主，并伺机击球。

技术全面的运动员一般安排在第二出场位置，要求其技术掌握全面、准确，运用时做到靠、击相结合，灵活使用。

2. 机动阵容

它是根据临场比赛的需要，灵活安排出场位置与阵容的一种方法。

(1) 根据场上情况，及时变换出场位置。

(2) 根据比赛对手和积分情况，有意识地安排出场阵容。

(3) 根据场地性能情况，有选择地安排出场阵容。

(二) 抽签技术

它是指比赛前双方队长在主裁判的主持下，用(抛币)抽签的方式来决定哪方首先掷球或选择在球场某一端开始比赛的一种方法。

(1) 获掷球权的一方：中签后一般首先选择掷球(或挑选使用球的颜色——国内规定)，这样获掷球权的队可在无障碍无干扰的情况下，选择靠球站位与掷球路线，使本方球靠近小球，占据有利位置，给对方造成靠球上的心理与路线障碍。

(2) 未获掷球权的一方：未中签后，运动员要根据事先了解的场地情况，有意识地选择本方较熟悉且靠球能到位的一端来进行比赛。千万避免因未获得掷球权而随便决定哪端比赛，这一点往往被人们所忽视。

(三) 战术组织形式

在地掷球比赛中，运动员每掷一个球，应尽可能使掷出的球接近小球，或者使场上局势有利本方，从而达到控制和制约对手，取得比赛主动和胜利的目的。

1. 固定战术形式

它是指比赛中，运动员均采用相对固定的同一种掷球方式来达到目的的一种战术形式。

例如，双打比赛中，出现“四打”战术，该战术形式要求两名队员具有很强的击球能力，尤其是第一击球的定球率要高，为连续击球创造良好的局面。此外，亦可结合正、反手击球转换，来创造良好的局面。此外，还可结合正反手击球转换来控制远场(防对方滚击小球)和扩大比分。

2. 机动战术形式

地掷球比赛有着转化快的特点，这就决定其战术表现形式是多样和机动的。机动战术形式是地掷球比赛中主要的运用形式。

例如，双打比赛中的“反打”战术。表现形式为一靠三打，即本方一靠压住对方，随后出现对手一打效果不好时，本方即抓住战机，连续采用三打的方法击走对方球而得分。

第四节　地掷球运动主要竞赛规则和计分方法

一、地掷球比赛场地

1. 地掷球比赛必须在平整的场地上进行。场地被规则地划分为若干区域。球场四周以木材或其他非金属材料制成围板，围板高度为 25 cm，允许误差 ±2 cm。

2. 球场长 24 m～26.5 m，宽 3.8 m～4.5 m，国际比赛标准场地为 4.5 m×26.5 m(图 17-9)。

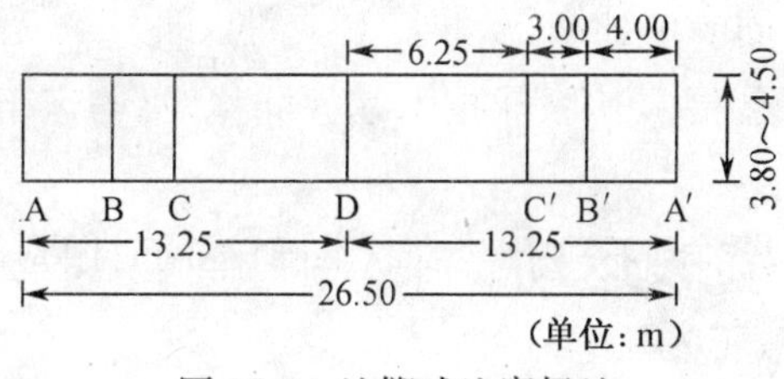

图 17-9　地掷球比赛场地

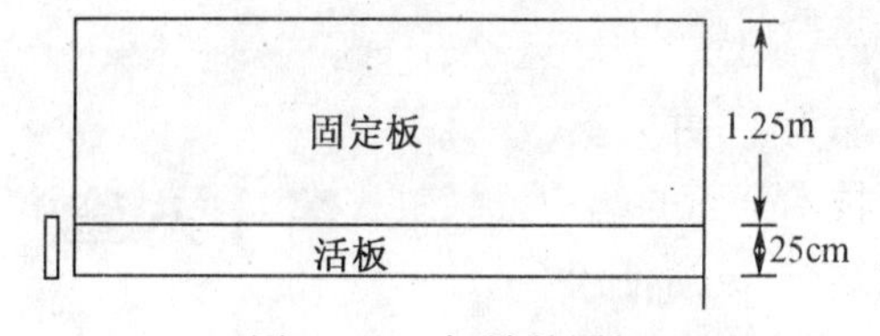

图 17-10　场端的图板

3. 场端的图板必须是活动的(可能的话，用合成橡胶制成)，置于固定端板下部，可以摆动。固定端板用木材或其他非金属有弹性的材料制成，可使球弹回。两块端板的总高度为 1.5 m(图 17-10)。

4. 围板上或围板外的人和其他物品为异物，球触及后无效。球袋、衣物等不能放在围板上或挂在保护网上。

二、地掷球主要比赛规则

(一) 比赛掷球方式

1. 滚靠球：将自己的大球滚出去靠近小球。

2. 滚击球：用自己掷出的大球去击场上的大球或小球，要预先指明所击目标。

3. 抛击球：用自己掷出的大球去击场上的大球或小球。要预先指明所击目标。

比赛项目：包括单项赛和团体赛。

(二) 单项赛

1. 单人赛：一人对一人的比赛，每人每轮掷四个大球。

2. 双人赛：二人对二人的比赛，每人每轮掷两个大球。

3. 三人赛：三人对三人的比赛，每人每轮掷两个大球。

团体赛：比赛三局，第一局三人赛，第二局单人赛，第三局双人赛。每个运动员必须按规定的大球数目掷球。

双人赛或三人赛中，如一方运动员未到齐，不能开始比赛，人员不齐的一方应被取消比赛资格。

双人赛或三人赛的队伍包括一名队长。队长在场上有权向裁判员询问，或向裁判员提出要求靠近观察场上球的位置。

靠近观察这项权利，队长每次都应征得裁判员同意，并指出由哪一名运动员去进行观察。

运动员每掷一大球的时间应以一分钟为限。

比赛中，只有在本队队员准备掷球时，教练员或队长才可要求暂停，与本队队员交换意见，以两分钟为限(每轮一次)。

比赛中，只有一轮比赛结束后才可要求换人。单人赛不能换人。

三、地掷球比赛计分方法

每局比赛以一方先获得 15 分结束(为胜)。

计算分数的方法：当一轮比赛结束后，一方的大球比对方距小球最近的大球更近时得分，几个近则得几分。

团体赛以获得三局或二局的队为胜。

第十八章　橄榄球运动

第一节　橄榄球运动的起源与发展

一、橄榄球运动的起源

橄榄球，英文名称为Rugby Football，是球类运动的一种，盛行于英、美、澳、日等国家。橄榄球起源于英国，原名拉格比足球，简称拉格比。因其球形似橄榄，在中国称为橄榄球。拉格比是英国中部的一座城市，那里有一所拉格比学校，是橄榄球运动的诞生地。据传，该校一名学生W. W. 埃利斯在1823年的一次校内足球比赛中因一次踢球失误，感到十分惋惜，竟然不顾一切地抱起球来就跑。以后，在该校的足球比赛中抱球跑的情况频频发生，这虽是犯规动作，却给人以新的启示，久而久之，逐渐被人们所接受，成为合法行动。于是一项对于身体全面发展具有很高锻炼价值的新的运动项目——橄榄球，就从足球运动中派生出来了。

橄榄球的名字，来自该运动呈橄榄形的球。因此，中文有时把澳式足球（Australian Rules Football）、美式足球（American Football）和甚为罕见的加拿大式足球（Canadian Football），以及游戏规则相似的如爱尔兰式橄榄球（Gaelic Football）并称为广义的橄榄球运动。

二、橄榄球运动的发展

橄榄球运动是19世纪20年代发源于英国的一项体育运动，距今已有180多年的历史，经过漫长岁月的演变，发展成为当今的英式橄榄球和美式橄榄球。

1823年橄榄球运动起源于英国，很快便被青年人所喜爱，紧接着欧洲大陆及英属殖民地的人们几乎都着迷于这项运动，1839年以后，这个运动项目在英国剑桥大学等学校开展，校际比赛逐渐活跃。1871年成立了英国拉格比协会，并由当时参加协会的17个俱乐部共同商定了新的比赛规则。此后，橄榄球很快传入欧洲各国和美国、加拿大、澳大利亚、新西兰等国。1888年传入日本。1890年建立了国际橄榄球组织。1906年在法国举行了橄榄球国际比赛。橄榄球传到其他国家以后，不断发生变化，许多国家都创造了本国形式的橄榄球运动。现在世界上最流行的两种橄榄球运动即13人橄榄球（Rugby League）和15人橄榄球（Rugby Union）。这两种橄榄球形式，都是由英国拉格比学校始创的橄榄球运动衍生出来的。

橄榄球运动一般可以分为英式橄榄球和美式橄榄球两大类。由于英式橄榄球运动员不穿防护具，基本上采用足球运动员的服装，故有软式橄榄球之称。英式橄榄球流行较广，约有70个国家和地区开展这一项目。美式橄榄球运动员必须穿戴规定的服装和护具，故又称为硬式橄榄球。美式橄榄球比英式橄榄球小，便于传球。

在我国，随着体育运动的普遍开展，橄榄球运动已逐渐为人们所了解，通过电视屏幕可以欣赏到一些精彩的、高水平的比赛。但总的来说，大多数人对这项运动还不很熟悉，甚至非常陌生。我国橄榄球运动的发展主要是在港、澳、台地区，香港的橄榄球运动于1888年由英国人引进，中国人创立的球队，以台湾的淡江中学为最早。我国有位青年叫陈清忠，留学日本同志社大学，学成返回私立淡江中学（现在的淡江中学）教授英文，他利用课余时间组队训练，于1923年，在该校成立了台湾第一支橄榄球队。第二年，这支橄榄球队在台北市击败日本人组成的台北联合队。至今台湾地区有七十多个橄榄球球队，素质颇高，高中组表现尤佳，在国际比赛中，屡获冠亚军。在淡江中学竖立有台湾橄榄球开球纪念碑。1990年北京农业大学等高等院校也建立了英式橄榄球队。

第二节　橄榄球运动基本技术

一、橄榄球运动的传球技术

在橄榄球运动中，手上操控球的技术非常重要。橄榄球的形状为椭圆形，不太好拿，因此必须按照正确的要领持球。要求持球者拇指按在球的最凸部，手掌心不触球，手指用力夹住球，手腕要保持灵活。

（一）传球的基本要点

在橄榄球运动中，基本的传球技术可以分为普通传球、旋转传球和前卫争球的传球（SH）三大类。

传球要注意准确性、合适的速度和时间三个基本条件，同时传球时要确认接球同伴的位置，把球传向有效的位置。首先要避免盲目传球，传球的必要条件是对准目标的正确位置，以合适的速度及出手时机进行传球。比赛中有各种传球，但都不能缺少以上的三个基本条件，即使动作不规范也可以传出好球。

（二）传球的基本技术

普通传球技术：橄榄球尖要朝向自己的身体，传球时身体要正面朝向传球的目标方向，转动手腕，并压低身体重心，向目标挥动手臂，将球传出。

旋转传球技术：橄榄球长轴与身体平行，传球时身体侧面朝向传球的目标方向，手腕转动球，并压低身体的重心，向目标挥动手臂，将球传出。

前卫争球的传球技术（SH传球技术）：仔细看清楚要传球的目标的方向，朝向传球的方向，跨出一大步，并压低身体的重心，采取低姿势的传球。

二、踢球的基本技术

踢球是橄榄球运动中常用的技术之一，同时也是得分的主要方法之一，踢球的基本技术可以分为以下几种：

（一）踢手抛球的技术

踢手抛球是橄榄球比赛中经常使用的踢球形式，是指双手持球，将球落下，在球触地前把球踢出的技术。

在踢手抛球时，右脚踢球时，右手放在球上，左手托在球侧稍靠下处，将球对准要踢出的方向，踢球时球的缝合处朝上会容易控制些。支撑脚（右脚踢球时为左脚）向前跨出一步，使球落下，经常会出现的错误是把球向上抛起，这样踢球的时机很难把握，容易造成失误。

球落下后，用脚背踢球，要很好地控制球的下落，触球的最好位置是用伸直的脚背的最高点踢球的最粗的部分。踢球后，踢球脚继续向上摆动，做顺势的动作，支撑脚以脚尖站立，挥动双臂保持平衡，重心向前移动，身体不能后仰。在踢顺风球时，踢出的高球能飞出较远；而踢逆风球时，为了减小阻力，可以踢得低一些。

（二）踢反弹球的技术

踢反弹球是指在球下落后弹起的瞬间或弹起之后踢球的动作。踢球时双手持球将球落下，持球方法与传球时相同，球落下时稍向自己的一侧倾斜，双臂保持稳定以控制球的下落路线，使球落在比支撑脚稍稍靠前的位置上，在球弹起的瞬间，踢球脚以直线摆动，用脚尖部或脚背踢球。

踢球后，身体重心向前移动，继续完成顺势的动作。一般情况下，完成踢球的动作，从开始助跑到完成踢球有三步的助跑。

（三）踢定位球的技术

踢定位球是指球置于地上，经过助跑将球踢向目标方向的技术。在踢定位球时，首先要把球立于地上，球的缝合部分对向目标，确定球的踢出方向，注视着踢球点开始助跑，助跑一般为三步或五步，助跑最后一步支撑脚的跨入，由于踢球方法的不同而有所不同。事先要确定支撑脚的位置，再向后计算好助跑距离，经过反复练习后，即可掌握在一定距离内的准确踢球。

踢定位球的方法有三种：脚尖踢球、脚背踢球和脚内侧踢球。脚尖踢球时，脚踝应固定；脚背踢球时应调整球的放置角度；脚内侧踢球时应做弧线跑动；右脚踢球时助跑方向应偏向左，跑动的距离稍长一些，踢出的球应沿弧线飞行。

（四）踢地滚球的技术

踢地滚球是指在对方防守上来速度很快时，利用踢出滚地的球通过对手的防守空档，绕到对方身后的技术。

在踢地滚球时，持球的方法与踢手抛球时相同，将球竖立着落下，在球落地的瞬间或之前，利用脚背将球踢出。由于是在高速的跑动中进行的动作，因此要在一瞬间决定出球的路线和速度，球要沿着地面飞行，而当踢出的球又高又近时，容易被对手阻截。当球踢出后，球员应继续追球，这种方法在雨天比赛时更为有效。

三、跑动的基本技术

（一）跑动中的持球方法

在持球跑动中，持球的方法主要有两种，即单手持球跑动和双手持球跑动。采用何种持球方法，主要是依据场上的具体情况而定。双手持球跑动时，可以随时将球传达抛出，而单手持球时，便于压球触地或加速。所以一般来说，单手持球跑动多为边锋所采用，而内锋或前锋多采用双手持球跑动。当然，任何位置上的球员，在要准备用手推开对手的时候都要以单手持球，以腾出另一只手。

双手持球时要注意做好传球的准备，单手持球时有纵向和横向两种抱球方法。单手持球时要用手、手臂及胸把球牢牢地抱住，即使在受到冲撞的时候也不能掉下。

（二）跑动的方法

在橄榄球比赛中，有传球、踢球、摆脱防守、对持球同伴进行支援等各种变化，同时，防守方要与之对应的迅速采用迂回跑、变向侧跑、变速跑和变向跑等。因此，除了快速直线跑动外，还要根据场上的实际情况，采用迂回跑、变向侧跑、变速跑和变向跑等。

在跑动的过程中，除了需要速度和力量外，还要保持身体的平衡，因此，要采取放低重心、身体前倾的动作姿势。

（三）迂回跑的技术

迂回跑是指在持球跑动的过程中，当防守的一方由正面或斜侧面接近时，利用弧形跑动摆脱对手的技术。在迂回跑动时应注意掌握好与对手的距离，如果过于接近对手，即使做了迂回跑动也起不到好的效果。

当对方防守从正面接近时，如果准备做向左的迂回跑，眼睛要向右侧看，把防守队员的注意力吸引到右侧，右脚内侧用力蹬地向左转身，右脚交叉到左脚前，呈弧线跑开。这时右手腾出,以准备把防守对员推开。

(四) 变向侧跑的技术

变向侧跑是指当对方防守比迂回跑时更接近自己,利用横向跨步摆脱对方防守的技术。在做变向侧跑时,身体应放低,以保持下半身的稳定,以小步幅快动作摆脱对手。利用敏捷的身体左右晃动,突破对手瞬间出现的防守空档。

在做向左的侧跑时,接近对手后,向右跨步,压低右肩,把对手吸引到右边,在这瞬间,右脚内侧用力横向蹬出,重心移到左边;迅速摆脱对手。这时可以左手抱球,把右手腾出,准备把防守的队员推开。

四、扑搂与反扑搂的技术

扑搂是橄榄球运动中具有代表性的动作,对于正在跑动的对手冲撞上去,不仅需要一定的勇气,而且还需要良好的扑搂技术,同时也要抗得住对方的扑搂,这就要求一名优秀的橄榄球运动员应掌握扑搂与反扑搂技术。

(一) 扑搂的基本技术

进行扑搂的最大目的是阻止持球对手的前进,为此要以超过对手的力量并根据球的位置进行冲撞扑搂。以肩部冲撞对手时,在对手把球放开前应一直抱住他,特别注意不能让他的脚移动。在进行以不让对手传球为目的的压制扑搂时,要把对手的手臂也同时抱住。此外在阵线附近进行扑搂时,只是抱住对手的腿并把他摔倒,对方仍有可能达阵得分,因此要进行高位的扑搂并要压住球。

扑搂主要分以下几种:

1. 侧面扑搂

侧面扑搂是扑搂的基本形式,从斜旁接近持球者,以对手的大腿为目标单腿向前跨,以肩部冲撞,头插到对手的臂部附近,双手用力抱紧并拉倒对手。

2. 正面扑搂

当要对正面跑过来的对手进行扑搂时,扑搂者停止移动以低姿势做好准备,用肩和手臂接住对手,利用对手跑动的惯性把他摔倒。在摔倒时,自己的头和身体要翻到对手的身上。

3. 后面扑搂

当要对持球的对手从后面进行扑搂时,由于冲撞方向与对手的跑动方向相同,以肩冲撞双臂抱住对手大腿后,如果不能迅速有力地抱紧,对手就有可能挣脱开。当第一次扑搂没能完全抱紧对手时,应迅速调整再做第二次。

4. 压制扑搂

与其他的扑搂不同,这是以不让对手传球、踢球或者在阵线附近不让对手压球触地得分为目的,把对手的上半身连同手臂一起抱住的抱人动作。要注意球的位置,必须把球及持球者的手臂抱住,尽可能把球打掉。

5. 鱼跃扑搂

鱼跃扑搂是一种飞扑上去的扑搂动作,多在对手可能压球触地得分时使用。其方法是前腿蹬地,目光注视对手的大腿,依照从后面扑搂的动作要领采取行动,扑搂后用双臂抱住对手的双脚则更有效果。

(二) 反扑搂的基本技术

反扑搂在橄榄球运动中非常重要。在高对抗的比赛中,必须要经得起对手的扑搂,才能组织起有效的进攻。反扑搂是指在被对手扑搂时,要清楚接应同伴此时的位置和状态,要尽量不被对手扑倒，即使被摔倒了也要努力把球传给接近过来的同伴。在反扑搂的技术中，主要注意以下两个方面：

1. 顶住扑搂

顶住扑搂是指当受到对手的扑搂时，要把球置于与冲撞方向相反的安全一侧，以稳定的姿势顶住扑搂。被扑搂后不一定就会被摔倒，努力争取在身体未摔倒、球还能继续运动的状态下进行下一个动作。用手推开扑搂者的肩可能会摆脱对手。要特别留心球的位置，在受到扑搂时，注意球不要落地。

在前锋线上经常会有数个扑搂者接近过来，这时要将球迅速传给过来支援的同伴。这时最重要的是要保持站立的姿势。站立着把球传出就可以继续展开进攻。不要让对手把球打掉。

2. 被扑搂之后的动作

在被对手扑搂时，要清楚接应同伴此时的位置和状态。要尽量不被对手扑倒，即使被摔倒了也要努力把球传给接近过来的同伴，特别是在深入对手防守纵深时，球不丢就有可能得分，因此保持控球权尤为重要。传出的球要避开对手，对跑过来接应的同伴传出的球要稍高些，当同伴距离较近时，持球的位置要使同伴能容易拿到。

即使未能把球传出而被摔倒，但为了使接应的同伴容易捡到球，也要尽量把球扔到合适的位置上。

第三节 橄榄球运动基本战术

一、团队的基本技术

（一）争边球

1. 争边球的基本要求

争边球主要包括投球、跳球、接球、组成楔形人墙、出球等动作。

首先是投球者投入球的高度、速度、时间的正确性。一般有三个人跳起准备接球。对这三个人投出的球是不一样的。争边球的顺序是，投球者首先把球投入，争球队员跳起接球，与此同时其他参加争边球的同伴在他的两侧组成人墙，对持球者进行支援，接下去的一般形式为从冒尔中把球传给传锋，由传锋传球给接锋，再传给后锋。

2. 争边球的位置和规则

争边球时的队伍必须有两人以上。投球者多由狭窄边边锋或钩球员来担任，规则中对此没有特别的规定。一般在争边球时由七个人排成一列，由距边线较近的一侧开始称为 1 号位、2 号位等。

3. 争边球的动作

所有参加争边球的队员都要做好接球的准备。争边球的时候，多数是把球投向 2 号位和 4 号位，接球方法有双手接球以及跳起用单手把球拨向传锋等。

（二）正集团争球

1. 正集团争球的基本内容

正集团争球时的动作姿势非常重要，要曲膝、抬头、后背伸直。正集团进行争抢传锋的投球时不能被对手推回，背要伸直、膝关节弯曲，利用体重和膝部的力量前推。

2. 正集团的组成方法

首先两个链锁球员互相用内侧手臂交叉搂在对方腰的外侧上。接着把头插进支柱和钩球员的大腿之间，这时外侧的肩顶在支柱内侧臀部的下边，还要用外侧的手臂绕抱住支柱的臂部。抱的位置应在偏下的位置，如抱在支柱大腿，会影响支柱的行动。链锁球员的双脚基本保持平行，由于主要任务是推支柱，所以内侧的脚可稍稍向前伸出。

接着加入的是侧锋，两个侧锋为了不使支柱被向外推开，斜向对着正集团，用内肩顶住支柱的臀部。用外侧腿用力，内侧手臂紧紧地搂住链锁球员。

最后加入的是8号球员，他把头插进两个链锁球员的臀部之间，两臂抱住他们的臀部，两腿后撤，用力向前推。

3. 推动正集团

在组成稳固的正集团阵形后，在球投进时就要用力向前进。推动时要确认背部姿势是否正确，弯曲角度是否合适，两脚的位置是否得当，夹扎是否牢固等。

4. 传锋的投球(入球)

向正集团内投球的传锋，要双手持球，入球的角度及其旋转等要与钩球员配合一致。使钩球员能够顺利地触球，传锋在发出入球的喊声及投进球时，要牢记规则，避免犯规。这时的主要规则：传锋要站在离正集团1m的位置上；球必须保持在膝盖与脚腕之间；球出手时不能有向后引的动作及假动作；投出的球必须接触隧道中央、左支柱右肩下的地面。

5. 钩球

钩球是在传锋投进的球的角度和速度与钩球员向斜前方伸出的脚的力量和角度恰好合适时进行的。钩球员在球触地后以脚触击球。根据规则规定，在正集团争球时，隧道中线在球被投进之前必须与阵形保持平行，不能有破坏正集团阵形的行为。

6. 各个位置球员的任务

在正集团争球时各个位置的球员都有其明确的任务。

支柱：很好地利用身后推动正集团的推力，抗住前后的压力。起到“支柱”的作用。

钩球员：以钩球为主要任务，是正集团的核心，除了钩球，还要参加向前推。

第二排：处于阵形的中心部，主要起到稳固正集团的作用，因此，一般把队员中身体高大的队员安排在这个位置。

8号球员：利用双肩加上全部体重尽可能地向前推动正集团。

链锁球员：固定前排，即防止支柱被第二排挤开。

(三) 勒克与冒尔

1. 勒克

勒克是指在被摔倒的队员之上或周围形成的正集团争球。勒克是在队员被摔倒、球也触地时或冒尔后球在地上时形成的。

在被摔倒的队员的位置上组成勒克时，最先过来的侧锋或8号球员，跨过倒在地上的队员和球，双脚有力地叉开，向前顶推。由于勒克实际上也是正集团争球，所以组成勒克的队员要采取能保持身体平衡的姿势。

在球出来前要持续地向前顶推，不能向前时，用脚把球向后拨出。

2. 冒尔

冒尔是指在持球者与对手相撞时一种有效的进攻手段。有时为开展二次进攻，也有主动地向对手冲撞，进行积极的冒尔。

冒尔的要点是：为了持球同伴不被对手摔倒而积极地行动，对他进行有力的支援。这种支援即是冒尔的基本点，冒尔不是不动的，要努力地向前推进，为了随后的进攻，要根据对手的情况把球传出。处在冒尔中心的持球者，要牢牢地抱住球，不要让对手把球打掉。

二、攻进战术

（一）阻挡

阻挡对方防守队员擒杀进攻方的持球队员。保证进攻方在未受阻止的情况下展开进攻。阻挡球员可以使用手臂和身体，但不能拉住对方防守队员，否则是犯规——夹持。

（二）接球

当接球手安全接到球后，接球手必须立刻将球抱住，防止防守队员的突袭。当接球手在边线附近接球时，接球手必须尽量使其双脚或部分身体落在场内，否则接球将是无效的。若接球手在接球后被对方防守队员撞出了边线（在接球手双脚或部分身体落在场内的情况下），此接球将为有效。

（三）跑动阻挡

当带球进攻球员在持球进攻时，跑动阻挡球员必须阻挡住对方防守队员，撕开对方防守。

（四）带球跑

带球跑球员必须以最快的速度穿过对方防守，同时必须使用各种技巧躲开对方防守队员到达阵区，可以使用快速变向的技巧躲开对方防守队员。

（五）传球

在大多数比赛中通常由四分卫传球给接球手，传出的球必须带有规定的旋转，这样才能保证所传球的精确性，最糟糕的情况是当接球手被对方两名或三名队员包围时，此时传出的球有可能被对方防守队员截取。

（六）接球

为了接到所传的球，接球手必须防止被对方防守队员围追堵截。因此，接球手必须按照先前制定的传球或进攻路线跑动，从而在躲避对方防守球员的同时接到传球。接球手必须在接球的同时保持躲避对方防守球员，当接球手安全接到球后，必须立刻将球抱住，防止防守队员的突袭。

三、防守战术

（一）擒抱

在比赛中，防守队员会使用擒抱技术停止（结束）对方的进攻。每一名防守队员的职责之一就是使用擒抱技术将带球进攻球员扑倒在地。在一次成功的擒抱中，防守队员会用双手抱住进攻方持球队员的双腿，使其停止前进。在擒抱中，防守队员可抱住进攻方持球队员的上身，但是进攻方持球队员可能会将防守方队员推开，当进攻方持球队员非常强壮时他可能继续推进。擒抱非持球队员将被判为犯规——非法夹持。

（二）传球阻截

传球阻截是当进攻方实施传球时，防守队员尾随对方潜在接球手，并且防止传球成功，这是一种高难度技巧，因为进攻方早有准备。

若防守队员过早与进攻方潜在接球手有身体接触（当对方潜在接球手不可能在有效范围内接到球时），这种行为将被判为“干扰传球”。防守方犯规唯一的例外是，在依次进攻开始时，防守队员可以与进攻方在离球 10 码以内的接球球员有身体接触。

最好的传球阻截被称为“抢断”——防守队员在对方接球手之前接住球。在抢截成功的同时，攻、防两方立刻变换角色，抢断球员将立刻冲向对方阵地完成达阵。

四、特别战术

（一）踢球悬空

此技术通常是为了在第四次进攻时，在进攻不到的情况下，使球尽可能靠近对方阵地（在球不出界的情况下），这样对方会在远离我方阵地的情况下开始进攻，在攻方转换中，使我方队员有充足时间进行防守，并阻止对方继续进攻。

踢悬空球是距离与精确度的结合，如果球落地时出界，那么将在原来的地方重新进行一次踢悬空球，若球落在界内然后弹出界外，则在球第一次出界的位置开始下一轮比赛。

（二）三分定位踢

在第四次进攻或当比赛时间所剩不多时，三分定位踢能够使球队得到三分（如果球能够穿过对方阵地的球门）。踢球手必须踢得够准够狠，同时还要考虑到球的抛物线和其他要素，例如风向等。

第四节　橄榄球运动的竞赛方法与特点

一、橄榄球运动的特点

橄榄球是流行于世界许多国家的饶有趣味且极具观赏性的一种体育运动。它是从足球中变化而来的可以用手抱球的体育项目。橄榄球比赛主要是通过场上队员相互之间的跑动传球以及冲撞等动作来突破对方的防守，以达到得分的目的。

橄榄球比赛就是队员持球向前跑动，遇到对手的阻拦时，把球传给后边的同伴，再寻找机会得分。比赛中没有严格的规则限制，队员可以有很大的发挥余地，出现犯规时，通过正集团争球或罚踢使比赛重新开始。

橄榄球运动与其他球类运动相比，具有更强的对抗性。在比赛中，运动员要进行身体的直接接触，这就要求球员更为强壮、有力，经得起高强度的对抗。但同时对于柔韧性也有很高的要求，在橄榄球比赛中，进行扑搂、被扑搂、鱼跃扑搂等动作时，在地面滚动、摔倒的时候很多，这也要求球员要学会滚摔的方法。摔倒时屈体呈球形，以减轻倒地时的冲击力。

橄榄球运动不仅是一项极具观赏性的体育运动，也是一项很有锻炼价值的体育运动。通过参与锻炼，你一定会更加了解和热爱这项运动，并从中感受到无限的乐趣。

二、比赛的方法

当今世界上流行的橄榄球运动主要分为英式橄榄球运动和美式橄榄球运动两种，其比赛的方法也不尽相同。

（一）英式橄榄球的比赛方法

英式橄榄球运动员比赛时不穿护具，基本上采用足球运动员的服装，故英式橄榄球又称为软式橄榄球。

比赛的场地长 160 码（1 码＝0.9144 m），宽 75 码，两球门线相距 110 码，端线距球门线 25 码，两线之间为端区。球门的两根门柱相距 18.5 英尺（5.64 m）；横木离地面 10 英尺（3.048 m）；球门柱高出横木 1 英尺（1 英尺＝0.3048 m）以上（图 18-1）。

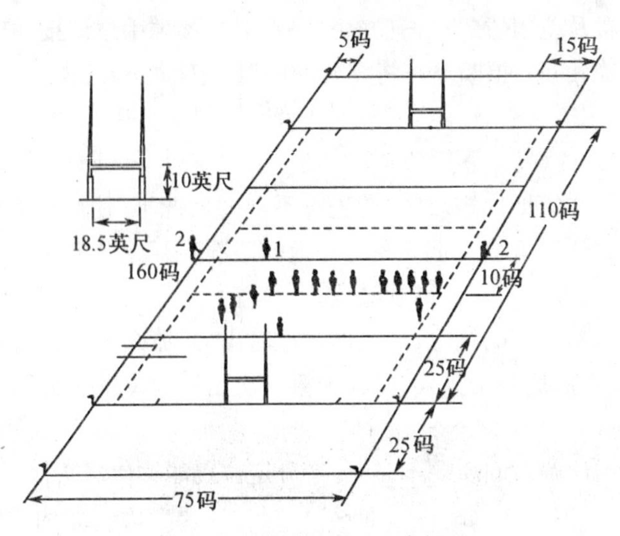

图 18-1　英式橄榄球比赛场地

球为椭圆形，状似橄榄，球长 11 英寸～11.5 英寸(27.94 cm～29.21 cm)，纵周长 30 英寸～31 英寸(76.2 cm～78.7 cm)，横周长24 英寸～25 英寸(60.96 cm～64.77 cm)，球重 13 盎司～15 盎司(382.72 g～425.24 g)(图 18-2)。

上场队员每队由 15 人组成，8 个前锋，7 个后卫。规则规定上场队员不允许替补，如遇队员受伤或被罚出场，最多只能替补两名。换下场的队员不得再上场比赛。全场比赛时间为80 分钟，分前后两个半时，各 40 分钟，中间休息 5 分钟。在比赛时间内，不得要求暂停，必须保证比赛连续进行。比赛由得分多少来决定胜负，得分办法为：①攻入对方端区，持球触地，得 4 分。②得 4 分后，在球门线前 25 码线上，加踢一次定位球或抛球踢球。踢定位球射中，得2 分，抛球踢球射中得 3 分。③对方犯规，罚踢任意球，射中得 3 分。④在比赛进行中抛球踢球，射中得 3 分。射门时，球必须在横木之上和两球门柱之间穿越而过，方为命中。

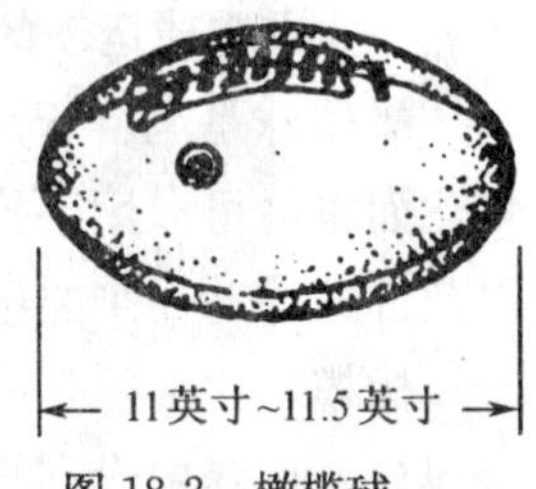

图 18-2　橄榄球

比赛开始时在中线踢定位球开球。开球队的队员应站在中线后面，防守队的队员应站在本方 10 码线后面；守方队员必须在开球队员将球踢过 10 码线之后，方能抢球。每次得分后，由对方在中线重新开球，继续比赛。比赛规则规定，传球时，不得向前传，只能回传或横传。攻方队员超越持球队员接球时判越位，由对方队员在越位地点罚踢任意球。常用的传球方法是双手低手传球。持球队员受到对方冲抢或拦抱不能前进时，球必须立即撒手，不得再向同队队员传球。已被持球队员撒手的球，双方队员都可争抢。比赛中不得冲撞或阻挡不持球队员。对持球队员可以采用抓、抱、摔等方法阻碍其前进，并可进行合法冲撞，但只许以肩撞肩，不得冲撞胸前或背后。踢人、打人和绊人为重要犯规。犯规后由对方队员在犯规地点罚踢任意球。次要犯规则在犯规地点对阵争球。

每场比赛有 3 名裁判员，1 名主裁判员负责执行比赛规则，掌握比赛和计时；2 名边线裁判员各负责 1 条边线，当球或持球人出界时举旗向主裁判示意。

(二) 美式橄榄球比赛方法

美式橄榄球运动员必须穿戴规定的服装和护具，故又称为硬式橄榄球。每队队员最多 40

人，分为专职进攻队员和专职防守队员，上场队员为11人，其中1人为队长，比赛中换人不限，但必须在死球时，方能换人。

比赛场地长360英尺(109.73 m)，宽160英尺(48.77 m)。球门线距端线30英尺(9.144 m)，两线之间为端区，两球门线相距300英尺(91.44 m)，每隔15英尺(4.572 m)设一条横线，距两边线70英尺9英寸(21.56 m)处设两条相互平行的虚线。球门设在两端线中间，横木离地面10英尺(3.048 m)，两立柱高出横木20英尺(6.096 m)，两立柱之间的宽度为18英尺6英寸(5.64 m)。横木以上两立柱之间为射门目标。球长11英寸～11.5英寸(27.94 cm～29.21 cm)，纵周长28英寸～28.5英寸(71.12 cm～72.39 cm)，横周长21英寸～21.5英寸(53.96 cm～54.61 cm)。球重14盎司～15盎司(396.9 g～425.2 g)。美式橄榄球比英式橄榄球小，便于传球(图18-3)。

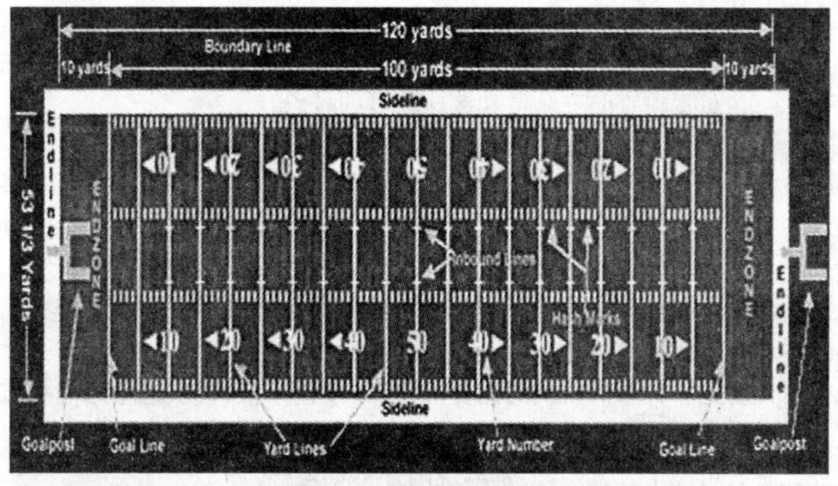

图18-3 美式橄榄球场地

每场比赛时间为60分钟，分4节进行，每节15分钟。半时休息15分钟，第1、2节间和第3、4节间分别休息2分钟。比赛结束时，如两队得分相等，延长比赛时间15分钟，以先得分者为优胜，如两队均未得分则为平局。每队每半时可暂停3次，每次为1.5分钟。

计分方法：①攻入对方端区持球触地，得6分。②得6分之后，在球门线前6英尺(1.83 m)处踢定位球，如射中目标再加1分。③在比赛进行中，抛球踢球或踢定位球射中目标，得3分。④守方队员在本方端区内持球，如被对方逼成死球，或本方队员犯规，或使球在端区内出界，均判对方安全得2分。

前后两个半时开始比赛时和每次得分后，均在两条虚线内35码线上开球，开球可采用以下几种方法：①将球放在球托上踢球。②抛球踢反弹球。③由另一名队员用手扶球踢球。开球时，本方队员一律站在球的后面，对方队员必须站在离球10码线之后。当球踢过10码线后，比赛开始。开球队员将球踢出后，如本方队员得球即成死球，获得继续进攻的权利；如对方得球可以持球反攻。开球是一种特殊形式的任意球。踢一般任意球可采用抛球踢反弹球或踢定位球的方法。任意球可以在场内任何地点踢，也可直接射门得分。在安全得分之后，由失分的队在本方20码线上踢任意球。得球的队可以连续组织4次进攻。如4次进攻能向前推进10码，则有权再组织4次进攻，依此类推。否则将丧失进攻权，由对方在第4次进攻成死球的地点组织进攻。

每次进攻都从对阵开球开始，每队出7人排成对阵开球的队形，两队相距1码，中间为中区。对阵开球由中锋从裆下将球回递给枢纽前卫。比赛开始后，枢纽前卫接到球，就可持球跑,也可以踢球或传球给其他队员。在中锋开球前,双方队员不得进入中区,否则判越位,罚该队后退5码,重新对阵开球。在比赛进行中,持球队员可用手或臂推开防守队员,以求挣脱,其他进攻队员为了使持球队员顺利向前奔跑,可用肩撞、身挡防守队员,为持球队员开路。防守队员为阻止对方持球队员的前进,可以搂抱其腰部或腿部将其摔倒。但不得打人、踢人、绊人和从背后攻击人,否则判犯规。防守队员对不持球的对方队员,只能正面阻挡,凡有打、踢、绊、推、拉、抱、压等行为者,均为犯规。对犯规队员视其情节轻重可判罚下述1~2项:①进攻失机1次。②后退5码、10码、15码。③取消比赛资格。比赛中如球出边线或持球跑出边线,则由攻方重新对阵开球或在对准球出界地点的虚线内进行对阵开球;如攻方传球、踢球出端线,则由守方在本方20码线上进行对阵开球。如持球队员失手丢球,双方队员均有权得球,持球前进。

每场比赛设6名裁判员,他们均有权判罚犯规。主裁判员1人,负责掌握比赛;副裁判员1人,负责检查队员装备并看管对阵开球线;边线裁判员2人,各自负责本侧的边线和越位,并负责计时、记分和暂停;场内裁判员1人,负责判断对阵开球后向前传球和踢球是否按规则进行;后卫裁判员1人,负责检查防守队员和接球队员的号码。

第五节　橄榄球运动主要竞赛规则

在球类运动里,橄榄球的规则比较复杂。但这并不意味着非要读懂晦涩的竞赛规则手册才能看橄榄球。事实上,只需要5分钟你就可以看懂橄榄球比赛。当然,如果要深入了解它就另当别论了。本节对美式橄榄球运动的竞赛规则进行简单的介绍。

美式橄榄球比赛是一种激烈对抗的比赛,进攻一浪接一浪,每次进攻之间稍有间歇,由进攻队决定下一步采取何种策略。在橄榄球比赛中力量是经常需要的,但也同样需要智慧、敏捷和技巧。职业比赛有可能十分复杂,但基本规则并不难理解。

每支队伍由11人组成,控球的一方叫做进攻方,他们力图通过传球或带球跑到对方阵地最后端的极阵得分。另一支队伍叫做防守方,他们力图阻止进攻方的进攻并夺取控球权。如果一方得分或丧失控球权则攻防转换(进攻方变成防守方,防守方变成进攻方)。如此反复,直到比赛的4节全部赛完。得分最多的队获胜。

一、比赛时间

美式橄榄球比赛被分成4节,每节15分钟,中场有12分钟的休息,在第1节和第3节后各有2分钟休息。每节后两队交换场地。在第1节开始和下半场开始时要进行开球。

进攻方在每次进攻完成后40秒内必须传出球开始下一次进攻,否则就要受罚。当运动员出界或判罚的时候要停表,裁判把球放到罚球点上的时候重新计时。全场4节,打满平局的情况下要打15分钟加时赛,以投币确定进攻方。美国职业橄榄球联盟(NFL)采用"突然死亡法",先得分的队获胜。在NFL欧洲赛区,加时赛时每个队都至少要有一次进攻机会,如果双方都没有得分再采用突然死亡法。

二、队员

每支队都由三类队员组成:进攻组,负责进攻;防守组,负责防守;特别组,负责特殊情况——弃踢、射门和开球。在任何情况下,一方在场上都只能有11名队员。

三、开球

比赛以开球开始。球被立在防守方30码线的球座上,由一名专门的开球手将球踢向攻方。攻方一名队员接到球后向前冲,他被阻截住的位置就是攻方开始进攻的位置。如果球被踢到攻方的极阵,接到球的队员有两种选择,要么抱球往回跑,要么在极阵单膝跪地,做出"持球触地”的手势，则从攻方 20 码线开始进攻。

四、传球与跑阵

每一次进攻由进攻队员裆下开球开始。在对阵线上，四分卫大声喊着进攻套路的代号，中锋将球从裆下传给他。比赛开始了，四分卫得球后可以抱球跑（这样的进攻叫跑阵），长传或短传（这样的进攻叫传球）。攻方有两种主要的方法向前推进。其一是跑阵，四分卫将球传给跑锋，或自己带球跑，晃过防守队员尽可能地向前推进。其二是通过传球。一般来说是四分卫负责传球，当然也存在其他队员传球以欺骗防守队员的情况。事实上任何攻方队员都可以传球（只要在对阵线以后），当攻方另一名队员（一般是外接员或边卫）接到球后，传球才算成功。如果球在任何人接到之前就落地了，则视为未完成的传球。橄榄球中最常用的阻止进攻的手段就是擒抱——将持球队员连人带球按倒在地。当攻方持球队员被擒抱或被逼出边线时，一次进攻就宣告结束了。

五、得分

橄榄球比赛的最终目的是得分，共有 4 种得分的方法。

（一）达阵

达阵得 6 分，是最重要的得分方式，而且可以赢得一次加分踢。要想达阵，必须是控球一方使球触到对方极阵。常见的是攻方带球冲入守方极阵或传到守方极阵的球被攻方接到。还有攻方进攻失误被守方反攻入本方极阵，或开球被进攻队逼入本方极阵的情况。

（二）加分踢和二分转换

当一队达阵得分后还可获得一次加分踢的机会，也就是在罚球点上射门，如果将球射入两根球门柱之间，横梁上方的区域，还可以再得 1 分。除了加分踢外，也可以选择另一种得分方式，就是二分转换。即在加分踢位置上以普通的进攻方式推进，如攻入对方极阵则得两分。由于这种方式比较难，一般的队都选择加分踢。

（三）射门得分

能够达阵得分当然是最好的，如果实在无法攻入对方极阵，也可以通过射门得分。射门可以得 3 分，往往在决定比赛胜负的时候出现。在任何地方都可以射门，通常是在守方的 45 码线以内、第 4 档进攻的时候。

（四）得分

进攻方的持球队员如果在本方极阵被擒杀，则对方可得 2 分，叫作安全得分。这种现象比较罕见（图 18-4）。

图 18-4　攻入端区持球触地和射门命中位置

六、反攻

进攻方在进攻中被防守方将球抢去，防守方立即反守为攻。有两种情况会出现反攻：一种是攻方在传球和带球跑的过程中掉球，另一种是攻方的传球被守方拦截。这两种情况下守方都可以带球直接达阵。

第十九章　高尔夫球运动

第一节　高尔夫球运动概述

一、高尔夫球运动的起源与发展

据史料记载，高尔夫球运动起源于15世纪的苏格兰。1457年3月，苏格兰国王詹姆士二世颁发了一项“完全停止并且取缔高尔夫球”的法令，因为这项消遣性极强的运动妨碍了苏格兰正常的军事射箭演练，而作为苏格兰“国术”的射箭是当时最重要的军事操练活动。

苏格兰议会于1471年和1491年不得不先后两次重申，禁止玩高尔夫球，但高尔夫球运动仍在民间悄然进行。17世纪，高尔夫球运动被欧洲人带入美洲，18世纪高尔夫球运动传入英国，19世纪20年代进入亚洲。

高尔夫球运动自从500多年前在苏格兰风行之后，至今已走过了一段漫漫长路。在15、16世纪，高尔夫球运动才得到不断发展，当时使用的高尔夫球只是一种非常粗糙的圆形木球。到了17、18世纪，高尔夫球运动仍持续发展，其中一个比较重大的变革是新型高尔夫球的发明。人们用一种新型的羽毛制球替代了老式的木制高尔夫球，这种球用羽毛作芯，皮革作外壳缝制而成，可以飞行很远的距离，它的问世，极大地推动了高尔夫球运动的发展。

19世纪50年代末出现了“橡胶球”，这种球是用类似橡胶的杜仲胶制成的。球具有良好的耐磨性，价格也比羽毛制球便宜，外壳可以利用模具加工制造，飞行性能良好，因此受到了当时高尔夫球界的普遍欢迎，并很快取代了羽毛制球。

1920年，用橡胶取代杜仲胶作为高尔夫球芯，又一次改进了高尔夫球的飞行性能，增加了这项运动的可玩性。

到了20世纪，高尔夫球运动迎来了新的纪元，高尔夫球具的革新、比赛规则与制度的建立、国际性赛事的开展以及高尔夫球场管理水平的提高，都极大地促进了高尔夫球运动的发展，也为这项古老的运动注入了新鲜的血液和活力。

国际性赛事的开展极大地促进了高尔夫球运动的普及，英国公开赛、业余锦标赛，美国公开赛、业余锦标赛，高尔夫球精英赛，世界杯等赛事的开展，为不同国别的球手创造了同场竞技的机会，使这项地区性的体育运动走向国际化。

二、高尔夫球运动在中国

古代中国民间曾经流行“捶丸”游戏，其活动内容与打高尔夫球基本相同，被称为“中国式的高尔夫球”。19世纪末现代高尔夫球运动首先传入中国上海，标志着这项已有几百年历史的运动进入中国。1931年，“高尔夫球”游戏在上海流行。同年，中国、英国、美国的商人合办高尔夫球俱乐部，在南京陵园中央体育场附近开辟高尔夫球场。从此，高尔夫球在中国一定范围内得到传播。

20世纪80年代，中国的对外开放和经济改革政策吸引了全世界各国外商来中国投资，促使高尔夫球运动重新进入中国。1984年，中国第一家高尔夫球俱乐部在广东中山诞生，此后在北京及沿海地区陆续兴建了30多个高尔夫球场。1985年5月，中国高尔夫球协会在北京成立。

为了推动我国的高尔夫球职业化进程，与世界接轨，1994年，经国家体委批准，中国高尔夫球运动走上了职业化道路。1994 年 4 月，中国高尔夫球协会主持了职业高尔夫球球手资格考试，产生了 5 男 1 女共 6 名中国第一代职业高尔夫球球手，这标志着中国高尔夫球运动已经进入了一个新的时代。

中国的高尔夫球运动虽然起步较晚，但进步很快。目前，中国高尔夫球协会已对原有的国内高尔夫球公开锦标赛制进行改革，让更多的高尔夫球手有更多的机会参与这项运动，以推动其普及和发展。世界高尔夫球界以极大的兴趣，关注着中国高尔夫球运动的发展。

第二节　高尔夫球运动基本技术

一、握杆和准备姿势

(一) 握杆

握杆是指球手双手握住球杆的位置和方法，它是高尔夫球运动中最基本的动作。正确的挥杆动作从握杆开始。握杆方法正确与否，对于球手掌握合理、准确、全面的基本技术关系重大。正确的握杆法，可以使球手随心所欲地把球打到球道区的任何落点上，相反，如果握杆的方法不得当，则会影响技术动作的完成与发挥，降低击球的效果和准确性，从而限制预定的一些战术的发挥。握杆要有利于手臂发力，能控制击球力量的大小和球的飞行方向。在击球前握杆太紧或太松都是错误的，它会使前臂肌群紧张、僵硬或者用不上力，从而直接影响比赛成绩。

1. 左手握杆方法

习惯使用右手的球手，用右手握住球杆调整杆面的方向。先用杆面瞄准目标，使其方向正确。左手自然下垂，手指指向地面。杆把应位于手掌上部，沿手掌和手指交接处向下经过食指中部。用左手自然握住球杆，把梢应露 2cm，食指第一指节的位置略低于拇指的指尖，拇指放在杆把上部的中央位置，与食指形成 V 字形。缩拇指可使中指、无名指牢固握杆，便于用力。握杆之后，左手背应正对目标，拇指和食指所合成的直线指向右耳，由上往下看只能看到前两个指节。左手握好球杆后，将球杆举到胸前，体会一下手指的用力(图 19-1)。

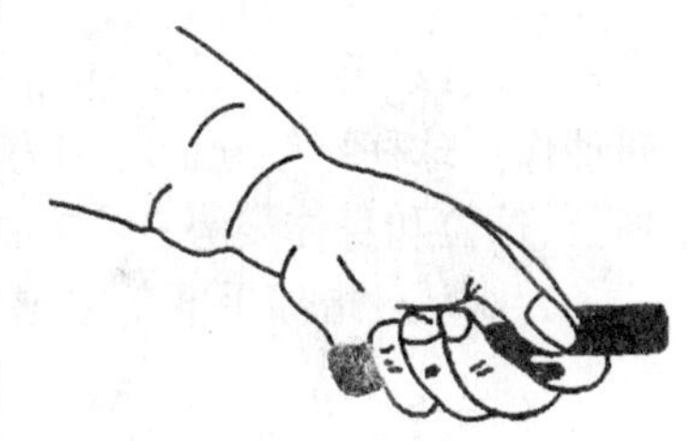

图 19-1　左手握杆方法

2. 右手握杆方法

左手按正确位置握好球杆后，再用右手按握手姿势去握杆。握杆方法大体可分为重叠式、连锁式和十指式(图 19-2)。

(1) 重叠式握法：大多数职业球手都用此种握法。先将右手置于杆身右侧，右手指顺着杆把向下伸出，右小指扣住左手食指的指节，右手食指呈扣扳机状扣住球杆，并与中指明显分开；中指、无名指握住球杆；右拇指应位于杆把左侧的中央，以便和食指相互平衡。

(2) 连锁式握法：左手手型同重叠式。握杆时，右手的小指插入左手食指与中指之间，与左手食指勾锁在一起。其特点是两手连锁在一起，容易产生一体感，且有利于发挥右手力量，但掌握不好会使左手食指翘起，反而破坏双手的整体感。此握法主要用于手掌较小或力量较差的女球手。

(3) 十指式握法：两手手掌相向，但不重叠，用十指握住球杆，类似棒球握棒方法。右手的小指与左手的食指相贴。其特点是球手能够很好地利用右手手臂力量。但由于左右手之间没有任何交叉和勾搭，不易保证双手的一体性，易导致过于使用手腕，故不利于保证球的正确方向。此握法较适合于手掌较小、力量差者，高龄球手及女球手。

按以上握杆方法握好杆后，将杆头轻轻着地，这时应只看到右手的拇指和食指指根，两手拇指与食指所形成的倒"V"角应指向下颌或右肩。两手握杆的力量要适度，不要太紧，也不可太松。握得太紧，手腕紧张，妨碍灵活转动，也无法控制杆头击球面及球的落点；握得太松，球杆在手中易转动或滑动，导致无力击球或控制不住击球方向，甚至会使球杆从手中挥出。

握好球杆后，球手可以从以下两个方面检查一下自己的握姿。第一，握好球杆，应只看到右手的拇指和食指指根；第二，双手拇指及食指所形成的 V 角应指向下颌或右肩。

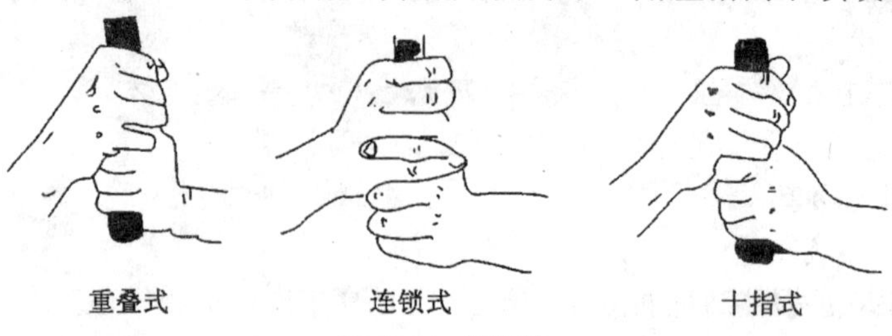

图 19-2　握杆法

尽管握杆的方法有所不同，但都要符合以下要求：

1. 稳定，便于在整个挥杆过程中，控制好球杆的位置、方向和角度；
2. 便于击球用力，击球时能把力量集中作用于球；
3. 握杆的手臂要适当放松；
4. 尽量利用握杆手臂的长度和力量。

（二）准备姿势

准备击球姿势，指球手握好球杆准备击球时身体各部位所处的正确位置。高尔夫球竞赛规则规定：球手做好站位，包括根据击球方向选定两脚的位置，然后将球杆杆面对准球的一系列动作。球杆接触地面时即为准备击球，而在障碍区内，球手做好站位时即为准备击球，包括脚位、球位和身体姿势三个方面。

1. 脚位：指球手准备击球时两脚站立的位置。一般来说，有以下三种脚位（图 19-3）。

图 19-3　准备姿势

（1）正脚位：指球手两脚尖连线与准备击球路线平行的站位方式。采用此脚位，球手的腰、肩、手均与目标线成平行状态，它适用于任何一种球杆。同时，全力击球时，无论使用哪一种球杆，均可采用正脚位。

（2）开脚位：指球手左脚略后于右脚的站位方式。采用这种站位而球杆杆面正对击球方向进行挥杆时，由于引杆时左肩不易向内扭转，而在下挥杆和顺摆动作时身体容易打开形成由外向内的挥杆轨迹，导致右曲球。一般适用于短铁杆击高球或有意打右曲球时。

（3）闭脚位：指球手右脚略后于左脚的站位方式。采用这种站位时，两脚脚尖的连线朝向目标的右侧，引杆时左肩能够充分向内回旋，但容易造成由外向内的挥杆轨迹，产生左曲球。同时，对下挥杆击球时身体的回旋也不利。一般适用于木杆开球、在球道上击远球或有意打左曲球时。

尽管这三种脚位各不相同，但都有一个共同点，即三种脚位的右脚都与击球方向垂直，左脚与击球方向形成 45°的夹角。两脚的位置与方向是否正确，会直接影响击球时两腿的动作，如果左脚过于偏后，就失去强有力的左腿支撑用力条件。如果右脚过于偏后，则会限制右腿右髋的用力。同时，两脚左右距离太窄，会影响击球用力的距离和速度，挥杆时会因为站不稳而失去身体平衡；两脚左右开立距离太宽，会妨碍挥杆时做出正确的转体动作，容易造成臀部下坐。因此，两脚左右距离要根据球手的身高腿长、腿部力量和技术特点而定。一般来说，双脚分开站位应同肩宽，木杆站位宽于肩，铁杆站位窄于肩。

2. 球位：指球手在做好准备击球姿势时，球被击出前所处的位置。脚位与球杆、球位的关系为：球手握好球杆站在击球位置上，左脚固定不动，球位放在靠近左脚的位置，球杆越短，双脚之间的距离越窄，离球也越近(图 19-4)。

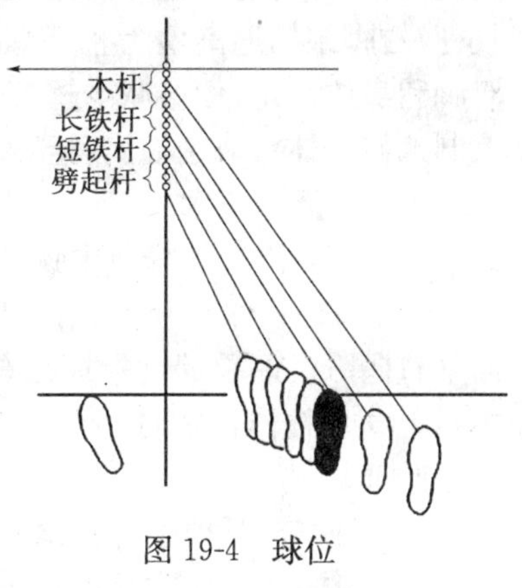

图 19-4　球位

(1) 球与身体的前后距离：面对球，左肩对准目标方向。握好球杆，双臂自然下垂，上臂贴近胸部，杆头自然贴近球。

(2) 球与双脚的距离：一般双脚间的距离以不超过双肩宽为原则。初学者应使用 5 号铁杆练习，两脚站位稍窄于肩，将球置于双脚正前方中间，这样较易掌握击球点。

以左脚跟为基准，使用 1 号木杆，把球放在左脚跟的延长线上，两脚站位大于肩宽。球杆越短，球位越向右脚方向移。使用推杆时，球位应完全在两脚之间的中心点上。

3. 身体姿势：球手握好球杆后，双手自然前伸，球杆底部轻轻着地，两脚分开约同肩宽，身体重心落在两脚上。身体从髋部前倾，背部挺直。头自然略向下俯视，以恰好看到杆头为好。双膝关节稍弯曲，稍屈髋，身体左侧朝向目标方向。

二、切高球技术

切高球或劈起球是使球超越障碍区的难度较高的技术，也是高尔夫球手必须掌握的基本技术(图 19-5)。

图 19-5　切高球动作

(一) 选杆：短铁杆或劈起杆。

(二) 握杆：将球杆的握把斜着放在左手食指靠掌的第一指节和小指最下方靠近手腕的厚肉垫上，用中指、无名指和小指握住球杆。左手大拇指轻轻放在球杆中间稍靠右的位置。右手握杆，大拇指放在球杆中央靠左的位置，虎口包住左手的大拇指，右手的小指横跨在左手食指和中指中间的间隙上。要注意使右掌心与杆头方向一致，便于控制球打出的弧线和方向。若要减少球的滚动距离，可使右掌心朝下。

(三) 站姿：采用开脚位站立，对着目标 10°～200°，上体应前倾，背部不可太挺直，两膝自然弯曲。

（四）瞄球：使用短铁杆时，球位一般在两脚间偏右的位置。瞄准时，手的位置在球的前方。

（五）挥杆击球：1. 上杆时身体重心在右脚，下杆时移至左脚。主要靠肩、臂的转动来击球，手与手腕的动作减少到最低的限度。2. 身体要站稳，挥杆的幅度不必很大。3. 下杆击球动作要轻松，右臂和右手有“甩”的动作，要打“实”球，打“穿”球。

可先练打短铁杆，双脚距离窄一半，脚部移动减少，脚跟不离地，感觉一下上杆时身体重心向右，而下挥时身体重心向左，注意身体平衡以及击球后球飞行的弹道，鞋底不离地，直到转身收杆、右脚跟被逼离地为止。总的来说，要使铁杆打得准确，就要依靠双脚和控制球杆动作。双脚和身体稳定，便会减少挥杆失误。同时，脚跟不要离地太早，要在球击出之后才离地，要有控制地使身体重心由右脚移至左脚。

三、切低球技术

（一）选杆：短铁杆或中铁杆。

（二）握杆：采用反叠式握杆法。即两手掌心相对，左手在上，两手的大拇指放在握把的正面笔直向下。左手的食指搭在右手的小指与无名指之间，或伸直斜搭在右手的小指、无名指和中指上。手腕伸直略向上凸出。杆身直立，杆头趾部触地，根部则稍微上提，球的位置也偏于杆头趾部。

（三）站姿：站位要靠近球。球位在双脚中间偏右脚。手肘内缩贴近身体两侧。

（四）瞄准：双眼在球的正上方，注视球。双手握杆位置略在球之前，身体重心偏左脚。要做好击球准备动作，使杆头与球准确地接触。

（五）挥杆击球

1. 挥杆时以肩膀摆动来带动双手和球杆。上挥不能太高，时间不能太长，双手与手腕在整个击球过程中保持固定，手腕在上杆时可以弯曲，但仍要顺目标线后举并前送。击球的刹那，杆头不能超过双手。切短低球时手部动作可稍多一些。

2. 挥杆时，头部保持固定。下杆时手腕保持固定角度，不要向前弯曲。击球时保持手腕伸直，以杆头趾部击球，击球的中下部。击球要干脆。

3. 球打出后，杆头顺着地面向前滑动一段距离后，再将杆头举起(图 19-6)。

图 19-6　切低球动作

四、沙坑球技术

沙坑是高尔夫球场中专为球手击球时设置的障碍区，一般设置在果岭的周围和球道中。沙坑有大有小，沙质也有粗细、深浅、干湿之分。每一个球场沙坑里的沙都不一样，甚至同一个球场的沙质也不同。在沙坑里击球，难度较大，是令球手头痛的一件事，因此，打球时应尽量避免将球打到沙坑里去。如果球一旦进入沙坑，则要处理好，设法把球打到目的地。

（一）选杆：沙坑杆、劈起杆或 9 号铁杆。沙坑杆是铁杆中专为击打沙坑球而设计的，有两种类型，一种是宽底沙杆，另一种是阜窄底沙杆。

（二）握杆：基本与短铁杆相同，唯一要改变的是两手在握杆时向逆时针方向调整，即将杆面打开，握杆的时候两手要握得牢实。

（三）站姿：采用开脚位站立，两脚位置与目标约成30°。瞄球之前要左右扭动身体，使脚底埋进沙里，保持身体平衡。脚位低了，握杆也要往下移约2.5cm，使双手能更接近球。球的位置要在两脚中心靠左，身体重心偏向左脚。根据球距旗杆的距离，决定球距右脚的距离。一方面，向外打开的杆头可加大倾角，能将球托起；另一方面，向外打开的杆头较容易滑进沙里，并且可轻易滑出，有利于完成挥杆击球动作。

（四）瞄球：瞄球点是球后2cm左右的沙子。双脚、双膝、臀部和肩膀皆朝向目标的左方，这样的姿势有助于用垂直度大的上杆和下杆击球。

（五）挥杆击球：1. 要根据球距旗杆的距离，决定上杆的幅度。2. 下杆时以左臂为前导，用杆头击球杆后1cm左右的沙子。3. 顺势将球击出，球击出后，继续向前送杆，不要急于翻腕收杆。

第三节　高尔夫球运动基本战术

一、高尔夫球运动基本战术

高尔夫球运动的基本战术主要包括以下几个方面：

（一）合理制定战术计划

战术计划是在比赛中实施战术的依据，制定战术计划是赛前训练最重要的任务之一。在正规的高尔夫球比赛中，赛前要安排球手去熟悉比赛场地。球手要通过赛前练习，对开球区、球道、沙坑、水池、果岭、障碍物等有所了解。练习中对击出球的方向、弹道、跳跃程度和滚动距离应详细记录，根据这些资料和打球的体会合理制定战术计划。战术计划的制订是否合理，直接关系到技术的发挥和比赛的成绩。

（二）合理采用发球球位和球座高度

一场高尔夫球比赛，有18杆要在发球台发球，因此选择最佳球位，打好第一杆球是至关重要的。在规定发球区域内，发球左右位置的选择，要根据自己的技术水平和当时的风向、风力等因素决定。发球位置的高低是否利于击球，也是需要密切注意的问题。选用不同的球杆，遇到不同的风向，球座的高度也相应有所不同。当顺风时，用1号木杆发出高弹道的球或想打左斜球时，球座应最高；一般发球，使用次高的球座；如果想打出弹道较低的球或右斜球时，球座应更低一点；如果用球道木杆或铁杆发球时，球座的高度不应超过1.25cm。

（三）巧妙运用优势球杆，保证第一杆的准确

一场高尔夫球比赛要打18个洞，第1洞成绩的好坏，对全场比赛成绩影响很大。要打好第1洞，首先要打好第1杆球。打高尔夫球的击球原则是在准的基础上去求远，因为其最终目的是要击球入洞，所以，要特别重视第一杆球，不仅要用力，还要注意把球打到自己瞄准的目标点。

优秀球手都有自己的优势球杆，在一定的距离内打得最稳、最准。如果控制球的能力不强，第1洞发球时，可使用3号木杆。3号木杆虽不如1号木杆击球距离远，但击球的准确度高，球的落点好，利于下一杆击球。更重要的是，打好第1杆是良好的开端，而良好的开端往往是成功的一半。

（四）集中精力打球发挥特长取胜

打高尔夫球要不受外界环境的影响，更重要的是能控制自己的情绪，始终以平常心打好每

一杆球，即所谓赢人先赢自己。球打好了不可得意忘形，打得不好也不能丧失信心，要始终保持清醒的头脑，正确分析客观环境对自己技术的影响。

有些选手擅长打左曲球，但有时球场适合打右曲球。实践证明，在这种情况下，球手不可盲目改变战术，要坚持自己的特长打法，这样才会取得优异的成绩。

二、各种特殊情况的击球

（一）球高人低的斜坡

打这种球时，要把手握在握把的下沿，人离球远一点，身体重心放在前左脚，球的位置要在中间靠右的地方。挥杆的时候下杆要重一些，瞄准目标的右边(19-7)。

图 19-7　球高人低时打法示意图

图 19-8　球低人高时打法示意图

（二）球低人高的斜坡

面朝下坡的方向击球，要站得靠球近一些，身体的重心放在左脚的脚跟上，深弯腰，手握在杆柄末端，瞄准目标左边的地方。挥杆的时候要轻一些(图 19-8)。

（三）上坡球

打上坡球时身体和肩膀要尽量顺着坡势，依照上坡的斜面来挥杆，身体重心放在右脚上，球的位置在中央靠前的地方。

打上坡球弹道较高，可以酌情选用倾角小的球杆(图 19-9)。

图 19-9　上坡球打法示意图

图 19-10　下坡球打法示意图

（四）下坡球

向下坡的方向击球时，下坡的坡角抵消了一些杆面的倾角，可以酌情选用倾角大的球杆，用“P”杆或“S”杆。球的位置要在中央靠右脚，身体重心在左脚，身体和肩膀尽量保持与坡度平行，挥杆的时候重心仍然保持在左脚，顺着坡势来击球(图 19-10)。

（五）硬地球

打硬地球是对能否打准球、打实球的考验。球的位置要在两脚中间稍后的地方(偏于右脚），要求杆头先打到球再接触地面。

练习时可在地上画一条线，球放在线上，挥杆击球后只能刮起线前的地面，击球才正确。

第四节　高尔夫球运动主要竞赛规则

一、礼貌规范

（一）安全

挥杆和打球时都要注意安全，防止伤害事故发生。

（二）为他人着想

要互相礼让，不影响别人打球，不拖延时间；当球击入洞后，要立即离开果岭。

（三）按顺序击球

如无特定规则时，两人组比三人组或四人组有优先权，并可超越前组。若一个组的比赛进行得太慢，并落后前面一组一洞以上，则应让后面一组超越。

（四）比赛场地的维护

运动员离开沙坑前，应仔细地把所有的洞痕和被踏出的脚印填平。在通道区，运动员应保证将被削起或刮开的草皮移回原地并压平。在果岭上，若对草皮有所损伤，应立即补平并向下压平。在打完一洞后，应予以认真的修复。在拿旗杆或从球洞中取球时，要注意爱护旗杆和球洞。

二、发球台规则

如果迟到不足 5 分钟，要加罚两杆。若超过 5 分钟，就要被判为失格，也就是没有资格参赛了。

出发顺序可以按委员会规定的顺序，也可抽签、猜拳或按年龄大小，决定由谁先发球。

对大家都知道的事实，如沙坑、旗杆的位置等是可以问的。但若问同伴使用的是几号杆，则要被判罚两杆，同伴若回答了，同样也要被罚。球从球座上掉下，或是在准备击球时杆头碰到球使球落下，可以把球重新放在球座上。

但是如果正式挥杆击球，而没打到球，应算作一杆。若空挥时使球从球座上落下，也只能在原位打第二杆，如果把打落的球重新放在球座上，那么再打就是第三杆。

如果怀疑打的球出界了，必须向同组竞技者说明，再打一个暂定球。要重新打时应待大家都打完之后再打。若第一次打的球真的出界了，那么补打的这一杆，就是第三杆。

“发球区”是指准备打球入洞的起始处。它是纵深为两球杆长度、前面和两侧由两个发球区标志的外侧外缘限定的方形区域。发球时，球必须放在发球区以内。

三、球道规则

在球道上，应由距离球洞较远的选手先打。

若你错打了别人的球，要被罚两杆，而自己的球被局外人动了，不会受罚，但必须把球放回原位。

在确认自己的球坏了时，可以向同伴说明换球；如果没有说明就换球，则要罚一杆；如果暗中换球，则罚两杆。

球打到树根旁，没有办法打时，可以向同伴说明罚一杆。把球拿出，在远离球洞的方向，以两杆为半径的范围内抛球。

球停在道路上或修理地上时，可以在远离球洞的方向，在一杆以内的位置抛球，而不受罚。

球打到长草区时，为了确认是不是自己的球，去摸草是可以的，但若移动了球，则罚一杆。

在5分钟内找不到球，则视为球遗失。重新打一个球时，要回到原位去打，并加罚一杆。

在打球时折断树枝或空挥时弄断树枝，都要罚两杆。

球打在自己的推车或球袋上，要罚两杆。

球杆在击球时，两次碰到球，即为连击，应算两杆。

四、障碍区规则

“障碍区”是指任何沙坑或水障碍区。

在沙坑中，不可以清除球旁的树枝和树叶。如果犯规的话，要罚两杆。

在沙坑中，准备打球时，球杆碰到了沙子要罚两杆。

“水障碍”分为“正面水障碍”和“侧面水障碍”。

球进入水障碍区中，要罚一杆，然后在进水切点的水障碍区外面抛球。当然，如果认为在水中可以打，是不受罚的。

五、球洞区(果岭)规则

球打上球洞区，可以把球拿起来擦。但拿起球之前，必须做好标记。如果没有做标记，要罚一杆。

一个组选手的球都打上果岭后，才可以拔掉旗杆。

在果岭上，谁的球离洞远谁先打；其他球，特别是妨碍打球者的球，应做上标记，把球拿起。

在果岭上，撞击线上有树叶可以拿走，而如果在撞击线上有钉鞋的印痕，则不能去整理。

别人推的球还在动时就做动作打自己的球，算犯规，要罚两杆。

在正规比赛中，每一洞都必须击球入洞(即使同伴已经承认你下一杆一定能将球击入洞内)，否则即失去了参赛资格。

从果岭外面打球上果岭时，碰上了本来就停在果岭上的球，要把被碰到的球放回原位(但若两个人的球都在果岭上，打到球的人要被罚两杆)。

第二十章　垒球运动

第一节　垒球运动概述

一、垒球运动的起源

垒球运动起源于美国，从棒球运动演变而来。1888年美国芝加哥法拉格特划船俱乐部的汉科克(George Hancock)组织了第一次室内棒球赛。1895年美国明尼苏达州明尼阿波利斯的消防队员罗伯特(Lewis Robert)对棒球运动的场地、器材等作了部分修改，使其更加适合室内运动，取名“室内棒球”。后又将“室内棒球”移至室外进行，因球体比棒球大而软，深受女子喜爱，故又称“软球”、“女孩球”。1926年定名为softball，中译为垒球。1933年美国垒球协会成立，正式确认该名，后逐渐流行于世界各国。1965年举办了首届世界女子垒球锦标赛，1966年起举办世界男子垒球锦标赛。1996年被列为奥运会比赛项目，仅设女子项目。现在全世界有2000万人进行这项体育运动。

二、垒球运动在中国

垒球运动于20世纪初传入中国。1915年在上海举行的远东运动会上，菲律宾女子垒球队作了表演。此后，垒球逐渐在中国的上海、北京、天津等地的教会学校中开展起来。

1924年第3届全国运动会首次将女子垒球列为表演项目。1933年第5届全国运动会将女子垒球正式列入比赛项目。

新中国成立后，1959年第1届全运会上有21个省、市的女子垒球队参加比赛。在已经举办过的10届全运会中，除第2届和第5届外，女子垒球在其余8届均被列为正式比赛项目。

1974年中国垒球协会成立，1979年11月中国正式加入国际垒球联合会。1990年和1994年世锦赛中，中国女子垒球队分别获得铜牌和银牌。1996年第26届亚特兰大奥运会，中国女子垒球队一路闯关最后获得亚军。

2003年10月12日至10月21日在我国南京举办了第7届世界青年女子垒球锦标赛，有14个国家和地区的青年队参赛。2006年8月27日至9月5日在北京举办了第11届世界女子垒球锦标赛，这是迄今为止在我国举办的最高级别的国际垒球比赛。

第二节　垒球运动基本技术

一、击球

（一）击球的特点与任务

击球技术和投手技术一样，是最难掌握、最难教、最复杂的技术。用一根直径5 cm～7 cm的木棒，站在距投手出手点17 m左右的地方击一个运行时间只有0.4 s～0.5 s且球路球速多变的棒球，击球的难度可见一斑。

击好球需要正确的技术、良好的时间配合、空间判断力、吃中球心、棒速等。

（二）击球的分类

1. 根据击球飞行距离分长打、中击、轻打、触击。

2. 根据垒打数分本垒打、多垒打、小安打、上垒触。

3. 根据使用力量方向和中球部位分拉打、推打、牺牲打、翻腕打、球心打。

4. 根据挥棒轨迹分上挑打、下砍平挥打、水平打、下砍平挑打、下砍打。

5. 根据握棒手法分长握、短握、分握、单手握、抱手握、扣手握。

6. 击球技术结合进攻战术分：

(1) 长打，也称自由打，分小安打、多垒打、本垒打、全垒打、牺牲打、假触真打。

(2) 中击，分跑而打、打而跑、假触真击、滚动打。

(3) 轻敲，也称对棒。分假触真敲和准备性对棒，前者用于打出内场过头球或内场空档球。后者主要用于准备活动。目的是练眼盯球吃中球心及中球时瞬间技术和压腕。

(4) 触击，也称短打，主要分三大类，即一般触击、棒柄触击、战术触击。战术触击又分上垒触击、牺牲触击、跑而触、触打触、抢分触、推触。

(三) 握棒方法

球棒的把手是很重要的位置，因它是球棒和身体的连接点所在。优秀的打击手能感觉出球棒是手臂的一部分，运用自如。

握棒方法是先以手指指根触棒的把手，因指根较硬，能顶住球棒，再弯曲四指，将棒握住，最后再压上拇指，使两手第二指关节成一条直线，此法如拿雨伞一样，手腕的灵活性较好。或上手的第二指关节对准下手的第二和第三关节的中间部位，此法能充分利用腕力。右打者，左手在下，右手在上，两手要并拢。左打者则相反。一般下手稍微用力握棒，上手只轻轻附着(图 20-1)。

图 20-1　握棒方法

二、长挥

长挥是击球员几乎用全身力量击球的方法，其特点是击出的球强劲有力，有远度、高度，对防守队威胁最大，但长挥的难度较大，技术掌握较难。

(一) 准备姿势

两脚自然开立，与肩同宽或稍宽于肩，膝关节自然弯曲并稍内扣，重心在身体的中间，置于两脚掌内侧。腰部持平，上体保持正直、自然、收腹、含胸。两手持棒于好球区上部，约与右肩同高，离身体约 10 cm～15 cm，握棒不宜太紧，但中球一瞬间要握紧。左手臂自然靠近胸部，右肘自然下垂，离身体约 10 cm～20 cm，但不能与肩同高。球棒可直立或棒头指向投手、背后、体侧均可(图 20-2)。

图 20-2　准备姿势

(二) 起棒、挥棒、中球

挥棒击球是击球员全身协调用力最主要的技术环节，其难度最大、最复杂。它包含三个关键技术环节：起棒、挥棒、中球。

起棒：起棒是挥棒的开始部分，也是用力的开始，无论投球是坏球或好球，一般在投手出球瞬间或球飞行开始起棒，其起动用力自下而上，顺序为：右脚掌内侧蹬地→大小腿内侧蹬转→推动重心渐前移→左转髋→左转腰→前后斜、侧腹背肌扭转→稍左转肩→手腕渐后倒，棒头也随之后倒，但不能低于肩。

挥棒：当球运行到 8.5 m 左右时，若判断来球是好球则开始挥棒，从挥棒到中球所需的时间约0.23 s～0.27 s。挥棒时，下肢和髋腰的转动必须领先于上体和手臂。右打者在两臂用力过程中，左前臂能根据来球方向、角度、高低调整和控制用力方向和棒的运行轨迹。若左前臂用力方向改变，棒圆周的平面角度和棒轨也随之变化。两臂的用力几乎是均匀的，但右前臂用力比左前臂稍大，因前者是正手用力，后者反手用力，类似网球、乒乓球、羽毛球的反手挥拍动作。

中球：全身协调用力的最终目的是通过棒头击中球，因此，在击中球的瞬间，要加大腕力，要有压腕和拧紧的感觉。这时两手掌同在一个平面上，朝上，且要和两手臂同在一个平面上。这时棒头与两臂形成一个稳固的三角形，其余棒中球的技术要点为两臂几乎伸直，加大翻腕力量，有利于两臂充分伸直。

（三）随挥、放棒、起动跑垒

随挥：棒中球的后续动作叫随挥，其有三个重要作用，即能增加棒中球附加力量、对身体有反射性保护、有利于起动跑垒。随挥的主要动作环节有前挥→翻腕→屈肘→收棒。

前挥棒中球时，在意识上要主动让棒向投手前挥，要做好此动作，必须中球后积极翻腕和前送，这有助于增加中球的附加力量，使棒的运动能量充分传送到球上。

翻腕：这是棒中球后的自然动作，左手向上翻腕，右手在左腕上向下翻腕，右臂贴着左臂。不翻腕就难于屈肘收棒，影响起动跑垒。

屈肘：翻腕后，要屈肘，并由两臂带动两肩和上体垂直向左旋转。

收手和收棒：屈肘后，两臂随之向后上方收手，似背口袋上肩的动作，直到把棒收至左肩背后。

三、跑垒

（一）跑垒的特点

跑垒是队员击球上垒和上垒以后继续进攻的一项极为重要的基本技术。比赛中，攻方队员的上垒进垒、偷垒以至得分，都是通过跑垒实现的，因此，跑垒是攻击的重要技术之一。如果说球队的得分差异取决于能否巧妙运用跑垒，也并不为过。巧妙的跑垒，可增强打击力，增加得分机会，故跑垒与打击是球队增加分数时不可分割的重要攻击技术（图20-3）。

图20-3　跑垒

（二）跑垒的过程

跑向一垒的完整过程由七个部分（以内野球由本垒跑向一垒的完整过程为例）组成：

挥棒后的起动→起跑阶段→垒间跑阶段→冲刺阶段→踏一垒→减速和停止阶段→返回一垒或继续进垒阶段。

1. 挥棒后的起动

击球员在完成击球任务后，要尽快起动，离开本垒向一垒冲去。在放棒和跑出击球区时，要立刻调整姿势，以低姿势跨出第一步来加速，其技术要点：由于击完球后，重心的六成已顺势移向左腿，这时先用右脚前掌用力后蹬地和起动第一步，第一步要小，身体前倾，两眼视前方，同时，身体反方向右转，两臂自然摆动。

2. 起跑阶段

起跑阶段也是加速阶段，路长约5 m。这时身体仍保持前倾，步幅小，步频要快，加快两臂摆速和力度，全力奔跑在一直线上。

3. 垒间跑阶段

垒间跑阶段也是途中跑，属匀速阶段，约20m左右。进入垒间跑时，身体获得较大加速后，上体要逐渐抬起，蹬地抬腿加大，两臂摆幅和摆速也加大，两眼注视垒包和一垒指导员的手势。

4. 冲刺阶段

这是踏一垒包前约3m的阶段，最后冲刺技术要点：体前倾，弯背低头，以一垒后方为目标来全力冲刺。

5. 踏一垒

用左脚或右脚踩均可，因每个人的跑速和步幅数不同，但每个人的步幅数是相对固定的。踩垒时务必用前脚掌踏垒包外侧的最近垒角，身体向外倾斜。

6. 减速和停止阶段

在全速冲过一垒后，要减速，降低重心，身体稍后仰，头右转，眼睛观察球是否漏接，若漏接，应快速左转体直冲二垒（当然还要根据漏接程度来定），若球不漏接，最好在一垒包界外的4m范围内停下，并左转体，面向场内，观察攻守形势。

7. 返回一垒或继续进垒阶段

返回一垒时，务必从界外回垒，若从界内回垒则有被触杀出局的可能。若攻守行为仍在继续，在返回一垒后要做好进垒准备。

四、离垒、起动起跑

离垒、起动起跑是跑垒中最费神的动作。不论对方做什么样的牵制，都要尽可能的离垒远一些，或要比牵制球快一点回到垒上，或找机会起跑下垒等，这些皆为跑垒技术的组成部分，也是跑垒员向下一垒跑的出发前准备动作或偷垒前的技术动作。

跑垒员为使自己在进攻中既快又安全的进垒，适当地缩短跑向下一垒的距离是十分重要的，无论是在何垒，离垒的过程包括：投手不在投手板上时，站在垒上看进攻暗号→投手上投手板时，第一次离垒几步→投手向本垒板投球时，第二次离垒1、2步（除偷垒、抢分外）。

（一）离垒的种类

离垒的距离大小，由投手投球方式、牵制球能力、自己的回垒能力、战局需要四个因素决定。离垒的方法有三种，即单向离垒、双向离垒、小滑步离垒。

1. 单向离垒

这是以牵制、干扰、动摇投手为目的的离垒，也是配合其他垒上跑垒员的离垒，离垒的距离稍大，但却随时准备回垒。其主要技术特点：左手臂指向一垒，右手臂微曲在体侧，重心在左脚上，上体稍向左倾斜。

2. 双向离垒

这是一边想偷垒一边想回垒的中性离垒，一有机会就往二垒冲，离垒距离比单向短一些。主要技术特点：两臂在体前自然下垂，重心在中间。由于离垒距离不远，一般少用扑垒回垒。

3. 小滑步离垒

这是以偷垒为目的的离垒方法。在离垒一定距离后改用隐蔽的小滑步离垒，待投手一有投球的动作，就顺其滑步惯性往二垒跑。

（二）在一垒上的离垒、起动起跑

跑垒员在一垒时，采取单向离垒来扰乱投手的情绪非常重要，使投手减少对打者的注意力，也是一垒跑者离垒的任务之一，当然也要根据战局需要采用其他离垒方式，下面介绍在一垒上的基本离垒方法和步骤。

1. 准备姿势　投手未上板时，用左脚踏在垒包指向外场的近角。面向内场注视进攻信号和投手的动作，右脚踏在一、二垒的垒线上。

2. 待投手持球上板后开始离垒　第一次离垒的头几步用滑步式离垒或后交叉一步式离垒，第二步用左脚后小交叉移动，第三步用右脚右跨出，第四步左脚靠近右脚，第五步右脚向右半跨出，第一次离垒距离约 3m 左右。

3. 当投手向本垒投球，就进行第二次离垒，采用滑步式或转身起动跑 1、2 步，然后面向内场。若未挥棒，捕手传一垒，则马上回垒，第二次离垒距离约 2m。

4. 离垒的基本技术要点　重心平均分布在两脚上，膝部弯曲，姿势尽量低，双臂垂于体前，以保持平衡，面向内野，眼睛注视投手的动作和击球情况等。离垒位置必须在两垒之间的连线上或稍内侧，绝不可在连线的后方或前方，即在回垒或进垒时，不必跑多余的距离，要选择离目的垒最短的位置。

5. 当击球员击出地滚球时，要快速起动和起跑，其技术要点：重心移向右脚，右转体，左臂向后向右用力摆动，右臂向前摆动，上体尽量面向二垒方向，左脚向二垒方向跨出，身体前倾，重心要低，头几步跑动步幅小，步频快，有了一定加速度后，上体逐渐抬起。

（三）在二垒上的离垒

一垒和三垒都有对手在守备，准备接投手的牵制球，故离垒距离有限。但二垒上并没有人固定守着，且投手的牵制球需要大转身，捕手牵制传二垒的距离也远，因此，在二垒时应采取大胆离垒，距离比二、三垒更远，而且不是一步步的慢慢探测，可以大胆地一下子就离开。

五、回垒

回垒方法有四种，即一步加一跳法、二步加一跳法、扑垒、坐式滑垒。跑垒员无论在何垒上，均可根据当时情形选择以上四种方法。

（一）正常情况下的回垒方法

正常情况下，采用一步加一跳法和二步加一跳法。

1. 一步加一跳法

第一步是右脚向左前交叉步，这时重心过渡到左脚上，然后左脚跨步跳，用左脚前掌触垒包的外角，同时以左脚为轴顺时针转体 180°正面对着二垒。整个动作要连贯，尤其是触垒和转体应同时进行。此法可减少触杀面，且在触垒瞬间能观察接球者的情况，万一失误可抢占下一个垒。

2. 二步加一跳法

第一步右脚前交叉，第二步左脚跨出，第三步右脚跨步跳，用右脚前掌触垒包的外角，身体面向场外，头部右转，眼睛观察接球情况。

3. 注意事项

(1) 返垒时，上体应顺势向左稍倾斜，回垒路线也稍偏左。

(2) 注视接球者的眼睛。

(3) 三垒跑者一般从垒线上回垒，目的是使捕手在传杀三垒时，对判断传球距离和目标容易造成错觉，也易挡住捕手的传球路线。

（二）紧急情况下的回垒方法

当跑垒员回垒时，若认为用正常回垒法可能有被触杀的危险，则要用扑垒法或滑垒法。

1. 扑垒法

第一步用右脚前交叉，重心过渡到左脚，身体下降，右手臂伸直，用右手掌触垒包外近角，脸部左转,目的是可看到球是否漏接,防止脸部受伤。

2. 滑垒法

一般采用坐式滑垒,触垒时用右脚触垒包的外侧,具体技术要点见滑垒部分。

六、偷垒

偷垒有单偷、双偷、牵制偷、偷本垒四种。均为看出投捕之间或内野发生破绽或战术需要时才采用的战术。

1. 无论何垒有人,均采用“小滑步离垒”方法,即第一次离垒采用后交叉式或滑步式(同前)。第二次离垒要采用小滑步式(投手已上板但还未有投球的开始动作),身体向右移动时,先踮起脚尖,以脚尖为轴,脚跟向右移。脚跟着地后再翘起脚尖,以脚跟为轴,脚尖再向右移,移动时,上体保持不动,重心在两脚之间。

2. 小滑步移动时,随时注视投手动向,并注意离垒距离,当投手一有投球的开始动作,左脚前交叉起动,右转体右臂用力后摆,面向前垒位,开始几步身体前倾,重心低,步幅小,步频快,全力直线冲前垒位。接近垒位 5 m 左右时,注视内野手的眼睛,从其眼神判断传球和接球位置,并做好扑垒或滑垒准备。

七、滑垒

滑垒是指跑垒员高速接近垒位时,为防止触杀而采取的一种身体接触地面向前滑动,并用手或脚去触摸垒垫的技术动作,也是高速接近垒位时进行急停的一种技术动作。因此熟练而全面地掌握各种滑垒方法,能提高跑垒、偷垒的成功率。

(一) 滑垒的种类和动作要领

滑垒的方式有四种,即勾式滑垒、坐式滑垒、手扑式滑垒、应变滑垒,均为跑垒动作不可缺少的重要技术。

1. 勾式滑垒

(1) 特点

这是跑者在高速接近垒位时采取脚在前、身体在垒的一侧的滑垒姿势。当某一脚的脚尖触垒时,上体可远离垒包,触杀面积小,是一种防止守队触杀的有效滑垒方法。最好左右脚均会勾式滑垒。在跑向二垒、三垒、本垒时皆适用。

(2) 动作要领

①必须在高速中进行,以减少摩擦力。

②务必滑向传球的相反方向,故须左右两侧都会滑垒。

③在接近垒前 3 m 左右时,若向垒的右侧滑,上体在快速移动中向右侧倾斜,左脚内侧向后方蹬地,右脚同时外展并向垒的右侧伸腿。

④右脚伸出后依次用脚外侧、大小腿外侧、右侧臀接触地面,并带动左脚向垒包前沿的右角滑去。

⑤左脚向前滑进时,大小腿弯曲,滑垒终止时,要用左脚背去触垒包的外角。

⑥身体侧倒时要收腹,右手掌要与身体保持 45°角,并略微弯曲着地。同时,左手必须向前方伸出。

⑦在滑垒过程中,两腿要形成夹子的姿势,且身体应侧卧正躺,若侧身躺地会随惯性旋转,造成左脚不易触垒点。

⑧不要用手撑地,以免受伤。

2. 坐式滑垒

（1）特点

这是以坐地姿势向前滑动的滑垒方法，动作快。直线滑行，离垒近且滑动的距离较短，也是高速接近垒位时最有效、实用的急停动作，并在滑行中可立即起立继续进垒，故在比赛中广泛运用。该动作简练易掌握，一垒跑者偷二垒常采用，最好掌握左右两侧的坐式滑垒。

（2）动作要领

①必须在高速中进行。

②在接近垒位 3 m 左右时，降低身体重心，同时用左脚向后蹬地起动，右脚微屈腿上摆，使身体在前进中略腾起，且上体稍向左倾斜，但不能有意跳滑。

③身体腾起时，左腿向右膝关节下弯曲，依次用左脚背外侧、左大小腿外侧和左臀呈坐地姿势向前滑动。右腿稍放松弯曲，脚尖放松上跷，双肩屈于体侧。

④上体前倾、含胸、收下巴，前腿就不会高了。

⑤用右脚掌或脚跟触及垒包的前沿或垒的一个角。

⑥当前脚触及垒包时，若想继续进垒，上体向内场一侧倾斜，左手撑地，左腿由屈曲变为向后蹬地起立，右脚向下一垒方向跨出起立后的第一步。

⑦坐式滑垒一般不仰滑，除非守场员触杀时，为了缩小触杀面积才这样做。

3. 手扑式滑垒

（1）特点

这是一种高速接近垒时上体在前，用腹部和大腿触地和用手触控垒垫的滑垒方法。滑垒距离长，触杀面积小，又能用手灵活地兜换触垒位置，因此它是一种对守队威胁最大的滑垒方法，一般在偷垒时和跑向本垒的紧急关头运用。这种技术动作比较简单，容易掌握，但要注意手臂的安全，正确掌握技术。

（2）动作要领

①高速接近垒位。

②在垒前 4 m～5 m 时，降低身体重心，上体前倾，用右（左）脚向后蹬地，使身体向前下方伸展。

③身体展开后，仰头、挺胸、挺腹、两手前伸、两脚屈于身后。

④在滑行中，依次用腹部和大腿着地，呈半弧形伏地姿势向前滑动，并用手指触垒的前沿或一角。

4. 应变滑垒

应变滑垒也称躲闪滑垒，是坐式滑垒和手扑式滑垒的综合运用。

当球已传到垒上，用正常的滑垒技术有被触杀危险时，应采用多种多样的“应变滑垒”技术，如变换左右手触垒、坐式改为反身手触垒等等。

（1）坐式滑垒改为手触垒。用坐式滑垒法滑到垒包的左侧，即向传球的相反方向滑进。若右滑时，用左手触垒，相反则用右手触垒。

（2）坐式滑垒改为反身手触垒。用坐式滑垒法滑到垒包的左侧方或左后方，然后突然向左转身，用左（右）手触垒包外沿或一角。

（3）手扑式变换左右手触垒。用双手扑垒时，可根据当时需要突然收起左手，改用右手指去摸垒包的前沿或一角。

（4）改变手扑式滑垒方向。在接近垒前 4 m～5 m 时，根据需要，突然改变滑垒方向（即改变后蹬腿用力方向），和传球方向相反，在滑动中用左手指触垒的外角。

（二）滑垒的要求

1. 不要减速滑垒，跑得越快，摩擦力越小，越不容易受伤。

2. 滑垒时，不要故意跳起，要顺势斜下滑，并相对减少身体与地面的接触面，减少摩擦。

3. 在滑垒时，背腹肌要保持高度紧张，双手不要撑地。

4. 练习时，为了避免手受伤，双手握拳或抓土练习，养成习惯手不撑地。

5. 滑垒时，不管守垒者的手套在哪里，应看着守垒者的眼睛，以决定滑垒方向。

6. 滑垒必须勇敢、顽强，克服害怕心理。美国棒球专家阿斯博士说害怕滑垒的人，我不吸收其为棒球队员，即使棒球打得好，也不让他上场比赛。

7. 可滑可不滑时，要果断滑垒。一旦决定要滑垒，即使指导员不叫滑也要滑。

8. 不要故意向守垒员的脚或身体滑去，以免造成不必要的伤害，同时这也是没有职业道德的行为。

9. 如场地土质坚硬、高低不平、碎石多，则不宜滑垒。

第三节　垒球运动主要竞赛规则

一、竞赛

垒球是一种两支队伍交替击球和接球的比赛项目。比赛双方的目的是力争在 7 局比赛（即七轮击球）中获得最高分。如果一方有 3 名击球手被淘汰出局，该队的半局就宣告结束，如果七局比赛之后两队打平，两队将进入附加赛，直到有一方获胜为止。

二、得分

在一局比赛中，如果击球手击中球后沿逆时针方向顺利到达一垒，然后跑完所有的三垒，最后跑回本垒，这支球队得一分。击球手击中对方队员投出来的球后，该击球手占得一垒。击球手击出来的球必须落在边线以内、对方接球队员之前，这样，对方接球队员就有可能用手套将球接住。在接球手拿球上垒之前，击球手必须先到该垒。

三、上垒

如果击球手将球击出场外（击球区外四个投球点以外）或者被对方投出来的球打到身上，击球手也能安全上垒。但是，如果是一个本垒打，经常是将球击出场外围栏，那么，击球手和所有跑垒球员都要绕各垒跑一周，然后马上得分。一般情况下，第一个击球队员安全到达第一垒后，其他击球手击中投球后，逐垒占领，这样才能得分。

击球队员和跑垒员可以跑到下一个没被其他跑垒员占领的垒。但是，如果击球队员在接球队员之后上垒，那么，该击球手就被淘汰出局。如果击球手打出一个地面球，一垒的跑垒员就要尽快跑到第二垒，击球手就能轻松地跑到第一垒。如果一名队员被迫跑到其队友原先所占的垒时，其他的跑垒员也要相应地跑到下一垒。在这两种情况下，跑垒员都必须跑垒，而接球手在接到球后，只需比跑垒员先到下一垒，就可以将对方跑垒员淘汰出局。不需追赶对方跑垒员。

四、将对方击球手淘汰出局

投球手的目的就是要将击球手（即跑垒员）淘汰出局。要达此目的，有如下三种途径：迫使击球手向内场手击出一粒地面球；迫使击球手将球击向空中，这样队友能将球接住；迫使击球手三击不中出局。

五、其他规则

如果击球手打出一粒边界球，除非该队员在此之前已击出两粒好球，那么这个球算击球手的一次失误。

如果击球队员在前两次击球失败后，第三次击出的球被接球队员接住，那么，该击球手就会以三击不中而被淘汰出局。

接球手一旦接到被击球手打到空中的球，跑垒员就必须离开本垒，然后在接球手之前赶到下一垒。

在球被接到之前，如果跑垒员跑离本垒，而且接球队员在跑垒员赶回之前拿到球并成功上垒的话，那么，该跑垒员被淘汰出局。

击球手可以跑过第一垒，但如果他跑过或滑过第二垒或第三垒，就有可能被接球手追上而被淘汰。

跑垒员可以在击球手击球之前就开始跑垒，或叫窃垒。

击球手在第三打时，触击球犯规就会被淘汰。

投球手在掷球时必须至少有一条腿着地。

队员被替换下场之后可以重新上场，但是一名替补只能替换一名场上球员。

六、垒球场地

通常，垒球的内场为泥地，外场是草地。因为垒球场内场被本垒和其他三垒围成一个菱形，所以垒球场也被称为菱形场。垒与垒间隔 18.3 m，一条假想的线将四个垒连成一个锐角为 45°的菱形。

投球手站在球场中央一块橡胶制成的投球垫上。实力强的投手一般都能将球以 110 km/h 的速度掷出。但是，为了扰乱击球手的击球节奏，投球手也会掷出一些稍慢一点的球，比如为使打击手打空而投的缓慢球。外场的大小限制不那么严格，但是，女子速投垒球的本垒离外场围栏之间至少应有 61 m。

第二十一章　曲棍球运动

第一节　曲棍球运动概述

一、曲棍球运动的起源

曲棍球是使用带有弯头的曲棍控制球，将球射入对方球门得分的球类运动。曲棍球是一项古老的运动。在古埃及的建筑物浮雕上发现过类似曲棍球运动的图像。中国古代也有关于类似曲棍球活动的记载，唐代称为“步打球”，北宋称为“步击”。现代曲棍球19世纪下半叶起源于英国。1861年英国出现第一个曲棍球俱乐部，1875年成立第一个曲棍球协会，并在伦敦的一次会议上制定了比赛规则。1883年温布尔登曲棍球俱乐部为比赛明确了场地区界，1895年在英国首次举行男子曲棍球赛，此后曲棍球运动逐渐传入印度等英联邦国家。1924年国际曲棍球联合会成立，1927年又在伦敦成立国际女子曲棍球联合会。男子曲棍球自1908年第4届奥运会开始列为正式比赛项目，女子曲棍球自1980年第22届奥运会开始列为正式比赛项目。

二、曲棍球运动在中国

中国开展现代曲棍球运动是在20世纪70年代中期。1975年，中国派出4名教练员组成考察组赴巴基斯坦访问学习。1976年先后在内蒙古莫力达瓦达斡尔旗和北京体育学院试行开展曲棍球运动；1978年，中国首次举办全国曲棍球比赛。同年国家体委以莫力达瓦达斡尔旗曲棍球队为主体，成立了中国青年曲棍球队，与访华的巴基斯坦青年队在北京、上海、沈阳、哈尔滨等地进行了多场友谊赛。随后以莫力达瓦达斡尔旗队为主组成了国家曲棍球队，并聘请巴基斯坦教练帮助训练，使中国曲棍球运动开始稳步向前发展。30多年来，由于国家体委和有关省、市、自治区的重视，我国曲棍球运动有了长足的发展，特别是女子曲棍球运动更有后来居上之势。2000年在澳大利亚悉尼举行的第27届奥运会上，中国女子曲棍球队取得了骄人的战绩，先后战胜了上届冠军德国队等世界强队，取得了第五名的突破性成绩，这也为中国的曲棍球事业写下了光辉的一页。

第二节　曲棍球运动基本技术

一、基本技术

（一）握棍

球的任何运动都必须通过棍去完成，因而正确握棍就显得尤为重要。教练必须要求所有年轻队员在击球时始终左手在上，右手在下握棍。左手支配棍的方向，右手发力(图21-1)。

图21-1　握棍方法

在所有的持棍技术中，左手都应靠近棍的顶端。但在运球、击球和推球、挑拨球之间应该稍有不同。其主要不同在带球跑动时，棍在球上方应转 180°，而要做到这一点，左手控棍须稍稍转为右手控棍。这样，当棍在球的右侧，四指紧握球棍时，运动员就能清楚地看到左手的 2 到 3 个指节，当转动球棍上端时，就能触到球的右方。在这种情况下，右手放松，使棍易于转动是非常重要的。

(二) 运球

运球的方式有正手运球、印度式运球、反棍运球等。

1. 正手运球

在正手运球或在防守较松一侧的运球中，球位于体前右侧位，或在右肩胛线的外侧。要想更好地控制球，球就应越靠近双脚。因而运球速度也就越慢，在球高速运行情况下，这一点更明显。

在拼抢区域，特别在射门区，运动员常常采用近身运球。在持球队员前方无人拦截时，可运用防守较弱一侧运球，把球稍向前推，这样可加快运球的速度。采用这种技术可迅速通过空档或进入非移动队员身后的空档。

2. 印度式运球

球置于身体前方，把球拨向右脚的外侧，把球拨向左脚的外侧，把球从身体最左侧拨向右侧。

这种运球可以培养运动员迅速左右移动的能力，对蒙骗对方或迅速转向是非常有用的。因而，要想迷惑对方或在拼抢区内运球，特别在对付技术娴熟的陪练运动员时，采用这种运球就可获得很大的主动。对处于困境的队员，使用印度式运球尤为适宜。

3. 反棍运球

这种运球与防守较弱的一侧运球较为相似，即把球推向体前的空档，所不同的是左手持棍。这种运球在身体左侧或前面，因而对左翼进攻队员特别有利。采用这种运球，运动员应具有较娴熟的反棍技术。

(三) 控球

在任何传球中，控球能力都是重要一环。控制球就意味着掌握了传球权，从而为下一步的行动做好准备。有时要求把球停稳，但优秀运动员常常能在运动中改变球的位置，为随后的行动争得空档和时间。

一般原则：

1. 运动员的视线和球棍应尽可能随球移动。

2. 接球时，球棍应准确触及来球。

3. 右手对球的缓冲起着关键作用，以使球能根据需要而重新定位。右手起主导作用，它控制着棍对球的撞击时间。

4. 控制运行中的球是较难的，若能让球落在球棍上，控球就容易得多。

5. 运动员在接球时，应尽量保持身体重心平稳。

6. 接球者在接球前后，可环视场上形势，但控球时，注意力应高度集中。

(1) 对左侧来球的控制

运动员面对来球，理想的控球点是在两脚之间或在右脚的内侧，因此，运动员的视线、球棍和身体应迅速移向球运行的一侧，以取得控球的最佳时机。但由于接球者在向前运动过程中必须快速使球变向，控球之后，身体又要迅速移动，所以这种技术很难运用。

所有运动员都必须掌握反棍控球技术，因为即使球从左边过来，并非每次传球都能准确到位。接反棍来球的要点是运动员迅速面向对手,以防干扰。当攻方摆脱防守时,球传到反手位,由于运动员控制球和向前运球,此时应逆时针移动,以免发生阻挡犯规。

(2) 对右侧来球的控制

当运动员向前跑动或在他前面有空档时,常采用反棍运球。当球在他身边的 1m 左右或脚前时,则控球较为容易。这时,右肩朝向来球,棍头正对来球,视线应尽可能靠近传球线。通常在左脚前或外侧控球,因为这样有利于继续向前移动。

练习中,如果球恰好传到他的正前方,运动员应该用左手快速反手运球。

运动员正手控制右侧来球。这种方法不仅可用于静止状态,而且常用于向前移动或背离对方球门时。

静止状态或背离对方球门时的控球。这种技术多用于拼抢区(如在射门区内)或一个球员被对方紧盯时。这名队员通过移动摆脱防守队员。以正手接右边来球。在控球时,运动员的膝关节微屈以保持身体的重心平衡,两脚分开,面向来球方向,身体的重心一般在右脚,在右脚前或右脚外侧控球。前进中控球,向前跑动的运动员上体应转向来球,以正手在脚附近控球。

(3) 对前方来球的控制

这种方法用在对方控球或一个队员抢断传球时,球棍几乎与地面垂直。在两脚之间或靠近右脚以正手控球。运动员可以向左移动球棍,控制左脚附近来球,但不能转棍反手控球。

下列情况下,也可以使用反棍控球。其方法同前面提到的控制右侧来球部分相同,所不同的只是运动员不是处于静止或缓慢启动状态。在人造草皮球场上,球的滚动较为平稳,因而球棍与地面应更平行一些,这样,在起动中,就能更好地控制球。这里,有必要指出,在控球时,棍几乎与地面平行,这一点非常重要。但控球之后,当运动员在快速转体之前,需要抬高重心,因为身体过度前倾是不利于迅速起动的。

教练员和运动员应对此项技术的优缺点加以认真权衡,从而正确地应用。这一技术对抢断、拦截、控制不准确的传球、拨开门前的来球都是极为有用的,但当运动员快速移动和球处于有利情况时,则很少使用这一技术。

(4) 对后方来球的控制

当一方进攻时,运动员需要接住许多来自后方的球,并控制住。这不仅限于运动员处于静止状态时,更重要的是在与球跑动时方向一致、向远方追球或在与球的运行路线垂直的跑动中,都应该注意正手或反手控球。

①移动方向和来球方向一致时的控球。这种技术常用来甩开紧盯不放的防守队员。前锋队员在向球的跑动过程中,在两脚之间或在右脚外侧控球。至于具体在什么地方控球,这要根据下一步如何行动而定。

②与球距离较远的控球。在这种情况下,接球者与来球同方向跑动,但应与球有一很小角度,以使运动员能从左肩看到来球,以球棍横向或顺球的运行路线将球控制住。

③与来球运动路线垂直方向跑动中控球。这一技术的最大难点是在控球前,眼睛和球棍不能与来球路线保持一致,因此,运动员精力必须特别集中。运动员和球的移动速度越快,则技术难度愈大。应在双脚间稍前或紧靠右脚内侧前方控球,左肩朝向来球。这时,防守队员离球愈近,则下一步球和运动员的动向就愈应谨慎。

④与球距离较远的控球。接球者与球的方向应有一定的夹角,以便运动员能从右肩看到球,使球棍顺着来球方向,以反棍在脚前控球,这样有利于继续向前移动。

⑤与来球运动路线垂直方向跑动中控球。这种技术，同上一种很相似，但跑动方向与球的运动方向的夹角大约为90°。由于在快速跑动中运球，所以难度很大。

（四）传球

传球和控球无疑是曲棍球技术中最重要的两个方面，因为它们是把球送入射门区的重要手段。运球也是一种使球向前运行的方法，但没有传球那样快。对运动员来说，尽早学会传、接球技术是十分必要的。

传球有横向传球、穿越空档的传球和斜向传球。传球基本技术是推、击和挑。整个传球技术中首先是侧身技术，即不管通过哪种方式传球，运动员的肩必须转向传球方向，使用正手时是左肩，使用反手时是右肩。假动作是传球技术的一个重要方面，因为它能迷惑对方。

1. 推球

这是一种最常用的传球技术，特别是人工草皮场上。在这种场地上，可以做大幅度的快速传球，而且球的方向不易改变，但球速比击球要慢。

（1）正手推球

球置于身体右侧。向左（前）脚方向推球。两手分开，右手在左手下面。两腿微曲，上体前倾，位于球上方。左脚向球前跨一步，依靠双臂和身体的协调动作推球。左手后拉，右手快速前推，使棍头产生加速运动。整个传球过程中，眼睛始终盯住球。灵活的步法是传球成功的关键。

（2）反棍推球

这种方法，无论是横传还是从左至右的反向横传，一般都是短传。在印度式运球中，球是由棍尖推动的，若反向横传，运动员选位更须准确，以利于球的运行。

2. 击球

击球主要应用于以下情况：使球高速运行，球距同伴较远，把球打入空档或突破守门员时。

（1）重心位于左脚的击球

这是一种最常用的击球方法。掌握这种技术，重要的是运动员必须学会在各种情况下都能得心应手，准确和平稳地击球。例如，球处于静止状态，运动员绕球运动并把球击向右方；球和运动员都处于运动状态，运动员围绕运行中的球移动并把球击向右方。

击球前，双肩对向传球方向，开始转体时，左肩对球。击球时，身体重心移向左腿。左腿微曲，起支撑作用。手臂向后预摆，击球一刹那，双臂伸直。击球时，左脚与球对齐。棍顺球运行方向挥动，然后向左挥击，球击出后，棍应立即停止挥动。击球时腰部发力，转体速度愈快，所获力量愈大，棍头速度愈高。击球瞬间，可利用腕部做假动作，迷惑对方。

（2）重心位于右脚时的击球

这种击球同上面方法非常相近，但右脚更靠近球时，身体重心也更靠近右腿。同前者相比，这种技术难度稍大。运动员应在右脚外侧把球从左向右或从右向左击出。

3. 挑拨球

挑拨球是一种常用技术，有经验的运动员可把球送到50 m以外。挑球同推球非常相近，但球通常稍靠前一点，这样，棍就可从球下更容易触到球，所以身体姿势也较低。挑球主要运用手臂和腕部的力量，完成动作时掌握好身体重心和运用棍的前根非常重要。腕部和手臂有力的运动员在完成这一动作时占有很大的优势。

训练挑球时，要求开始时应将球尽力挑高，直到运动员能把球准确传出，然后再训练对距离较远、运行中的球进行挑传。

应在静止状态挑拨球技术掌握之后，再在移动中对运行中的球进行练习。

第三节　曲棍球运动基本战术

一、进攻技术

在所有球类项目比赛中，进攻的目的都是争取比对手多进球。在曲棍球比赛中，把球攻进球门很不容易。因为，进攻者必须首先使球进入射门区内，而这是一个很小的区域，并且还规定了"越位"、"危险动作"、"阻挡"等限制运动员个人发挥的规则。控球是突破防守和创造得分机会的重要手段，因此它应是个人、小组及整个队水平的标尺。但在进攻中个人难免失误，而小组进攻的优点就在于可以相互策应，因而就会有更多的射门机会。

在进攻中，获得持球权是最重要的。而当防守者预先在中场建立防守阵型时，一个队若不能突破防守，就不能转入进攻，更无法向前推进，也就没有得分机会。所以，突破性行动是创造射门得分的主要手段。

(一) 站位

它是指进攻者相互间的距离。如果进攻者能合理站位则形势对攻方有利，反之则对守方有利。合理的站位有以下优点：

(1) 每一个进攻者的活动范围相应增大。

(2) 使守方拉长防线，给防守造成更大的困难。

(3) 使守方造成空档，攻方可以利用空档传球、运球。

(二) 策应

策应，即当进攻队员实施突破时，攻方必须在球的前后左右进行接应。好的策应能给一个队提供解决突破防守的若干问题。重要的是，策应队员要能对场上千变万化的形势迅速做出反应。对防守队员来讲很难做到统观全局，而如果进攻者不能始终给防守者以压力，他们就不可能获得真正的成功。

(三) 移动

移动是能根据场上形势及时变化位置，并根据整体配合进行相应的跑动。这不仅需要意识，还需要基本技术，特别是对前锋来讲，这可能造成撕破防线和破门形势的改变。因而运动员不仅要重视站位，而且要有跑动的意识，并清楚自己处在一个不断变化的比赛之中。

(四) 相互配合

一个队的整体打法，队员间的相互配合非常重要，这种配合主要依靠平时的训练。队员之间不要总是进行固定配合练习。当然，固定配合练习也有它的好处，因为对那些同时接近射门区的队员来讲，有利于彼此相互了解。

(五) 审时度势随机应变

审时度势与随机应变是打好进攻的重要前提，必须运用到各种打法中去。每一个运动员都应了解进攻的发展趋势、时机、方向、球及运动员的运动速度，以使整个进攻过程中运动员能得到适当的喘息机会。

当每个运动员之间的相互配合和打法模式得到加强时，那么两个或两个以上进攻队员对场上变化就会达到默契配合，反应能力便会得到提高。打法及阵型的形成，也是一个队风格的体现。

由于场上情况千变万化，因此当决策失误或运动员面临意想不到的情况时，在总体打法不改变的前提下，必须允许队员临场即兴发挥。要鼓励运动员即兴发挥，但这必须服从于掩护进攻的要求，而不是牺牲有利于整体进攻的行动。一旦决定，行动一定要果断，同时也应做好准备向本队队员和教练员对自己这种行为加以说明。临场即兴发挥可以是有球队员，也可以是无球队员。例如为了策应进攻而改变站位。

其次，客观估价自己是一个队制定进攻战术的基础，而战术基础又是对一个队进攻质量的评价。当然，技术的发展与配合同不断提高的训练质量有密切关系。因此，这是一个相互联系的过程。相互配合应注意的问题：

1. 前锋是否具有快速奔跑能力，这样便于拉开同防守者的距离。
2. 有无可以破门得分的尖子队员。
3. 内锋或中锋有无同前锋配合的能力。
4. 前锋有无在高速奔跑中过人或在拼抢区内过人的技术。

（六）突破

突破是将球打入空档或球门一侧防守者的身后。其前提是必须有熟练的运球、传球及策应技术。

二、防守技术

防守的主要目的：

1. 阻止对方突破。
2. 将对方破门的机会降低到最小限度。
3. 为进攻创造条件。
4. 有效防卫，尽可能将防线往前推进。

防守战术是个人和集体两者技术的共同发展。防守不仅限于后场或本方的球门，还应尽最大可能去创造反攻的机会。防守应达到这样一个水平，即所谓“固若金汤”。

阻截、跑动、抢球、盯人、掩护、抢断等技术在个人防守技术中非常重要。在集体防守中及时发现问题，审时度势作出选择，是运动员提高防守能力的唯一方法。

高水平的防守队员，还必须具有多方面的知识，如对有效进攻和针锋相对占据最有利地位的理解。对运动员来说，只有在同时具备了技术和知识之后，才能着手去发展相互间的联系整体配合。而对教练来说，语言指挥要简洁准确，以便在必要时运动员能立即付诸行动。

在比赛中，运动员在前场和后场如同守门员在错综复杂的防守情况下一样，应经常处于最佳位置。防守中形势千变万化，要求不断作出抉择和行动，所有场上防守队员必须始终保持清醒头脑，随机应变。

第四节 曲棍球运动主要竞赛规则

一、比赛场地和器材

（一）比赛场地

比赛场地为长方形。长 91.40 m，宽 55.00 m，按比赛场地示意图清楚地画线，以白色为宜（图 21-2）。

（二）球门

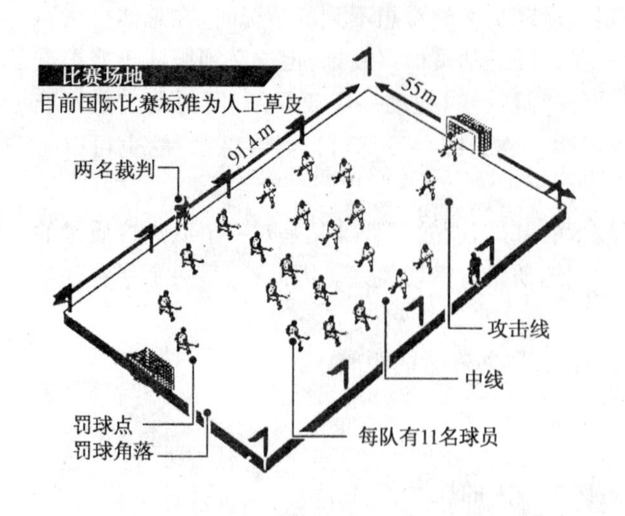

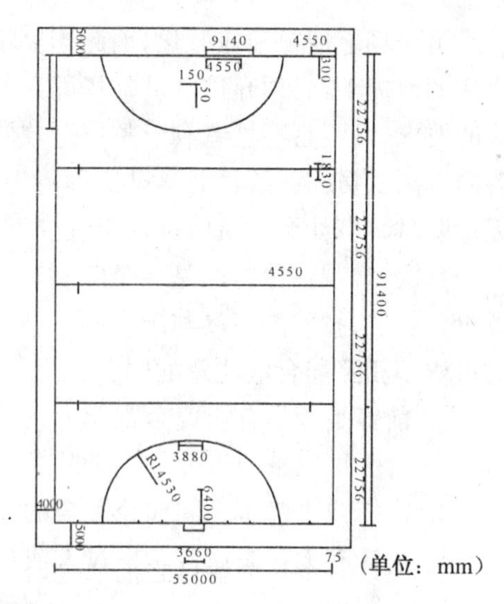

图 21-2　比赛场地图

位于端线的中间，两根球门立柱的内距为 3.66 m，横梁固定于立柱上，距地面的内距为 2.14 m。

（三）球棍

球棍的全重不得超过 737 g（图 21-3）。

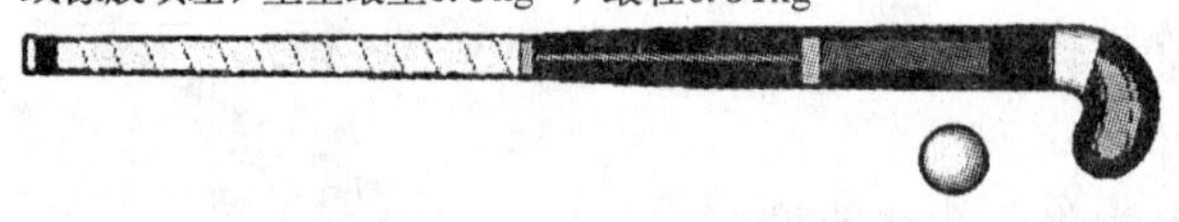

图 21-3　球棍和球

二、主要竞赛规则

（一）比赛时间

比赛分两个半场，各 35 分钟。

（二）开始和恢复比赛

1. 中场开球

(1) 从场地中心开球。

(2) 可向场地任何方向推球或击球。除开球队员外，双方所有队员均应位于本方半场内。

2. 开球方式

(1) 对方所有队员应离球 5 m 以外。

(2) 以推球或击球的方式开球。

(3) 球必须至少移动 1 m。

(4) 开球后，在不论哪个队的另一名队员触球前，发球队员不得再次触球，也不得留在或进入控球范围内。

(5) 不得故意将球打起，或以危险或可能导致危险的方式开球。

3. 球出界

球整体越过边线或端线时，则为死球，应用该球或另一个球恢复比赛。

4. 争球

(1) 出现下述情况之一，应通过争球恢复比赛。

①比赛进行之中必须更换比赛用球。

②双方同时犯规。

③在没有犯规的情况下，因受伤或其他原因而暂停比赛。

（2）争球方法

①由裁判员决定争球地点，但争球地点不得位于距端线 14.63m 的区域内。

②双方各出一名队员争球，两人身体右侧对着本方的端线，面对面站立。

③球置于两人之间的地面上。

④两人先用球棍轻敲球右侧的地面，然后在球的上方用球棍的正面轻敲对方的球棍。交替进行三次后，经其中任何一人触球，即进入比赛状态。

⑤在球未被触到之前，其他队员应离球 5m 以外。

5. 进球

（1）球在弧内被进攻队员触到后，在未出弧前整体从横梁下越过球门线，判为进球。

（2）进攻队员弧内触球之前或之后，球触到防守队员的球棍或身体，也判进球有效。

（3）弧内暂停比赛后，球必须再次被进攻队员触到，才判进球有效。

（4）守门员违反点球规则，从而阻止了进球，判为进球。

（5）进球多的队为胜队。

（三）判罚方法

1. 任意球

（1）距弧 5m 以外罚球，在犯规地点附近罚球。

（2）守方弧外距端线 16 码范围内罚球，在距端线 16 码的范围内、端线至犯规地点的延伸线上、平行于边线的任意一点罚球。

（3）守方弧内罚球：在弧内任意一点，或在距端线 16 码的范围内、端线至犯规地点的延伸线上、平行于边线的任意一点罚球。

（4）攻方在距弧 5m 以内罚球，在犯规地点附近罚球，除罚球队员外，双方所有队员均应离球 5m 以外。

（5）罚球前球必须静止不动。

（6）罚球队员推球或击球，球移动 1m 后，罚球一方的其他队员才可以触球。

（7）不得故意将球打起，或以危险的或可能导致危险的方式罚球。

（8）罚球队员罚球后，在另一名队员触球前，不得再次触球，也不得留在或进入控球范围内。

（9）对方队员必须离球 5m 以外。

如果对方队员为获取利益而位于 5m 以内，也没有必要拖延任意球的判罚。

2. 短角球

（1）将球放在球门任意一侧端线上距球门柱 10m 的标志处，或该标志与弧线之间的端线上任意一点。

（2）攻方一名队员推球或击球，推球或击球时不得故意将球打起。

（3）罚球队员必须至少有一只脚位于场外。

（4）双方其他所有队员均应离球 5m 以外。

（5）攻方其他队员在场上站位时，球棍、手和脚不得接触弧内的地面。

（6）包括守门员在内，守方最多可有 5 名队员位于端线外，站位时球棍、手和脚不得接触弧内的地面。

（7）守方其他队员应位于中线以外。

(8) 球被推出或击出前，除罚球队员外进攻队员不得进入弧线内，防守队员不得越过中线或端线。

(9) 罚球队员将球推出或击出后，在另一名队员触球前，不得再次触球，也不得留在或进入控球范围内。

(10) 球在弧外地面被停住或自行停止滚动之前，不得射门。进攻队员可传球或垫球，但只要球位于弧外 5 m 之内，就必须在球被停住或自行停止滚动后方可射门。

(11) 如果第一次射门是击球，除非球在向球门运行时触到防守队员的球棍或身体，否则球越过球门线时的高度不得超过 460 mm(球门挡板的高度)。因此，球在被垫到前，其飞行路线必须能导致这一结果。

(12) 对推挑球、垫球和挑球以及第二次及其后的击球射门，只要没有危险，没有高度限制。

①罚球队员不得直接射门。直接射门时，即使球被防守队员碰入门内，也判进球无效。

②如果球运行至弧外 5 m 以外，短角球规则不再适用。

(13) 在下述情况下，可以重新判罚短角球。

①防守队员站位时脚、手或球棍触及弧内的地面。

②在罚球队员触球之前，防守队员没有离球 5 m 以外。

③在罚球队员触球之前，防守队员越过端线或中线。

在罚球队员触球之前，进攻队员故意提前进入弧内，或因提前进入弧内而获取利益，应判守方罚任意球。

(14) 半场或全场比赛到时后，如果正在实施短角球的判罚，比赛应继续进行，直至短角球结束。为此目的，出现下述情况之一，即视为短角球已经结束。

①进球得分。

②进攻队员犯规。

③防守队员犯规，但应重新判罚短角球或判罚点球的犯规除外。出现后一种情况，比赛应继续进行，完成短角球或点球的判罚。

④球运行至弧外 5 m 以外。

⑤球被进攻队员从端线打出弧外，或被防守队员无意从端线打出弧外。

⑥从攻方在端线处罚短角球起，球第二次运行至弧外。

3. 点球

(1) 裁判员示意判罚点球时，停止计时。裁判员在点球判罚结束后鸣哨恢复比赛时，恢复计时。

(2) 罚点球开始之前，主罚点球的队员应站在球后靠近球处。

(3) 除守方守门员和主罚点球的队员外，双方其他队员应位于近侧 25 码线外，不得干扰罚点球的进行。

(4) 守门员应继续佩带头盔，不得以拖延时间为目的而摘掉任何护具。

(5) 守门员双脚站在球门线上，在球被触动之前，不得离开球门线，也不得移动双脚。

(6) 在控制罚点球的裁判员确认罚球队员和守门员均已做好准备，鸣哨示意后，罚球队员才可以罚球。

(7) 罚球队员可以用推球、推挑球或挑球的方式将球从罚球点罚出。

(8) 球的飞行高度没有限制。

(9) 罚球队员只能触球一次，触球后不得向球或守门员移动。

(10) 罚球过程中，罚球队员可以向前跨一步，但在球被触动前，后脚不得超过前脚。罚球队员不得做假动作。

第二十二章　手球运动

手球是球类运动项目之一，是在规定的场地内，通过集体配合，运用传球、接球、运球、移动和封、打、断球技术，配以各种战术将球攻入对方球门的运动。手球比赛分 7 人制和 11 人制两种。1972 年第 20 届奥运会上手球被列为正式比赛项目。

第一节　手球运动的起源与发展

一、手球运动的起源

手球是一种用手持球，运用移动、传球、接球、运球、射门、封抢断球等技术，以及各种攻防战术进行对抗的集体运动项目。

手球起源于欧洲。19 世纪末，捷克斯洛伐克、德国、丹麦都有类似现代手球形式的游戏。1917 年，德国柏林体育教师海泽尔专为女子设计了一种不许身体相互接触的集体游戏，形式与现代手球相似。1919 年柏林另一位体育教师卡尔·舍伦茨改进了海泽尔的游戏，采用较小的球，规定持球者传球前可跑 3 步，允许双方身体接触。1925 年德国与奥地利举行首次国际手球比赛，手球运动随之由中欧向北欧传播开来，20 世纪 40 年代由南欧传入非洲，20 世纪 50 年代又在美洲及亚洲开展起来。此后，手球运动传入东欧等国家，继而在世界各地兴起。

二、手球运动的发展

最初的手球比赛上场运动员为 11 人，称 11 人制手球。由于比赛通常在室外进行，又称室外手球。由于 11 人制手球只能在室外进行，因此不适合在北欧天寒地冻的冬季开展。

11 人制手球于 20 世纪 60 年代后期趋于淘汰，目前仅在德国等少数国家开展。在 1928 年、1932 年奥运会上，手球被列为表演项目。1936 年第 11 届奥运会在德国举行，手球被列为比赛项目。

目前世界主要的手球大赛有奥运会手球比赛，世界锦标赛(成年及青年)，欧洲三大杯赛以及五大洲的运动会和锦标赛等。中国的手球运动始于 20 世纪 50 年代中期。1955 年，位于广州的解放军体育学院将手球列入教学计划，在国内率先开始手球教学与训练。随后，北京体育学院等院校也开展了手球运动的教学。中国手球运动曾有过光辉的历史。1982 年和 1984 年，中国男、女手球队曾分别获得亚运会冠军和第 23 届洛杉矶奥运会铜牌。

目前，西亚的男子手球运动发展也很快，已经对东亚形成了很大的威胁。亚洲的手球强队，男队有韩国、日本、科威特和沙特，女队有韩国、朝鲜、日本和中国。

第二节　手球运动的特点

一、对抗激烈

对抗激烈是手球竞赛最主要的特点。在大家熟悉的篮球比赛中，实力相当的双方每球必争，而手球比赛中身体接触更加频繁。由于手球场比足球场小得多，队员身体接触的机会比足球队员要多得多，所以对抗更为激烈。运动员在经过激烈的对抗，终于得到射门机会时，还要在对抗中用尽全力射门。这更进一步增加了手球比赛对抗的强度。

二、速度快

手球比赛中，传球速度快，队员跑动快，战术配合快，看起来令人眼花缭乱，精彩纷呈。手球比赛规则规定，只要进攻的队员身体没有失去平衡，还能够继续进攻或进行配合，裁判员就不要中断比赛，使比赛能够快速连续地进行。这一规则特点决定了手球比赛的高速度。

三、动作精彩

足球比赛中运动员飞身铲球，守门员鱼跃扑球，网球比赛中运动员鱼跃救球等，都能引来观众一阵阵掌声，因为动作精彩。手球比赛中，运动员如果要争取近距离射门，就必须采用鱼跃射门的技术，并由此衍生出各种各样的空中动作，形成了丰富多彩的鱼跃射门技术。此外，变幻无常的射门动作，灵活多变的隐蔽传球，守门员闪电般的出击扑救球等，都给激烈的手球比赛增添了更为动人的色彩。

第三节　手球运动基本技术

手球技术大致可分为脚步移动技术、进攻技术、防守技术及守门员技术等。下面主要对一些常用的基本技术进行介绍。

一、脚步移动技术

（一）基本站立姿势

两脚平行或斜向开立，与肩同宽，脚尖向前，膝关节微屈稍内扣，脚跟稍提起，支撑点应放在两前脚掌，上体稍前顿，身体重心落于两脚之间，两臂屈肘自然置于体侧，抬头，两眼注视目标。

（二）跑动技术

1. 起动跑

起动跑是指由静止状态变为移动状态的一种脚步动作。在进攻中突然快速起动跑能有效地摆脱防守队员，而在防守中快速起动跑能抢占有利位置，完成防守任务。

跑是由基本站立姿势开始的，起动时（向前起动）一脚用力蹬地，身体前倾，身体重心随之向起动方向移动，另一脚迅速跨步，紧随的前几步要小而快，同时，手臂协调配合，积极摆动，以提高跑动的速度。

2. 侧身跑

在比赛中，进攻队员为了便于观察场上情况和接来自侧后方的球，经常采用侧身跑的技术动作。侧身跑时应注意：跑动中，头部和上体向场内或向有球的一侧扭转，身体重心侧前移，脚尖和膝部朝着跑动方向，形成上体侧转，两臂自然摆动，两眼注视场地，随时准备接球。

（三）跳动技术

跳是为了取得空间优势和占据空间有利的射门点而采用的一种双脚离地、身体有一定腾空的脚步动作。

1. 向前跳

向前跳多用于快速切入射门。其动作要领：起跳时，踏跳腿屈伸膝关节，并且前脚掌用力蹬地，上体前倾，身体重心向前移动并超越支撑点，腾空后充分展体、抬头，两眼注视目标。落地时，踏跳脚先着地，屈膝缓冲，以控制身体平衡。

2. 向上跳

向上跳常用于外围远距离射门或接断高空球。其动作要领：起跳时踏跳腿屈膝，降低身体重心，然后由踏跳脚后掌过渡到前掌用力向下蹬地，上体伸直，手臂协调上摆，使身体重心升高，另一脚自然屈膝抬起。落地时，踏跳脚先着地，屈膝缓冲，降低身体重心，以控制身体平衡。

二、传、接球技术

传、接球是比赛中进攻队员有目的转移球的方法，也是组织进攻和完成战术配合的纽带。任何一种传球、突破或射门都由持球开始。持球可分为单手持球和双手持球，持球是进攻中有球技术的基础。

（一）传球

传球是手球运动技术中基本的一环，是组织进攻和完成战术配合的桥梁，可以分为单手肩上传球和单手体侧传球两种主要的传球方式。

1. 单手肩上传球

单手肩上传球是比赛中最主要的传球方法。

特点：动作简单，传球准确，适用于不同距离的传球，能与射门动作结合运用，具有很强的攻击性。

动作要领：两脚前后开立，右手持球于肩上并举球后引，左肩稍向右转。持球手的上臂与躯干之间的夹角要大于 90°。肘关节高于肩，前臂与上臂的夹角也要大于 90°。传球时，右脚蹬地，同时，身体重心前移，髋关节带动躯干向左转动，并以肩关节带动肘关节，向前挥臂，手掌对准出球方向，最后屈腕经手指将球传出(图 22-1)。

图 22-1　单手肩上传球

2. 单手体侧传球

单手体侧传球是向身体侧方转移球时运用的一种传球方法。

特点：传球动作幅度小，隐蔽性强，出手快，适用于短距离传球。

动作要领：右手持球自然放松下垂置于体侧，两脚前后或左右开立，膝稍屈，身体重心落于两脚之间，身体正对前方。传球时肘关节微屈，将球提起置于体前，然后以上臂带动前臂由左向右沿水平挥摆，手腕外旋，使手掌对准传球方向，利用手臂的挥摆和手腕最后的甩动将球传出(图 22-2)。

图 22-2　单手体侧传球

（二）接球

接球和传球是同等重要的一项基本技术，它和传球是相辅相成的，好的传球和好的接球结合起来，才能取得好的传接球效果。接球主要分为双手接球和单手接球两种。

1. 双手接球

双手接球是比赛中最基本、最常见的接球动作。在接胸部以上高度的球时，其动作要领：两眼注视来球，两臂主动伸向来球，手指自然分开稍向上，两手拇指、食指相对呈“八”字，手掌掌形成半球状，当来球触及手指的瞬间，手指紧张握球，两臂迅速收回，以缓冲来球力量，并将球置于胸前。

2. 单手接球

单手接球在比赛中运用较少。

特点：接球时控制范围大，但接球不稳，易失误。

动作要领：接球时，单臂主动伸出迎球，五指自然分开，当手掌与球接触后，顺势往回收，同时，另一手快速上去护球。

三、射门技术

射门是手球比赛唯一的得分手段，是进攻技术和战术运用的最终目的。射门技术种类较多，现介绍支撑射门和跳起射门两种。

（一）支撑射门

支撑射门是指身体在有支撑的情况下进行的射门方式。它可以分为原地肩上射门和跑动支撑射门两种。

1. 原地肩上射门

动作要领：两脚左前右后站立，与肩同宽，上体向右略转，上体侧对球门，身体重心移至右脚，前膝稍屈，同时持球于肩上，形成单手肩上传球的动作。射门时，右脚蹬地，身体重心前移，以肩带动上体向左转动，同时，右臂以肩带动上臂和肘向前挥动，上体前屈，通过手腕、手指力量将球射出。此时，右脚应顺势向前跨一步。

2. 跑动支撑射门

动作要领：接球后跨左脚，同时引球到肩上，随后右脚向前跨步，上体稍向右转动，当身体由右脚支撑时，右脚用力蹬地，上体迅速向左转动，前屈，带动手臂向前挥摆。同时，左脚随着右臂挥摆出球的动作向前迈步，然后随着快速跑动的惯性继续向前跑动(图 22-3)。

图 22-3　跑动支撑射门

（二）跳起射门

跳起射门是指身体在跳起腾空后，无支撑情况下进行的射门方式。它可以分为向前跳起射门和向上跳起射门两种。

1. 向前跳起射门

动作要领：接球后，利用助跑，左脚前脚掌积极用力向前蹬地跳起，此时，上体前倾，左肩侧对球门，上体向右转动，右腿屈膝自然抬起，膝关节外展，使身体向前上方腾起，同时，右手持球快速引球于肩上，挺胸展腹，抬头两眼注视球门，当身体上升接近最高点时，上体向左转动，并带动右臂向前挥摆将球射出。球离手后起跳脚和摆动脚依次落地，屈膝缓冲，以保持身体平衡（图 22-4）。

图 22-4　向前跳起射门

图 22-5　向上跳起射门

2. 向上跳起射门

动作要领：接球后快速助跑，当最后一步左脚落地时用力蹬地向上跳起，右腿自然屈膝抬起。同时持球的右手由下向后划弧快速引球至肩上方，身体向右转动，左肩侧对球门，当身体腾空接近最高点时，快速向左转体，并带动右臂用力挥动，收腹，最后通过屈腕将球射出。球离手后，起跳脚先落地，并迅速降低身体重心，以保持身体平衡（图 22-5）。

四、防守技术

防守技术是合理地通过脚步移动，抢占有利位置，利用身体躯干部分来阻挠和破坏对方的进攻，以争夺控球权的一项基本技术。

（一）防守的基本姿势

防守的基本姿势是防守动作的准备。站立姿势要做到稳定、灵活，又能进行有力对抗。

动作要领：两脚平行或斜向开立，与肩同宽，两膝稍屈，脚跟稍提起，身体重心稍降低前移，并落于两脚之间，上体略前倾，抬头，目视对方，两臂自然屈肘置于体侧，便于随时做出移动和防守动作。

（二）防守的移动技术

防守移动技术是防守队员的脚步移动方法。它是提高个人防守质量的保障，是防守技术的基础，也是攻势防守战术的基础，可以分为攻击步、滑步、后撤步和交叉步等。

1. 攻击步

攻击步是快速突然接近进攻队员时所采取的移动步法。其目的是为干扰和破坏持球队员的进攻，及时果断地接近对手或打掉、抢下对方手中的球，给反击快攻制造有利的机会。

2. 滑步

滑步是用身体堵截对方进攻路线时经常采用的移动技术。滑步有左右和前后滑步两种。

3. 后撤步

后撤步是前脚变后脚，向后移动的步法。其目的是为了保持有利的防守位置。特点是防止持球队员突破，常与其他步法结合运用。

4. 交叉步

交叉步是防守进攻队员向内线空切的一种移动步法。

（三）防守进攻队员技术

1. 防持球队员技术

动作要领：当对方接球时，快速移动，主动出击，采用斜步站立的方法，以身体躯干对着持球手顶贴上去，与对方持球手同侧的脚在前，另一脚在后，与前脚同侧的手臂上举，阻挡和影响持球手的活动，另一手屈肘置于胸腹间，以防对方向前冲击。当进攻队员持球在外围进行较远距离射门时，要积极主动地迎上，并充分伸展两臂进行封堵。如内线进攻队员接球而防守队员又在其背后时，应采用双臂“卡压”对方持球手，破坏其抬手射门的动作。

2. 防无球队员技术

动作要领：基本站立姿势要始终保持在随时能够起动的状态，以便迅速地左右滑动，调整防守位置，两脚前后站立，身体面向对手，并保持一定距离，用余光注视球的方向，把重点放在自己所防守的对手身上。

五、守门员技术

守门员技术可分为准备姿势、位置选择、脚步移动、封挡球、传球等五项。现主要介绍封挡球技术。

（一）手挡球技术

手挡球可以分为双手挡球和单手挡球。

1. 双手挡球

双手挡球多用于靠近身体的来球或头顶上方的来球。特点是封挡面积大。

动作要领：双臂向来球方向伸展，手臂并拢，手掌五指自然分开，掌心对准来球，在触球的一刹那，手腕下压，将球挡落在身前。

2. 单手挡球

单手挡球多用于封挡离身体两侧较远的不同高度的来球。其特点是封挡范围大，动作灵活、速度快，但是接触球面积较小。

动作要领：单臂向来球方向伸展，五指自然分开，掌心对准来球，当球与掌接触的一刹那，手指、手腕紧张，并做下压动作，将球挡落于身体附近，也可用单手托球的方法将球托出。

（二）臂封挡球技术

臂封挡球分为单臂封挡球与双臂封挡球。

1. 单臂封挡球

动作要领：单臂向来球方向伸出，手臂肌肉和肘关节保持紧张，当球触及手臂时，手臂顺势稍后引，同时手臂作内旋，将球挡落在身体附近。当一些来球速度快而来不及正确判断飞行路线时，可采用单臂撩球动作，撩球时，伸直手臂从体侧由下向上呈扇形快速挥摆，这样能控制较大范围，效果较好。

2. 双臂封挡球

双臂封挡球用于守门员封挡头顶上的来球，特别是边锋切入射向球门近上角的球。

动作要领：双臂伸直上举，并拢，掌心向前，当球触及手臂时，快速下压，将球挡落于身体附近。

（三）腿、脚封挡球技术

腿、脚封挡球技术主要用于封挡射来的低球。

动作要领：封挡左侧来球时，右脚用力下压蹬地，使身体重心向左侧方向移动，左腿关节外展并向来球方向伸出，脚弓对准来球，用腿的内侧或脚弓封挡球，此时，腿部肌肉要紧张。脚伸出时，尽量要贴着地面，不要抬脚踩地，以免漏球。如果球离身体较远时，可做“劈叉”动作来挡球。

(四) 手脚并用封挡球技术

手脚并用封挡球技术常用于封挡胸部以下的来球，其特点是封挡球的面积大。

动作要领：在腿、脚挡球动作的基础上，手臂向来球方向伸出，身体重心向来球方向移动，使手、脚靠拢。当迎球而上进行封挡时，整个躯干和四肢充分伸展，像雄鹰展翅一样跃起，封挡来球(图 22-6)。

图 22-6　手脚并用封挡球技术

第四节　手球运动基本战术

手球运动基本战术是攻守双方在进攻和防守时，根据手球运动的规律而确定的集体协调配合的组织形式。手球运动基本战术可分为进攻战术和防守战术两部分。进攻战术和防守战术又分为小组战术和全队战术。

一、进攻战术

(一) 小组进攻战术配合

小组战术配合包括突分配合、传切配合、交叉换位配合、掩护配合和策应配合。

1. 突分配合

突分配合是指队员运用突破和传球技术所组成的简单配合。利用突破、射门等假动作打乱对方防守部署，并及时传球给同伴，为同伴队员创造射门和其他进攻机会。

2. 传切配合

传切配合是指利用传球和切入技术所组成的简单配合。进攻后，突然起动或结合变向摆脱对手，迅速切入，接同伴传回来的球进攻。这种战术配合又叫“两次传球”战术，它包括一传一切和空切两种。

3. 交叉换位配合

交叉换位配合是指利用队员之间交叉跑动互换位置和传球技术组成的简单配合。进攻队员利用在对方防线前交叉跑动、互相交换位置，以打乱对方的防守部署，使其在防守交接中造成失误，或压缩其防区，达到突破和射门的目的。

4. 掩护配合

掩护配合是指利用自己身体的合理动作，阻截防守队员的移动路线，使同伴摆脱对方防守，达到进攻目的的配合方法。根据自己与被掩护者的身体位置和方向的不同，掩护配合又可以分为前掩护、侧掩护和后掩护三种方式。

5. 策应配合

策应配合是指以内线队员为枢纽，与外线队员的空切相配合而形成的一种里应外合的进攻方法。

(二) 全队进攻战术

全队进攻一般分为三个阶段：反击、扩大反击、组织进攻。

1. 反击

当对方进攻失败，防守队得球后，由防守转为进攻，称为反击。反击的特点是速度快，一般采用长传快攻的方法。

2. 扩大反击

在对方快速回防并组织起严密防守的情况下，进攻队员及时将球传给其他同伴，由中路快速短传推进，由两边锋队员沿边线跑向前场，牵制对方防守，扩大进攻面。一般采用短传快攻的方法。

3. 组织进攻

在对方快速退守，扩大反击难以奏效时，组织进攻的核心队员通过控制球战术，运用回传、运球和换位等方法，调整进攻位置，乘对方防守立足未稳，组织有效进攻。

二、防守战术

（一）小组防守战术配合

小组战术配合包括：穿过防守配合、交换防守配合、保护防守配合、“关门”防守配合、夹击配合和补防配合等。

1. 穿过防守配合

穿过防守配合是当对方掩护时，被掩护队员抢在掩护之前迅速撤步从同伴身前穿过，继续防守自己的对手。

2. 交换防守配合

交换防守配合是防守队员之间交换对手的防守方法，主要用于对方掩护时。

3. 保护防守配合

保护防守配合是一种协助同伴防守进攻方持球突破时采用的一种保护防守配合的方法。

4. “关门”防守配合

“关门”防守配合是在防守过程中，临近的两名防守队员之间协同防守对方突破的防守配合方法。当进攻队员持球向球门区突破时，防守队员应力争用身体躯干阻拦其移动路线，这时邻近突破一侧的防守队员应向同伴靠拢，像两扇门似的关起来，这叫“关门”。

5. 夹击配合

夹击配合是在防守局部地区，主动造成以多防少的局面，以破坏对方进攻的一种防守配合方法。

6. 补防配合

当对方运用掩护配合，挡住了同伴继续防守其对手的移动路线时，要立即和同伴交换防守对象，俗称“换人”，这在人盯人防守时用得最多。当同伴被进攻队员突破或绕过时，邻近的防守队员要主动放弃自己的对手去防守那个威胁最大的进攻队员，这叫补位防守。

（二）全队防守战术

全队防守战术一般分为回防、中场争夺、组织防守等。

1. 回防

回防是每当进攻结束，所有队员必须快速撤回到后场，争取在对方进入球门区附近之前，组成一个完整的防守整体。

2. 中场争夺

防守队在回防过程中，为了阻止对方的短传快攻，应尽可能在自己的防区中场附近，力争抢断阻止对方持球进攻队员的反击快攻。

3. 组织防守

当对方放弃快攻时，可乘此时机，迅速组织防守位置的调整。此时，对持球进攻的队员及其邻近的同伴，应严密防守，而对远离球一侧的防守队员应及时调整好位置。组织防守的核心队员应及时指挥防守队员占据场上有利的位置，确定防守的重点，变化防守战术。

第五节　手球运动主要竞赛规则

一、比赛场地

（一）比赛场地为长方形，长40m，宽20m。长界线称边线，短界线称球门线（球门柱之间）或外球门线（球门的两侧）。比赛场区周围应有安全区，离边线至少1m，离外球门线至少2m。比赛中，比赛场地的条件不得以任何方式改变而使一方从中获得利益。

（二）球门位于各自外球门线的中央。球门必须牢固地置于地面或球门后的墙上。球门内径高2m，宽3m。球门立柱由一根横梁相连。球门立柱的后沿应与球门线的外沿平齐。球门立柱和横梁的截面为8cm×8cm，从场地上能够看到的三个面必须由对比鲜明的两种颜色漆成与背景有明显区别的相间色带。球门应缚挂一张网，以使掷入球门的球不会立即弹回（图22-7）。

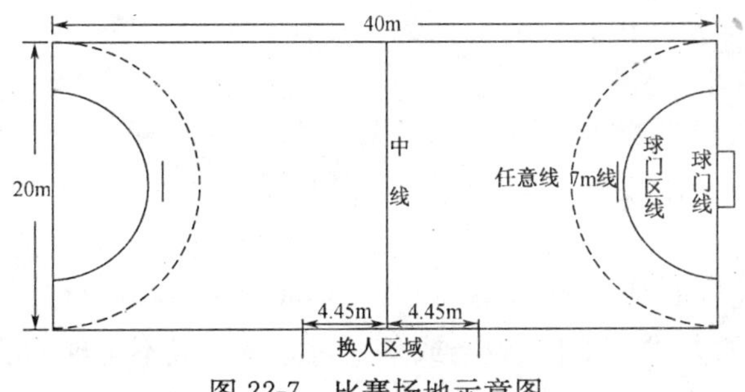

图22-7　比赛场地示意图

二、比赛时间

（一）16岁和16岁以上球队的比赛时间均为两个30分钟，中间休息通常为10分钟。12岁至16岁青少年队的比赛时间为两个25分钟，8岁至12岁少年队的比赛时间为两个20分钟，中间休息通常都为10分钟。

（二）如果在正常比赛时间结束时双方打成平局，而竞赛规程又要求必须决出胜方，则在休息5分钟后进行决胜期的比赛。决胜期由两个5分钟组成，中间休息1分钟（双方交换场地）。

如果第一个决胜期后仍为平局，休息5分钟后再进行第二个决胜期的比赛。第二个决胜期仍为两个5分钟，中间休息1分钟。

三、球队

一个队最多由12名队员组成。同时上场的队员人数不得超过7人，其他队员为替补队员。场上必须自始至终有1名守门员。被认定为守门员的队员可以随时成为场上队员。同样，场上队员也可随时充当守门员。

四、换人

手球比赛过程中可以随时换人，不需要通过裁判员，但必须通过本方换人区换人，队员应遵守先出后进的规定，如发生换人违例，由对方在换人违例地点掷任意球，并应判罚违例队员出场2分钟，守门员替换场上队员或场上队员替换守门员，都必须更换相应的服装。

五、守门员

在球门区内做防守动作时，可用身体任何部位接触球；在球门区内持球活动时不受场上队员规则的限制，但不允许拖延掷球门球的时间；不持球离开球门区可在比赛场区内参加比赛；离开球门区的守门员，要遵守场上队员的规则。

当守门员身体的任何部位接触球门区线以外的地面时，即被认为已经离开了球门区；如果未能控制住球，可以随球离开球门区并在比赛场区继续触球。

六、球门区

球门区包括球门区线，场上队员身体的任何部位接触了球门区，就被认为进入了球门区。只允许守门员进入球门区。

对进入球门区的场上队员应判罚如下：持球进入球门区时，判罚任意球；不持球进入球门区，但获得利益时，判罚任意球；防守队员进入球门区，并破坏了一次明显得分机会时，判罚七米球。

七、接触球

允许队员：用手(张开或并拢)、臂、头、躯干、大腿和膝部去掷球、接球、停球、推球或击球；持球不得超过 3 秒，包括球在地上时；持球走不得超过 3 步。

不允许队员：在球触及地面、其他队员或球门前再次接触球；用脚或膝关节以下部位触球，但对方掷来的球除外。

八、犯规

允许队员用手臂和手去封或获得球；用张开的单手从任何方向去轻打对方的球；用躯干阻挡对方持球或不持球的队员；以弯曲的手臂从正面接触对方队员，以紧盯或跟随对方队员。

不允许队员抢夺或打击对方手中的球；用臂、手或腿去阻挡或挤对方；拉、抱、推、跑或跳起来撞对方；以违反规则的方式去干扰、阻挡或危及对方持球或不持球的队员。

九、得分

(一) 射门之前或射门时，在射门队员本人及本队其他队员没有违犯任何规则的情况下，使整个球体越过球门线而进入球门，即得一分。球门线裁判鸣哨两短声并做手势，确认得分有效。

(二) 如果防守队员违犯规则，但球仍进入球门，应判得分。

(三) 如果在整个球体越过球门线之前，裁判员或计时员已中断比赛，不应判得分。

(四) 如果队员将球打入本方球门，应判对方得分，但在守门员掷球门球的情况时例外。

(五) 如果球被任何未经许可进入场地的人员(观众等)或物体挡住而未能进入球门，而裁判员确认该球在正常情况下必进门无疑，则应判得分。

(六) 比赛中得分多的队为胜方。比赛双方得分相等或均未得分则为平局。

十、开球

(一) 比赛开始时，由掷币获胜并选择开球的队执行开球，对方有权选择场区。如掷币获胜的队选择场区，则由对方掷开球。下半时双方交换比赛场地，且比赛开始时应由上半时没掷开球的队掷开球。每个决胜期前均应掷币选择开球或场区。

十一、边线球

(一) 如果球的整体越过边线，或者在越过防守队的外球门线之前，最后触及防守队的场上队员，应判边线球。

(二) 掷边线球时裁判员不鸣哨，由球出界前最后触球队的对方执行。

(三) 掷边线球应在球出界的地点执行，如果球越过外球门线，则在球出界的一侧边线与外球门线交界处执行。

(四) 掷球队员必须一只脚踏在边线上，直到球离手为止。掷球队员不得将球放在地上然后自己再捡起来，或是拍球然后自己再接住。

（五）掷边线球时，对方队员必须距离掷球队员至少3m。在任何情况下都允许队员紧贴本方球门区线外站立，即使他们与掷球队员的距离不到3m。

十二、球门球

下列情况判球门球：守门员在球门区内控制球时；球越过外球门线且最后是由守门员或对方队员触球时。在上述两种情况下，球被认为是“死球”。

球门球由守门员从球门区将球掷出球门区线，裁判员无须鸣哨。当守门员将球掷过球门区线后，即认为掷球门球完毕。允许对方队员紧贴球门区线外站立，但在球越过球门区线之前不得触球。球门球掷出后，在球触及其他队员之前，守门员不得再次触球。

十三、任意球

（一）判罚任意球

原则上，裁判员在出现下列情况时应中断比赛并由对方掷任意球重新开始比赛：拥有球权的队犯规必须剥夺其球权时；防守队由于犯规而使进攻队丢失球权时。

为了比赛的连续性，裁判员应尽量避免因判罚任意球而过早地中断比赛。

如果判由对方掷任意球，持球的进攻队员必须立即原地放下球。

（二）执行任意球

掷任意球时，裁判员通常无须鸣哨，原则上在犯规地点执行，但下列情况例外：

1. 在比赛中断时球所在的位置，由裁判员鸣哨后掷任意球。原则上要在球触及天花板或固定物的正下方，由裁判员鸣哨后掷任意球。

2. 由于消极比赛而判罚的任意球应在比赛中断时球所在的位置掷球。

3. 在球离手前，进攻队队员不得触及和越过防守队的任意线。

十四、处罚

（一）警告

下列情况可以给予警告：需要进行升级处罚的犯规；当对方正常掷球时违犯规则；队员或官员的非体育道德行为。

对一个队员警告不得超过一次，对一个队警告不得超过三次。对被判过罚出场两分钟的队员不再给予警告。对一个队全体随队官员的警告不得超过一次。

判罚警告时，裁判员应举起黄牌向受罚队员或官员、计时员、记录员示意。

（二）罚出场两分钟

下列情况应判罚出场两分钟：换人错误或违规进入场地；重复需要升级处罚的犯规；队员在场内或场外重复违犯非体育道德行为；在有一名官员已受警告的情况下，同队的官员再次出现非体育道德行为；判给对方掷球时控制球队员不立即放下球；在对方掷球时，再次违犯规则；在比赛时间内，取消队员或官员比赛资格伴随的罚出场；在一名队员被判罚出场两分钟后、比赛重新开始前，该队员再次出现非体育道德行为。

在鸣哨暂停后，裁判员应用规定手势，举起手臂伸出两指，清楚地指向受罚队员，并向计时员、记录员示意罚出场两分钟。

罚出场时间都是两分钟比赛时间。如果同一队员第三次被罚出场则应被取消比赛资格。

（三）取消比赛资格

下列情况应判取消比赛资格：无参加比赛资格的队员进入场地；当一名随队官员被罚过出场两分钟后，同队的任一官员第三次（或紧接着）出现非体育道德行为时；危及对方队员身体健康的犯规;场内或场外的队员或官员严重违犯非体育道德行为;在比赛时间以外，即比赛开始前或在比赛中断时斗殴的队员;同一队员第三次被罚出场;队员或随队官员在比赛中断时重复出现非体育道德行为。

十五、裁判员

（一）每场比赛应由两名权力相等的裁判员负责，由一名记录员和一名计时员协助工作。

（二）从队员进入比赛场所起，裁判员即开始监管他们的行为，直至离开为止。

（三）裁判员在赛前负责对场地、球门和球进行检查，并决定比赛使用哪一个球。

（四）场上裁判鸣哨开球开始比赛。

（五）原则上,一场比赛应自始至终由固定的两名裁判员主持。

十六、计时员和记录员

（一）原则上，计时员主要负责掌握比赛时间、暂停和受罚队员的受罚时间。记录员主要负责球队队员名单、记录表的填写、对迟到队员和无权参加比赛队员的登记等。通常，只有计时员才可以在必要时中断比赛。

（二）如果没有公开计时钟可供使用，计时员必须负责通知双方运动队的负责官员:比赛已经进行了多少时间，还剩多少时间，尤其是在每次暂停后。

（三）如果没有带有自动信号的公开计时钟可供使用，计时员负责在每半时比赛结束时发出预定的响亮的结束信号。

第二十三章　沙壶球运动

第一节　沙壶球运动概述

沙壶球运动是一项高雅、文明、时尚的运动，追求的是意志、精神、情操的陶冶和体质的锻炼，倡导的是永远超越、永远拼搏的精神和公平竞争的良好氛围。它是继保龄球、台球之后又一风靡世界的娱乐项目。

一、沙壶球运动的起源与发展

沙壶球运动起源于15世纪的英国宫廷，悠闲的贵族们，偶尔发现推硬币带来的新奇、刺激，他们以酒为注兴高采烈地将硬币滑向长桌的另一端，以赌输赢，后来逐步出现了专用的沙壶球以取代硬币。

1887年，沙壶球已从单纯的游戏演变成休闲娱乐运动，遍及欧美，开始进入更加兴盛的时期，20世纪中期，沙壶球这一古老的运动，焕发出新的活力，迅速普及开来，风靡欧美。

沙壶球一般是两人或四人一起玩，双方先通过抛硬币的方法确定开球方和双方球的颜色，然后开球手从球桌一端向另一端推出他的第一枚球，随后的第二位球手推出他的第一枚球时，要设法将对手的球击落或超过对手的球。双方交替出球，直到8枚球全部被推出，至此，一轮比赛结束。推出最远球的球手为本轮的胜方，并按台上显示分段记分，直到一方先达到或超过15分，该方才取得最后的胜利。

二、沙壶球运动的主要特点及等级制度

（一）沙壶球运动的主要特点

1. 简单易学。只需三分钟掌握基本技巧，不需要长时间专业训练即可投入“实战”。

2. 无限制。男女老少，人人可玩；娱乐城、健身馆、俱乐部、大饭店、小酒吧，处处可“开战”；对手任你选。

3. 对抗性极强。策略、技巧、心理、运气一样都不能少，助你胜出、晋级。

4. 游戏性。妙不可言，身不由己，好玩看得见。

（二）规范的等级制度

共分7个等级，有兴趣更要有实力，才能成为沙壶球的顶级高手。

三、沙壶球场地与器材

（一）场地规定

正规比赛场地球台应不少于8台，球台间距应不小于1.5 m。

（二）器材规定

球桌：正式比赛为直滑式沙壶球桌，滑道长、宽、高分别为6300 cm、500 cm、70 cm，外观尺寸为6700 cm、850 cm、80 cm，滑道涂层平整、耐磨，比赛前应将球桌重新调平。沙壶球球桌材料由特别配方所组成，为一种专用的树脂基体合成灰料，能承受强大的摩擦力。沙壶球滑道系统由美国木材制造商总会指定使用材料，符合德国“DIN”测试要求。其承重压力、反弹力度、摩擦系数、稳定性能等指标均达到优良，保证正式比赛正常进行。滑道两端均有3条分值线及

1、2、3、4 分区数字,滑道记分区与无分区之间的记分区分界线有两条。

球:沙壶球由直径 50 cm、高度 20 cm、重 325 g、有光泽的金属底座和不同颜色的塑料盖组成,塑料盖有红蓝两种颜色以区分比赛双方。球采用弧形底的比赛专用球。

球沙:直径 0.4 mm 的等径化工合成球体,分快、中、慢三种速度(正式比赛采用中速沙),比赛前用刮沙板刮掉旧沙重铺新沙。

记分器:具有加分和清零功能,采用电子式记分。

另有:挠度调节器、专用照明灯、专用清洗剂、桌架保养剂、吸尘器一台、T 型计分尺一只、刮沙板一个、水平仪、台架。

第二节 沙壶球运动竞赛规则和计分办法

一、双人直滑式标准竞技方法

1. 双方通过抛硬币决定开球方并确定各方球的颜色,后出球者更具有优势。

2. 开球方向球桌另一端推出他的第一枚球,第二位球手以同样方式也推出他的第一枚球,并设法将对手的球击落或超过对手的球。双方交替出球,直到双方手中球全部推出,至此,一轮比赛结束。

3. 推出最远球的球手为本轮的胜方,按标准记分区记分办法计算分值,将胜方总得分记到记分器上。

4. 双方走到球桌另一端,以完全相同的方式开始下一轮,由上一轮的胜方先出球。比赛持续进行,轮数无限定,直至一方先达到或超过 15 分为止,该方即为本局胜方。

5. 当一轮比赛结束时,桌面上没有余球,双方不分胜负,均不得分,下轮仍由上一轮的胜方先出球。

二、标准计分区分值计算办法

(一) 沙壶球常规记分方法

1. 在一轮比赛中,当球全部推出后,推出最远球的球手为本轮的胜方。

2. 在每一轮比赛中,只有胜方有权得分,负方不得分。

3. 计算胜方超过对手最远球的每一枚球的分值,这些分值的总和即为胜方的本轮得分。

(二) 直滑式沙壶球分值计算办法

中央一列分值(1,2,3,4 分区)为娱乐或初学者的记分值。右方分值(1,2,3 分区)为竞技比赛或专业沙壶球手之记分值,以增加比赛难度。

1. 球完全处于几分区即得此分区分值。

2. 如球位于分值线上,则记低分区之分值。

3. 如球位于记分区边界线之外或压线则不得分,未超过第一条记分区边界线或压线的球应立即移离滑道,放入球槽。未超过第二条记分区边界线或压线的球不可移离滑道。

4. 球悬于滑道尽头,称之为舰球或有效悬球。在最高分基础上额外再加一分。如球悬于滑道两边,称之为有效悬球。

(三) 直滑式沙壶球有效悬球的判定

用一枚沙壶球竖置紧贴滑道远端边侧,垂直从欲判断的球边缘轻轻划过,如球被撞动,则判定此球为有效悬球。例如,在一轮比赛结束时,如果滑道上离出球端最远的那枚球为黑球,则黑方为本轮的胜方,且只有黑方可以得分。计算每一枚超过离出球端最远有效白球的有效黑球分值,这些分值的总和即为黑方本轮得分。所有掉落球槽或未超过白球的黑球均不得分。如果滑道上已经没有白球,则滑道上的所有有效黑球均可得分。

三、直滑式沙壶球其他竞技方法

(一) 3 人竞技方法

1. 通过抛硬币或其他方式,确定 1 人先暂时出局,由剩下的 2 人按 2 人比赛方法完成一轮竞技。

2. 第二轮的败方出局,由上一轮出局的第 3 人与上一轮的胜方开始下一轮比赛。以此类推,每一轮都由败方出局。如一轮比赛双方均无分时,该轮的两名球手重新进行一轮,直至一方得分为止。

3. 当 1 人积满 21 分后,他成为胜方并出局。由剩下的两人继续比赛,直至他们中有 1 人积满 21 分为止,该选手即为比赛的亚军。

(二) 4 人竞技方法

1. 4 名球手分为两组,每组 2 人,分别站在沙壶球球桌两端,任一端的 2 名球手互为对手,各自的搭档位于球桌另一端。

2. 4 人直滑式开球方法、竞技过程和记分办法与 2 人直滑式相同。

3. 当一轮比赛结束时,站在球桌另一端的 2 名球手清理桌面,并从他们所在的那端开始下一轮比赛。比赛持续进行,轮数无限定,直至其中一组积满 21 分为止,该方即为本局胜方。

(三) 6 人竞技方法

6 人比赛中,6 个人分成 2 组,每组 3 人。每组先确定 1 人暂时出局,然后按照与 4 人比赛完全相同的方式开始比赛。每轮比赛的败方成为新的出局者,而由败方所在组原来出局的第三人代替败方继续比赛。比赛如此继续进行下去,直到一组积满 21 分为止,该组即为胜方。

(四) 8 人竞技方法

8 名选手被分成甲乙 2 组,每组 4 人。甲乙组在球桌每一端分别站 2 人,按照与 4 人比赛完全相同的方法开始比赛,但每名球手只出两球。球桌同一端的 4 名球手只出两球。球桌同一端的 4 名球手按甲—乙—甲—乙的顺序交替出完各自的两枚球。下一轮比赛从球桌另一端另 4 名球手开始,比赛持续进行,直至一组积满 21 分为止,该组即为胜方。

第二十四章　藤球运动

第一节　藤球运动的起源与发展

一、藤球运动的起源

藤球运动已有1000多年的历史，藤球与排球有些类似，所不同的是以脚代手，所以又叫“脚踢的排球”。

藤球运动起源于15世纪的苏丹国统治下的马六甲一带地区。当时，人们在劳动之余，围成一圈，用头顶球，用脚踢球，使之不落地。这就是现代藤球运动的前身。这种轻松愉快、消除疲劳的运动很快便在东南亚一些国家传开了。缅甸、马来西亚、泰国和新加坡等国开展得较好。尔后，它又迅速地传入印度、菲律宾及马来西亚等国。泰国开展这项活动已经有几百年时间了。缅甸的藤球运动在700多年前的蒲甘王朝时就相当盛行。

作为民间体育活动，藤球犹如中国的踢毽子，可做出各式各样巧妙、复杂的动作。在不同的国家，藤球的叫法不同。在泰国叫做“takraw”，菲律宾叫做“sipa”。“sepakraga”是马来西亚、新加坡和缅甸的叫法，已成为国际叫法。

藤球比赛类似于排球比赛的规则，但是更具有对抗性和竞争性，因此在东南亚地区非常流行。

二、藤球运动的发展

现代藤球的产生仅有40多年的历史，它是以藤球运动中网的使用为标志的。现代藤球运动由于自身具有的独特魅力，在中南半岛乃至整个东南亚地区蓬勃发展，已经成为一项全民性的体育活动项目，在泰国、马来西亚、新加坡，几乎人人都会耍几下藤球。藤球在东南亚，犹如乒乓球在中国，是一项妇孺皆知的体育运动。其中，泰国、马来西亚、新加坡和缅甸等国开展得最为普遍，水平也比较高。

1945年马来西亚的槟榔屿就已经开始举行比赛。从1974年起，缅甸每年都要举行一届藤球循环赛。缅甸国家藤球队还经常出国访问比赛。

藤球是泰国仅次于拳击的第二大体育运动。在泰国，无论是在城镇的街头巷尾，还是在乡村的路旁草地，常见三三两两的人们围成一圈，一边唱歌，一边踢藤球，那种融体育于娱乐的欢快场面，每每令外国游客为之驻足，流连忘返。泰国前教育部部长科·乔哈利对推广藤球运动作出了重要贡献，被认为是“现代藤球运动之父”。经过乔哈利的努力，藤球于1965年被正式列为两年一度的东南亚运动会正式比赛项目，并开始在东南亚国家中流行起来。

1982年藤球作为表演项目进入亚运会，并被列入1990年亚运会正式比赛项目。亚运会的藤球比赛分设男、女单组赛、团体赛、圆场赛6个项目，现已列入奥运会项目。1990年9月，第11届亚运会在北京举行，藤球第一次列入亚运会正式比赛项目。古老而年轻的藤球，在亚洲的大地上，方兴未艾。

藤球运动在我国的发展较为缓慢。1955年和1977年，缅甸藤球队两次到我国进行表演，使我国观众第一次认识了藤球。1987年底，亚洲藤球协会率队来华访问表演，精彩的表演赛令众多中国观众大饱眼福。这次访问对我国藤球运动的发展起了很大的促进作用,从此中国也开始这方面的练习,开始介绍并推广这项健体强身的竞技运动。

1987年我国正式引进藤球运动,并迅速组队训练,在与亚洲各国的交流中,藤球运动发展较好的国家,不仅热心辅导中国运动员,还送来了一批藤球器材和资料。目前,我国部分地区已开展了这项运动,运动员进步神速。

第二节　藤球运动的特点与价值

藤球制作简易,是用细藤条交叉编成的空心球。标准的比赛用球直径11.4cm,球面上有几个洞。重量为170g左右。藤球形状美丽,弹性好,踢起来有刷刷悦耳声。一般来说,制作一个藤球,首先是将采得的新藤条晒干,劈成细条后编成圆球,然后用小刀把球的表面刮光,去掉细毛刺,并在藤条的交叉点夹入小竹片楔子,再把它放入沸水中煮五六分钟,把煮过的藤球晒干,放在桌子上滚压,使夹在球上的小竹片楔子掉出来,这样,一只藤球就做好了。这时,如果用手轻拍一下藤球,便可以听到刷刷的响声。泰缅民间制作的藤球每只重约110g~125g。

藤球运动是两队隔网竞争的运动,是一项观赏性、竞技性很强的项目,是一项历史悠久的体育运动,又是年轻的竞技运动。藤球运动有民间游戏和正式比赛两种。古代藤球演变为现代藤球是以藤球运动中网球的使用为标志的。比赛由以前的不固定场地开始定格在一块长为13.4m、宽为6.1m的场地内进行,这样的场地相当于羽毛球场的大小,网高也和羽毛球网一样,为1.56m。每场比赛双方各出三人,两个前锋一左一右,一个后卫拖后与前锋成三角形。比赛时,先由网前队员将球踢给后卫,再由后卫将球踢到对方场地,对方可经一传、二传、扣球,将球踢过来。击球3次必须过网,否则判负,类似排球。比赛打三局,每局15分。用一句形象的话概括,“藤球是在羽毛球场地上用足球的方式进行的排球比赛”。

缅甸的藤球运动具有鲜明的民族特色,保留有传统的踢法。古时候,缅甸人踢藤球,大都是一个人踢。玩球者用自己身体各关节或掂或踢,使藤球随着自己的身体上下翻飞;或者用自己的脚腕、膝盖、肩胛等部位同时夹、顶几个球,不让它们落在地上,这叫踢“死球”。现在,缅甸人在原来踢“死球”的基础上,发展成双人踢法和六人踢法两种。玩球时,几个人围成一圈,你传给我,我传给你,有的用脚踢,有的用膝掂,有的侧身钩,配合默契,动作拓落自然,有的还放音乐伴奏,这叫踢“活球”。无论是“死球”还是“活球”,都只允许脚背、脚心、脚内外侧、脚跟和膝盖等六个部位与球接触,严禁用手接和头顶,踢“死球”靠个人技术,踢“活球”讲究集体配合。

藤球还有其他踢法,如投篮。球场上的三个篮筐悬挂在六米多高的地方,运动员用脚、头、膝、肘将球投入筐内。其玩法有点类似我国民间传统的踢花毽子。

藤球运动中运动员动作舒展优美,很有观赏价值。同时,踢藤球可以使身体各部位都得到锻炼,可以培养人们的反应能力和身体的协调能力,增进健康。

第三节　藤球运动基本技术与战术

踢,是藤球比赛的主要动作,要求在半空中踢球的位置至少达到肩的高度。“sepak”是马来西亚语,为藤球的专业用语“踢”的意思。藤球比赛中,选手不能用手,他们能用脚、腿、肩和头触球。选手常常在比赛中用难度非常高、带杂耍意味的动作来控制球的运行。

一、基本技术

藤球运动的基本技术包括抛球、发球、传球、扣球和拦网。

抛球是藤球运动基本技术之一，根据抛球的高度可以分为抛高点球和抛低平球。

发球是藤球运动的基本技术，是藤球比赛的开始，好的发球，能够达到好的进攻效果，打乱对手的防守，根据比赛的实际情况可以采取低位发球、发大力球和轻吊球等。

传球是藤球运动基本技术的关键环节，是防守战术和进攻战术的桥梁，传球的基本要求是准确、及时。传球也可以分为一传和二传。一传的技术可分为头、脚内侧、正脚背、大腿等。二传可分为头、脚内侧、正脚背、大腿、背传与侧传等。

扣球是进攻的主要方式，是得分的直接手段，扣球的基本要求：速度、力量和落点。

扣球技术分为头扣球、脚底踏球、轻吊球、腾空外侧扣球和腾空转体扣球。拦网是藤球比赛中防守的主要手段，有效的防守可以转被动为主动，挫败对手的士气，甚至可以直接得分。拦网技术可分为背拦网和单腿拦网等。

二、基本战术

藤球比赛中，战术的配合非常重要。藤球的基本战术分为个人战术和集体战术两大部分。

个人战术是指藤球比赛中，单个队员采用的防守和进攻手段。个人战术可以分为发球战术、一传战术、二传战术、扣球战术、防守战术、拦网战术。

集体战术是指藤球比赛中，多名队员采用的防守和进攻的配合。它主要是指多名队员间的有意识的协同配合，以达到有效的进攻或防守的目的。集体战术可以分为接发球、接扣球、拦回球等防守阵型和进攻阵型。接发球防守阵型根据参与队员的人数分为二人接发球防守阵型和三人接发球防守阵型。接扣球防守阵型分为不拦网防守阵型和多人拦网阵型。接拦回球防守阵型是指在进攻中，进攻的球被对方拦回时，所采取的防守阵型。接拦回球防守阵型主要是指两个人接拦回球阵型。

第四节　藤球运动竞赛规则

一、场地

（一）场地：大小为 13.4m×6.1m，在 8m 空间内不得有障碍。

（二）边线：场地所有边线的宽度从内侧量起不得宽于 0.04m，场地之间、场地与障碍物之间的缓冲距离为 0.9m 到 1.8m。

（三）中心线：宽度 0.04m 的中心线将场地分成相等的左右两个部分。

（四）1/4 圆：在场地中心线的角上，边线与中心线交接处，各有两个半径为 0.9m 的四分之一圆，宽度为 0.04m 的边线将从一圆的外侧量起。

（五）发球圈：在左右场地各有一个半径为 0.3m 的发球圈。其圆心距离底线 2.45m，距边 3.05m，圈线的宽度为 0.04m，应从发球圈的外侧量起。

二、网柱

（一）网柱：网柱应高于地面 1.55m，应加以固定以便将网拉紧。网柱需由坚硬的材料制成，其半径不得大于 0.04m。

（二）网柱的位置：网柱应固定在边线外 0.3m 处，与中心线成直线。

三、网

（一）网由普通细绳或尼龙绳制成，网孔为 0.04m 至 0.05m 之间。网的宽度为 0.7m，长度不得超过 6.11 m。网的上、下端需用带子包边，宽度均为 0.05 m，以便穿绳将网拉紧与网柱顶端平齐。男子比赛用网的中部上端高 1.52 m，女子比赛用网的中部上端高 1.42 m。

（二）标志线：如果网超过尺寸，则在网的两端使用可松动的、宽度为 0.05 m 的带子，并与两侧边线和中心线垂直。

四、比赛用球

球为圆形，用天然藤条或者塑料条编成，男子比赛用球的直径为 0.42 m～0.44 m，重量为 170 g～180 g；女子比赛用球的直径为 0.43 m～0.45 m，重量为 150 g～160 g。

五、参加者

比赛在两个单组之间进行，每个单组由三名球员组成，分别是发球手和左右内卫。正式比赛设裁判长一人，主裁判和副裁判各一人以及司线员 6 人。

六、计分方法

在比赛中，无论发球方还是接发球方犯规或者违例，对方都将直接得分并得到发球权。一局比赛为 21 分，若 20 平，须领先 2 分才能获胜，并且最高比分为 25 分。比赛分三局，若双方各胜一局，则进行第三局满分为 15 分的加分比赛，若 14 平，须领先对方 2 分才能获胜，且最高比分为 17 分。

七、处罚

比赛中设红黄牌，黄牌对违规的运动员进行警告，而红牌则直接将违规运动员罚出场外。

第二十五章　板球运动

第一节　板球运动概述

一、板球运动的起源

板球运动起源于英国，盛行于英国、澳大利亚、新西兰、印度、孟加拉等英联邦国家。据说早在13世纪，英王爱德华一世就曾在英格兰东南部的肯特参加过类似板球的运动。板球被誉为贵族运动，亨利八世称板球为“国王的运动”。直至今日，板球还是被看成为中产阶级的运动。但出于运动本身发展的需要，英国目前正在采取措施，在民众中普及板球运动。近20年来，澳大利亚一直是板球运动的霸主。

二、板球运动的发展

中国的板球运动可以追溯到1851年成立的香港木球会，它是英格兰之外建立的第一批板球俱乐部。1858年，上海举行了有记载的首场板球比赛。1863年，上海板球俱乐部成立，两个俱乐部之间的比赛从1866年开始，直到1948年。1980年至1990年在北京曾经有过北京板球俱乐部，但仅是各驻华大使馆之间的比赛组织。中国板球协会在2004年7月1日加入国际板球理事会，成为最低一级的接纳会员，目前正积极准备，争取成为可以参加国际比赛的准会员。在全国高校中，北京交通大学率先开设了板球体育专业课。

板球的国际比赛主要有板球锦标赛、单日板球赛等。

板球锦标赛是始于1877年英格兰板球队澳大利亚巡回赛的一种国际板球比赛形式。首届锦标赛于1877年3月15日开始，规定每个投球轮4个投球，3月19日，此次锦标赛以澳大利亚胜出45跑结束。在两队第九次交手之后，英格兰和澳大利亚之间举行的板球系列锦标赛被称为“骨灰杯”，此项系列赛的奖杯是一座小而易碎的陶质骨灰瓮，此奖杯是1882年英格兰板球队在澳大利亚获胜之后，一群墨尔本妇女向当时的英格兰队长艾弗·布莱赠送的，据说里面装有两队在第二届锦标赛时使用的一块三柱门横木和一只板球的灰烬。随后，全世界已举办超过1700场锦标赛。自孟加拉国于2000年首次登场，成为最新获得锦标赛资格的国家之后，参加锦标赛的国家也增加至10个。如今的锦标赛是双局比赛，每轮6个投球，并且延续5天或5天以上。

单日板球赛，也称“有限轮比赛”或“板球快赛”，由传统的英式板球发展而来，用以提高比赛上座率。单日赛在1960年开始出现，它所需时间较锦标赛短，场面则更为激烈。单日赛首场比赛举行于1971年。当英格兰队在澳大利亚巡回赛时，一场锦标赛因雨终止，单日赛从此便大受欢迎。1975年诞生的板球世界杯更增强了这一趋势。缩写“ODI”（One-day International）或“LOI”（Limited-Overs International）通常用以称呼国际单日板球赛。单日赛中，每队只有一个限定投球轮的击球局，在国际赛事中通常为50局。虽然被称作单日比赛，但如果比赛因雨中止，将会延续到第二日。昼夜比赛通常会将比赛延续至夜间。使用彩色球衣，更为频繁的赛事及更加注重比赛结果等创新使得ODI比赛更为激烈，令人紧张和兴奋，因此拥有众多支持者。一些如快速得分、非庄重的接球方式和精准的投球等策略则使得这种比赛形式较锦标赛更加充满活力。

国际板球理事会是板球运动的国际主管团体，其总部设在伦敦，在10个锦标赛国家设有代表处，并有推选出的小组代表非锦标赛国家。每个国家有规范本国板球赛事的国家板球委员会，国际板球理事会通常挑选国家队并组织国家队主客场比赛。进行板球运动的国家按照该国基层板球运动的水平分成三个梯队，最高一级是国际板球理事会的完全会员，即参加锦标赛的国家，它们直接进入四年一届的世界杯比赛；次之是国际板球理事会的准会员；最低一级是国际板球理事会的接纳会员。

第二节　板球运动主要竞赛规则

一、比赛目的

板球是一项使用“板”和“球”的运动，比赛目的是争取比对手获得更多的“跑”(或者得分)。如果在一场双局比赛中，首先击球一方的第一局和第二局总积分少于其对手第一局的积分(较罕见)，则比赛结束，前者出局并被称为以“一局 n 跑”败北，其中“n”为两队分数差。如果后击球一方以相同比分出局，例如，他们比“目标分数” 只差一跑(极其罕见的情况)，则比赛结果为平局；如果比赛双方都仅剩不超过一局和一定数目的投球，而比赛被恶劣天气暂时中断，则可以用名为 Duckworth-Lewis 方法的数学公式来重新计算新的目标分数；如果这场比赛由于持续的恶劣天气而终止，并且完成的投球轮少于事先任何一方同意的数目，则比赛结果为无成绩。

二、比赛规则

板球使用的共42条规则是由玛丽勒本板球俱乐部同主要板球比赛国商议而定的。如果比赛各队同意，则可以在特定比赛中改动一些规则，其他规则用来补充和改变主要规则以满足出现的不同情况。比如，对于严格限定好球数的单局比赛会有一系列关于赛程和接球位置的修改。

(一) 运动员和裁判

各队由11名队员组成，根据各人的特长，每个选手可以被分为“击球手”和“投球手”，攻守兼备的队一般由五到六名击球手和四到五名投球手组成。击球和投球都非常优秀的人则称为“全能选手”，投球的一方中有一名处于特殊接球位置的球员，被称作“捕手”。一场比赛由两名裁判主持，其中一名站在投球一侧的三柱门之后，作出大多数的裁决；另一名则站在左外场附近的位置，可以看到击球手的侧面，在有更佳视角的情况下作出辅助判决；某些职业赛事中，会有一名场外第三裁判使用电视回放作为辅助判决；国际赛事中，则有一名场外仲裁人确保比赛符合板球比赛规则和此项运动的比赛精神。

(二) 球场和球员位置

1. 球场

板球球场是圆形或椭圆形的草坪。球场没有固定的尺寸，但其直径通常为450英尺(137.16 m)至500英尺(152.40 m)；大部分球场还有绳子圈成的边界线。“方球场”在板球球场中心，由一块长方形粘土带及短草构成，方球场的尺寸为10英尺×66英尺(3.05 m×20.12 m)。方球场的两头各立有三根直立木柱，称为“柱门”。两根“横木”放置于柱门顶部的凹槽之中，将三根柱门连接起来。三根柱门和两根横木共同组成一个“三柱门”；方球场的一头被设定为击球手站立的“击球区”，而另一头则为投球手投球使用的“投球区”；方球场上划有被称作“区域线”的边界线，区域线通常用来裁定击球手出局或决定投球是否合理。球场上有两种额外标记，其中，一个油漆标出椭圆线由方球场两个宽边之外以每个三柱门为中心、30码(27.4 m)为半径的两个半圆以及平行于方球场长边、距方球场30码(27.4 m)的两条直线组成。这条线通常被称作“内外场圈”，它将球场分为“内场”和“外场”。另外，两个以每个三柱门为中心、15码(13.7 m)为半径的点线圆之内称为“近内场”。内场、外场和近内场都是用来执行防守限制的(图25-1)。

图 25-1　板球球场

2. 球员位置

击球的一方在场上有两名击球手，其中一名被称为“击球员”，面对投球手并击打投球手投出的球，他的搭档站在投球区作为“陪跑员”。捕手站或蹲在击球区的三柱门之后。除了投球手和捕手，防守一方的队长将剩下的9名队员，即外野手，分散到球场，尽量覆盖大多数的区域，他们的位置根据比赛战略战术，会有很大变化。球场上每个位置都有其相应的独特名称(图25-2)。

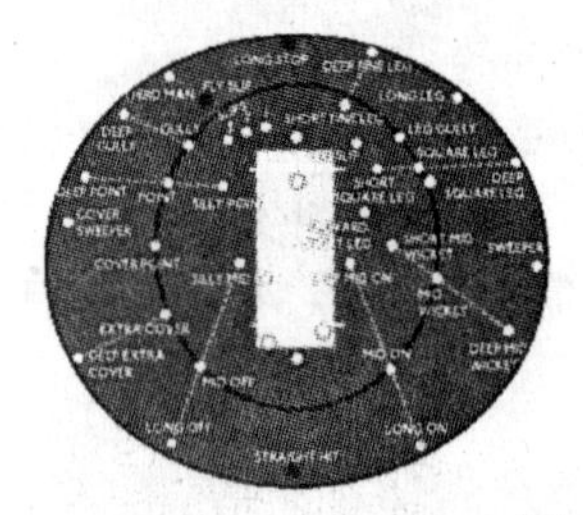

图 25-2　板球场球员占位

(三) 赛程

在比赛当天，队长检查方球场情况来决定适合球场的投球手类型，并选择11名队员，接着两名队长通过掷币来决定哪一方有选择先击球或先投球的权力。每局比赛被分为若干“轮”，一般来说，每轮包含由同一个投球手连续投出的六个球。投球手不能连续投两轮。投球手完成一轮之后，便回到防守位置，另一名投球手继续投球。每轮结束，击球区和投球区对调，因此防守位置也有所调整。裁判位置也对调，即投球区的裁判转移到左外场，而左外场的裁判来到新的投球区。一局结束的标志：

1. 11名击球手中的10名“出局”。

2. 得到目标分数。

3. 完成事先制订的轮数(单日比赛中通常为50轮)。

击球方队长“宣布”他们的局“结束”(不应用于单日限定轮数比赛)，比赛时间为双局比赛，通常每日至少有六小时实际比赛时间，并持续三到五日。单局比赛则通常花费六小时或更多，且在一天之内结束。每日比赛还有正式的午餐和午茶时间，以及较短的饮水时间。在每局之间也有较短的休息时间。比赛必须在无雨天气进行。另外，由于在职业板球中投出的球速通常超过 144 km/h，比赛需要在击球手能够有良好视线的日光下进行，因此比赛会因下雨或光线太暗而中止。如今一些单日比赛可以在泛光灯下进行，但除了少数澳大利亚的实验性比赛，泛光灯并不应用于时间较长的比赛。职业板球比赛通常在室外举行。这些要求意味着，在英格兰、澳大利亚、新西兰、南非和津巴布韦，比赛通常在夏季举行，而在西印度群岛、印度、巴基斯坦、斯里兰卡和孟加拉国，比赛则通常在冬季举行，因为这些国家的夏季通常是飓风和龙卷风肆虐的季节。

（四）击球和得分跑

1. 击球

击球手站在击球界线上等待击球，击球手使用的木质板球球拍由长柄和一面平坦的木板组成。如果击球手用他的球拍击中板球，则称为一“击”或一“振”；如果板球擦球拍边沿而过，则称为一“侧击”或一“削”。击球手挥拍和击打板球的方式用来为各种击球命名。根据球队的战术要求，他可以防守性地击球而避免出局，或者进攻性地击球来迅速地获得积分。击球手按照队长制定的击球顺序依次出场击球。首先出场的两名称为“开局者”，他们将面对最猛烈的投球，击球的一方前 5 到 6 名击球手通常是队中的击球好手，他们之后是全能选手，最后是投球手。按照战术要求，这种顺序在比赛过程中可以随时改动（图 25-3）。

图 25-3　击球

2. 得分跑

为了获得一“跑”（记做一分），击球员必须击中板球并且跑到方球场的另一端，同时他的不击球陪跑员搭档必须跑到他的那端。两者必须用拍或身体在击球线之后碰地才能记做一跑。如果击球员击出的球足够远，两个击球手可以在方球场上跑数个来回，即“三柱门之间的得分跑”，将得到两分或更高。由于无得分跑规则，所以击球手将球击出后并不是非跑不可。如果击球手得到奇数得分，他们将互换位置以及击球与非击球的角色，除非最近一次投球结束本投球轮。如果没有击球员处于最近的击球线之后时，一个外野手将这一端三柱门上的横木用球击打掉落，则离此三柱门最近的击球员出局。如果球被击打出边界，击球一方得四分，球没有落地而直接出界，则得六分。同样，如果球击中一名场上防守球员的头盔，则得五分。“附加分”分为无接触得分、触身得分、坏球、偏球和罚球得分。前两种是在击球手未能用球拍击中球的情况下得分，后两种则是由于投球手犯规所致。附加分记入全队的总成绩。在比较严重的违规情况下，如破坏球、故意拖延时间或破坏方球场，裁判可以判给对方罚球附加分五分。获得罚球得分的一方不需要击球。

（五）投球和出局

1. 投球

投球手将板球投向击球手时，手臂在投球过程中肘部可以保持一定角度或更弯，但不能伸直，如果他在任何情况下伸直肘部，将会被视作违规，所投之球被称为“坏球”。通常情况下，投球手将球击中地面然后反弹至击球手。投球时，投球手在释放球的同时，整个后脚应在区域线围成的区域之内，部分前脚也在其内，否则是坏球。所投之球必须在击球手能够触及的一定范围之内，否则所投之球被称为“歪球”或“偏球”。投球手的主要目标是击落“三柱门”的横木，使击球手“出局”。通常情况下，按照击球的排列顺序，投球手使对方熟练击球手出局的越多，对方的得分跑机会就会越少。他们另一个目标是尽量限制每个投球轮对方的得分。如果投球手将击球手投掷出局，他的名字会记入成绩。投球手可以分为快速投球手和旋转投球手(图 25-4)。

图 25-4　投球

2. 出局

击球手可以一直击球直到“出局”。如果一名击球手出局，击球的一方派出另一名击球手代替他的位置，直到 10 名击球手都被淘汰，则一轮结束。许多出局的方式需要三柱门被“击倒”。三柱门被击倒意味着投出的板球或手持板球的外野手将柱门之上的横木移掉，或将柱门从场地之中拔起。十种出局方式中，前六种比较常见，后四种有关专门细节的则很少发生。简单地说，这十种方式有：

接杀：击球手用球拍击出或碰出的球，或者球碰到击球手的手套或球拍柄后，没有弹地而直接被防守队员接住。记入投球手和接球者两人的成绩。

击杀：投球手投球击中击球手方的柱门，将一个或两个横木击落。记入投球手成绩。

腿截球：当投出的球未碰到球拍而击中击球手的腿或护垫，裁判判定若不阻挡，则球将击中柱门。为保护击球手，板球规则规定了某些例外，比如投出的球在两三柱门之间的腿侧区反弹，击球手不能因 LBW 出局。记入投球手成绩。

截杀：当一名击球手在方球场两端之间跑动时，一名外野手、投球手或捕手将球击中柱门从而击落一个或两个横木。此出局方式并不正式记入任何防守队员的成绩，但参与截杀的防守队员名称将由括号括起计入记分册。

持球撞柱：投球过程中，击球手自愿或非自愿地离开自己的区域线时，捕手接到板球并在击球手返回自己区域之前用板球击打横木或二柱门，使一个或两个横木掉落。记入投球手和捕手成绩。

误击三柱门：当击球手在击球或起跑过程中，用身体或球拍误击柱门，使一个或两个横木掉落。记入投球手成绩。

手持球：在未经防守一方同意的情况下，击球手故意用手碰球。不计算任何人的成绩。

二次击球：除保护他的三柱门的唯一原因外，击球手故意击球两次。不计算任何人的成绩。

阻碍防守：击球手故意阻碍外野手接球防守。不计算任何人的成绩。

超时：新击球手代替出局击球手上场时，间隔时间超过 3 分钟(如果时间更长，比赛可能因裁判收回而终止)。不计算任何人的成绩。另外，击球手可以在未出局的情况下离开球场。如生病或受伤，这意味着“受伤下场”或“生病下场”，如果此击球手没有出局，他可以在充分复原后，同一局之内重新击球，没有受伤或生病的击球手也能下场，此时他将视作自愿出局，但没有人因此计算成绩。在“坏球”的情况下，击球手不能因“击杀”、“接杀”、“腿截球”、“持球撞柱”或

“误击三柱门”而出局。在“偏球”的情况下,他也不能因“击杀”、“接杀”、“腿截球”或“二次击球”而出局。一些出局情形可以发生在投球手未投球的情况下。不击球的那个击球手可以被投球手截杀,如果他在投球手投球之前离开他的区域线,或者他可以在任何时刻因“阻碍防守”或“自愿出局”而下场。“超时”出局也是在非投球情况下出现的。其他所有出局情形中,每次投球应只有一名击球手出局。

(六) 接球和防守

外野手在场上协助投球手,一同防止击球手获得太高的分数。他们使用以下两种防守方式。直接接到球而使击球手出局;或者拦截弹地之后的球并迅速投回方球场,试图截杀击球手,从而限制击球手的得分机会。捕手是一名始终站在击球员三柱门之后的特殊外野手。他的主要任务是接收击球手未能击中的传球和投球,防止击球手跑到外场从而得到附加分。在方球场一头,捕手戴着专用手套和小腿上的护腿垫。由于捕手直接位于击球员身后,他非常容易将一个轻侧击接到而使击球手被接杀。较重的侧击则通常由处于 slips 位置的外野手处理。捕手也是唯一能够将击球手“持球撞柱”出局的外野手。

(七) 板球用球

板球用球的中心是软木球,外面紧密缠绕了数层细绳,最外层是用皮革包裹,并用轻微凸起的缝合线缝合。成年男性使用的板球重量必须在 155.9g 至 163.0g 之间,其周长应在 224mm 至 229mm 之间。女性和青年使用的球则较小。

第三篇　太极柔力球与小球运动的健身作用

第二十六章　健身活动对人体各系统的影响

第一节　健身活动对骨骼机能的影响

一、骨骼的作用

骨骼组成了人体的框架，它起着支撑软组织的作用，也为肌肉、肌腱和韧带等提供依附和延伸面；有些骨连接起来形成体腔，让内脏置于其中，例如胸腔中的心脏和肺、头颅骨中的脑与脊柱中的脊髓等，并对其中的组织起着保护作用；骨也是运动的杠杆，当肌肉收缩时，可牵引骨绕关节的运动轴产生各种运动。

二、骨的成分与特征

骨由有机物和无机物组成，成人的骨中有机物占 1/3，无机物占 2/3，有机物主要是骨胶原纤维和粘多糖，无机物主要是钙盐（磷酸钙、碳酸钙等）。

由于有机物骨胶原纤维在骨板中成层排列，使骨具有弹性和韧性；无机物填充在有机物中，使骨具有坚硬性。两者结合起来，使骨具有坚韧性。

三、骨的生长与发育

人体骨的形成方式分为两种：膜内成骨和软骨成骨。

（一）膜内成骨

在胚胎性纤维结缔组织的一定部位开始骨化，此部位称为骨化点，再由此向四周作放射性增生。如颅骨、面骨是膜内成骨。

（二）软骨成骨

四肢骨、躯干骨等是软骨成骨。以长骨为例，它的成骨包括原发性骨化点和骨领的形成、原始骨髓腔的形成、继发骨化点的出现等过程（图 26-1）。

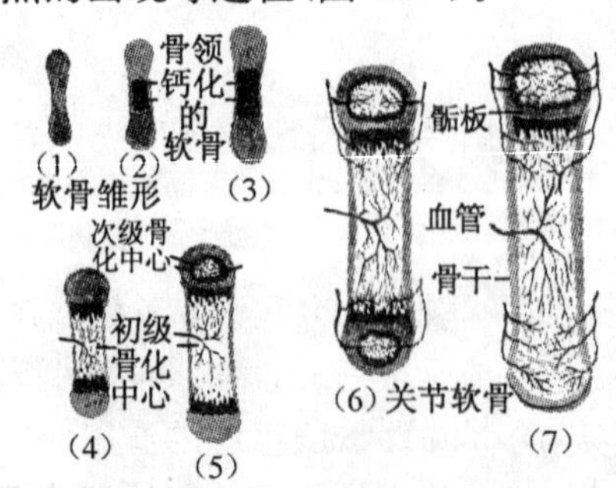

图 26-1　软骨成骨示意图（引自《组织与胚胎学》人民卫生出版社）

四、影响骨生长发育的因素

在人的整个生命活动中，骨可受体内外因素的影响，不断发生形态和结构的变化。

(一) 受机械力的作用

骨在外力作用下具有抵抗力，产生应力。在一定的应力范围内，骨质丧生和再吸收是互相平衡的，应力增加，引起骨组织的加强；应力减少，发生再吸收现象。因此，骨的形态结构在外力的作用下和内部应力的相互对立统一的过程中，不断地改造和重建。功能加强时，可使骨质变得致密、粗壮，受压力大的部位较受压力小的部位发育快。长期处于静止废用状态时，则骨质疏松、细弱。

(二) 受内分泌系统的控制

包括多种激素和生长因素调节，其中最主要的激素是甲状腺、肾上腺和性腺所产生的激素和生长激素。因此人在胚胎时期、刚出生时以及青春期，骨的生长和发育速度最快。

(三) 受营养条件的影响

包括蛋白质和维生素 A、D、C。因饥饿、疾病等引起蛋白质代谢失调，可导致骨质疏松。维生素 A、D、C 与骨的生长和代谢也有密切的关系。如维生素 D 能促进肠道对钙、磷的吸收，缺钙时骨组织钙化不良。

五、健身活动对骨机能的影响

合理的体育锻炼能促进骨的生长发育。在骨化前进行适宜的体育锻炼，骨受到一定负荷的刺激才能使骺软骨的细胞正常增殖。

经常从事体育锻炼，可使发生在骨表面的隆突更加显著，密质增厚，发生骨粗壮、坚韧等良好的变化。

由于骨具有高度可塑性，因此，经常进行有针对性的体育锻炼，可防止和矫正骨骼畸形，保持骨的弹性和延缓骨的衰老。

调查显示，有运动者的骨质密度较无运动者高出 3 倍，但是每天运动 15 分钟至 30 分钟者很少。

儿童处于骨骼成长期，运动使其骨骼更粗壮、横切面面积增大，可提高骨质密度。儿童每天运动 30 分钟，骨质密度较一般人高 40％。

除游泳外，所有运动都属于负重运动，理论上，又以较为剧烈的高撞击运动(如弹、跳、跃动作较多的跑步、跳舞、跳绳等)效果更大。

许多人担心运动受伤，而避免选择撞击运动。对于健康的成人来说，要达到锻炼身体的目的，运动程度应该循序渐进地达到超负荷的状态。美国运动医学学院建议成年人应该进行适量的剧烈运动。

第二节　健身活动对骨骼肌功能的改善

一、骨骼肌的分布与作用

骨骼肌是体内最多的组织，约占体重的 40％。大多数骨骼肌借肌腱附着在骨骼上。分布于躯干和四肢的每块肌肉均由许多平行排列的骨骼肌纤维组成，它们的周围包裹着结缔组织。各层结缔组织膜除有支持、连接、营养和保护肌组织的作用外，对单条肌纤维的活动，乃至对肌束和整块肌肉的肌纤维群体活动也起着调整作用。每块肌肉都是具有一定形态、结构和功能的器官，有丰富的血管、淋巴分布，在躯体神经支配下收缩或舒张，进行随意运动。肌肉具有一定的弹性，被拉长后，当拉力解除时可自动恢复原状。肌肉的弹性可以减缓外力对人体的冲击。肌肉内还有感受本身体位和状态的感受器，不断将冲动传向中枢神经，反射性地保持肌肉的紧张度，以维持体姿和保障运动时的协调。

骨骼肌由大量成束的肌纤维组成，每条肌纤维就是一个肌细胞。成人肌纤维呈细长圆柱形，直径约 60 μm，长可达数毫米乃至数十厘米。在大多数肌肉中，肌束和肌纤维都呈平行排列，它们两端都和由结缔组织构成的腱相融合，后者附着在骨上，通常四肢的骨骼肌在附着点之间至少要跨过一个关节，通过肌肉的收缩和舒张，就可能引起肢体的屈曲和伸直。我们的生产劳动、各种体力活动等，都是许多骨骼肌相互配合活动的结果。每个骨骼肌纤维都是一个独立的功能和结构单位，它们至少接受一个运动神经末梢的支配，并且人体骨骼肌纤维只有在支配它们的神经纤维有神经冲动传来时，才能进行收缩。因此，人体所有的骨骼肌活动，是在中枢神经系统的控制下完成的。

骨骼肌在运动中主要起动力作用，通过骨骼肌的收缩牵动骨绕着关节进行运动，在骨和关节的配合下，通过骨骼肌的收缩和舒张，使人体产生抗阻力和抗体重，完成各种躯体运动。

二、如何发展肌肉力量

人体所有的运动都是在对抗阻力的情况下产生的，因此，肌肉力量在运动中具有相当重要的作用。在其他条件相同的情况下，肌肉力量的大小是决定运动成绩的主要因素。

（一）肌肉收缩的力量训练

1. 等张练习（动力性力量练习）：等张练习是肌肉以等张收缩形式进行的抗阻力练习，包括抗体重的专门练习（如引体向上）和抗外部阻力的力量练习（如推举杠铃、哑铃等）。由于等张力量练习是肌肉收缩与放松交替进行的负重练习，不仅能有效地发展肌肉力量，而且能改善神经肌肉的协调能力。

等张练习的效果与科学地安排负荷的大小、重复次数、动作速度以及动作的结构特点等因素有关。一般认为，重复次数少而阻力大的练习，能很快地提高肌肉力量；中等负荷强度重复次数较多的练习，能更有效地增大肌肉体积；重复次数多而阻力小的力量练习主要用于发展肌肉耐力。因此，在安排力量训练时，应根据运动项目的特点合理地选择练习内容。

2. 等长练习（静力性力量练习）：等长练习是肌肉以等长收缩形式进行的抗阻力练习，如手倒立、直角支撑等。其生理效应是使神经细胞持续保持较长时间的兴奋，有助于提高神经细胞的工作能力，能有效地发展肌肉绝对力量和静力耐力。

肌肉做等长力量练习时，既节省时间和能量消耗，又能有效地提高力量，特别是对那些动力性练习中不易锻炼到的肌群和力量较弱的肌群，也能有目的地得到锻炼。但等长练习的不足之处是对动作速度及爆发力有不利影响，同时由于缺乏张弛交替的协调支配，对改善神经肌肉的协调性效果不明显。因此，静力性力量练习应和动力性力量练习结合进行，尤其是儿童少年不宜多采用等长练习。

3. 等动练习：等动练习是借助于专门的等动练习器进行力量训练的方法。在整个练习中，关节运动在各角度上均能受到同等的较大负荷，从而使肌肉在整个练习过程中均能产生较大的张力。

（二）肌肉力量的评价

科学地进行肌肉力量训练会获得好的效果，研究表明，经常进行力量锻炼的人，肌纤维变粗，肌肉的收缩能力加强，肌肉的力量、耐力和爆发力会有较大的提高。

第三节　健身活动对心血管系统的影响

一、心血管系统是如何工作的

心血管系统的组成：心血管系统由血液、心脏和血管构成。

血液是在血管中不停流动的液态媒体，血液分为血细胞和血浆。血细胞占血液成分的45%，主要为红细胞、白细胞和血小板。血浆占血液成分的55%。人体红细胞的数量成年男子为$450\times10^{12}\ L^{-1}\sim550\times10^{12}\ L^{-1}$，成年女子为$380\times10^{12}\ L^{-1}\sim460\times10^{12}\ L^{-1}$。红细胞的主要成分是血红蛋白，血红蛋白的主要功能是结合氧，将氧运输到各组织并释放供给组织进行应用，也结合二氧化碳运送到肺部排出体外。血液的含量占人体体重的7%～8%，但参与耐力项目和高原训练的运动员，血液的含量则会多一些。

心脏是连接动脉和静脉的枢纽，是心血管系统的“动力泵”，并且具有重要的内分泌功能。心有节律地收缩与舒张，将血液射入动脉内，又由静脉纳入，保证血液在心血管内不断地做定向流动。血液从左心室出发，经主动脉再到各级动脉血管，流经全身毛细血管，到达各组织器官，为其提供氧和营养物质，再由小静脉管汇入上、下腔静脉，回到右心房，此过程称为“体循环”。血液再由右心室出发经肺动脉入肺，进行气体交换，获取氧排出二氧化碳，再回到左心房的过程称为“肺循环”。近年来有研究表明，心脏还可能是内分泌器官，可分泌心钠素等激素，对心脏及机体的多种功能进行调节（图 26-2）。

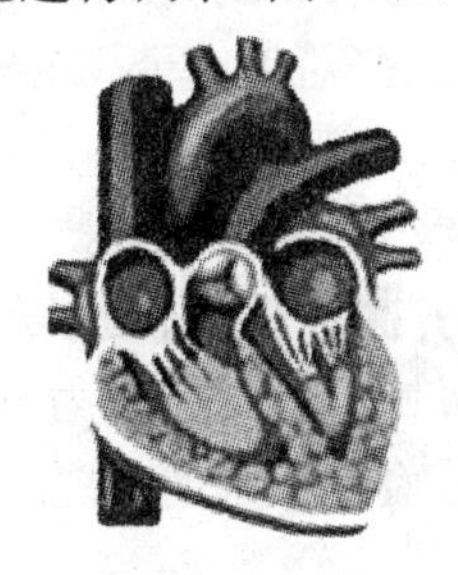
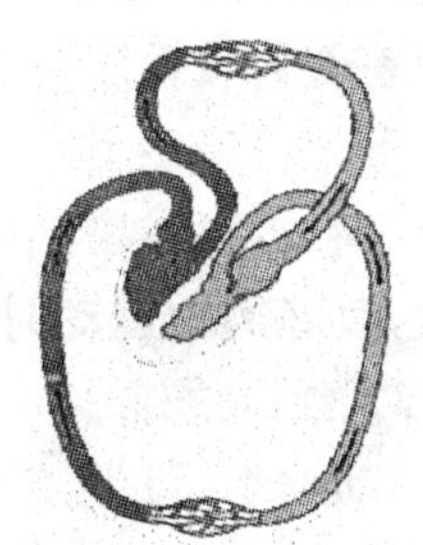

图 26-2　心脏的结构及循环系统示意图

二、运动时心血管系统的变化

人体运动时，代谢水平升高，为了满足运动的需要，循环系统作为运动的重要支持系统，会通过提高自身的功能，增加供氧和供能。

（一）心率的变化

运动时由于心交感神经兴奋，心率上升。运动时心率加快是循环系统功能变化中最易觉察的一种变化。研究表明，人体不仅在运动时心率加快，有时甚至在运动前，特别在比赛前，心率即明显加快，这显然是一种条件反射性反应。

运动时的心率随运动强度、性质、项目、训练水平的不同而呈现不同的上升趋势；运动时心率的加快与吸氧水平的增加也成正相关。

运动开始前到运动结束后一段时间内，心率的变化可以大致分为五个时期，即运动开始之前的条件反射性加快；运动早期的陡形加快；运动中期的缓慢加快；稳定状态和运动结束后的恢复。如果运动强度逐渐增加达到最大强度运动，心率将随运动强度增大而增大，直到达到最大心率。最大心率＝220－年龄。

运动后的恢复期，心率会在2至3分钟内迅速恢复到安静时的水平，血管功能愈好的人，恢复得愈快。

（二）心输出量的变化

运动中每搏量提高，在吸氧量达到最大摄氧量的25%之前每搏输出量稳定提高，然后倾向稳定，在达到峰值时，心输出量的增加是由于心率的提高所致，而且，运动训练与遗传对每搏量均有一定的影响。运动时心输出量一般人可达到20 L · min^{-1}～40 L · min^{-1}。

运动时心输出量提高的机制是心交感神经兴奋，使心率加快，心肌收缩力增加，各器官的血流量进行重新分配，以及交感神经兴奋引起肾上腺髓质分泌活动加强，血中儿茶酚胺浓度上升，进一步加强心血管活动所致。

（三）血液重新分配

运动时心输出量增加，但增加的心输出量并不是平均分配给全身各个器官的，通过体内的调节机制，各器官的血流量发生重新分配，其结果是运动的肌肉和心脏的血流量显著增加，不参与运动的肌肉以及内脏器官的血流量减少，保证运动肌肉和心脏对供血的需求。有报道，人体在进行最大强度运动时，骨骼肌的血流量接近安静时的20倍，心脏的血流量也增加了5倍。

（四）动脉血压的改变

肌肉运动时动脉血压的变化，是许多因素改变后总的结果。运动时的动脉血压水平取决于心输出量和外周阻力两者之间的关系，并和运动的方式、强度、时间等因素有关。

从事动力性运动时，由于心输出量增加，运动肌肉的血管舒张，腹腔内脏血管收缩，外周阻力不变，在全身性的剧烈运动时由于骨骼肌血管大量舒张，总的外周阻力甚至略有下降。因此，动力性运动时动脉血压表现为收缩压升高，而舒张压变化不大或略有下降，其变化幅度与运动强度成正比。

从事静力性运动时，由于心输出量增加的幅度小，同时，肌肉持续紧张性压迫血管，腹腔内脏血管收缩，外周阻力增大，故静力性运动时血压升高表现为收缩压升高，舒张压也升高。

三、长期运动对心血管系统的影响

经常进行体育锻炼或运动训练，可促使人体心血管系统的形态、机能和调节能力产生良好的适应，从而提高人体工作能力。

（一）窦性心动徐缓

运动训练特别是耐力训练可使安静时心率减慢，安静时心率为60次 · min^{-1}以下，这是由于控制心脏活动的迷走神经作用加强，而交感神经的作用减弱的结果。窦性心动徐缓是可逆的，即使是安静心率已降到40次 · min^{-1}的优秀运动员，停止训练后多年，有些人的心率也可恢复到接近正常值。

（二）运动性心脏肥大

长期的运动训练对人体心脏和血管的结构和功能会有较大的影响，表现为安静状态下心脏左心室容积增加及左心室壁的肥厚。耐力性训练使左心室容积增加，力量训练使左心室壁肥厚。但与病理心脏在功能上有很大的区别。运动性增大的心脏外形丰实，收缩力强，心力贮备高，每搏输出量增大，其重量一般不超过500 g，因此，运动性心脏肥大是对长时间运动的良好适应。

（三）心血管功能的改善

一般人和长期进行体育锻炼的人心脏功能存在差异，安静状态下，一般人和有训练者心输出量相等，但有训练者心率较低，而每搏输出量较大，从事最大强度运动时，两者的心率都可达到同样的高度，但有训练者每搏输出量可从安静时的100 mL提高到179 mL，每分钟输出量达35 L，无训练者每搏输出量只从安静时的70 mL增加到113 mL，每分钟输出量只能提高到

22L,有训练者在运动中每搏输出量增大是心脏对运动训练的一种适应。

经过训练后,心肌微细结构会发生改变,心肌纤维内 ATP 酶活性提高,心肌肌浆对 Ca^{2+} 的贮存、释放和摄取能力提高,线粒体与细胞膜功能改善,ATP 再合成速度增加,冠脉供血良好,使心肌收缩力增强。

运动训练不仅使心脏在形态和机能上产生良好适应,而且可使调节机能得到改善。有训练者在进行定量工作时,心血管机能动员快、潜力大、恢复快。运动开始后,能迅速动员心血管系统功能,以适应运动的需要。进行最大强度运动时,在神经和体液下可发挥心血管系统的最大机能潜力,充分动员贮备,运动后恢复快。但停止训练后能很快恢复到安静时的水平。

体育锻炼对血管也有很好的作用,对动脉血管而言,经常参加体育活动,由于血流动力的变化,有助于动脉管内壁光滑,尤其是有助于保持动脉血管的弹性,对于保证正常血压无疑具有非常重要的意义。因此,长期的运动训练可导致安静时收缩压和舒张压降低,脉压差增大。

四、如何评价自己的心血管功能

经过长期系统科学的体育锻炼,会使心血管系统发生良好的适应性变化。为了对训练的效果进行客观评价,测定心血管活动的机能是非常重要的。测试心血管机能与人体所处的状态有密切的关系,运动生理学研究认为,如果要全面评价心血管功能,则应当测量安静状态、定量负荷状态和最大强度负荷状态下的机能反应。由于一般人和经常锻炼的人或运动员在安静时心脏机能无显著差异,只有进行强度较大的负荷时,心脏机能才能显现出明显的差异。因此,一般都用定量负荷的方法测试心血管系统的功能,较为普遍的方法有以下几种。

(一) 测量心率(HR)的准确方法

测量运动后即刻 30 次心率所用的时间(t_{30}),求其倒数再乘以 1800,即:

$HR=1800/t_{30}$

(二) 布兰奇心功能指数(BI)

受试者取坐姿,待完全安静之后,测量一分钟的心率。然后测量血压(收缩压与舒张压)。取得数据后代入公式:

布兰奇心功能指数(BI)＝心率 ×(收缩压＋舒张压)/100

这一方法较为全面地考虑了心率和血压的因素,因而可全面反映人体心血管活动的机能。标准:当心功能指数在 110～160 的范围内,表示心血管功能正常,平均值为 140;如果超过 200,应进行心血管功能的进一步检查。

(三) 哈佛台阶测试简易法

测试时受试者以每分钟 30 步的节拍上下 50 cm 的台阶,持续进行 5 分钟后,立即坐下休息 1 分钟,然后测量从第 1 分钟到第 1 分 30 秒的心率。将所测量的数据代入公式:

身体功效指数＝30000/(5.5×心率)

评定标准:

表 26-1　身体功效指数评价标准

标准	0～50	50～80	80 以上
	差	一般	良好

(四) 斯库比克心血管功能测定

此法只适用于女性，是根据哈佛台阶测试为更适应女性生理特点而制订的修正方法。

受试者以每分钟 24 步的频率上下 45 cm 的台阶 3 分钟后，立即坐下休息 1 分钟，然后测量从第 1 分钟到第 1 分 30 秒的心率。将所测量的数据代入公式：

斯库比克心功能指数＝18000/(5.6×心率)

评定标准：

表 26-2　斯库比克身体心功能指数评价标准

标准	0～30	31～39	40～48	49～59	60～70	71～100
	极差	差	一般	好	良好	优秀

（五）卡尔森运动强度心率测定

一些运动生理学专家认为，最佳持续耐力训练的强度是维持心率在某一适应范围的训练强度，这个适应的心率范围就称为卡尔森运动强度心率，它与受训练者本人的最高心率及其运动前安静时的心率有关。

卡尔森运动强度心率＝(最高心率－运动前安静心率)/2＋运动前安静心率

在跑及游泳等项目的间歇训练中，一般将心率控制在 120～180 之间，而成年人的健身跑可用 170 减年龄来控制运动强度。

第四节　健身活动对呼吸系统的影响

一、人体呼吸系统的构成

呼吸系统由呼吸道和肺组成，其中呼吸道是气体交换的通道，肺泡是气体交换的场所，血液是运输气体的媒介。

呼吸道包括鼻、咽、喉、气管、支气管等，能调节气道阻力，保持气道清洁、湿润和温暖气体的作用(图 26-3)。

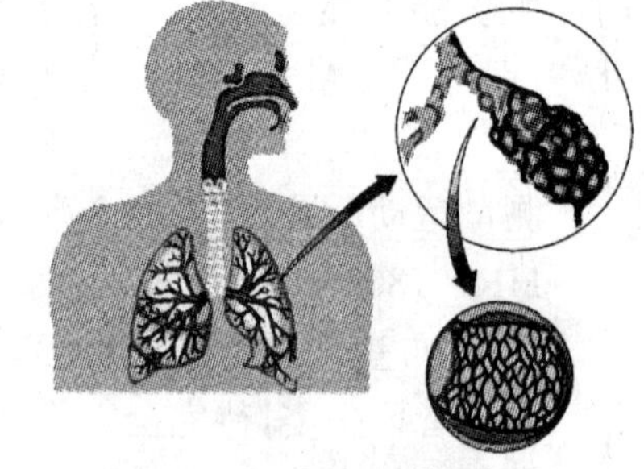

图 26-3　呼吸系统模式图

人体两肺的肺泡总计可达 3 亿个，面积可达 $60\,m^2$～$100\,m^2$，肺泡外面分布有丰富的毛细血管，肺泡与肺毛细血管之间有一层通透性极好的呼吸膜，O_2 和 CO_2 都可通过单纯扩散的形式透过呼吸膜，从而实现气体交换。

二、呼吸系统的功能

呼吸是人体与外环境进行气体交换的过程。人体从出生后的第一声哭泣起，就开始了有节律性的呼吸活动。人体通过呼吸将外环境中的 O_2 纳入体内，将 CO_2 排出体外，以完成正常的生命活动。

呼吸的形式包括胸式、腹式呼吸和混合式呼吸，呼吸的频率正常成人为 12 次 · min^{-1}～18 次 · min^{-1}。

（一）肺通气功能

肺与外界环境之间的气体交换过程为肺通气，由于呼吸运动使胸廓扩大与缩小，造成气体进出于肺。运动时合理地进行呼吸运动，对提高肺通气的效果、满足肌肉活动对氧的需要和更好地完成体育运动是极为重要的。

（二）气体交换与运输

气体交换必须遵循一定的物理与化学原理才能实现。气体交换的原理是扩散，气体交换的动力是气体分压差，气体交换的部位是肺泡与血液、组织与血液。

气体的运输通过血液循环来实现。血液运输气体的方式有物理溶解和化学结合两种，其中，物理溶解虽然只占气体运输的小部分，但却是气体运输的重要形式，化学结合占气体运输的绝大部分，是气体运输的主要形式。

三、运动时呼吸系统的变化

运动时机体代谢加强，呼吸系统也将发生一系列变化，以适应机体代谢的需要和保证技术动作的顺利完成。

（一）运动时通气机能的变化

运动时随着运动强度的增大，机体为适应代谢的需求，需要消耗更多的 O_2 和排出 CO_2。为此，通气机能将发生相应的变化。具体表现为呼吸加深加快，肺通气量增加。通气量可从安静时的 500 mL 上升到 2000 mL 以上，呼吸频率可由每分钟 12 次～18 次增加到每分钟 40 次～60 次。通气的目的是为了摄取 O_2 和排出 CO_2，尤以 O_2 的摄入更为重要，因为一定量 O_2 的摄入是需要通气量作保证的。

（二）运动时换气机能的变化

运动时换气机能的变化主要通过 O_2 的扩散与交换来体现，在肺部由于各组织器官的代谢加强，使流经肺部的静脉血 $p(O_2)$ 下降，肺毛细血管开放的数量增加，肺血流量增加，氧的扩散速率增大。

组织由于肌肉活动需要更多的氧来重新合成 ATP，所以活动的肌肉耗氧增加，组织的 $p(O_2)$ 迅速下降，增大了肌肉与组织血液部位的 $p(O_2)$ 差，O_2 的扩散速率加大。特别是运动时的温度升高、交感神经的兴奋以及组织中代谢物的堆积，使组织中开放的毛细血管数量加大，促使肌肉的氧利用率提高，可达安静时的 100 倍。

（三）运动时的合理呼吸

运动时进行合理呼吸，有利于保持内环境的基本恒定，有利于提高训练效果和充分发挥人体的机能能力。

1. 减小呼吸道的阻力：正常人安静时由呼吸道实现通气，而在剧烈运动时为了减少呼吸的阻力，可采用口鼻同时呼吸的方式进行呼吸。研究表明，口鼻同时呼吸可使肺通气量大大增加。

2. 提高肺泡通气效率：运动时呼吸的频率和呼吸的深度均会增加，以提高肺通气量，有研究表明，当呼吸频率增加到一定程度时，由于呼吸频率过快，出现呼吸深度的表浅，致使肺通气量受到影响。因此，在剧烈的肌肉运动中，应适当地节制呼吸的频率，加深呼吸深度，增加肺泡通气量，以提高呼吸的效果。

3. 呼吸与技术动作的配合：呼吸形式、时相和节奏等必须适应技术动作，随运动技术动作而进行自如的调整。如体操中的手倒立、吊环和下“桥”动作等，这些动作需胸、肩带部位固定的技术动作，采用腹式呼吸就会消除身体重心不稳定的影响。又如，外展、外旋、扩胸等动作则用吸气比较有利。

4. 合理使用憋气：人体在憋气时力量最大，呼气时次之，吸气时最小。所以通常在完成最大静止用力的动作时，需要憋气来配合。如大负荷的力量练习、举重运动、拔河等。憋气时可反射性地引起肌张力增加，可为有关运动环节创造最有效的收缩条件。但憋气也会造成压迫胸腔，胸内压上升，静脉血回心受阻以及血压骤升等负面影响。因此，对于儿童少年的心脏发育和缺乏心力贮备者或老年人的心血管功能会产生极为不利的影响。因此，在运动中使用憋气一定要谨慎。

四、长期体育锻炼对呼吸系统的影响

经常进行体育锻炼的人，呼吸器官的构造和功能都会发生良好的变化。胸廓发达，胸围加大，增加了肺通气的空间条件；运动也可使呼吸肌逐渐发达，肌力增强，肺活量增大；运动可以使肺泡弹性和通透性提高，更有利于进行气体交换，组织对氧的利用率也可提高，表现为呼吸差加大，安静时呼吸频率减慢。同时，由于呼吸与运动的配合较好，能够适应和满足较强烈的运动对呼吸系统的要求。

第五节　神经系统在健身活动中的作用

一、神经系统的构成

神经系统由中枢神经系统和周围神经系统两部分组成，中枢神经系统包括位于颅腔的脑和位于椎管内的脊髓。周围神经系统是脑和脊髓以外的神经成分，按不同的分类方法可有不同的名称：根据连结部位可分为与脑相连的脑神经和与脊髓相连的脊神经，根据分布范围可分为分布于体表与运动系统的躯体神经和分布于平滑肌、心肌和腺体的内脏神经。

神经系统不仅是人体运动的指挥调节机构，还直接或间接地指挥和调节着人的呼吸、循环、消化、内分泌、排泄等其他器官及系统的活动。通过神经系统的调节作用，人体可以对各种环境的变化产生适应，使有机体内部各个系统与外界环境保持相对的动态平衡，从而使生命活动得以正常进行。

二、神经系统对骨骼肌活动的调节

在中枢神经系统中，对姿势与运动进行调控的结构，称为运动神经系统，它主要包括脊髓、脑干、小脑、基底神经节和大脑皮质五个部分。这些脑区大多形成交互的回路，对运动与姿势的各种参数进行既分布式又平行式的加工处理。

（一）脊髓对运动的调控

脊髓是中枢神经系统中最初级部分，它具有介导各种反射的神经网络。脊髓不但能将外周感受器的传入进行初步整合，并向上传至各级脑中枢以辅助各种复杂的随意运动，使其能精确而顺利地执行，而且本身也能完成许多重要的反射性运动，如牵张反射、屈肌反射等，在维持正常姿势和运动方面起着重要的作用。

（二）脑干对躯体运动的调控

脑干包括中脑、脑桥和延髓。在脑干网状结构内有许多神经核团，它们既获得来自脊髓各节段的传入信息，同时也发出下行纤维组成传导束，调节和控制脊髓神经元的活动。

脑干对运动的调节主要通过调控肌紧张和姿势反射，或产生相应的运动，以保持或改正身体在空间的姿势。如状态反射、翻正反射、旋转运动反射等。

（三）小脑与基底神经对运动的监控

基底神经对运动的调控，主要是参与运动的设计和程序的编制、随意运动产生和稳定、肌紧张的调节、本体感受传入冲动信息的处理等活动。

小脑对运动的调节功能，主要是对调节肌紧张、维持姿势、协调和形成随意运动均起着重要作用。

(四) 大脑皮质对躯体运动的调节

大脑皮质的主要运动区位于中央前回，由大脑皮质发出的运动传导路包括锥体系和锥体外系。

锥体系：是控制人体骨骼肌随意运动的主要传导路，分为皮质脊髓束和皮质脑干束，皮质脊髓束支配躯干和四肢肌的运动；皮质脑干束则由脑神经核组成脑神经的躯体运动纤维，分布到头面部骨骼肌。

锥体外系：是调节肌张力、协调肌肉活动、维持身体姿势和进行习惯动作的传导路。主要包括皮质—纹状体系和皮质—脑桥—小脑小系。

锥体系和锥体外系在功能上是密切联系、不可分割的。只有在锥体外系使肌肉张力保持适度的前提下，锥体系才能完成一些精确的随意运动，两者在机能上互相协调、相互依存，共同完成各种复杂的随意运动。

三、运动时神经系统对人体功能活动的整合

人体运动时，特别是从事剧烈的或较长时间的以及较复杂的运动时，人体各个器官系统都参与活动。其中运动器官系统是运动的具体执行者，它通过一定肌群的舒缩活动，使身体既完成一定的机械功又保持一定的姿势，从而实现各种形式的运动。与此同时，内脏器官系统的活动相应增强，以保证足够的能量，尽量维持内环境的相对稳定，使内脏器官系统的活动与肌肉运动相匹配。

在整个整合过程中，神经系统和内分泌系统作为一个整体而进行活动。躯体神经和植物性神经指挥各器官系统的活动。内分泌系统则作为神经系统的一个传出环节而参与活动。如剧烈运动中，交感神经系统活动加强的同时，肾上腺髓质的分泌活动也相应增加，交感—肾上腺系统在运动中加强时，对动员机体许多器官的潜在能力来提高适应能力，以应付环境的急剧改变，维持内环境的相对稳定都具有重要的作用。

第六节　健身活动对身体成分的改善

一、人体的身体成分

(一) 人体身体成分的构成

体成分是组成人体的各组织、器官的成分，以重量总和这些成分即为体成分。根据人体各组成成分的生理功效不同，常把体重分为体脂重和去体脂重。体成分常以体脂百分数来表示，体脂%＝体脂重/体重×100%。人体的基本体成分如表26-3所示。

表26-3　成人基本体成分

基本体成分	去脂体重%(瘦体重)			体脂%	
	肌肉	骨骼	其他组织	储存脂肪	必须脂肪
男性	43	15	25	14	3
		83		17	
女性	36	12	25	15	12
		73		27	

(引自 邓树勋《运动生理学》高等教育出版社)

体成分与健康关系密切，适宜的体脂重和瘦体重才有利于健康。理想的体成分如表26-4所示。

表 26-4 根据体脂比例划分的身体成分等级

性别、年龄	体脂过少	非常好	很 好	正 常	体脂多	体脂过多
男						
≤19	<3	12.0	12.1～17.0	17.1～22.0	22.1～27.0	≥27.1
20～29	<3	13.0	13.1～18.0	18.1～23.0	23.1～28.0	≥28.1
30～39	<3	14.0	14.1～19.0	19.1～24.0	24.1～29.0	≥29.1
40～49	<3	15.0	15.1～20.0	20.1～25.0	25.1～30.0	≥30.1
≥50	<3	16.0	16.1～21.0	21.1～26.0	26.1～31.0	≥31.1
女						
≤19	<12	17.0	17.1～22.0	22.1～27.0	27.1～32.0	≥32.1
20～29	<12	18.0	18.1～23.0	23.1～28.0	28.1～33.0	≥33.1
30～39	<12	19.0	19.1～34.0	24.1～29.0	29.1～34.0	≥34.1
40～49	<12	20.0	20.1～25.0	25.1～30.0	30.1～35.0	≥35.1
≥50	<12	21.0	21.1～26.0	26.1～31.0	31.1～36.0	≥36.1

（引自 邓树勋《运动生理学》高等教育出版社）

人体健康需要合理的体重与体成分比例，体重过轻或过重以及体成分比例失调都会对人体造成危害。体脂量过多，会造成肥胖，不仅给生活、工作带来诸多不便，而且严重影响健康。特别是儿童肥胖会影响神经网络的发育、智力水平降低，严重影响学习、生活和健康。然而从健康的角度来看，体脂比例也不能过少，研究表明，男性生理必须体脂含量不得少于 3%～5%，女子体脂含量不得少于 10%～12%。脂肪过少会引起运动性贫血等疾病，女运动员还会引起闭经等病变。

（二）如何测量身体成分

身体各组成成分的数量及其分布，不但影响体质的强弱，其异常的数量增长和分布还会对人体的健康产生不利的影响。因此，体成分被认为是与健康相关的体质评价指标，用它可以监测营养状况、体液平衡，评价生长发育等。体成分评估在减肥、健美和运动员控制体重等方面也都有十分重要的意义。

目前，测量与评估体成分（体脂%或体脂总量）的方法有人体测量法（如皮褶厚度法、围度法、核磁共振法、CT 法、双光能分析法、近红外线测试法）、身体密度法（如水下称重、空气直换法）、生物阻抗分析法、生化方法等。

二、肥胖

（一）肥胖及其危害

脂肪是人体正常的组织成分，对于保证人体正常的生理功能起着重要的作用，但体内脂肪积累过多会造成肥胖。肥胖是指相对于瘦体重而言的身体脂肪量过多，它给人类生活、工作带来诸多不便，而且影响到人类的健康。大量流行病学研究表明，冠心病、动脉粥样硬化、高血压、糖尿病及某些肿瘤（如乳腺癌、子宫内膜癌等）严重危害人类健康的疾病的发生与肥胖有关。

肥胖可引起人体的生理、生化、病理、神经体液调节等的一系列变化，使人体的工作能力降低，甚至显著缩短寿命。据调查：引起人类死亡的常见病的死亡率，肥胖者和正常人有明显的差别（肥胖者高于正常人 1 倍～2 倍），对于成年人，肥胖是损害健康的先兆，肥胖是由于过量的脂肪在体内堆积，增加了身体负担，过多的脂肪需大量的血液来供应，加重了心血管系统的负担，使心肌收缩力减弱，心搏量减少，血流速度减慢，以至于肥胖者常感到气促、疲乏和不能耐受较重的体力活动。

近年来，由于生活水平的提高，肥胖人数大量增加。鉴于肥胖对人体健康的种种危害，预防肥胖，控制身体成分在适宜水平，不仅有利于保持健康，而且是运动员取得优异成绩的保证。

(二) 肥胖的诊断

1. 肥胖的分类

(1) 依照发生的原因，可分为单纯性肥胖和继发性肥胖。单纯性肥胖与生活方式密切相关，是以过度营养、运动不足、心理行为偏差为特征的慢性疾病，占肥胖人群的 94%。继发性肥胖是继发于某些疾病，主要是一些神经内分泌系统疾病导致的肥胖。

(2) 依照身体不同部位的分布，肥胖可分为腹型肥胖(向心型肥胖)和臀部肥胖(外周型肥胖)两种。男性肥胖多为前者，脂肪主要沉积在腹部的皮下及腹腔内；女性的肥胖多为后者，其脂肪主要沉积在臀部以及大腿部。研究表明，腹部肥胖较臀部肥胖引起并发症的风险要大得多(图 26-4)。

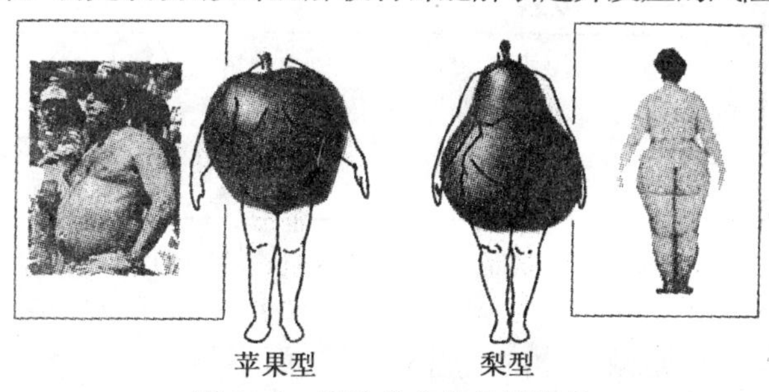

图 26-4 脂肪分布的性别差异

(引自 邓树勋《运动生理学》高等教育出版社)

(3) 依照脂肪组织的解剖学特点，将肥胖分为多细胞性肥胖和大细胞性肥胖。多细胞肥胖指细胞数量增加的肥胖，儿童时期的肥胖大多以多细胞肥胖为主。而细胞数量正常体积增大的肥胖是成年人肥胖的主要特征。一般成年人约有 2700 万个脂肪细胞；肥胖者则有 4200 万～10600 万个脂肪细胞，肥胖者与体重正常的成年人比较，脂肪细胞大小的差别为 40%，而脂肪细胞数量的差别则为 190%。因此，大多数成年人肥胖属于大细胞肥胖，减肥后，若保持不好，则易出现体脂量"反弹"。

2. 肥胖的诊断指标

肥胖是机体组成成分之一。脂肪在体内积累过多的表现，常用肥胖诊断指标肥胖度%、体脂%和 BMI 等表示(表 26-5)。

表 26-5 成年人肥胖诊断指标及标准

诊断指标		超重	肥胖		
			轻度肥胖	中度肥胖	重度肥胖
肥胖度%		10%～20%	20%～29%	30%～50%	＞50%
体脂%			男 20%～25% 女 25%～30%	男 25%～30% 女 30%～35%	男＞30% 女＞35%
BMI (g/cm^2)	1998 年	＞25，＜30	＞30		
	2002 年	＞23，＜25	＞25		
WHR(腰围/臀围)			男 ＞0.95 女 ＞0.85		

(引自 邓树勋《运动生理学》高等教育出版社)

1998年世界卫生组织(WHO)制定了肥胖诊断的推荐标准,将BMI大于25(g/cm^2)定为超重,大于30(g/cm^2)定为肥胖。然而,此标准是基于欧洲人群的标准,并不适用于亚太地区。2002年WHO亚太区办事处、国际肥胖研究协会以及国际肥胖专家组联合发布了《亚太地区肥胖重新定义和处理》,将BMI大于23(g/cm^2)和25(g/cm^2)分别定为超重和肥胖。

由于腰腹部脂肪堆积的肥胖者患冠心病、高血压、2型糖尿病以及中风的危险性更高,因此,用腰臀围比来评价患病危险几率是一种简便的方法(表26-6)。研究提示,若男性的腰臀围比值超过0.95,女性腰臀围比值超过0.80,患病率就会大幅度增高,专家建议,男性腰臀围比值大于或等1.0,女性大于或等于0.85,就必须实施减肥。

表26-6　根据腰臀围比值来评估患病率

腰臀围比值		患病率
男性	女性	
≤0.95	≤0.80	很低
0.96～0.99	0.81～0.84	低
≥1.0	≥0.85	高

(引自 邓树勋《运动生理学》高等教育出版社)

三、减肥的基本方法

控制体重(减肥)的目的是减少体内的脂肪含量,而不是减少体重,所以,科学的减重方法应在减重的同时,保持瘦体重不变。由于肥胖的种类不同,程度不同,减重的目的也不同,减重的方法就多种多样。

(一) 体重体成分控制的理论基础

1. 能量平衡

糖、脂肪和蛋白质是人体需要的三大营养物质,须从食物中获取。而糖和脂肪是重要的能源物质,在分解过程中释放能量供机体生命活动所利用。人体能量摄取与消耗之间的关系决定了能量的平衡状态,若摄取大于消耗,额外的能量就会储存起来,为能量的正平衡;若能量的摄取小于支出,则为能量的负平衡(图26-5)。

(引自 邓树勋《运动生理学》高等教育出版社)

图26-5　能量平衡示意图

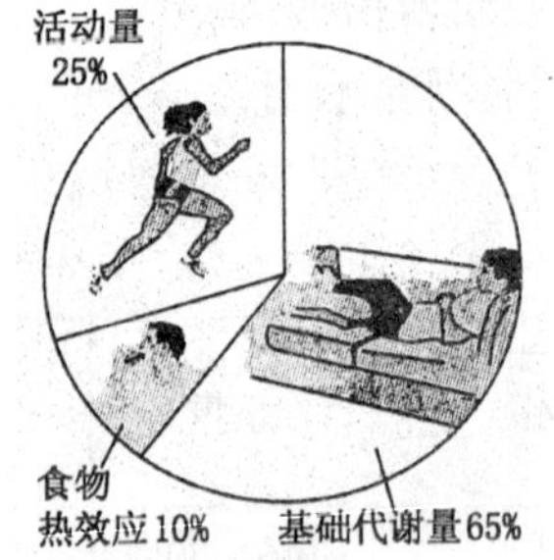

(引自 邓树勋《运动生理学》高等教育出版社)

图26-6　人体每天能耗量比例示意图

2. 人体每日能量消耗

人体每日所消耗的能量(热量)可代表每天所需要的能量,分为三部分:满足基础代谢所需要的能量,占能耗量的65%;食物热效应的能耗量,约为10%;体力活动所需的能耗量,约占25%(图26-6)。

(二) 减肥的基本方法

（二）减肥的基本方法

1. 控制饮食：由于肥胖的发生常与摄入能量超过消耗有关，减少能量的摄入，对一部分肥胖者可以达到减重目的，但控制饮食要从合理营养角度出发，不能盲目、无限制地节食。也不需控制机体的摄水量，靠减少水摄入来减重，对人体有害无益，也达不到减肥的效果。节食的关键是限制糖和脂肪的摄取，减肥食谱应为高蛋白、低脂肪、低糖的膳食，同时要保证各种营养素齐全，避免产生营养素缺乏症。每日三餐的饮食量应合理安排，早餐吃好吃饱、中餐应减少、晚餐应更少，睡前不吃东西。较合理的节食进程应是每周减体重 1kg 左右，勿操之过急。

2. 运动减肥：运动减肥通过增加体内能耗而达到减重目的。应根据肥胖程度和个体的体质差异，选择较适宜的运动项目、运动强度、密度等。一般运动后即刻的心率达到自身最高心率的 70%～80%，运动时间 20 分钟左右或更长，每周运动 3～4 天。近年来的研究认为：单纯运动和单纯节食效果不如运动结合限制饮食减肥的效果好。另外，运动不仅可增加机体能量消耗，还可以增强心血管系统及呼吸系统的功能，增强肌肉代谢功能，对保持瘦体重、促进健康有利，因此，运动减肥是科学健康减肥的有效手段。

3. 药物减肥：药物在肥胖的治疗中有其他手段不可替代的作用，尤其是肥胖可引起各种并发症，严重危害健康，应用药物控制。目前应用于肥胖降体重的药物主要有：

（1）食欲抑制剂：这类药物主要是通过干扰下丘脑食欲中枢，而影响人的进食行为。主要有儿茶酚胺、拟 5-羟色胺、脑内的胰高糖素、降钙素等。

（2）促进代谢的生热药，促进代谢增加产热的药物。主要有麻黄碱、咖啡因、甲状腺素和生长素等。

（3）影响消化和吸收的药物，主要有两类：①抑制肠道吸收的药物：一是食物纤维，延长胃排空，减少能量吸收，增加饱感；二是蔗糖聚脂，合成脂肪，代替脂肪，但不能被消化吸收，随大便排出。②消化酶抑制剂，淀粉酶抑制剂，脂肪酶抑制剂。

4. 中国传统医学方法减体重

（1）中药：较西药平和、无明显的副作用，且从益气健脾，化痰补肾着手。

（2）针灸减肥：主要是耳针、体针和梅花针，多用于巩固减肥效果和辅助减肥。

（3）气功减肥：是运动减肥的一种。

5. 外科减肥：作为重症肥胖的治疗方法，如病态肥胖，且伴有并发症。其主要方法：吸脂术，胃空肠“Y”形吻合术等。

第二十七章　太极柔力球与健身

第一节　太极柔力球的健身特点

一、太极柔力球的动作特点与健身价值

太极柔力球运动是一种球类化的太极拳运动，太极拳是一种圆润连贯、上下相随、柔中寓刚、以意导动的拳术。作为太极拳的延伸，太极柔力球吸取其精髓，采用特制的球拍，以主动迎球，顺势引球，悄无声息做弧形引化，并利用惯性力将球顺势抛出，这样一种反常运动方式，使得“太极”活动得以球类化。

（一）太极柔力球创编的思维特点

太极柔力球从根本上改变了传统的硬性击球方式，要求顺来球的方向和路线做出弧形引化动作，并连贯地完成“迎”、“纳”、“引”、“抛”四个技术环节，要求在击球时球与球拍之间不得出现撞击、折向、持球引化和二次发力等行为。

太极柔力球从入球到击球的整个过程连贯、自然、流畅、一气呵成。太极柔力球运动中，在掌握基本技术的前提下，还需根据来球的具体情况和自己的意图而随机应变。

太极柔力球圆润舒展、矫健优雅，不仅传承了太极拳富含哲理的理想文化内涵和有效的自身价值，弥补了太极拳活泼性、趣味性不足的缺点。而且，在整个运动过程中处处体现着中国哲学的“辩证”思想，展示含蓄婉转、以柔克刚的巨大魅力，调动人的智慧和运动潜力，机动灵活、随机应变、得心应手地运用动作技术和实现战术组合，有效地提高了人的机智、敏捷、速度、耐力等综合素质。

（二）太极柔力球的技术动作特点

太极柔力球是世界上唯一一个不以直接“碰撞击打”为特征的体育运动项目，它有隔网对抗、套路运动、娱乐游戏三大类，在套路中它的第一个动作都有美丽形象的名称，如蜻蜓点水、跟步平云、开合钟摆、回头望月、独立平托、白蛇吐信等。练习中看着轻柔的动作，听着美丽的名称，借着球拍的挥舞，达到“人拍合一、心球合一”的境界，取得最佳的健身效果。

（三）太极柔力球配套的音乐特点

太极柔力球运动的第一种（单人、双人、集体）套路都配有优美动听的音乐，乐谱中每一个音符相当于套路中每个动作，音乐的抑扬顿挫、刚柔相济，有如套路中各个动作的虚实起伏、松紧结合。人们带着健身的欲望，置身于美丽的旋律，享受着优美的音乐，不知不觉中提高了大脑皮质的兴奋性，消除疲劳，陶冶情操，改善身体各个系统的功能。

因此，太极柔力球运动采用了多关节的活动，以柔和的技巧、刚柔相济的手法，通过弧形引化抛接球方式，符合人体解剖学、生理学、运动生物力学基本原理，在活动中的多个关节、大小肌肉相互配合，使周身一致、上下相随。并且吸取武术、乒乓球、羽毛球、网球等技术的精髓，借鉴其规则，而形成的一种独特的运动方式；秉承了太极精髓，具有深厚的文化内涵和哲理，集健身性、娱乐性、趣味性、表演竞技性于一身，不但强化了太极拳中的“以柔克刚”、“先化后打”的技术特点，而且增加了活泼性和趣味性，使其更加轻健柔顺，妙趣横生。达到了在自然祥和、理

融情畅的氛围中强身的目的。所以，深受不同层次健身人群的喜爱。

二、太极柔力球运动的广泛适应性

太极柔力球运动是一项无论中老年还是少年、青壮年都适合的运动项目。

（一）中学生与太极柔力球运动

1. 由于太极柔力球动作具有柔和性、刚柔相济性、技巧性、趣味性等特点，避免了传统体育运动的枯燥乏味，激发了青少年学生学习的积极性，运动中人体颈、肩、腰、腿得到全面发展，健强体魄，促进生长发育。同时，在运动中产生愉快的心理感受，消除烦恼和不良心理因素，缓解了学习的心理压力，达到了健康青少年身心的特殊功效。

2. 太极柔力球灵活多样的技术动作，全身参与的整体运动形式，使青少年的身体得到全面发展，任意想象、自由发挥、随机创造的运动特点，以退为先、以静制动的逆向思维活动，大大地促进了青少年的多向思维、逆向思维和创造性意识，不仅锻炼了身体，也开发了智力，提高了学习能力。

3. 由于太极柔力球有丰富的文化底蕴和思维内涵，所以，有利于培养学生的终身体育意识。

（二）大学生与太极柔力球运动

高校体育课堂里时常发现，女生不愿意参与运动量大的运动项目(如篮球、足球等)，而男生则很少参加艺术体操、体育舞蹈等项目，特别是长期不愿意参加体育锻炼或性格孤僻的学生，选择的运动项目会更少。而太极柔力球运动形式多样化，它既有套路表演，也有竞技对抗，运动量可以自己掌握，所以极大地满足了学生对练习方式的选择，也为高校体育课堂吸纳各类学生参与体育运动提供了可能。而且太极柔力球的独特击球方式对培养逆向思维能力和神经对肌肉控制能力有着良好的作用。

（三）中老年人与太极柔力球运动

中老年人随着年龄的增长，神经细胞逐渐萎缩和衰亡，骨骼、肌肉和关节也发生着不同程度的衰老，如骨质疏松、肌肉萎缩失去弹性、骨质增生、关节病等疾患。所以老年人已不适应进行大强度和爆发力的运动。而太极柔力球运动是一项有氧运动，没有高强度的对抗练习，老年人一般运动30分钟，身体会发热而出汗，循环系统的功能加快，且不感觉累，运动量也可灵活调节。体力差的可以逸待劳，以不变应万变；体力好的可以左奔右突，前后变换；初学者可高接低抛，和平过渡；娴熟者可挥洒自如，尽展雄风。

三、太极柔力球运动场地、器械的适应性

太极柔力球运动不受场地等自然条件的影响，只要有一块平整场地就可以进行练习，如门庭小径、楼层屋顶，若有空旷场地更好；就是比赛用的场地也只是与羽毛球场地相仿。这给学校、社区和家庭提供了方便。而且，太极柔力球所使用的球拍和球均为橡胶制品和塑料制品，价格便宜，且不怕雨水，经久耐用，因此无论刮风下雨仍可挥拍练习，为健身运动提供了运动的适应性。

第二节　太极柔力球运动的健身功能

研究表明，太极柔力球运动是一项全身性多方位的运动，经常参加太极柔力球运动，对身体各个部位都有良好的锻炼作用，因此有很好的健身效果。

一、太极柔力球运动对人体神经系统的影响

太极柔力球运动是一种轻健柔和的运动，练习时，尽管肢体在运动，但可高度放松，又因练习时拍内随时要控制一个小球，所以精神、意识需要集中在控制球上，完成每一个动作都必须脑、眼和四肢协调配合，做到心球合一，改善神经系统的灵活性。

练习太极柔力球时几乎所有动作都是在转圈走弧和旋圆中完成，每一个动作都要集中精力，由眼神到肢体一气呵成，强调精神内守，心静体松，以减少外界因素对大脑的干扰，使人体神经过程均衡性和灵活性得到提高，锻炼人体集中注意力的能力。

少年儿童练习太极柔力球使神经系统的灵活性与协调性得到均衡发展；青年人练习太极柔力球可创造性地发挥想象能力，调节大脑皮质综合机能，促进多向思维和创造性思维的发展；老年人练习太极柔力球可防止中枢神经系统的早衰和老年痴呆症。除此之外，练习太极柔力球还可以调整人体的心理状态，使心态平和，情绪稳定。

二、太极柔力球运动对人体运动系统的影响

太极柔力球运动是一项全身性运动，不仅大肌群和关节参与活动，小肌群也在协同参加。如旋转、划弧、弯腰、弓腿等动作，使肌肉收缩与放松交替进行，始终都能保持周身活动状态和对肌肉的合理刺激与锻炼，增加了全身的肌肉力量和完成动作的能力。

练习太极柔力球时，要求“上虚下实中间灵”，“松腰活胯”，以腰为主宰带动全身，每一个动作都由腰腹转动运力而完成。虽然没有肌肉群的爆发性收缩，但却很好地增加了肌肉的力量和提高了关节的柔韧性。因此，长期锻炼太极柔力球，不仅能促进青少年小肌群肌肉的协调发展，同时也有效地保护了老年人的关节韧带，对防止骨质疏松、减缓肌肉萎缩都起到了良好作用。

肩周炎是常见的老年病症，主要原因是缺乏活动，由于组织粘连而引起，它给人们的生活带来了极大的不便和痛苦。而柔力球运动以肩关节为轴，做各种弧形运动，练习者注意力集中在控球上，肩关节肌肉在相对放松的状态下挥臂，起到了化瘀通络、按摩牵引的作用。有报道称参加几个月的太极柔力球运动后，肩周炎患者会得到不同程度的缓解。

三、太极柔力球运动对人体氧运输系统的影响

太极柔力球运动是一项有氧运动，一般运动时间在 30 分钟以上，在运动时心脏有节律地收缩舒张，把血液输送到全身，灌注全身各组织器官，满足运动时的供氧供血。并且，经常进行 30 分钟以上的运动会消耗脂肪，不仅可以达到减肥的效果，更重要的是能减少血液中低密度脂肪酸，对防止冠心病等都有良好的效果。有研究报道，大学生经过一段时间的太极柔力球运动练习后，表现出安静时脉率下降，心输出量增加，血压降低，特别是舒张压降低，脉压差增大；肺活量、肺通气量提高。老年人坚持进行太极柔力球锻炼，可使呼吸匀细、深长，增加肺泡的弹性，改善肺通气量和换气功能，起到预防老年人呼吸系统疾病的作用。总之，坚持太极柔力球锻炼可很好地改善人体心肺功能。

四、太极柔力球对人体的其他作用

调查材料表明，通过练习太极柔力球运动后有 42％的人体重下降。太极柔力球运动的爱好者，每天活动 1 小时，经 3 个月的练习，超重者体重普遍下降 3kg～5kg。其中，男子体重下降 2kg～5kg 的最多，女子下降 1kg～5kg 的最多。由于锻炼时出汗多，并消耗了多余的脂肪，可维持良好的体重与体型，使得人们更加喜爱太极柔力球运动。

对不同的人群进行调查，发现太极柔力球对人体心理、心态的调理也有很好的作用。80％～90％的青年学生在练习太极柔力球的过程中感到不但能缓解自己的心理压力，而且能产生愉快的心理感受，这样对促进学生心理健康的发展有着重要作用。随着社会竞争的不断加剧，学生的心理问题越来越多，越来越复杂，学生能够通过太极柔力球练习及时调整心态，消除烦恼和不良的心理因素，对于他们的身心健康发展有着特殊的功效。

对于70%以上的中老年人来说，坚持参加柔力球运动最大的收获之一是心情愉悦，当他们集中注意力练习柔力球时，就会把一切烦恼都抛在身外，心中只有柔力球与球友之间的相互关心和问候。他们在柔力球运动中，用心锻炼，自娱自乐，具有良好的心态，即使是比赛也能以平和的心态对待，不大注意比赛的胜负，主要是为了展示自我，肯定自己锻炼的成果。

此外，太极柔力球还有促进消化和调节胃肠道的功能，以及提高人体免疫等方面的功能。

总之，太极柔力球运动对不同的人群、人体各个部分、各器官系统都有良好的作用，既可作为竞技运动在不同人群中开展比赛，也可作为全民健身运动开展。

第二十八章　小球运动与健身

终身体育运动是全民健身发展的方向，在科学日新月异、经济全速发展的今天，人民的生活水平日益提高，生活质量也发生了根本性的改变，健康已经成为大家关注的问题。追求生活质量、提高生活水准、延年益寿已经是广大国民的共同心愿。

在我国不同的地区，不同的民族，不同的年龄阶段的人群有自己不同的体育运动方法、体育运动习惯，包括运动项目的选择。作为奥运会、亚运会、锦标赛、巡回赛等竞赛项目的小球运动，除了作为竞技运动所具有的功能特点以外，这些运动项目还具有其他项目所没有的特点，充分发挥这些运动项目的特点，有利于全民健身运动的开展，有利于体育教育的实施，有利于竞技体育向更深层次的发展。

第一节　手球运动的健身特点与价值

一、手球运动的健身特点

手球运动是一项比赛激烈、对抗性强、速度快、运动量大及对投掷力量有特殊要求的比赛项目。它不仅包括田径中的跑、跳、掷等各项技术动作，同时还具有各种球类项目的技术特色。有人形象地说，手球运动是一项带球的田径运动，同时也是一项带球的体操运动。

手球运动的设备简单，技术动作容易掌握。只要参与者有跑跳、投掷和一定的球类运动基本技能就可以参加运动与比赛。

手球运动可以在室内进行，也可以在室外进行，设备相对简单，并且比赛和游戏可以穿插进行，这有利于全民健身计划的实施。

手球运动是一项综合性的竞赛项目，它要求运动员在错综复杂、变化多端的比赛环境下能够作出正确的判断，合理地运用技术动作，并能与同伴配合完成战术任务。

手球运动在世界各国都已较为广泛地开展，并且有一定的群众基础，运动员可以通过相互交流与往来，增进各国人民之间的友谊和了解。

二、手球运动的健身价值

由于手球运动是一项技术全面的运动项目，它由各种各样的奔跑、跳跃和射门组成。比赛要求运动员跑得快、跳得高、跳得远、挥臂有力、反应敏捷、脚步灵活、射门准确，因此手球运动对促进青少年身心的正常发育，身体素质的全面提高及增进健康，都将起到积极的作用。经常参加手球运动，能提高身体素质，为学习其他项目打下良好的基础。

手球运动的对抗性与游戏性均适合青少年的生理、心理特点，符合青少年进行体育运动的卫生要求，并且深受青少年的喜爱。因此，在各级学校开展手球运动是非常适宜的。

由于手球运动的比赛特点，对改善中枢神经系统的机能，提高身体各部分机能之间的相互协调，增强和改善人体各个器官的功能，促进身体素质的全面提高和发展等都起着明显的促进作用。由于手球比赛对抗激烈，身体接触频繁，要求队员克服重重阻力和困难，完成进攻和防守任务，因此它又能培养人的机智灵活、顽强拼搏、吃苦耐劳、坚忍不拔等意志品质。

手球比赛是集体的对抗，要求每位队员在比赛中树立全局观念，既要团结协作，又要发挥个人的作用，更要充分发挥集体的力量，因此它还是一项能够培养集体主义精神的良好运动项目。

第二节　棒球、垒球运动的健身特点与价值

一、棒球、垒球运动的健身特点

棒球是一项“失之毫厘，差之千里”的运动。当一个时速 150 km/h 的球朝你飞过来，你首先要判断到底打还是不打。如果选择打的话，要做到球到、棒到、力到，三者缺一不可。一般是必须打个正着才行，所以眼手配合相当重要。击球点高了，打在球的上半部，会是一个软弱无力的地滚球；击球点低了，打在球的下半部，会是一个直上直下的高飞球。

运动员特别是投手的生理状况对棒球运动的影响非常大，投手水平的状况与发挥，对比赛胜负影响很大。因此，强队也会有相对比较差的投手，弱队也有好的投手，或者本来水平好的投手也会发挥失常，所以弱队战胜强队的情况并不鲜见。

垒球运动是一项集体的对抗运动，它的基本技术如传球、接球、击球和跑垒等，都是人类日常生活中的基本活动技能，动作自然舒展，相对比较容易掌握。在比赛时，攻与守变换，有张有弛，设备比较简易，场地可适当地扩大或缩小，各种年龄阶段的人都可以参加这项运动，是广大群众喜爱的一项运动。

棒球、垒球运动比赛的规则比较复杂，战术变化多，局面千变万化，因此需要快速的反应和分析判断，并强调勇敢与顽强。

棒球、垒球运动是要求体力与脑力紧密结合的运动，对心理素质的锻炼和培养可起到良好作用，对身体素质有较高的要求，适于在青少年中开展。

二、棒球、垒球运动的健身价值

棒球、垒球运动由于种种原因，在我国开展得并不普及，但一经接触这个项目后，就会被其特有的魅力所深深吸引。

棒球运动能有效地发展全身肌肉，提高速度、耐力、灵敏、力量等身体素质，还能改善中枢神经的功能，协调身体，提高判断力和反应能力。

垒球运动是一项集体的对抗运动，因此经常参加此项运动，能发展传、投、击、跑等基本活动能力，培养灵活机敏、反应迅速、坚毅顽强的能力，全面提高身体素质。

垒球运动讲究攻、守截然分开，要求所有运动员在运动中既要充分发挥运动员的个人作用，更要讲究战术配合，要求运动员团结协作，互相配合，因此经常参加该项运动可以培养团结友爱、集体主义精神等优良品质。

由于棒球、垒球运动比赛的规则比较复杂，战术变化多，局面千变万化，因此需要快速的反应和分析判断，强调勇敢顽强，特别强调集体主义精神，培养个人对集体的责任感和义务感。棒球、垒球运动强调体力与脑力紧密结合，对心理素质有较高的要求，能锻炼和培养良好的心理素质，有效地发展各项身体素质。

该项运动具有浓厚的游戏性，在激烈的对抗中强调协调配合，其内涵体现了一个民族的精神面貌。因此经常参加棒球、垒球运动，可以使人充满生机活力，机警灵活，自信又信任他人，勇于承担责任，乐于助人，培养每个人在自己的岗位上，协同一致的精神面貌。

第三节 高尔夫球、台球运动的健身特点与价值

一、高尔夫球、台球运动的健身特点

高尔夫球运动在中国被看作“精英运动”或“贵族运动”，主要是该项运动在我国的普及程度不高，公众缺乏正确的认识。高尔夫球运动是当代国际体坛职业化发展程度最高的少数几项运动项目之一。

高尔夫球运动没有球员直接的身体对抗，就技术本身而言，除了在正常情况下每一杆击球都应尽量精准外，还要面对各种挑战与意想不到的球位、球况与比赛中风云突变的态势造成的精神上的压力与冲击。

球员要打好比赛，除了在心理上能勇于面对上述种种挑战外，还应熟悉果岭的不同草种，风向和风力对球速、球向的影响，以及球场本身的设计特点与难易度。在高尔夫球运动中，球员要考虑这么多外在的变数，这在其他球类运动中是少有的。

台球运动历史悠久，这项运动又被称为“绅士运动”，主要是该项运动在正式比赛中运动员、裁判的着装、比赛环境等造就了该项运动的特点。

相对高尔夫球运动而言，台球运动设备简单，场地条件要求不高，可以在室外也可以在室内开展，只要有一张台球桌就行。因此易于普及，并深受广大青少年的喜爱，同时可以作为广大青少年益智、健身的一种游戏方式。

台球运动对运动员的身体形态指标没有更高要求，但对运动员的心理素质、体能储备要求较高，是一项战胜自我，与对手斗智斗勇，并充分运用力学知识，利用其他球体作为遮挡物的运动。

二、高尔夫球、台球运动的健身价值

经常参加高尔夫球运动可以培养运动员诚实、谦虚、谨慎、以礼待人的优良品质。高尔夫球运动的目标是以最少的杆数击球入洞，在整个比赛过程中，球员要面对各种突发问题，只有达到炉火纯青的地步才能做到以不变应万变，因此高尔夫球运动可以培养因地制宜的处理能力和随机应变的能力。

高尔夫球运动事实上是一项运动员挑战自我、超越自我的运动，运动员只有不断地战胜自己，合理运用相关技术动作，精确、稳准地挥杆、推杆，才能创造良好的成绩，赢得比赛。因此，参加这项运动可以提高运动员勇于面对种种挑战的心理能力，增强超越自我、战胜困难的必胜信心。

高尔夫球运动的每一次挥杆、推杆要求运动员动作舒展、协调。因此，该项运动可以培养运动员良好的肌肉伸展性与协调性，并且可以提高上肢、腰背部等主要肌肉的力量，提高呼吸循环系统的能力。

由于台球运动的特点，在运动中每一次击球都必须经过认真的观察，精密的计算，因此经常参加台球运动，可以培养运动员的大局观、整体观和对整个事物发展过程的控制能力；可以培养运动员严密的逻辑思维能力和精益求精的优良品质。

台球运动中的每次击球要求动作协调、稳定、精确。因此，对培养运动员的动作协调能力、平衡能力以及动作的稳定性都将起到积极的作用。台球比赛是一项体力与心智的比赛，要求运动员有良好的体能保障，超强的心理素质，因此对培养运动员良好的心理素质与身体素质具有积极的作用。

第四节　曲棍球、橄榄球运动的健身特点与价值

一、曲棍球、橄榄球运动的健身特点

曲棍球也称“草地曲棍球运动”，是使用带有弯头的木棍控制球的一种球类运动，在同类运动中历史最为悠久。曲棍球“hockey”的名字大概来源于法语中的“hocquet”，意思是“牧羊人的弯棍”，特指带弯头的木棍。

比赛在曲棍球场上分两队进行，每队 11 人，是一项集体对抗运动。比赛时，每人手执一根曲棍球棍，用它的平面击球，以射入对方球门多者为胜。在运动中常用的技术有挥击球、运球、传球、接球、推球、推挑球、挑球、守门员踢球等。

曲棍球运动要求运动员在运用各项动作技术时总是处于屈膝、弯腰的特殊姿势，因此对膝关节、腰背部力量有特殊要求。同时在用棍挥、击球的过程中以及球在整个运行过程中对运动员有可能造成伤害。

橄榄球运动盛行于英、美、澳、日等国家，是一项从足球运动中派生出来，对于身体全面发展具有很高锻炼价值的新的运动项目。大致可以分为英式橄榄球和美式橄榄球两大类。

英式橄榄球：运动员比赛时不穿护具，基本上采用足球运动员的服装，故英式橄榄球又称为软式橄榄球。常用的传球方法是双手低手传球，持球队员受到对方冲抢或拦抱不能前进时，球必须立即撒手，不得再向同队队员传球。已被持球队员撒手的球，双方队员都可争抢。比赛中不得冲撞或阻挡不持球队员。对持球队员可以采用抓、抱、摔等方法阻碍其前进，并可进行合法冲撞，但只许以肩撞肩，不得冲撞胸前或背后。踢人、打人和绊人为重要犯规。

美式橄榄球：运动员必须穿戴规定的服装和护具，故又称为硬式橄榄球。在比赛进行中，持球队员可用手或臂推开防守队员，以求挣脱；其他进攻队员为了使持球队员顺利向前奔跑，可用肩撞、身挡防守队员，为持球队员开路。防守队员为阻止对方持球队员的前进，可以搂抱其腰部或腿部将其摔倒。但不得打人、踢人、绊人和从背后攻击人，否则判犯规。防守队员对不持球的对方队员，只能正面阻挡，凡有打、踢、绊、推、拉、抱、压等行为者，均为犯规。

由于受场地的限制，目前曲棍球在我国北方开展较好，而橄榄球在我国还没有广泛开展起来，只有部分高校开展了该项目。

二、曲棍球、橄榄球运动的健身价值

曲棍球运动是一项技术全面的运动项目，因此具有锻炼与健身价值。曲棍球运动对促进运动员身心的正常发育，身体素质的全面提高及增进健康，都将起到积极的作用。

由于曲棍球运动的比赛特点，对改善中枢神经系统的机能，提高身体各部分机能之间的相互协调，增强和改善人体各个器官，促进身体素质的全面提高起着明显的促进作用。由于曲棍球比赛对抗激烈，身体接触以及身体与器械接触频繁，要求队员克服重重阻力和困难，以此完成进攻和防守任务，因此它又能培养人的机智灵活、顽强拼搏、吃苦耐劳、坚韧不拔等意志品质。

橄榄球运动要求有强壮的体格，较强的奔跑、冲刺能力，因此经常参加橄榄球运动，对运动员的骨骼增长、肌肉力量增加、呼吸循环系统的改善具有积极作用。和曲棍球一样，橄榄球比赛对抗激烈，身体冲撞频繁，攻、防转换速度快，突然启动与停止贯穿在整个运动中，要求运动员克服重重阻力和困难，因此该项运动能培养顽强拼搏、机智灵活、不畏艰险的优良品质与良好作风。

曲棍球、橄榄球比赛是集体的对抗，要求队员在比赛中认真贯彻教练的战术意图，既要团结协作，又要发挥个人的作用，更要充分发挥集体的力量，因此还是一项能够培养集体主义精神的运动项目。

第五节　保龄球、藤球运动的健身特点与价值

一、保龄球、藤球运动的健身特点

英文:“Bowling”的译音是“保龄”，在中国被称为保龄球运动。这是一种在室内木板球道上用球滚动来撞击木瓶的体育运动。在国外保龄球最初被称为九柱戏，又称地滚球，是现代保龄球运动的前身。保龄球运动集娱乐性、抗争性和趣味性于一体，是广大群众喜爱的运动项目。

现在保龄球渐演变成平民化的大众娱乐，保龄球运动所涵盖的层面极广，不论男、女、老、少都能马上享受运动所带来的乐趣，而且保龄球运动的最大优点是不受时间、气候、人数的影响，随时都能立即享受运动的乐趣。

藤球运动是一项击球时间短、球不许落地、技术动作具有攻防两重性且富于技巧性的运动项目，它结合了排球的整体配合，足球的灵巧传递和羽毛球长抽、短吊等特点。藤球比赛跟排球赛有些类似，所不同的是以脚代手，所以又叫“脚踢的排球”。对运动参加者身体要求全面，技、战术运用灵活。

藤球运动是两队隔网竞争的运动，是一项具有很强的健身性、观赏性、娱乐性、竞技性的运动项目。并且条件简便，形式多样，益于普及与推广，深受青少年的喜爱。

二、保龄球、藤球运动的健身价值

保龄球运动中每次动作要求舒展、连贯、协调，击球要求稳定、精确。因此，保龄球运动对培养运动员的动作协调能力、平衡能力以及动作的稳定性都具有积极的作用。保龄球比赛是一项体力与心理的比赛，在比赛中要求运动员有超越自我的境界与追求，在长时间比赛中，要求运动员有良好的体能保障，有良好的心理调节能力与适应能力，因此保龄球运动对培养运动员良好的心理素质与身体素质有一定的作用。

保龄球运动对运动员腰背部、上肢的力量有较高的要求，因此经常参加运动有利于改善骨骼的血液供应，促进骨的生长与骨成分的完善；有利于肌组织保持正常的弹性以及肌肉力量的增加；有利于呼吸、循环系统机能的完善与提高。

保龄球运动的大众性、娱乐性有利于缓解人们因工作、生活所带来的压力，达到调节心理平衡、消除身体疲劳与精神压力。

藤球运动中的各种技术应用，发球、垫球、扣球、拦网及不停的奔跑、跳跃，能够全面活动身体，从而提高人体的运动能力和各项素质，达到锻炼身体、增强体质的目的。

为了调节繁忙而又紧张的工作带给人们的身体与精神上的疲劳，缓解各种压力，通过参与藤球或观赏精彩的藤球比赛，既达到了健身的目的，又调节了身心的疲劳，在休闲中得到了放松，在快乐中得到了锻炼。

第六节　壁球运动的健身特点与价值

壁球运动经历了 170 多年的发展，其不断的发展和繁荣过程，也说明了壁球运动有其独特的运动特点和存在价值。

一、壁球运动的特点

（一）自娱性

壁球运动是在用墙壁围起的场地内，按照一定规则，用拍子互相击打对手击在墙壁上的反弹球的一项竞技体育运动，它与其他球类运动不同，多数用拍子击打的球类运动都是在中间用网隔离的场地上，需要两个或两个以上的人才能进行，而壁球则是在一个四面都有墙壁的房间里，单独一个人就可以进行。对于场地和人员的要求相对于其他球类运动来说并不高，而且一个人在运动时，可以尽情地挥洒，没有等级和技术的过多要求，因此，壁球运动的一个特点就是自娱性。

（二）时代性

随着时代的发展，人们生活在激烈的竞争中，工作和生活的压力较大，而壁球运动却能给人们提供一种平等竞争的环境，壁球比赛的形式非常像这种社会的竞争，两名球员同处于一个有限的空间，利用平等的规则，在互不干扰和互不妨碍的条件下，进行平等的比赛，斗智斗勇，取得最后胜利，既在运动中体验到竞争的乐趣，又能享受到运动的乐趣，所以说，壁球运动也具有很强的时代性。

（三）灵活性

壁球运动除了有固定的场地外，还有一种可以随时拼装拆卸、四面墙壁都是用特殊玻璃制作的透明场地。观众可以从四周看到里面运动员的表演，而运动员通过前墙和两个侧墙却看不清外面的观众，所以不会因为背景过于复杂看不清来球而影响比赛，这种场地可以使更多的观众欣赏壁球的比赛，也有利于电视的转播，许多大型的国际壁球比赛是在临时搭建在世界著名建筑物前的场地进行的，因此，壁球运动与其他的球类运动比较，更具灵活性。

二、壁球运动的价值

（一）增强体质

壁球运动可以全面发展和增强人的体质。首先，壁球运动速度快，要求球员在场上脚步移动要快，因此，要求球员具备速度素质。其次，要想打出球的速度，就要使用更大的力量击球，力量素质在壁球运动中也是非常重要的。再次，在运动过程中，双方运动员往往需要好几个回合，充足的耐力也是必不可少的。还有，在运动过程中，在反处理球的反应方面和人体上下肢与躯干的活动协调方面对运动员也有一定的要求。经常打壁球，对人的耐力、爆发力、心肺功能、肌腱力度、相关韧带和软组织，以及血液的携氧能力、空间位置感、心理承受能力、随机应变能力和自我克制能力的培养有很大帮助。因此，壁球运动可以提高人的运动速度、力量素质、耐力、综合协调能力和应变思维素质，起到增强体质的作用。

（二）培养意志

壁球运动具有强度大、对抗性强等特点，要求参与者具备较强的意志品质。一场势均力敌的比赛，往往需要较长的时间，在长时间的高强度对抗中，坚强的意志尤为重要，特别是在一个球打了多个回合后，这就要看谁再能坚持，就会取得最后的胜利。可以说，壁球运动对于人的意志的培养有很大的作用。

（三）陶冶情操

经常从事壁球运动可以使人思维敏捷。壁球运动中需要经常对对方的战术意图进行揣摸，对自己运用什么样的战术进行选择，快速准确的思维是灵活运用和把握战机的关键。同时，由于比赛的紧张和竞争的激烈，也能使参与者的心理素质得到很好的锻炼，在竞争中强化进取精神。另外，经常参与壁球活动，能广泛交友，也是一项很有益的社交活动。

参考文献

1. 白榕. 太极柔力球教学与研究[M]. 太原:山西农业大学期刊社,2004
2. 李琏. 太极拳练架真诠[M]. 北京:人民体育出版社,2005
3. 马虹. 陈式太极拳拳理阐微[M]. 北京:北京体育大学出版社,2003
4. 向鸣坤,钟海平,白晋湘等. 太极健身[M]. 北京:民族出版社,2000
5. 苏仁. 现代乒乓球运动教学与训练[M]. 北京:人民体育出版社,2003
6. 丘钟惠等. 现代乒乓球技术的研究[M]. 北京:人民体育出版社,1982
7. 温国昌. 乒乓球教学与训练[M]. 郑州:河南科学技术出版社,1986
8. 郑超等. 怎么踢好毽球[M]. 武汉:中国地质大学出版社,1999
9. 日本棒球杂志社编. 橄榄球技术图解[M]. 北京:人民体育出版社,1996
10. 张博,邵年. 羽毛球[M]. 北京:人民体育出版社,1997
11. 中国老年体协柔力球推广组编. 新编柔力球套路教与学(增订本)[M]. 2006
12. 梁勇,王霖. 壁球[M]. 北京:北京体育大学出版社,2002
13. 高德顺,曹振康. 学校手球运动[M]. 上海:华东理工大学出版社,1995
14. 蔡睿. 高尔夫运动入门[M]. 南京:科学技术出版社,2001
15. 袁运平,凌奕. 高尔夫球运动手册[M]. 北京:人民体育出版社,2001
16. 曹光等. 保龄球[M]. 北京:北京体育大学出版社,2003
17. 杨云林,李雷. 保龄球技巧图解[M]. 北京:北京体育大学出版社,2004
18. 吴雪峰. 保龄球面面观[M]. 北京:人民体育出版社,1999
19. 唐建军. 台球运动教程[M]. 北京:北京体育大学出版社,2006
20. 林茂春. 体育知识百科全书第二卷[M]. 吉林:吉林延边人民出版社,2001
21. 林茂春. 体育知识百科全书第四卷[M]. 吉林:吉林延边人民出版社,2001
22. 姚鸿恩. 体育保健学[M]. 北京:人民体育出版社,2004
23. 田麦久. 运动员基础训练的人体科学原理[M]. 北京:北京体育大学出版社,2005
24. 岑汉康,王健,高健. 手球　棒垒球　沙滩排球[M]. 桂林:广西师范大学出版社,2000
25. 乒乓球手球垒球羽毛球编写组. 球类运动(乒乓球　手球　垒球　羽毛球)[M]. 北京:高等教育出版社,1991
26. 任海. 奥林匹克运动百科全书[M]. 北京:中国大百科全书出版社,2000
27. 李世昌. 运动解剖学[M]. 北京:高等教育出版社,2006
28. 王瑞元. 运动生理学[M]. 北京:人民体育出版社,2002
29. 邓树勋. 运动生理学[M]. 北京:高等教育出版社,1999
30. 邓树勋. 运动生理学[M]. 北京:高等教育出版社,2005
31. 付浩坚,杨锡让. 运动健身的科学原理[M]. 香港:商务印书馆,2003
32. 许豪文,冯炜权,王元勋. 运动生物化学[M]. 北京:高等教育出版社,1998
33. 李良标,吕秋平. 运动生物力学[M]. 北京:北京体育学院出版社,1996
34. 田麦久等. 运动训练学[M]. 北京:人民体育出版社,2000
35. 陈小蓉. 体育战术学[M]. 北京:人民体育出版社,2000

36. 刘震宇，葛伟，黄鹤. 论太极柔力球的文化意蕴[J]. 保定师范专科学校学报，2001. 14(3)
37. 张锁宁. 从中国传统哲学范畴探析太极拳理论与实践[J]. 西安文理学院学报，2006. 9(1)
38. 杜胜林，樊艺杰. 道家哲学与太极拳[J]. 体育科技，2003. 24(2)
39. 张林艳. 关于太极拳运动的思维方式及其民族文化精神的研究[J]. 中国体育科技，1996. 12(3)
40. 薛晓媛. 太极柔力球运动健身效果调查[J]. 中国体育科技，2003. (5)
41. 李恩荆. 太极柔力球的现状与发展对策[J]. 北京体育大学学报，2002. 25(6)
42. 李恩荆. 高校开设太极柔力球选修课程的可行性研究[J]. 湖北体育科技，2004. 23(7)
43. 邵恒忠，王祥茂. 我国高校棒球运动的发展现状及对策[J]. 广州：广州体育学院学报，2006. (5)
44. 国际垒球联合会简介. 时尚球类[J]. 西安：西安体育学院出版社，2005
45. 奥运会垒球比赛规则. 时尚球类[J]. 西安：西安体育学院出版社，2005
46. 垒球运动场地与器材. 时尚球类[J]. 西安：西安体育学院出版社，2005
47. 垒球运动特点与锻炼价值. 时尚球类[J]. 西安：西安体育学院出版社，2005
48. 高艳华，程冬美. 对制约我国曲棍球水平提高的训练问题探讨[J]. 中国体育科技，2005. (2)
49. 中国壁球协会，http://www. biqiu. com
50. 中华全国体育总会网，http://www. sport. org. cn/index. html
51. 中体网，http://www. sinosports. net
52. 国家橄榄球大联盟，http://www. nflchina. com
53. 硕果园，http://www. sogoll. com
54. 中国毽球协会网，http://jianqiu. sport. org. cn
55. 硕果园，http://www. sogoll. com
56. 中国手球协会官方网站，http://handball. sport. org. cn
57. 中国大众体育网，http://www. chiansfa. net
58. 体育资源网，http://www. sportnet. cn

后　记

进入21世纪，人们健身兴趣的指向和社会交往的方式都发生了明显的变化，在众多的体育运动项目中，适合大众健身和休闲的球类项目有很多，但许多球类项目的推出是以单行本介绍的方式出版。为满足大众健身的需求，有效提升现代文明生活方式，方便教学、训练资料的查阅，为了推动太极柔力球、小球运动的发展，依据国家体育总局关于小球运动发展与建设的相关内容，特组织编写《太极柔力球与小球运动》一书。

国家体育总局小球运动管理中心于1997年11月24日成立，小球运动管理中心管辖着12个项目，为国家体育总局管理手球、曲棍球、棒球、垒球、高尔夫球、保龄球、地掷球(含沙壶球)、台球、藤球、橄榄球、板球、壁球等运动项目全国性单项运动协会的常设办事机构。“小球运动”依照小球运动管理中心负责人的解释，这些项目大部分是改革开放以后开展起来的，时间不是太长，较多为新兴球类。

《太极柔力球与小球运动》的编写以太极柔力球运动为主体，兼顾小球运动，全书共分三篇，第一篇太极柔力球运动，作者以十几年的亲身经历对这项运动进行了系统阐述；第二篇小球运动；第三篇小球运动的健身作用。每篇独立成章，各章以图文并茂的形式较为全面地介绍了该项目的起源、发展、基本技术、基本战术、运动场地、主要规则、裁判方法等。

《太极柔力球与小球运动》既适用于教学参考，也可以指导人们自身锻炼，理论和实践性较强，全书集知识性、实用性和普及性于一体，便于体育工作者、教练员、社会体育指导员和广大的体育爱好者开展教学、训练、比赛等活动时参考。

本书由李恩荆、曹东平、王大平任主编，覃凤珍、齐家玉、刘瑞峰任副主编，其中第1～11章由李恩荆编写，第13、16、17、19、23章主要由曹东平编写，第12、15、18、22、24章主要由王大平编写，第14、20、21、25章主要由覃凤珍编写，第26章主要由齐家玉编写，第27、28章主要由刘瑞峰编写。插图由张明老师制作，中国康复医学会康复体育保健专业委员会常务委员、华中师范大学体育学院喻祝仙教授审定。

本书在编写过程中得到太极柔力球发明者白榕先生的悉心指导和帮助，中国老年体协太极柔力球推广组王学军老师、日本太极柔力球联盟代表邹力女士为本书提供了大量原始资料，华中师范大学出版社给予了大力支持与协助，华中师范大学贺萍同志以及部分师生为本书付出了辛勤劳动，在此一并致谢！

书稿虽经数次修改，但由于水平有限，疏漏和错误之处难免，恳望读者批评指正。

编　者

2007年1月18日